汉语言文学新文科一流专业博雅书系

民间文学与文化

杨 亭 刘志华——主编

重庆大学出版社

图书在版编目（CIP）数据

民间文学与文化 / 杨亭，刘志华主编. -- 重庆 : 重庆大学
出版社, 2024.8（2025.7重印）. --（汉语言文学新文科一流专业博雅
书系）. -- ISBN 978-7-5689-4523-3

Ⅰ. I207.7

中国国家版本馆CIP数据核字第2024ZG1679号

民间文学与文化

MINJIAN WENXUE YU WENHUA

主　编　杨　亭　刘志华

策划编辑：张慧梓

责任编辑：傅珏铭　　版式设计：张慧梓

责任校对：关德强　　责任印制：张　策

*

重庆大学出版社出版发行

社址：重庆市沙坪坝区大学城西路21号

邮编：401331

电话：（023）88617190　88617185（中小学）

传真：（023）88617186　88617166

网址：http://www.cqup.com.cn

邮箱：fxk@cqup.com.cn（营销中心）

全国新华书店经销

重庆正文印务有限公司印刷

*

开本：720mm×1020mm　1/16　印张：19.75　字数：314千

2024年8月第1版　　2025年7月第2次印刷

ISBN 978-7-5689-4523-3　定价：68.00元

目 录

绪 论
民间文学：由活态化特征到文本化倾向

民间文学是一个汉语新词，它是与正统文学、文人文学、高雅文学相对的一种文学形态，这个名词在使用的过程中，逐渐形成了比较稳定的意义，即主要指非文人的广大民众在日常生活中创作的常以口述形式流传的各种文学形式。学科意义上的中国民间文学始于1918年北京大学的歌谣征集活动。民间文学作为一种文学和文化形态古已有之，它早于文人文学而存在，是民众在生活中传承、传播、共享的口头语辞艺术，文类上包括神话、史诗、传说、民间故事、民间歌谣、民间说唱、谚语、谜语、民间曲艺等多种形式。中国民间文学由各民族在历史中传承累积而成，既体现出各自民族的生活特点，又具有中华民族整体的文化精神。

活态化是传统民间文学内在涌动的生命力所在，始终贯穿于传统民间文学的产生、发展的全过程，不仅促使传统民间文学口耳相传地创作与传播，还满足了广大民众的生活需求。活态化的民间文学与记录的文本一同存在，只是两者的存在与表现形态不同。而这些改变，是因为进入现代社会后全球化、城市化浪潮的疯狂席卷，适应于这一浪潮的是记录的文本，因为它更能发挥现代学科体系的优势，满足研究范式的特质与要求，充分发挥现实作用，因此，文本化一路高歌猛进，最终使得民间文学倾向于倚重文字形态而忽略了其活态属性。选择文学文本而疏远民间文学口头表演的活化形态，虽然这进一步促进了文本的稳定、加强与固化，但是会对民间文学的活力造成一定程度的损害。即便是面对文本化的民间文学，其活态化的还原，依然是民间文学研究所需要的。

传统民间文学的活态化，是由口头性与集体性的基本特征，生活化与对象化的表现形式，重复性的叙事规律以及地域性的文化特质来体现的。

　　首先，与传统生活相对应而产生的中国民间文学，其中的口头性与集体性两个外显特征使其成为活态化的表现形式。传统民间文学是以口头形式来表现广大民众的思想观念、情感追求的文学，也以口耳相传完成文学的创作与传播，因此又被称为"口耳文学"。同时，传统民间文学的产生离不开广大民众的创造实践与道德情感；传统民间文学的交流、传播，以及发挥社会功能离不开广大民众的集体传播活动；传统民间文学的传承、保存离不开广大民众的集体自觉行为。由于传统民间文学是在群体的范围内，并由该群体的大众参与创作、传播与保存等，因此具有大众化、集体性的特征。

　　其次，传统民间文学的活态化，表现在它是一种生活化、对象化的存在。民间文学的产生基础是广大民众的日常生活，即日常性的生活起居、季节性的生产劳作、规律性的节日庆典、重复性的信仰仪式等，处处是民间文学的生存土壤，也是民间文学的表演空间，因此，有民众的日常生活，必然就有民间文学的存在。这也说明了民间文学叙事离不开民众日常生活中的人和事，这些日常性结构中的人和事成为对象，并对其进行观察、体验与认知，从而达到理解与把握这一对象的目的。由此看，传统民间文学是在日常生活中产生并且具有了明确的对象化的特征。民间文学的"采风"，其中的"采"一定是有对象的，如季札在鲁国采集诗歌，考察礼制，以此来辨别风雅。还有"劳者歌其事，乐者舞其功"（嵇康《声无哀乐论》），劳作的人歌唱自己所从事的工作，表达对因劳作造成的精神压力的情感宣泄。其中的歌唱就有对象，即"歌其事"，也是因这一"事"，激发了劳作者歌唱的情感冲动。这里的"事"作为对象是真真切切地存在的，是能直接感知的，也是即视可感的，从而确保了将其对象化。这就如同拥有了快乐的情感，以舞蹈的艺术形式将其对象化并且表现出来一样。

　　再次，传统民间文学的活态化，还表现为重复性的特质。传统农业和游牧的生活属性决定了广大民众是在"凭借传统、习惯、经验以及血缘和天然情感等文化因素"的氛围影响下，又表现了"重复性思维和重复性实践"的生活方式。正是因为有了日常生活属性的前提条件存在，必然就会影响到建立于日常生活基础上的民间文学。为了更好地阐明这一观点，我们不应忽略民间文化对文学的影响，当人感知了周边自然物的"一叶一轮回"，触动且激发了传统的民间文化中的对人之生命的轮回以及对人之生命的生生不息、绵延不绝的价值追求，所以，生命的轮回思想就被吸收进民间文学之中，表现在文学主题上是对"周而复始，始而复终"的不断循环的生命的祈求与期待，表现在文学叙事上则是重复律。钟敬文先生曾就民间故事具有重复的叙事规律作了说明："民间故事在情节上，往往采用重叠反复的形式。"[1]阿克塞尔·奥尔里克也认为："另一重要的叙事结构规则是重复律……故事的连续性允许重复这一场景。它不仅对于创造紧张气氛，而且对于使叙事文学丰满起来都是必需的。虽然有强化重复和简单重复之分，但关键是，离开了重复，叙事就不能获得它的完整的形式。"[2]

最后，传统民间文学的活态化，是由民间文学具有的地域化元素来表现的。民间文学受到自然环境、社会条件、民众文化心理与审美趣味等因素的影响，必然会体现一个地域的文化个性与文化特质，因此，民间文学常常成为了解一个地域及其文化的重要窗口。富有艺术创造力的广大民众以对一草一木、一山一石、一景一物的洞察连同自己所要表达的社会理想、人生愿景、道德观念、情感追求与地域情结一同纳入到民间文学作品中，将一个地域的民间文化充分地融合在一起，也是因为民间文学有民间文化的承载与加持，才使得民间文学作品处处散发着迷人的地域文化的馨香，深深地吸引着人们的目光和眼神。比如曾经在长江中上游的水岸码头生活着的底层劳动者纤夫、船夫、挑夫、背夫等，在艰辛劳作时唱出的号子、山歌等民间歌谣，反映了长江上游各个水路、陆路的地形风貌、人文地理与风土人情，唱诵的歌词里满是水岸山地的名称、物产、历史与人文，将其作为对象来创编，体现了丰富的地方性知识。

---

[1] 钟敬文：《民间文学集成的科学性等问题》，载《钟敬文文集·民间文艺学卷》，安徽教育出版社，2002，第149页。

[2] 阿克塞尔·奥尔里克：《民间故事的斜事规律》，转引自祝秀丽：《重释民间故事的重复律》，《民俗研究》2005年第3期，第29—30页。

活态化的民间文学因文人的介入而向文本化转化。民间文学"在很大的程度上是以一种散漫的状态流传的，只有极少的有好记忆、生动的想象力和叙述能力的积极的传统携带者们才传播故事，仅仅是他们才向别人讲述故事，在他们的听众里，也只有极少的一部分人能够收集故事以便复述它。而实际上这样去做的人就更少了，那些听过故事并能记住它的大部分人保持着传统的消极携带者状态，他们对一个故事的连续生命力的重视程度主要取决于他们听一个故事然后再讲述它的兴趣"[1]。因此，早在先秦时期就有了从口传转向文本、活态化到文本化的文学生产活动，而在此生产活动中社会功能是明确的——文化规训与文学教育。《礼记·杂记下》中有记载："恤由之丧，哀公使孺悲之孔子，学士丧礼。士丧礼于是乎书。"说明了孔子及弟子从活态化的仪礼转换成文本化的仪式过程，希望以文本形式将周礼传之于后世，以存亡继绝之行动，达成存礼之初衷。这一事例典型地反映了从活态的口化之物固化为书面文字的事实，也是因为孔子及弟子等文人的介入促使了仪礼的文本化。

从口头到文本的这一文化传承形式，随着朝代更迭的历史洪流而沉浮，在文人的整理下相继形成了各朝代以及各民族的民间文学文本，如《诗经·国风》《山海经》《淮南子》中的神话故事，《春秋繁露》中的谶纬之学，《汉乐府歌集》《史记》中的上古传说，《西阳杂俎》中的传说故事，《荆楚岁时记》中的民俗，以及"孟姜女的传说""梁祝传说"《格萨尔》《嘎达梅林》《亚鲁王》《百鸟衣》《阿诗玛》《仰阿莎》等。

随着工业化、城市化的强势浸透，现代的文明产物如火车、电灯、电视等快速地进入了宁静的乡村社会，传统的社会结构和生活方式正在逐步解体，民间文学也面临着被解构的命运。在城市与乡村的博弈之间，社会的城市化把民间文学给排挤掉了。因为"主要靠口头传播的民间文学只能在小规模的、单纯的农村环境内才能蓬勃生长，社会一旦被工业化或机械化，口头文艺就会凋谢"[2]。因此，我们看到工业化、城市化对乡村从空间上进行挤压，从人力

---

[1] 阿兰·邓迪斯编《世界民俗学》，陈建宪、彭海斌译，上海文艺出版社，1990，第323页。

[2] 洪长泰：《到民间去：中国知识分子与民间文学，1918—1937（新泽本）》，董晓萍译，中国人民大学出版社，2015，第18页。

资源上进行吸收，从血缘亲情上进行解构，从物质与精神上进行置换与诱惑，由此建构起一套以城市为中心的现代社会生活模式，其最大的特点就是直线性，注重点对点的对接，强调点到点的延伸。过去传统的民间文化讲究的是人与自然的轮回，而进入现代社会后这种轮回观念被重建的新的民间文化的不可重复性所取代。于此基础上的民间文学果决地走向了纯文学文本，它逃离了对象化的田野、生活的田野、文化的田野，已然不是来自田野里对民众生产生活的记录，不再反映田间地头的情境在场，不再具备融音乐、舞蹈、文学等为一体的表演形态，甚至是不能准确理解"喜、怒、哀、乐、爱、憎、惭、惧"的情感，因为"凡此八者，生民所以接物传情，区别有属，而不可溢者也"（嵇康《声无哀乐论》），老百姓用来传达接触外物的八种情感，其类型名称是有区别的，有不可乱用的基本道理与运用规则，但在现代的城市生活中很难再现和体认。

现代民间文学的文本化已同传统社会民间文学的文本化渐行渐远，其原因就在于传统社会民间文学的文本化并不排斥或是远离口头化、生活化，可能会在不同人群、不同空间有着两种民间文学的存在形式与表现形态，二者是兼容的，是相互衍生的，也是相互守望的，并非如当下的民间文学的文本化，已经远离且弱化了口头化、生活化这一最为基础的条件，也是更为根本的要素，导致了当下的民间文学只能依靠文本的独臂之力来艰难支撑。

从民间文学文本化的发展脉络来看，其发展经历了三个最为关键的阶段：

第一，在1918年，北京大学成立了专门的学术机构"歌谣征集处"，也在《北京大学日刊》（1922年发展为《歌谣》周刊[1]）发布通知，向全国各地征集歌谣，这成为传统民间文学的口头性向现代民间文学的文本化转向的标志性事件。而这一事件表明歌谣运动不仅是实现了以文字形式辑录民间歌谣，以出版的方式保存民间歌谣，并发展到全国范围内兴起，也加速推进了现代民间文学自觉有意识地开展学术研究活动。因此，在常惠等文人看来："大量民歌谣谚早已淹没无存，要想加强这方面的保护工作，就要把它们写下来，用书面形式

---

[1] 到了1925年6月28日，《歌谣周刊》总共出版了97期，先后由常惠、顾颉刚、魏建功、董作宾四人负责编辑。

记录民间文学仍然是必要的。"[1]但同时令一些文人学者产生担忧的,主要是"每逢写在纸上,或著成书的……所以,多少总有一点润色的地方,那便失了本来面目。而且无论怎样,文字决不能达到声调和情趣,一经写在纸上就不是他了"[2]。这一时期正是刘复、周作人、顾颉刚、常惠等一批学者,以搜集与整理民间歌谣的方式参与新文化运动,有感于民间文学在快速城市化进程中即将消失的趋势,于是发起歌谣征集运动,这也直接将民间文学的文本化推到了历史的正前方,掀起了一股以文本记录民间文学的热潮。

第二,在20世纪80年代,又经历了全国范围内的民间文学的"三套集成"[3]的汇集与编纂。其意在"保存各族人民的口头文学财富""为民间文艺学和社会科学领域中有关学科的研究,以及文学艺术创作的借鉴提供较完整的资料",目的是明确的,就是要通过"汇集与编纂各地区、各民族的民间文学搜集整理的成果"[4],实现民间文学的文本化。

第三,近三十年的民间文学类的非物质文化遗产保护。这一保护工作在全国范围内如火如荼地展开,从抢救性挖掘到活态化生态保护的整个阶段,从申报到批准的整个流程,从地方到国家的整个过程,民间文学的文本化方兴未艾,并且不断地得到相关部门对文本化的支持。

若是从有利的因素去看,搜集、整理的民间文学是对民俗事象的折射,是对物质生活世界的想象及其替代,并且这些生产的文本是对民俗事象、文学对象的再创作、再想象。因此,民间文学的文本化保存了一个地域、民族的文化记忆,成为一种历史事实、集体记忆、语言符号等。但是,事物总是有一体两面的,从不利的因素去看,纯文学文本的民间文学由于缺少了生活基础与表演场域,就极容易将大众化、集体性创作的民间文学,带有明显地域特质的民间

---

[1] 洪长泰:《到民间去:中国知识分子与民间文学1918—1937(新泽本)》,董晓萍译,中国人民大学出版社,2015,第9页。

[2] 常惠:《我们为什么要研究歌谣》,《歌谣》1922年第2期。

[3] "三套集成"即《中国民间故事集成》《中国歌谣集成》《中国谚语集成》的总称,含省卷本90卷、县卷本4000多卷,数十万文化工作者参与调查、搜集、编纂而成,被誉为"世纪经典"和"文化长城",是当代民间文学整理的标志性成果。

[4] 万建中:《〈中国民间文学三套集成〉学术价值的认定与把握》,载马文辉、陈理主编《民间文学类非物质文化遗产保护研究》,中国社会科学出版社,2015,第117页。

文学，在对其再创造与再想象时将其转化为一种个人化书写，这样在文学文本的创作与传播中必然就会增强个人性，以此过程添加了个人化标签以便于同其他文本形成差异。如此情形下，"文本在文化环境中的生产和消费，读者接受和感受文本的方式，使得文本不断发生改变并获得新的含义"[1]，必然会成为趋势。不仅如此，充斥着个人性的民间文学文本，进一步使得民间文学中的人物、事件以及其中的空间与时间等模糊含混，民间叙事的不确定性越发突出，叙事结构的模式化会越来越明显。

　　然而，民间文学的文本化已成既定事实。我们需要做的就是面对民间文学的"文本批评"，通过重新审视民间文学作品的活态化历史，重新述说民间叙事，重新解读民间立场，从中找寻且获取民间文学的文化价值以及在当前具有的社会意义，这是本书的出发点与编写初衷。

---

[1] 丹尼·卡瓦拉罗：《文化理论关键词》，张卫东等译，江苏人民出版社，2006，第 64 页。

第一章
民间文学的精神性与文学性

知识要点

1. 精神性。民间文学表现了中华民族的创造实践与生命意识、集体感知和道德观念，是民族精神的充分体现。

2. 文学性。民间文学的文学性是通过民众的审美趣味表现出来的，主要有知趣之美、意趣之美和情趣之美。

概述

文学具有多重本质和功能。虽然近现代的文学理论高扬文学的审美特质，但在现实中任何文学作品都会在内容上、形式上体现出不同程度的教育性，对于民间文学来说，尤其是这样。只有重视了教育性，那才是民间的"文学"，不然只是"民间的"，并非文学。而在注重教育性上，民间文学与通俗文学、精英文学走到了一起，找到了共同点，但在对于教育性的理解与阐释上存有差异。这主要表现为：通俗文学的教育性是体现时代精神、合乎自然的美和法则，民间文学的教育性则是通过精神性与文学性来彰显民族精神和审美趣味。

由于民间文学的创作与流传主体是广大民众，民间文学的接触对象是大众层，这样使得民间文学的影响自然地融入大众层，随时随地影响人们的生活。正是因为这样，所以绝不能将民间文学视为供人消遣的、无伤大雅的，而忽略了它的教育性。

一、精神性

1926 年，董秋斯写了一篇相当有见地的短文《关于民间文艺》。文中说：民间文艺为什么老百姓听不懂、不感兴趣呢？就是因为征集民间文艺的人，还没有走到民间的深处。虽然字句记录下来了，但只得了一个空壳，未曾传写出民间的真精神。这种真精神是混在民间的血液中，它的一呼一吸，一胀一缩，便形成了民间的文艺。文中又说：要紧是先去做民间的一个。这篇短文反映了当时歌谣学运动的一个重要问题，由此也得到了钟敬文的欣赏，将其发表在《新生》周刊民间文学专号上[1]。这是首次提及中国民间文艺的目标与任务，也就是要反映"民间的真精神"。

鲁迅直接点明了"不识字的作家"为其特征的民间文艺的独特性之所在，即是"不识字的作家虽然不及文人的细腻，但他却刚健，清新"[2]。茅盾提到中国各地都有的民间文艺，贯穿其间的是"老百姓的对于他们所爱所憎的人物的赞扬和讽刺，他们给这些人物创造了典型。而作为这些民间文艺的灵魂的，还有老百姓的从生活里得来的人生的真理和对于生活的积极的态度"，所以，"民间文艺中没有悲观和颓废的"。他还感叹到，民族的"深土"的产物——民间文艺，是能够"发生民族自信力的！"[3]钱玄同（疑古玄同）在给潘汉年的回信中说：民间文艺是真正活泼美丽的语言——表情最真率，达意最精细，用字造句尤自由；也是老百姓说话的口吻，因此，要倚仗民间文艺来建立国语、来唤醒民众。钟敬文指出中国民间文艺是民众在长期劳动和斗争中堆积起来的智慧、经验和美德的总汇，贮藏着相当丰富的可贵的知识、健康的情感及正直的伦理观念等。"在那里面，有对于自然、社会的正确而深刻的认识，有对于

---

[1] 马昌仪：《求索篇：钟敬文民间文艺学道路探讨之一》，载中国民间文艺研究会上海分会编《民间文艺集刊（第四集）》，上海文艺出版社，1983，第 241 页。

[2] 鲁迅：《门外文谈》，载《鲁迅全集（第 6 卷）》，人民文学出版社，2005，第 97 页。

[3] 茅盾：《民族的"深土"的产物：民间文艺》，《生活星期刊》1936 年第 1 卷第 19 期。

美好、公正的东西的眷爱和追求，有对于丑、恶、堕落的人物的嘲笑和惩罚。"[1]
于是，民间文艺具有了最明显的优良的特征，"是单纯，是浑朴，是明朗，是
扼要，是壮健"[2]，这一总体性概括是非常精准的。黑格尔在解读荷马史诗
时曾提到："对史诗进行评价、钻研和分析，就等于用心灵的眼睛去检阅各民
族的各具个性的精神。"[3]这种具有个性的精神也就是各民族的精神，是有
生命力的，是最优美、自由的。

　　民间文学作为民间文艺的重要组成部分，其中的神话、史诗、民间传说、
民间故事、民间歌谣、民间戏剧等，内含的是怎样的精神因素呢？

1. 民族的创造实践与生命意识

　　这种创造实践和生命意识在人类文明的草创时期，显得尤为典型。原始社
会人类的生产力极为低下，与之相比较，自然威力却是非常强大。在《淮南子》
中记载有：往古之时，四极废，九州裂。天不兼覆，地不周载。火爁焱而不灭，
水浩洋而不息。猛兽食颛民，鸷鸟攫老弱。[4]该书的《本经训》中叙说"尧之时"
的情形是：十日并出，焦禾稼，杀草木而民无所食。猰貐、凿齿、九婴、大风、
封豨、修蛇皆为民害。[5]此类描述，在我国各族神话里都可以见到。纳西族
史诗《创世纪》描述洪水翻天：天地分不清，日月无光辉。高山已崩裂，深谷
已填塞，大地发洪水，洪水撞岩上，岩石起火光。松树遭雷轰，轰成千段，栗
树被地震，震成万片。[6]在巨大的灾难之后，世间没有了烟，世间没有了火，
世间成了没人的地方，只有苍蝇在搓脚。[7]《苗族古歌》讲道：日月十二双，
昼夜不停跑，晒得田水啊，好比开水冒，晒得石头啊，软得象粘膏，晒得坡上

[1] 钟敬文：《民间文艺谈薮》，湖南人民出版社，1981，第22—23页。

[2] 钟敬文：《民间文艺谈薮》，湖南人民出版社，1981，第4—5页。

[3] 黑格尔：《美学（第三卷　下册）》，朱光潜译，商务印书馆，1981，第122页。

[4] 刘安等：《淮南子》卷六《览冥训》，桐城吴先生群书点勘子部之九，第4—5页。

[5] 刘安等：《淮南子》卷八《本经训》，桐城吴先生群书点勘子部之九，第4页。

[6] 云南省民族民间文学丽江调查队搜集翻译整理：《创世纪（纳西族民间史诗）》，云南人民出版社，1978，第23页。

[7] 云南省民族民间文学丽江调查队搜集翻译整理：《创世纪（纳西族民间史诗）》，云南人民出版社，1978，第28页。

啊，草木齐枯焦。榜养有小孩，上山割牛草，日月一出来，死在坡上了。有伙小姑娘，出去捞浮藻，日月一出来，死在田里了。有伙小后生，上山捕雀鸟，日月一出来，死在山上了。小孩晒死了，没人养牛羊；姑娘晒死了，没人缝衣裳；后生晒死了，没人种米粮。[1]这些夸张和想象的描述，清楚地反映了早期人类深受自然力的侵害，想要求得生存，其艰难程度是可想而知的。

即使如此，人类的祖先却毅然地、坚决地、果敢地选择了去创造环境、改造自然。于是，夸父逐日，要与大自然相较量；天神炎帝的女儿游于东海，溺而不返，死后化身为精卫鸟，常衔西山之木石，以堙东海；女娲炼五色石以补苍天，断鳌足以立四极，杀黑龙以济冀州，积芦灰以止淫水；神话英雄羿用了彤弓素矰，射去九个太阳。少数民族神话中有彝族造地的四个姑娘拿青苔做衣裳，拿泥巴当口粮，忘了吃穿来造地，忘了睡觉来造地，结果造出了广阔的大地，受到颂扬。造天的五个兄弟却好玩懒散，把天造小了，致使天不能盖，遭到了批评。土家族的张果老造天，李果老制地。张果老七天七夜把天造好，打开南天门，一声响雷把一直在睡懒觉的李果老惊醒。李果老匆匆忙忙把地连好，拿去和天一合，显得地太大了，于是他用力一挤，挤出了许许多多大大小小的疙瘩，这就是山；又用脚在地上划了许多弯弯曲曲的道道，用来装水，这就是河。

纳西族人民在他们的史诗《创世纪》中讲道：神的九兄弟去开天，把天开成峥嵘倒挂的；神的七姊妹去辟地，把地辟成坎坷不平的。天咕哩果罗响，地叽哩哇啦鸣，好像天要塌下来，好像地要崩裂开。神的九兄弟啊，不会开天不灰心，学成开天的工匠，又去把天开。神的七姊妹啊，不会辟地不丧气，学成辟地的工匠，又去把地辟。结果，东边竖起白螺柱，南边竖起碧玉柱，西边竖起墨珠柱，北边竖起黄金柱，中央竖起一根撑天大铁柱。天不圆满，用绿松石来补；地不平坦，用黄金来铺，把天补得圆圆满满的，把地铺得平平坦坦的。

也有瑶族的神话《密洛陀》告诉我们，中界是由能干的密洛陀总管的。她身材魁梧，力大无比，两眼炯炯有神，迸发出智慧的光芒。因为地薄天低，人

---

[1] 贵州省民间文学组理整，田兵编选：《苗族古歌》，贵州人民出版社，1979，第105—106页。

们打桩时打穿地面，舂米时杵端撞破蓝天，上界下界都很有意见。密洛陀便砍来一棵十人抱不拢的老铁树，硬是把天顶上去三十三根楠竹那么高，之后又把地加到三十三座山那么厚。不过，老天升高之后，像个伞盖，遮不住大地，于是，密洛陀便用手抓住地皮往上提，提出许多皱纹来，大地出现了山峦和土坡，地变小了，天才略盖过地。然后，密洛陀又定万物，取火种，造谷米，定秩序，使大地出现了一片生机。这些神话有着丰富的联想，奇幻的想象，但其间仍然反映的是历史发展的本质所在，即人类不断地创造环境，因人的生存需求而改造着自然。

这些神话普遍反映的是由造物的众神创世，体现的是人类早期对自然的创造实践的共性特征以及一种生命意识。永恒的自然界充满生香活意，大化流行，处处都在宣畅一种活跃创造的盎然生机，就是因为这种宇宙充满机趣，所以才促使中国人奋起效法，生生不息，创造出种种伟大的成就。[1]生生不息，正是推动早期人类不断创化的历程。天地之大美即在普遍生命之流行变化，创造不息。我若要原天地之美，则直透之道，也就在协和宇宙，参赞化育，深体天人合一之道，相与浃而俱化，以显露同样的创造，宣泄同样的生香活意，换句话说，天地之美寄于生命，在于盎然生意与灿然活力，而生命之美形于创造。[2]因此，让人感知到在人类无止无尽、创造不已、生生不已的实践中造就了生生不息即为美的意识，以及唱响了创造生命、创化生命的永恒赞歌。其结果是：苍天补，四极正。淫水涸，冀州平。狡虫死，颛民生。[3]又有诛凿齿于畴华之野，杀九婴于凶水之上，缴大风于青邱之泽，上射十日而下杀猰貐，断修蛇于洞庭，擒封豨于桑林。因此，万民皆喜。[4]需要说明的是，早期人类在艰难的草创时期表现的创造实践与创化生命意识被保存在神话中，通过这些神话留给后人对创造的美的感知。

[1] 方东美：《生生之美》，北京大学出版社，2009，第115页。

[2] 方东美：《中国人生哲学》，中华书局，2012，第58页。

[3] 刘安等：《淮南子》卷六《览冥训》，桐城吴先生群书点勘子部之九，第5页。

[4] 刘安等：《淮南子》卷八《本经训》，桐城吴先生群书点勘子部之九，第4页。

2. 民族的集体感知和道德观念

神话时代的人类为了生存与繁衍，必然要同强大的自然界进行对抗，而这种对抗单凭个人的力量是不可能实现的，人类就会选择去组成一个群体，以群体的力量共同面对艰难的生存环境，也以群体的力量共同创造适合生存的条件。于是，早期人类结成的这个社会，不管这个社会怎样低级，都必须要有一些规范来规定人们的关系，因而势必也会有一种道德存在。[1]这样的道德存在截然不同于文明社会的道德。这是因为早期人类因自身条件的限制，他们只能孕育出一种"超人"的存在，从现实世界起飞，却也不可能完全克服现实的地心引力，腾空而起神话中所展示的一些神界现象，归根到底是实际的人类世界的一种反映[2]。所以，在神话世界里与大自然作斗争的那些力大无比、勇猛坚强、无私奉献、为集体除害的人，如后羿、夸父、盘古、大禹等，被以血缘为纽带的氏族社会内民众作为英雄来赞颂、崇拜；又有千手千眼佛、九头鸟、九头蛇以及"黄帝四面"等，都是充满着神秘的集体意识。在生产生活实践中塑造的英雄或是神，是劳动成绩的艺术概括，神是武装着某种劳动工具的完全现实人物[3]，由此说来，这些神实际是早期人类中的一个个普通的、平凡的却又是伟大的人。不仅如此，这些神为人类获取或首次制作各种文化器物，教人狩猎、手工和技艺，制定社会组织、婚丧典章、礼仪节令等，还有参与创世，这些神填海造地，开辟宇宙，确立昼夜四季，掌管潮汐水旱，造最初的人类，并给予意识，施以教化等等。于是，成了文化英雄。[4]

他们又是品德高尚者，如在汉、苗、瑶、壮等民族中流传的盘古"垂死化身"创造天地万物的自我牺牲精神；汉、羌等民族中流传的大禹治水的公而忘私的集体主义精神；汉、苗、土家等民族中流传的神农氏"教民播种五谷""尝百草之滋味"大无畏、舍己为人的英雄主义精神；汉、苗等民族中流传的金鳌可敬可贵的造福人类、勇于自我牺牲精神；还有壮族的《妈勒访天边》、景颇

[1] 埃米尔·涂尔干：《社会分工论》，渠东译，生活·读书·新知三联书店，2000，第127页。

[2] 徐岱：《艺术的精神》，首都师范大学出版社，2001，第221页。

[3] 林焕平编《高尔基论文学》，广西人民出版社，1980，第136页。

[4] 刘守华：《非物质文化遗产保护与民间文学》，华中师范大学出版社，2014，第99页。

族的《驾驭太阳的母亲》、彝族的《三女找太阳》等，都从不同角度歌颂了人类追求光明的坚忍不拔的毅力。

汉族的民间传说《凉伞坳》，讲的是舜帝南巡路过九嶷山，为了帮助人们遮阴防淋，就在光山秃岭上种植了一棵树。后来这棵树长大了，能随着乘凉避雨的人数多少而自由伸缩，成为神树。这一传说反映的是前人栽树、后人乘凉的朴实真理，赞美了舜帝的伟大业绩，并教育人们要为子孙后代着想。因此，这些英雄或是神受到了民众的崇敬，随之孕育了早期人类质朴的纯粹的不完备的道德感知。这种道德感知是后文明时代的道德观念形成的雏形。

民间文学在传授知识经验、行为规范、道德教育方面发挥着重要作用，特别是道德教育功能尤为突出。恩格斯在《德国民间故事书》中说：

> 民间故事书还有一个使命，这就是同《圣经》一样使农民有明确的道德感，使他意识到自己的力量、自己的权力和自己的自由，激发他的勇气，并唤起他对祖国的热爱……德国民间故事书具有健康的真实的德意志精神。[1]

恩格斯提到的"民间故事书"包括了以优秀民间传说为基础的"浮士德"和"西格夫里德的故事"，也有如《奥克塔维安》《麦柳辛纳》等本来是"宫廷诗的产物"，"只是后来由于改编成散文才传播到了民间"的作品。在这类书里，有反抗专制暴君的作品，也有描写恋爱和受苦受难的妇女故事。另有许多滑稽故事，甚而是那些"百年历书""占梦书"等宣传品。而"民间故事书"的"使命"是应当以自己丰富的想象使农民和手工业者获得快乐、振奋和慰藉；应当培养人民的道德感，使他们认清自己的力量，自己的权利、自己的自由，激起他们的勇气，唤起他们对祖国的爱——这些要求对于一般的民间故事也是适用的。

中华民族崇尚道德的精神深入民众的内心世界，化为民情风习。梁启超在《中国道德之大原》一文里对中华民族重德精神的解读，思想深邃，影响广泛。

---

[1] 马克思，恩格斯：《德国民间故事书》，载《论艺术（四）》，中国社会科学出版社，1985，第341页。

他认为：中国一切道德，无不以报恩为动机，所谓伦常，所谓名教，皆本于是。也就是中国人具有的"报恩"意识。人生在世，无论如何聪明才智，都不可能无所待于外而能自立，故其一生直接或是间接受恩于人者，实无量极，因此，于父母、家庭、社会、国家多心存报恩之思。特别是"民间故事作为最广大最底层民众的文化，其中蕴含与表达的报恩观念，应是最广泛最深入人心地存在于民族成员之中，代表着我们民族对这种社会现象普遍的理解。"[1]

中国的道德体系里有"明分"精神，客观地表达了理性的"向上心"，强调立足现有的社会地位，求渐进于理想的目标，中国社会"强固致密搏之不散者，正赖此矣"。道德体系里也有"虑后"思想，指的是"社会联锁之将来"，也就是中国文化的传承和发展。因此，中国人强调个人对于社会与后代的责任。"二千年来，此义为全国人民心目中所具。纵一日之乐，以贻后顾之忧、稍自好者不为也。不宁唯是，天道因果之义，深入人心，谓善不善不报于其身将报于其子孙，一般人民有所劝，有所慑，乃曰迁善去恶而不自知也。此亦社会所以维系于不敝之一大原因也。"由于中国道德包含有"报恩""明分""虑后"三大精神观念，也就衔接起了个人、社会、国家的关系，也衔接起了过去、现在与将来的关系。所以，"吾国所以能绵历数千年，使国性深入而巩建者，皆恃此也"。中国人的道德实践是以个人的品德修养作为起点，指向了关乎民族、国家的精神主张。因此，有了黑格尔指出的：中国纯粹建筑在这一种道德的结合上，国家的特性便是客观的"家庭孝敬"。其结果是中国人把自己看作是属于他们家庭的，而同时又是国家的儿女。[2] 这些崇尚道德的精神被保留在民众的口头文学即民间文学之中，世世代代得以精彩绽放。

①体现了鲜明的助人为乐的传统美德

毛南族的《找幸福》，故事是讲：

一个孤儿要上南天门问南极仙翁，世上哪里能找到幸福的故事。临走

---

[1] 孟芳：《报恩故事与民族心灵：从民间故事看我国报恩观念的理性色彩》，《中州大学学报》2008 年第 2 期。

[2] 黑格尔：《历史哲学》，王造时译，上海书店出版社，1999，第 127 页。

时，乡亲们托他问村里常常大旱，哪里能找到泉水；在桃花寨借宿时，老奶奶托他打听自己瞎眼的儿子怎样才能重见光明；过渡河时，撑船的老伯托他问独生女儿18岁了为什么不会说话。孤儿千辛万苦见到南极仙翁，仙翁告诉他只能问三个问题，孤儿只好把乡亲们拜托的三件事请仙翁解答。他回到渡口，老伯的哑女便叫"爹爹，你的女婿回来了"，于是，孤儿就有了媳妇。他回到桃花寨，掀开村头的石板，一坛刻着孤儿名字的金子堵在泉口上，老奶奶的儿子用泉水治好了眼睛，村里有了水不再旱了。孤儿用金子买了地，过上了幸福的生活。

这一故事以质朴善意的情感，体现了"好人有好报"的道德观念。

②反映了家庭人伦、社会伦理的主题

民间文学极为重视与强调尊亲、孝敬、怜爱、仁慈、宽容等品德。
如汉族的《牌位》是讲：

> 山中有一人家，仅母子二人，母爱子如命，含辛茹苦，把儿子养得肥肥壮壮。儿子却不知感恩，反而对母亲非打即骂。一次，儿子上山砍柴，见一只老喜鹊一次次飞去捉虫，又一次次飞回喂窝中小鹊，最终累死。这一幕，使他良心发现。这时，母亲挂棍上山给他送饭，见儿子扬着两手向他跑来，误以为又要像往常来打她。慌忙间，一头撞向大树。儿子见母亲撞死，痛苦欲死。为了记住这血的教训，他让木匠用这棵树的木材做了一个牌位，上写母亲的名字，日夜祈祷，请求宽恕。

彝族的《竹篓的警示》是讲：

> 有一家祖孙三代，爷爷久病不起，爸爸便用竹篓把他背到山上，然后空手而归。儿子问爸爸："爷爷呢？"爸爸回答："爷爷太老了，活着也没意思，让他一个人在山上待着吧。"儿子又问："那竹篓呢？"爸爸说："也扔在山顶了。"儿子接着说："爷爷没用了，可竹篓还有用呀！"爸爸问："有什么用呢？"孩子告诉他："等你老了，我也用那竹篓背你上山呀！"

上述故事揭示了不孝子的恶行，批判不孝子的道德沦丧。值得注意的是，有关人伦关系也被保留在民间故事里，它与具体的习俗有着勾连，影响是深远的。

湖北省十堰市的民间故事《斗鼠记》，其大意是：

> 古时，均州的某王公立了一个规矩："老人无用"，凡是上了六十岁的老人，就要送进山上的"自死窑"里，让他们活活冻饿而死。这习俗一代代往下传，没有人敢违抗。有一年，"外国黄毛子"送来一只像黄牛那么大的犀鼠，要同这个国家斗鼠。如斗败了，就得向它称臣纳贡。王公放出凶猛的老虎，也被犀鼠斗败，全国上下焦急不安。这时，有个农民杨三，不忍心让老父在"自死窑"里受罪，每天偷偷给他送饭供养。谈及斗鼠事，老人便告诉他：找十只十多斤重的猫，关在一个笼子里，不给食吃，令其互相吞噬，留下最强的那只体重刚好达到十三斤半的猫，就可斗败犀鼠。农民报告王公，照此办理，果然斗败犀鼠维护了国威。王公奖赏农民，他说出真相，王公由此认识到"老人是个宝"，便下令废除了弃老于"自死窑"的习俗。

在湖北黄陂也有类似的传说：

> 古时，皇上规定老人到六十岁就要自己死掉，不死就得活埋。一位大臣把老父偷偷养在家里。后外国进贡一物，体大如牛，形态似鼠，满朝文武不识，有辱国体。老人告诉儿子识别此物的方法。大臣找了一只八斤重的大猫置袖内，上朝时，捏猫卵，猫大声叫唤，此物即惊恐万状，威风尽失，于是断定为鼠，维护了国家的尊严。皇帝得知原委，深感老人有用，下令废除了弃老的恶俗。

这一传说也在晋东南、晋西南一带流传。相传是：

> 古时把上了年纪的老人送进地洞，不准在家供养。这时发生了外国进

贡老鼠的事。有一位大臣偷偷把年迈父亲养在家里，老父听说此事后告诉他一种斗败老鼠的方法。他找了一只尾巴上有黑白相间九节花纹的狸猫置袖内上朝，捏一节，狸猫就叫唤一声，敌国送来的大老鼠听了就吓得缩小一点；捏九下，叫九声，大老鼠吓成了小老鼠，再放出猫来，一口就把它吞吃了。皇帝由此看到了老人的丰富智慧，下令把弃老的习俗废止了。

这五则民间故事或传说应是虚构的，但重要的是这些古老传说不着重叙说老人被遗弃于山野荒岛的悲惨情景，却是一致地以老人出主意克服危难，战胜敌国，来表达"年高智不衰""老人有用"以及赞颂老人的智慧的主题，使弃老于野的陈规陋习得以改变。如此之富有传奇性的叙事，把孝养父母的道德伦理观点传给后人，这也体现了民间文学富于积极进取精神和道德教育价值的明显特征。

二、文学性

关于民间文学的文学性，着重于讨论民间文学的审美趣味。具体表现在：

1. 民间文学的知趣之美

知趣是将审美个体的感觉、知觉、记忆、表象、想象等作为审美起点，在特定审美趣味的认知直接作用下，呈现个体的特质。知趣兼有感性认识和理性认识。理性的东西完全可以通过感性的环节施力于情感，使之富有理性感从而对特定审美对象的内涵更有烛隐发微的意味。[1] 要想把握审美对象的内涵和意义，需要依靠情感的力量，使之烛照审美对象，以洞察这一审美对象值得言说的可以阐释的"意味"所在。

云南不少民族都有诸葛亮的信仰崇拜。彝族的民间传说《孔明大战山神》，其中讲述了诸葛亮与山神斗法的过程。基诺山北部的一座山，当地基诺族人民把它叫作孔明山，认为此山即他们祖先栖息的地方，还说他们的祖先是诸葛亮南征的士兵，因为行军疲劳贪睡而掉了队的。《孔明洞的传说》讲到基诺族民

---

[1] 丁宁：《论审美趣味》，《学术研究》1987年第1期，第76页。

众进洞去，就可以向孔明老爹借东西，无论是盆、碗，还是粮食。显然，诸葛亮在彝族、基诺族、景颇族人民心中已经神化。景颇族认为诸葛亮是人间世界的创造者，在举行祭祀鬼神仪式之前要祭祀诸葛亮；傣族民众十分崇敬诸葛亮。诸葛亮信仰还被移入日常生活叙事之中，德昂族居住的干栏式竹楼，据说是根据诸葛亮赠予的帽子建造的；水族的铜鼓，传说是诸葛亮在征服川滇时创造的，称为诸葛鼓或孔明鼓；基诺族的茶，传说是诸葛亮南征时，曾赠予基诺族祖先茶籽，并让他们以种茶为生；傣族、景颇族说是诸葛亮取下自己的帽子支上几根木条，教他们仿此造竹楼居住，诸葛亮割下自己的衣袖，教他们的姑娘仿此做筒裙穿。

除传说之外，还有诸多诸葛亮信仰的文化景观。在大理有画卦台、天威径、诸葛城故垒及印篆。临安有诸葛山。永昌有诸葛营旗台、粮堆、打牛坪诸葛寨、诸葛堰。楚雄有破军山、卧龙冈、汤团箐、武台、茅州营。曲靖有阻夷山、分秦山、八塔双井。澄江有诸葛营。蒙化有巍宝山、玄珠白塔。鹤庆有诸葛寨、泉与池。姚安有武侯塔遗垒、土城。武定有故城诸葛营。北胜有祭锋台。陇川有孔明寄箭山。普洱有孔明营垒。车里有孔明碑。其他祠庙，未可胜数。[1]

但是，有一个问题：据历史学家考据，孔明的军队未到过基诺山，基诺族祖先也不是孔明南征时留下的士兵。基诺式竹楼，早于孔明四百年出现。更为重要的是，诸葛南征，既未到云南西部一带，但今日之大理、永昌以至滇缅边区一带，却一致的有武侯曾经亲临其地的传说，处处存有武侯南征的遗迹，且边地人民对武侯有着特殊的敬奉崇仰。[2]这又该作何解释呢？

著名民族学家江应樑通过考察大量的民族志，提出了以下见解：

首先，在大理、永昌、腾越、龙陵诸地，不论士大夫或乡老农妇口中所说的武侯故事，都全部是从《三国演义》一书转述出来，再从各地方所流传的武侯遗迹上来看，所谓盘蛇谷、孟节寺、哑泉、藤甲兵，尽皆演义上的故事。

其次，西部各地崇信孔明的夷民，以沿边的山头、傈僳等族为最，考山头、

[1] 滕兰花：《历史与记忆：从明代云南武侯祠看诸葛亮南征》，《黑龙江史志》2010年第1期。

[2] 谢肇淛：《滇略》（卷五），载季春龙主编《正续云南备征志精选点校》，云南民族出版社，2000，第248页。

傈僳等族，起初却并非居于现时西部边区地带，而是从云南东北部渐渐向西南迁移过去时，而云南的东北部，则正当时孔明大军经行之区，也许这些夷族当时曾亲受了孔明的感化教诲，对孔明已奉之若神明，后虽离其原有的居住地而迁徙到西方，但其民间之信仰，仍依然不变动地随之带到西方去。武侯之征南，对夷民间确曾给建了许多文物制度。[1]对夷民有此制作，无怪夷人奉若神明，曰之为文明制度之创造者。[2]

由此言之，云南西部一带的大理、永昌以至滇缅边区一带的诸葛亮传说，以及诸葛亮南征的遗迹，并非诸葛亮南征亲临上述地区的历史事实的记述，而是受到《三国演义》一书的影响，被附会臆造出来的。同时，也有民族迁徙的原因，原先被诸葛亮感化与教诲的民族移植到新的聚居地，实现了跨越空间的诸葛亮信仰传播。

通过诸葛亮的传说、诸葛亮信仰、诸葛亮的遗迹等可以更好地理解民间文学的知趣之美。那么，这样的知趣之美是怎样借助诸葛亮传说来表现的？要想回答这一问题，关键是要理解诸葛亮传说中的"理性感"是怎样的？就是借助感性认识的表现环节，从理性认识的角度去看西部少数民族地区的诸葛亮传说。我们认为西部少数民族地区的诸葛亮的传说，以感性的口头叙事、构建的诸葛亮的文化景观等表现形式，表达的是中华民族的历史发展进程中汉族与少数民族之间的交流、交往与交融的过程与实践，其间浸润的是浓厚的民族情感。诸葛亮的传说"隐喻着西南少数民族与汉族'同根同源'"，进而传递的是"西南少数民族表达和建构了他们的中华文化认同"[3]。所以说，知趣之美恰是在于西南少数民族地区的诸葛亮传说与信仰，深度诠释了汉族与少数民族在彼此互动与交往中展现的中华文化多元一体的特征，体现的是中华文化认同和中华民族认同，这就是"理性感"的获得，也是知趣的获得，更是知趣之美的光彩耀眼之处。

还可以从《由与枭的爱情传说》来探究知趣之美。这一传说反映了由与枭

---

[1] 李文海主编《民国时期社会调查丛编（二编）·少数民族卷》，福建教育出版社，2014，第648页。

[2] 李文海主编《民国时期社会调查丛编（二编）·少数民族卷》，福建教育出版社，2014，第649页。

[3] 熊威、刘文静：《西南少数民族诸葛亮传说及景观叙事与中华文化认同研究》，《文化遗产》2022年第5期。

两人相互爱恋而引发的事件，经过族人几次大争辩，才把这个惯例打破，不再去遥远的地方婚配了。"由与桌的爱情传说"提供的由与桌的婚姻事件，反映了当时苗族社会的特点，即是为适应婚姻问题的解决，根据最高领导者为氏族长的该埃的办法，按照各个支系成立了小的氏族，其实质就是一种婚姻集团的组织。而各寨老年人组成的核心领导，采取会议的形式，对问题进行争辩，依理办事，这反映了苗族社会还处在阶级社会尚未完全形成的阶段。[1] 这些民间传说或故事，可以触发接受者的感觉、知觉、记忆，进而形成表象，激发想象，并将其作为对世界审美的起点，形成独特的审美趣味和心理结构，进而增强个体对社会的感性体认和理性认识，体现出民间文学的一种知趣之美。

2. 民间文学的意趣之美

意趣对审美主体情感的维持、调节和深化有着独特的贡献。审美主体一旦拥有"某种期待倾向的心理满足"，那么"它在趣味判断过程中的作用"就是使"艺术感召人心的力量得以充分发挥"[2]。民间文学的意趣是要表达民间文学蕴含的思想和旨趣，借助心理期待，发挥"感召人心的力量"。这是区别于知趣与情趣的地方。

苗族的民间传说，特别是与服饰相关的民间传说，反映的是过去的苗族人民对自由、平等美好生活的热烈向往与追求，以及为此目标而进行的不屈不挠的英勇斗争；体现的是苗族人民将古代军事作战穿着的甲胄等，移植入本民族的服饰制作中且被赋予了附会之义。很明显，苗族人民在漫长的历史进程中一直铭记于心的，是强烈、明确的想要摆脱压迫与被奴役的卑下地位，渴望拥有属于自己的新的生产环境和生活条件。这种愿望、这种理想，在不断迁徙中渐渐载入苗族的服饰系统，凝练成一种符号与图案。

我们可以从一些苗族民间传说中记载的服饰及图案来源来理解民间文学的意趣之所在。

贵州省台江县施洞一带的女性喜欢在传统盛装绣花衣上绘制叫作"绣妹妹"

---

[1] 费孝通等：《贵州苗族调查资料》，贵州大学出版社，2009，第 107-108 页。

[2] 丁宁：《论审美趣味》，《学术研究》1987 年第 1 期。

的人物形象，其中以乌莫西最有代表性。据说，乌莫西是苗族英雄张秀眉起义军中的一员女勇将，在反抗清王朝封建统治和压迫的斗争中建立了功勋。苗族人民为纪念、颂扬这位传奇式的女英雄，把她的形象作为图案绣在自己的节日盛装上。

台江、雷山一带苗族女性穿着的盛装[1]看上去像是锦鸡。雷公山上流传着这样一个故事：

> 从前的苗家妇女衣裳是没有绣花的。后来，一位美丽善良、聪敏过人的苗族姑娘，看到山上的锦鸡特别漂亮，就自己染布、绣花，把自己打扮得如锦鸡般漂亮。发髻上的银角，便是锦鸡头上高高耸起的冠子；身上的绣花衣，便是锦鸡周身绚丽夺目的羽毛；腰后彩虹般的飘带，便是锦鸡长长的尾羽……

"锦鸡的传说"说明了苗族服饰的来源与自然环境的密切关系，也体现了苗族妇女的聪明才智。

还有黄平县重安江畔有部分讲西部方言的苗族。据说，很久以前，经历了战斗，男人大都壮烈牺牲，妇女们便走上战场，穿上盔甲，拿起武器，同敌人拼搏，最终取得了胜利。为纪念这一事件，妇女们便仿照战士的军服绣制了自己的盛装[2]。至今在姑娘们头顶的银簪上还能看出弓弩的形状。

贵州西北部、云南东北部聚居的苗族人民的盛装[3]，在当地有这样的传说：

> 从黄河以北迁来的苗族，其中有两兄弟，由于连年累月的战争，他们不得不离乡背井，向西南迁移。哥哥骑马先走，弟弟步行在后，他们都非常眷恋自己的故乡。哥哥是骑马走的，就把马裤子上的图案保留下来，后

---

[1] 上衣绣满各种漂亮的花纹图案，下穿别致美观的百褶短裙，并缀有色彩艳丽的飘带。

[2] 这些姑娘的盛装独具风采，头缀红缨，肩佩披肩，英气勃勃，宛如一个个英姿飒爽的武士。

[3] 这一支苗族的服饰特征是上衣两肩与背后，大都有两面或一面引人注目的绣花披肩，有的很像古代军士的甲胄，上面绣有很多独具特色的传统花纹图案。

来织到披肩上，这是保佑平安的吉祥图案。而图案上箭头的数目，据说是根据子、丑、寅、卯……来定的。这种马褡子上的图案，就是现在滇东北和贵州西北部及乌蒙山上苗族服饰的大披肩上的图案。再说那个弟弟，他离开家乡时，边走边回过头来看自己的家乡。因为难分难舍，便将家乡的田园画在衣服上留作纪念，这就成了现在贵州省六冲河两岸苗族披肩上的图案，图案中那方块是田丘，方块里的红条条表示鱼，里面的花表示田里的螺蛳、天上的星星；图案上边的弯弯表示山上的树林；红道道表示长江；黄道道表示黄河……

安顺、安龙、贞丰一带苗族女性上装，俗称"旗帜服"[1]。这里流行的传说讲：

> 过去有一位苗族老妈妈，她的儿子被官家抓去当兵，后来她孤苦伶仃，无依无靠，以乞讨为生。一天，她听说有个大官带领千军万马路过一个地方，又听说那个当官的疼爱百姓。她就等在路口，边哭边唱："大官小官都来过，为什么不见我的儿子？"当大官乘着轿子过来的时候，见路中央坐着一个老人，便停下来。听到老人边哭边唱，他便问道："你的儿子叫什么名字？何时被抓的兵？当时多少岁？"老人一一回答。只见那个官从轿子里跨了出来，一下子跪在老人面前，叫了一声："妈妈！"儿子见妈妈身上衣不遮体，便令左右将军旗扯下两面披在妈妈肩上，又将轿布取下围在妈妈腰下……[2]

这便是这种特殊服饰的来历。现在披肩上那一寸宽的白边，便是当时旗帜上插竹竿用的套边。传说曲折而生动，将苗族服饰的来历同母子分离后最终团聚的跌宕起伏的人生经历相结合，成为当地苗族人民家喻户晓的故事。

令民间传说与服饰创制及来源发生联系，不仅体现苗族服饰的地域特点与苗族支系标识的关联性，也反映苗族支系标识来源、形成的特征与苗族社会普

---

[1] "旗帜服"，是指该上装款式十分独特，无开襟，为前短后长的贯首衣；披肩很大，为前后两扇，呈三角形，且有约一寸宽的白边。看上去犹如一面旗帜披在肩上。

[2] 何晏文：《苗族服饰与民间传说》，载岑秀文、杨昌文编《民族志资料汇编》，贵州省志民族志编委会，1986，内部刊印本，第181-182页。

遍心理和精神实质的关联性。由于这样的关联性存在，民众日常生活中的情感、观念、习俗等在积淀后成为一种思想观念、价值取向，不仅如此，还通过蕴藏在服饰内的象征与意义，引导了苗族人民在日常生活的所思所想所行，也以符号的具象化贯穿在苗族创制服饰与穿着盛装的全过程。要注意的是，苗族人民正是通过服饰这种符号活动和符号思维，使服饰符号达到一种综合效应，包括功利的、审美的、历史的、宗教的、生理的内涵，呈现多重动因结构和象征意义，隐含着社会的秩序与法则，透露出诸多的非语言代码信息。[1] 所以，以苗族服饰的创制、采借与传习等为主题的口头叙事，实则可以成为发现苗族服饰文化法则与规律的资源。虽说在口头叙事中，苗族服饰的地域特质在各支系中有着区别，但在寻找各苗族支系的共同本质和发展规律时，各苗族支系都表现了鲜明、丰富的农耕文化、山地文明等特征，并且都体现了"怀乡念祖"的文化母题。苗族服饰创制与民间传说关联中所蕴含的丰富思想和旨趣，就是民间文学意趣之所在。

3. 民间文学的情趣之美

情感在审美趣味中是重要的，因为没有情感，就没有审美趣味系统的存在，也就没有良好的趣味判断或审美欣赏，并且凭借情感的内在组织能力，可以消除审美趣味系统中的各种心理要素之间的拮抗和紊乱关系，进化为一个有机整体。[2] 于是，以深刻和广泛的认知为内在支撑物的情感就是高级的，也是趋于审美化的。

鲁迅曾阐述过民间文艺中的民歌、故事与戏剧：

> 现在也有人介绍了许多民歌和故事。还有戏剧，例如《朝花夕拾》所引《目连救母》里的无常鬼的自传，说是因为同情一个鬼魂，暂放还阳半日，不料被阎罗责罚，从此不再宽纵了——
> "哪怕你铜墙铁壁！

---

[1] 杨昌国：《符号与象征：中国少数民族服饰文化》，北京出版社，2000，第117页。

[2] 丁宁：《论审美趣味》，《学术研究》1987年第1期。

哪怕你皇亲国戚！……"

何等有人情，又何等知过，何等守法，又何等果决，我们的文学家做得出来么？

这是真的农民和手业工人的作品，由他们闲中扮演。借目连的巡行来贯串许多故事，除《小尼姑下山》外，和刻本的《目连救母记》是完全不同的。其中有一段《武松打虎》，是甲乙两人，一强一弱，扮着戏玩。先是甲扮武松，乙扮老虎，被甲打得要命，乙埋怨他了，甲道："你是老虎，不打，不是给你咬死了？"乙只得要求互换，却又被甲咬得要命，一说怨话，甲便道："你是武松，不咬，不是给你打死了？"我想：比起希腊的伊索，俄国的梭罗古勃的寓言来，这是毫无逊色的。[1]

鲁迅在文末之所以感叹中国民间文艺中的戏剧、故事"比起希腊的伊索，俄国的梭罗古勃的寓言来，这是毫无逊色的"，主要是因为这些戏剧与故事具有的鲜活的、精彩的、直接的人情味。

俄国的高尔基在《第一次全苏作家代表大会闭幕词》一文中讲到了民间故事带给他的感受：

在故事里，人们坐着"飞毯"在空中飞行、穿着"飞靴"走路，用死水和活水向死人洒一下，就会使他复活，一夜之间会把宫殿筑好。总之，故事在我面前展开了对另一种生活的希望，在那种生活里，有一种自由的、无畏的力量在活动着，幻想着更美好的生活。[2]

俄国的民间故事里蕴含着"一种自由的、无畏的力量"，这是因为在故事讲述中通过人的情感内在组织力发挥作用导致的。这种力量可以让广大民众展开对新生活的想象与希望，这也是通过不断努力和争取获得新生活的一种动力。

文学离不开情感，情感支撑着文学世界，在民间文学中情感尤为浓郁。譬

---

[1] 鲁迅：《门外文谈》，载《鲁迅全集（第6卷）》，人民文学出版社，2005，第102-103页。

[2] 高尔基：《第一次全苏作家代表大会闭幕词》(1934年9月1日)，转引自刘世锦编《马克思主义论民间文艺》，漓江出版社，1988，第85-86页。

如，水族的"双歌"，即《野鸡和锦鸡》与《斑鸠与白竹鸡》，就充分体现了民间文学中丰富的情趣之美。

《野鸡和锦鸡》（出）

（说白）：

一天，野鸡和锦鸡在山里相遇，野鸡夸奖锦鸡毛色艳丽，尾翎修长；锦鸡称赞野鸡聪明。好，我们来听听它们说些什么？

（吟唱）：

野鸡："咱鸟类，你最高贵，骨头重，身大体肥。踩哪处，踏成道路。尾翎长，毛色美丽。初相会，我心爱慕，愿陪你，过此一生。我的锦鸡友呵！"

锦鸡："听你说，叫我惭愧。讲漂亮，我怎比你。我愚昧，叫声难听，不如你，聪明伶俐。六月春，面红如醉，喀喀叫，歌声优美。人喂养，丢我要你。我的野鸡友呵！"

《斑鸠与白竹鸡》（对）

（说白）：

春天，斑鸠与白竹鸡在一棵树上相逢，一个站在一个枝头。白竹鸡听斑鸠"咕咕咕"叫得响亮，就问斑鸠："老兄，你这么得意，一定找到东西吃了，心里高兴，是不是？"斑鸠说："呃，我饱一顿，饿一顿，连个住处也没有，还有哪子高兴呀！等我说句话给你听。"

（吟唱）：

斑鸠："飞禽类，数我最苦，没个家，尽住野林。日没食，肚子瘪平；夜没睡，坐到天明。冬腊月，刨雪找虫。月连年，觅食不易。空肚子，等到秋熟。想起来，叫人落泪。我的白竹鸡友呵！"

白竹鸡："听你叫，咕咕咕，像有吃，心里快活。人心宽，嘴上会说。数苦楚，是替我说。你在行，会找食物。同你飞，一起快活。万望你，莫嫌弃我。我的斑鸠友呵！" [1]

[1] 中国作家协会贵州分会、贵州省民族事务委员会编《苗族、布依族、侗族、水族、仡佬族民间文学概况》，贵州人民出版社，1987，第229—231页。

这是酒席上对唱的两则歌，这两则构成一对完整的"双歌"。所谓"出"和"对"，并非通常说的一般的对答，而是有点像汉族的"对联"。上边这对"双歌"，前者以野鸡和锦鸡互相谦虚、赞美，喜欢结交朋友的美好品格为题意来出歌给对方，后者则以斑鸠和白竹鸡同样的品格为题意来作对。一则"双歌"包括"说白"和"吟唱"两部分。"说白"通过一个寓言式的小故事或故事梗概，介绍两个或两个以上的人物，相当于一个小引。"吟唱"是它的主要部分，常用暗喻手法，表达极具含蓄委婉，耐人寻味。

"双歌"启发人们把歌中的人与事同现实生活中某种人与事发生联想，重在通过整首歌的表达去思考更为深刻的人的情感、观念等思想主题。如客人在酒席上彬彬有礼地婉言答谢主人的热情挽留，于是歌者借阳雀和布谷鸟分别时对唱的歌，来表达"天下没有不散的筵席以及人生之聚散离合，乃是很自然的事情"；在规劝人的时候，借助被拟人化的虹龙和老虎，说出歌者想说的话来，寓意在感化那些爱好逞强，目空一切，妄自尊大的人，应克服自己的缺点，避免像老虎一样陷入尴尬的困境；为表达真挚的男女爱慕之情，借用枇杷和李子的对话，用"又香又甜""人人爱吃"的枇杷和"晶晶亮""甜赛蜜糖"的李子，喻示逗人喜爱的水族姑娘，歌者用此二者来称颂与赞美对方的美好言辞。[1] "双歌"的独特风格，充分地展示了水族民众乐观和富有情趣的性格特征，深受当地民众的喜爱并被大力传颂。

---

[1] 中国作家协会贵州分会、贵州省民族事务委员会编《苗族、布依族、侗族、水族、仡佬族民间文学概况》，贵州人民出版社，1987，第 231 页。

第二章
神话与人类的探索精神

知识要点

1. 神话以具象化、拟人化等表现形式来解释人类早期的自然世界，它是人类文明的"童真"与基因，是人类知识的萌芽，也是人类思维趋向"深刻"，认知走向"广博"的起点。

2. 洪水神话、文化起源与人类起源神话、迁徙古歌等中国古代神话让人感受到美，这是由神话蕴含了原始先民对自然界的探索与创造精神决定的。原始先民力所能及的创造实践，形成了最早的世界观。

3. 神话的当代价值与社会意义。

概述及界定

神话，是一种神圣的叙述，顾名思义是关于神祇的故事。但在神话学领域，想要对"神话是什么"作出清晰明确的回答实非易事。学者对神话的界定众说纷纭，但就目之所及，当下对神话进行界定的学者较多集中于神话的文本层面上，神话的叙事内容和文学特质在界定中成为第一位的存在。钟敬文较早指出：神话是一种古老的故事体裁，主要产生于原始社会和阶级社会初期。它是当时人们在原始思维基础上不自觉地把自然和社会生活加以形象化而形成的一种幻想神奇的故事。[1]段宝林指出：神话，是人类在自己的童年时代不自觉地创作出的关于神的故事。[2]黄涛认为：作为一种文学体裁，神话就是人类在远古时期所创造的反映自然现象和社会生活的高度幻想性的故事。或者说，神话是以原始思维为基础的关于神的行为的故事。[3]祁连休等人认为：神话是用叙事语言和象征手法（神的形象）讲述的人类的超越性故事。神话通过解释宇宙起源、人类起源以及文化起源等终极问题来认识世界，并为人类社会与社会制度提供神圣性的合法证明。[4]杨利慧认为：神话是有关神祇、始祖、文化英雄或神圣动物及其活动的叙事，它解释宇宙、人类（包括神祇与特定人群）和文化的最初起源，以及现时世间秩序的最初奠定。[5]

但是，术语的界定并不是一成不变和准确无误的，它具有一定的开放性和包容性。史蒂斯·汤普森在1955年提出神话的"最低限度的定义"：神话所涉及的是神祇及其活动，是创世以及宇宙和世界的普遍属性。[6]但不得不提的是，神话不仅是文本层面上的一种文类抑或是文学体裁，更是一种广泛存在的社会文化现象，是民众日常生活的一部分，而且会随着社会的发展不断传承和演化，直至成为今天我们看到的样貌。并且作为一种综合的社会文化现象，神话有其存在的特定时空场域，它的讲述和展演往往和宗教、特定的仪式等相关联。芬兰民俗学家劳李·航柯认为神话是一种非常复杂的文化现象，因此，他选择从神话的形式、内容、功能、意义和讲述语境等几个方面去界定神话。

我国不少学者在界定神话时不仅注意其文本层面，也注意到神话与语境的紧密关联，凸显了语境的重要性。从文本和语境的关系来看，刘守华的定义是比较全面的。他指出神话作为语境的定义是以祭司为中心的文化综合体——神话是人类氏族社会时期人们认识与征服大自然、祭拜与祈求祖宗、展示与拓演社会的一种象征形式，它在讲述和传承的氏族中具有真实性、综合性和神圣性，

---

[1] 钟敬文主编《民俗学概论（第二版）》，高等教育出版社，2010，第186页。

[2] 段宝林主编《中国民间文艺学》，文化艺术出版社，2006，第146页。

[3] 黄涛编著《中国民间文学概论（第三版）》，中国人民大学出版社，2013，第68页。

[4] 祁连休、程蔷、吕微主编：《中国民间文学史》，河北教育出版社，2008，第25页。

[5] 杨利慧：《神话与神话学》，北京师范大学出版社，2009，第5页。

[6] 杨利慧：《神话一定是"神圣的叙事"？——对神话界定的反思》，《民族文学研究》2006年第3期。

是以祭司为中心举行的整个氏族参与的社会文化活动。他认为神话作为文本的定义是以神格为中心的语言艺术——神话是人类共同体（氏族、部落等）在氏族时代以原始思维为基础，将自然现象和人类生活不自觉地形象化、人格化，从而集体创造、代代相传的一种以超自然神灵为主角、表征着特定群体的神圣信仰的语言艺术。[1]段宝林也注意到：神话在历史上有两种存在方式。其一是作为综合文化现象的神话，其二是作为单纯文学体裁的神话。[2]

总的来说，神话是一种神圣的叙事，它不仅存在于文本的层面上，还存在于实践层面上的宗教和仪式等活动之中，是在解释和说明复杂的仪式行为，成为引导原始人的道德和信仰实践的准则。

内容框架

一、洪水神话

这类神话承载着人类对童年期所经历灾难的共同记忆，它讲述的是人类在遭遇洪水几乎灭绝之后重新繁衍的故事。故事多是一场大洪水毁灭了整个世界，只有极少数人幸存，他们经历曲折重新开始繁衍。这类神话包含两个相互联系的情节：洪水的起因、结果和人类如何重新繁衍。

1.《山神树》

傣族的《山神树》是一则洪水神话，属于"洪水再殖型故事"[3]。

①内容概述

《山神树》讲述了远古时期，滔滔洪水淹没了大地，洪水中漂来12家人，拉住大树的12条树枝，爬上大树，免除了被淹死的灾难。大树为12家人遮风挡雨，结出的果实给他们充饥养命，洪水退去后，又使他们免于遭受野兽的攻击，

---

[1] 刘守华、陈建宪主编《民间文学教程》，华中师范大学出版社，2002，第100-102页。

[2] 段宝林主编《民间文学教程（第二版）》，高等教育出版社，2010，第101页。

[3] 这一概念由陈建宪提出，见《洪水神话：神话学皇冠上的明珠——全球洪水神话的发现及其研究价值》，《长江大学学报（社会科学版）》2006年第29卷第2期。

护卫着他们的安全。12家人在大树上生活了一年又一年，生下了一代又一代。这时，人们在树上已经无法居住了，于是大家从大树上搬下来，搬到山洞里，又从山洞里搬到寨子里。人们虽然谁也不住在那古老的大树上了，但是大家还是牢记着那棵曾经养育和保护过自己的古树，他们常到树下欢聚，用食物来供奉古树。他们把古树当成了保护自己、消灾免难的神，那棵古树渐渐变成了山神树。后来，他们的子孙在生产、生活中遇到事情，就抬着猪鸡鱼肉来祭拜山神树，祈求保佑[1]。

②文本分析

首先，反映了人类对自我存在状态的认识与确认。

洪水神话是生产力低级阶段人们对世界的认识，呈现出一种原始思维的特点，幻想性强，神秘因素浓厚。但从神话起源和发展的历程来看，洪水神话相较于活物论神话，是比较晚出现的，是原始人的文化意识发展到比较高时，对"人是怎么来的"以及"世界是怎么来的"这些问题的初步探索和解释。

其次，表明了人类社会的发展最终要靠自己努力创造。

在希伯来、希腊的洪水神话中，洪水爆发的原因是上帝或诸神对人类罪恶的惩罚，最终在洪水中得到拯救的人是由于听从了上帝或诸神的旨意，全能全知的神在故事中的形象十分高大、鲜明。而在中国的洪水神话中，完成对人类拯救的常常是自然之物。《山神树》并未探讨洪水爆发的原因，而是着力展现在灾难背景下人与自然的相伴相生，和谐发展，拯救人类的是"不知长了多少年"、树干"又粗又大"、树叶"又多又密"、树枝"平展展可以睡人"的大树，大树不仅在洪水中将人救起，树间"黄生生的果实"还延续了人类的生命，这当中就展现了一种人与自然的紧密联系。

《山神树》表现了洪水退后人们在生存中的困境，如被野兽袭击，人繁衍得越来越多后大树无法居住了等等。面对这些困难，人们团结奋斗，不断寻找新的生存策略。这种脚踏实地、一步一个脚印努力开创的精神也是其中的一大

---

[1] 中国文学艺术界联合会、中国民间文艺家协会编《中国民间文学大系·神话·云南卷（一）》，中国文联出版社，2019，第115页。

闪光点。这也是闪耀在中国神话中的一种可贵的民族精神，这种精神不仅体现在普通的民众身上，也体现在拥有超能力的巨人或神身上，如女娲、精卫、后羿、夸父等。袁珂指出，在中国神话中的这些神人都较少使用法术，差不多都是用艰苦卓绝的体力劳动去征服自然，"我国古代神话的可爱可贵处，就在于它的基调是唯物主义而不是唯心主义的，所以它永远激励人心，鼓舞斗志，具有永久的魅力"[1]。

再次，体现了鲜明的地域特色和傣族特色。

神话中拯救人们的是不知长了多少年的巨型古树，上面结着"黄生生""又酸又甜"的果子，这个细节也是云南西双版纳傣族自治州自然生态环境的一个再现。西双版纳位于北回归线以南的热带季风气候区，热带雨林中树木高大茂盛，果树的品种也十分丰富，现在傣族村寨中也不乏这样的景观：傣族村寨，有高大古老的芒果树、酸角树、榕树等植物，遮天蔽日的果树与土掌房融为一体。[2]酸甜的黄果子是当地丰富且常见的果类，而酸甜味也是傣族地区人们习惯的饮食特色。另外，大树拯救的12家人，其中讲到"5家傣族"及"7家僾尼人"，僾尼人就是哈尼族，在西双版纳被称为僾尼人。西双版纳世居着13个民族，其中就有哈尼族。故事中被拯救的家庭是不同的民族，这其实反映了当地傣族和其他民族交错居住的历史状况。在《傣族文化史》中也指出：西双版纳境内除了傣族外，还有布朗族、哈尼族、基诺族、拉祜族、瑶族、苗族、佤族、汉族等……在以往漫长的岁月里，他们相互交流文化知识，传授生产经验，和睦友好相处。[3]

最后，是对傣族原始宗教树神崇拜的一种阐释。

故事中讲到人们搬离大树后，还是牢记着那棵曾经养育和保护过自己的古树，分散在四处的傣家人、僾尼人时常到树下欢聚，用自己的食品来供奉古树，把古树当成保护自己、消灾免难的神。傣族素有自然崇拜的传统，崇尚万物有灵，认为风、雨、水、树木等自然物都是神灵，在南传佛教传入傣族地区后，

[1] 袁珂：《中国神话通论》，四川人民出版社，2019，第72-73页。

[2] 何少林、白云编著《中国傣族》，宁夏人民出版社，2012，第16页。

[3] 刀承华、蔡荣男：《傣族文化史》，云南民族出版社，2005，第6页。

傣族原始宗教逐渐衰落，但并未消亡，仍在其生产活动和日常生活中发挥作用。在西双版纳地区，基本每个傣族村寨都会有神林并有专门的祭日，在祭日里村寨要杀猪、鸡等牺牲，这些牺牲既可作祭献用品，也是均分到家家户户的食品。整个活动由"召万"即寨主组织，全村男子都会自觉参加祭祀活动，活动隆重、神圣、虔诚。傣族人认为，神林会保佑整个村寨五谷丰登、六畜兴旺、无病无灾、和谐安详[1]。神话故事中还有一个很有意思的讲述：大家从大树上搬下来，住到山洞里。若干年后，人们又从山洞里搬出来，建寨居住。居所的变化其实是傣族社会经济发展的一个缩影，反映了傣族先民从单纯依靠野果为生的采集时代过渡到居住在山洞的狩猎时代，再到进入村寨农耕时代的历史变迁。

傣族神话《山神树》作为一篇洪水神话，与中国其他民族的洪水神话在精神上有着相同的特质，同时，它的讲述充满了浓郁的傣族特色，它是傣族先民思想、生活的反映，也记录了史前时代的傣族社会的宗教信仰、风俗礼仪及生态环境。神话的讲述，对于一个民族而言是神圣的，直至今日之傣族人的生产生活习俗、重要的文化活动，仍不乏见到神话的影子。

2.《洪水滔天》

侗族神话中流传得最典型的是洪水型神话。其中不仅讲到了远古时期侗族先民经历的各种自然灾害，也有人类如何战胜这些灾难的记叙。

例如，《洪水滔天》神话讲道：松恩、松桑开亲以后，生下了王龙、王蛇、王虎、王雷（又叫雷婆）、丈良、丈美、王素等兄妹十二个。十二个兄妹上坡斗智斗法，最小的兄弟王素用火恫吓王蛇取乐却酿成了巨大的火灾。雷婆因为躲避不及，被火烧伤，连续用沉雷打烂王素九座房屋。王素修了一座铁屋，并用青苔敷在铁屋顶上，引诱雷婆再来。雷婆见王素的"新屋"已经建成，前来观看，因踩在屋顶上的青苔滑倒，使得铁屋顶上的陷落板又全部下陷，就这样被关在铁屋里。这一段神话叙事反映了侗族先民征服、改造自然界，并在历史发展之中产生了本民族的英雄人物，即王素。他锯木取火，用火赶走蛇、龙、虎等动物，以及建筑房屋，关住了作恶的雷婆。

---

[1] 何少林、白云编著《中国傣族》，宁夏人民出版社，2012，第274页。

神话讲了雷婆用兄妹之情向丈美讨得水喝，冲破铁屋而出。为了报答送水之恩，雷婆拔下牙齿一颗，变成瓜种，送给丈美，并要丈美在天上开始落大雨时，把瓜种种下土去。雷婆上天以后，发动洪水进行报复。当大地上涨水时，丈良和丈美坐进雷婆牙齿种出的瓜中，大瓜在滔滔洪水中漂流，兄妹二人救起七百条蛇、七千只马蜂和黄蜂。蛇和蜂感谢他们救命之恩，愿意帮助他俩去斗雷婆。因雷婆不肯退掉洪水，丈良挽弓搭箭向雷婆射去，箭射中了雷婆的眼睛，老蛇把雷婆的身子缠住，黄蜂往雷婆耳里钻，马蜂蜇在雷婆的脑壳上，使雷婆的头肿得比笆斗还大。雷婆又施展诡计，放出十二个太阳来晒洪水，使得田土开裂，树木枯焦，世上已不能种庄稼。兄妹二人又请长腰蜂相助，一连把十团火球射下，只留着两个在天空，白天黑夜分开挂，白天的是太阳，晚上的是月亮。[1]

在这里，神话叙写了因先民对自然的改造活动导致的某种情感上的伤害，因此，先民在早期观念和原始思维的作用下，激活了自然界的人格化神的存在，从而塑造出的这些神灵决意降灾难甚至毁灭人类。于是，四处洪水肆虐，伤及生灵，只剩下丈良和丈美，以及他们救起的蛇、马蜂、黄蜂、长腰蜂等。但有意思的是，洪水并没有吓退留下来的人类，反而是描述了仅剩的人类依靠其他动物的帮助，促进了对白天与夜晚、太阳与月亮的自然界的理解与认知。

洪水神话在世界各地都很普遍，目前世界上已有近200个国家或民族发现了这类神话。但是流传最广和记载较早的则是《圣经·旧约》记录的古代希伯来人的"诺亚方舟"神话。它讲述了耶和华看到世上的人类作恶多端，于是决定用一场大水来惩罚人类。只有诺亚在耶和华面前是个义人，于是上帝决定保全他们一家的性命。

在中国南方地区流传的洪水神话有着基本的故事内容和情节：特大洪水毁灭了世界，人类只有几个人因为对某个神灵有善心并帮助了他而得到神的报答或恩惠，从而留存下来；他们又在神的帮助下成婚并繁衍人类。进一步说洪水神话叙事中的"洪水起因""获救原因""避水工具""遗民再殖""洪水幸

---

[1] 中国作家协会贵州分会、贵州省民族事务委员会编《苗族、布依族、侗族、水族、仡佬族民间文学概况》，贵州人民出版社，1987，第150—151页。

存者面对的难题"洪水中产生的释原"[1]，体现了南方民族洪水神话的共性。这样的共性表现，是由南方的地理环境和南方民族的文化特质共同决定的。

在中国的洪水神话中更为常见的是兄妹俩在洪水时候得以幸存，他们依靠葫芦或者钻进石狮子的肚子里借以逃生。例如，流传在江西南昌的《洪水的传说》，其中记载了伏羲女娲的父亲高比因作法念咒私下把天上的雨偷到地上与雷公斗法，雷公战败被罩住；兄妹帮助雷公逃脱，雷公感恩馈赠牙齿；雷公为报仇发洪水，人类近乎死光，唯有兄妹坐门牙长成的葫芦得以生存；为了繁衍人类，二人结为夫妻。

二、文化起源神话

在远古时代的神话中，说明原始文化起源的内容就属于文化起源神话，它解释了早期人类社会生活的发明和进化，体现了生产力发展的阶段。

文化起源神话是原始人关于自己生活中使用的重要物品、技术，以及各种文化制度的发明过程的神话。

这类神话的主人公可以是神灵，也可以是半人半神的文化英雄，远古圣贤。文化起源和发明的神话，汉族先民较多。他们根据自己积累的生活经验，慢慢摸索并传承下来一些关于发明创造的神话，例如伏羲氏观蜘蛛而造渔网捕鱼、燧人氏钻木取火、女娲造六畜和笙簧、神农创造四季节令、黄帝制作指南车、仓颉上观天星下察龟文鸟羽而造字、羿发明弓箭等比比皆是。

中国自古以来号称礼仪之邦，人们对于发明文化的神灵、圣贤非常崇拜，对于他们的神圣业绩津津乐道。先秦时期的《世本·作篇》记录文化发明神话最广。所谓"作"就是制造，最早的制造就是发明。古籍记载黄帝是一位伟大的发明家，他的发明创造涉及人类衣食住行的各个方面，有"黄帝始蒸谷为饭""黄帝造火食"；还始创了锅灶等炊具、开发了房屋并始立门神、发明车马和捕兽的陷阱以及音乐、踢球游戏、陶器、阵法图、文字等。

---

[1] 王宪昭、郭翠潇、屈永仙：《中国少数民族神话共性问题探讨》，中央民族大学出版社，2013，第42—48页。

> 轩辕氏采用一跳火海，二摆刀山，三造指南器，安装记里鼓车，四造弓箭，五驯猛兽，六摆八阵，七行军飞快，八爱护氏族人民等战蚩尤的八略。[1]

不限于自己的创造，黄帝还委派下属进行文化创造造福人类。《世本·作篇》记载：

> "黄帝使羲和占日，常仪占月，臾区占星气，伶伦造律吕，大桡作甲子，隶首作算数，容成综此六术而著调历"，使沮诵、仓颉作书，沮诵、仓颉为黄帝左右史。

《世本》还记载了其他神话传说人物的业绩，像神农作琴、瑟，发明医药。《淮南子·修务训》中记有，远古时代人类只能吃野草、野果或野兽肉，喝生水，经常生病、中毒。神农开始教导百姓种植五谷，又亲自品尝百草滋味、泉水，判断河流的水质，使人们知道了如何正确选择食物。为此，他自己一日之内中毒七十次。神话中的神农是一位神圣的人类导师。

乳汁育五谷的神话普遍流传在汉族地区。例如，河南信阳地区的商城县有神农氏的曾孙女为改进五谷用自己的乳汁孕育禾苗的神话。这样的神话来解释五谷杂粮快要到成熟的时期也即灌浆时期会被挤出白水的情形。

同样地，在瑶族流传着《神农救米》的神话：

> 人吃的粮食传说是神农王创造的。从前，大旱三年，天地干裂，树木枯黄，神农王见如此灾情，心中十分焦急，想尽一切办法去抢救稻田。他用自己的乳汁去灌溉稻田。起初流的乳汁是浓白的，就得了白米；后来乳汁流完了，流出来的是浓血，因此得了红米。所以现在瑶族称红粒的米叫"酒米"。[2]

---

[1] 新郑民间文学集成编委会：《轩辕故里的传说》，中原农民出版社，1990，第12页。

[2] 马昌仪编《中国神话故事》，上海三联书店，2020，第190页。

当然也有一些神话将谷物的发明归结为某种神奇的动物，例如壮族、苗族和布依族讲述狗出于不同原因从天界用尾巴粘满了谷种带给人类。广西壮族流传的《谷种和狗尾巴》的神话讲道：

> 在古老的时候，人间还没有谷米，人们饿了就拿野果、野菜来充饥。
>
> 后来，人越来越多了，能吃的东西渐渐少了，人们常常挨饥受饿。
>
> 那时候天上已经有了谷子，地上还没有。天上的人害怕地上人有谷有米吃了，繁殖得太多，会打到天上去，占领他们的地方，就一直不让一粒米一颗谷种落到地上来。地上人哀求天上人借一些谷种来种，天上人总是不肯给，没办法，地上人就派了一只九尾狗到天上去找谷种。
>
> 九尾狗来到天上，看见天上的人在天宫门前晒谷子，便弯下九根尾巴（据说那时的狗有九根尾巴），悄悄地向晒谷场走去。狗尾上密绒绒的细毛，碰着晒谷场上的谷子，谷粒就牢牢地粘住了。
>
> 九尾狗用九根尾巴粘满谷子，回头就跑。不料，刚跑了几步，就被看守谷子的人发觉了，他们一边呐喊，一边追赶，一边挥着斧钺乱砍。
>
> 九尾狗的尾巴，一根根被砍断了，鲜血不断地流下来。但它还是忍着剧痛，使劲地往前奔跑。当第八根尾巴被砍下来的时候，它已经逃出天门，越过天界，回到人间来了。九根尾巴还剩下一根，一根尾巴带来了几粒谷种。
>
> 人们很感激狗，拿狗尾巴上的谷种去种。人间从此有了谷种啊。
>
> 狗因为被砍断了八根尾巴，所以现在的狗只有一根尾巴啦。
>
> 狗把谷物带到了人间，救活了人们。人们为了报答狗，把狗养在家里，给它吃白米饭。而谷种长出来的谷穗，都像狗尾巴，据说就是这个缘故。[1]

原始先民一直过着茹毛饮血的生活，直到火的发明使人类开始学会加工食物，生食变为熟食，开始区别于兽类，从而成为万物之灵长。正如恩格斯所言，由于火的使用，"因为摩擦生火第一次使人支配了一种自然力，从而最终把人同动物界分开"[2]。关于火的起源神话，汉族将火的起源归功于黄帝、神农或者燧人氏，其中燧人氏钻木取火的神话最为著名，《礼含文嘉》记载：燧人

---

[1] 陈建宪选编《人神共舞》，湖北人民出版社，1994，第 160–161 页。

[2] 恩格斯：《反杜林论》，人民出版社，1993，第 117 页。

始钻木取火，炮生为熟，令人无腹疾，有异于禽兽，遂天之意，故为燧人。在一些少数民族神话中流传着盗火种的神话，台湾布农人的神话《神鸟传火》讲述了阿里山上的小鸟嘴里衔着火给布农人带来火种，从此他们可以吃熟食，也可以用火来照明和驱寒，为了感谢那只衔来火种的小鸟，给它取名"嘿必士"，从此不再捕杀和伤害它。直至今天，阿里山上还有很多这样的鸟。[1]傈僳族的创世神话讲到有十二个太阳，烤得猫受不住了，在地上打滚，擦起了火；佤族神话《司岗里》说最初人们向天求火种时，派猫头鹰去，没有求来，萤火虫虽然求来了火种，但没有求来取火的办法，后来蚱蜢去求，才学会了雷神的取火办法，教人们摩擦取火。

如万建中所指出的：文化起源神话折射了人类生产力重大变革的发展过程。发现火种的神话，意味着人类当时已经会利用火改善生活，加工熟食以增加智力；用泥造人的神话可能象征着制造陶器的发明。[2]同样地，谷种的起源标志着人类已经进入农耕社会，也正是这些文化起源神话，记录了人类进化史上的重大发现，这些发现对于改善原始初民的生活生产状况具有重要的意义和价值。

三、人类起源神话

所有民族的神话都会讲述人类如何起源及其最初发展的过程，这就是人类起源神话。由于人类具有自我反思的特性，这类神话非常丰富，流传时间也特别长，且容易与宇宙起源神话和氏族起源神话交织在一起，女娲炼七彩石补天的神话往往与抟土造人的神话联系在一起。人类起源神话和宇宙起源神话往往有一定的交叉内容，但大劫难神话中只要有人类起源的内容就属于人类起源神话，同样地，有关诸神的出现、谱系和活动的神话也可一并归入人类起源神话。从这个层面上人类起源神话又可细分为人的起源神话和诸神神话。

1.《女娲造人》

神话中诸如神灵通过生育的方式创造人类更加普遍，由于现实中的生育现

---

[1] 陶阳、钟秀：《中国创世神话》，上海人民出版社，1989，第273页。

[2] 万建中主编《新编民间文学概论》，上海文艺出版社，2011，第67页。

象都只是生物的自我繁殖，不能创造新物种，所以神话中人类的创造往往只能由超自然的神灵通过生育来完成。这也可以分为两种：神灵身体化生万物、神灵通过结合和生育的方式实现。在盘古神话中，盘古的遗体化生成了世界万物，左眼化成太阳，右眼化成月亮，头发化成漫天星辰，手脚和身躯则化成了四极和五岳，血液化成了江河湖海……

汉族最典型的人类起源神话是女娲用黄土造人。文字记载最早见于《山海经》：女娲有体，孰制匠之？这仅仅提供了一个基本的线索。

应劭的《风俗通义》中对此有详细的记载：

> 俗说天地开辟，未有人民，女娲抟黄土造人。剧务，力不暇供，乃引绳于泥中，举以为人。故富贵者，黄土人；贫贱凡庸者，引绳人。

也就是说，开天辟地之时没有人类的存在。女娲开始抟黄土造人，但是个人力量有限，只能借助绳子蘸泥挥洒，不同的抟土造人的方式也决定了人类的高低贵贱之分，这被很多学者解释为神话在流传的过程中到社会有了阶级分化之后加进去的内容。人类社会童年时期主观幻想的发达与人的成长阶段实质上是一致的，虽然这些幻想是神奇的，但也是以生活中的经验作为幻想的依据。例如神话中有古代人民劳动生活的场景，比如女娲造人是以制陶为创作的依据。女娲炼五色石、断鳌足、杀黑龙乃至积灰治水，即是对渔猎乃至矿冶、制陶等生产经验的艺术概括。[1]

2.《勒俄特依》

人类早期的认识总是先对外在的自然感兴趣，然后逐渐地转向人类自身。由此，探索自身的起源，也是人类认识史上的重大问题之一。古代彝族神话《勒俄特依》对这一问题的回答又是怎么样呢？

---

[1] 段宝林：《神话与史诗（上篇）：中国神话博览》，民族出版社，2010，第18—19页。

① 内容概述

彝族的《勒俄特依》讲述了人类起源：做了九次的黑白醮（指的是仪式），仍然是不能成人类。而天上掉下泡桐树。落在大地上，霉烂三年后，升起三股雾，升到天空去，降下三场红雪来。红雪下在地面上，九天化到晚，九夜化到亮，为成人类来融化，为成祖先来融化……结冰来做骨，下雪来做肉，吹风来做气，下雨来做血，星星做眼睛，变成雪族的种类，雪族子孙十二种。[1]

② 文本分析

彝族把一切有生命的东西都称为"雪族"，这就是生物的产生。接着，它又把雪族的子孙分为十二种：有血的六种，无血的六种。有血的是蛙（派生出癞蛤蟆、红田鸡、绿青蛙）、蛇（分出龙蛇、长蛇、红嘴蛇）、鹰（分出神鹰、花孔雀、飞雁，次子又分出秃头鹰、白色鹞、饿老鹰，幺子分出山鹞子）、熊（黑熊分三家）、猴（猴类分三家）以及人；无血的是草、宽叶树、针叶树、水筋草、铁灯草、藤蔓，这实际上是对动物与植物的划分。当动物演化到猴时，猴类分三家，住在树林与岩上，猴类繁殖无数量。数数猴氏的家谱：木武格子是一代，格子格扎是二代，格扎哈木是三代，哈木阿苏是四代，阿苏朴敏是五代，朴敏楂基是六代，楂基楂底是七代，楂底阿吕是八代，阿吕居子是九代。阿吕居子啊，形状虽像人，叫声似猴音。树叶当衣穿，野果当饭吃，有眼不看路，有嘴不吃肉，有手不做工，如熊掰树梢，如猴爬树顶，能否成人类？不能成人类……人为第六种，人类分布遍天下。[2]通过这一大段描述可知古代彝族人明确地指出了一切生物最初都起源于自然的常识。古代彝族人把动物、植物和人类看作是同源的，并认为它们都是自然界长期演化的结果，而人类正是这一发展过程中大自然铸造的最高产物。在此意义上讲，《勒俄特依》对人类起源的描述，已经具有了生物进化论思想的萌芽。

在《勒俄特依》中还依照彝族父子连名制的形式，以数字1到10的次序排列了由水到万物的依次出现，这表明彝族人对自然万物的渐变性的理解，也

---

[1] 《勒俄特依》，冯元蔚译，四川民族出版社，1986，第31页。

[2] 《勒俄特依》，冯元蔚译，四川民族出版社，1986，第35—37页。

进一步说明了古代彝族人认识到的周边世界与自然事物是一个逐渐成长的漫长过程。从此意义上来讲，也就形成了彝族人的原始的、朴素的世界观。

3.《伏羲兄妹》

布依族神话《伏羲兄妹》属于人类起源的神话，主要有射日、洪水泛滥、兄妹成婚及再造人等情节，反映了布依族人民古朴而又不失奇特想象的意趣。

①内容概述

在远古时，天上有十二个太阳。人们受不了都藏进洞里去，只有到夜晚，才敢出来做点事情，可是夜晚什么都做不了。于是，有人提议让力气最大的伏羲兄妹射太阳，兄妹在得到一块田的承诺下去造武器。在射下十个太阳后，太白金星赶来劝住伏羲兄妹留下这两个，说是一个亮来去种谷，一个亮来去织布……兄妹俩结婚后生了一个娃崽。这娃崽是一个无头无脑的肉坨坨。伏羲兄妹看了很冒火，就把肉坨坨砍烂，砍烂了又拿去撒。哪晓得这些烂肉落在哪里，哪里就升起了烟火，升起烟火的地方就有了人家。[1]

②文本分析

首先，布依族先民对宇宙的认识。

神话是讲天上有十二个太阳，射掉了十个，其余的变成"一个亮来去种谷，一个亮来去织布"，这便是太阳和月亮。这不仅对太阳和月亮的由来进行了天真的解释，而且表达了布依族征服自然的意志和愿望，凭借弓箭把太阳射下来，这是多么伟大的气魄和宏伟的力量。神话中这种夸张的想象，可能与当时的天旱自然现象息息相关。布依族先民对严寒酷暑、炎炎赤日无法理解，于是大胆地猜测天上可能不止一个太阳。而伏羲哥哥用弓箭就将太阳射了下来，可见弓箭已经出现在了布依族社会生活中。神话显示早期社会的布依族先民已经开始狩猎生活，神话中也蕴含着布依族先民社会生活的智慧。

还有《十二个太阳》《卜丁射日》《勒戛射日和葫芦救人》，这些神话都

---

[1] 姚宝瑄主编《中国各民族神话（布依族、仡佬族、苗族）》，太原：书海出版社，2001年，第58—61页。

是描写天上有十二个太阳，后来留下两个，其中一个变成了月亮。英雄射掉了太阳，拯救了老百姓。并且这些神话中的人物形象，都是神化了的英雄，他们既有着非凡的神力，又过着普通人的生活，其中突出地强调了人的力量，表现了布依族先民在与大自然斗争中的勇敢、勤劳、乐观、聪明、奉献和敢于反抗的精神；反映了布依族先民在思想意识、道德观念和生活态度上的审美判断。从这些神话中可以看到布依族先民的宇宙观，也有布依族先民对自然的恐惧、崇拜、赞扬和征服等复杂的情感。

其次，布依族先民对人类起源的探索。

伏羲兄妹成婚再造人，反映出了布依族先民经历过"血缘家庭"的婚姻阶段，这种婚姻制度是人类社会早期的一个必然经历，是由原始人类早期的社会历史所决定的，在神话故事中体现出来，虽然现在看上去很荒谬，但是更能反映出当时人类社会形成前的样貌和生活形态。

布依族关于人类起源的神话大都与洪水紧密相连，更是反映了洪水神话产生的时代，水患问题常常危害人类社会。由于布依族主要分布于今长江水系的乌江、沅江上游和珠江水系的南北盘江及其支流地带，村寨多建在依山傍水处，在下雨天出现的山洪暴发、河水猛涨、山体滑坡、泥石流，给布依族人民造成了极大的危害。因此，神话作品中描写人类遭遇洪水，也就是布依族人民对自然灾害的现实描写。又有伏羲兄妹结婚砍肉坨坨变成人，反映了布依族先民对人类起源的探索与思考，这种天真烂漫的想象，展现了布依族先民朴素的唯物主义思想。

最后，布依族先民的精神状态。

神话里伏羲兄妹为解除人们的痛苦，射掉十个太阳与雷神斗争，体现了布依族先民在与大自然的斗争中表现的勇敢顽强、勤劳奋发的精神，特别是对伏羲兄妹英雄形象的描写，赋予他们神的力量，这正是早期布依族民众心目中的英雄形象。

对人类起源的描述，可以看出在远古时期布依族人民还不能把自然界与社会分开，只能以地观天，以人观天，以自己的生活为经验，通过感性直观来想象当时无法正确认识的自然之天，把自然界与社会，即天与"人"看成相通的不可分割、浑然而一的统一体。布依族人民认为人和天不再是两个单独的主客二体，天人本来就是合一的，人对自然崇拜，自然也与人共生。也就是说人与自然不是一个事物的两个层面，并且万物都是有灵的。

4.《枫木歌》

《枫木歌》是《苗族古歌》中的重要部分，是一组关于万物来源和人类起源的古歌，其中最基本、最原始的当数《妹榜妹留》和《十二个蛋》。

①内容概述

神话讲述：妹榜妹留生出后渐渐长大了，因心爱水泡，会说也会唱，长得又漂亮，同他去游方，和他配成双；榜留和水泡，游方急水滩，成双漩水潭；榜留和水泡，游方十二天，成双十二夜，怀十二个蛋，生十二个宝[1]。这十二个蛋，由一只叫鹡宇的鸟替她孵，孵了十六年（有唱六、九、十二年的）才生出第一个人，包括姜央和雷公以及龙、虎、蛇、蜈蚣等各种动物。古歌里唱道：雷公蹬央醒，雷公拉央起；姜央蹬龙醒，姜央拉龙起；水龙蹬象醒，水龙拉象起；象蹬水牛醒，象拉水牛起；水牛蹬虎醒，水牛拉虎起；虎蹬老蛇醒，虎拉老蛇起；蛇蹬蜈蚣醒，蛇拉蜈蚣起；个个都出来，齐齐坐窝里。[2]他们出生后都争着当管家的大哥。鸟多闹山林，人多争管家，姜央各兄弟，个个想当哥，人人争作大，你当我不依，我当你不服[3]。聪明的姜央设了计策，战胜雷公和其他兄弟，便被推为大哥。最后是兄弟十二人，各走各的路，一个走一处，一人去一方；雷公在天上，雷公管雨水；水龙在大海，水龙管鱼虾；虎坐高山上，坐山称霸王；姜央得地方，姜央喜洋洋，开田又开土，做活忙又忙[4]。

②文本分析

苗族古歌里"蛋孵出人"的神话类型，属于"人乃卵生"神话主题的苗族文本。苗族学者李廷贵认为：苗族先民较长时期生活在洞庭湖和鄱阳湖周边的

---

[1] 贵州省民间文学组整理，田兵编选：《苗族古歌》，贵州人民出版社，1979，第196–197页。

[2] 贵州省民间文学组整理，田兵编选：《苗族古歌》，贵州人民出版社，1979，第208–209页。

[3] 贵州省民间文学组整理，田兵编选：《苗族古歌》，贵州人民出版社，1979，第211页。

[4] 贵州省民间文学组整理，田兵编选：《苗族古歌》，贵州人民出版社，1979，第217–218页。

地区,生活环境中的自然物影响了苗族先民并且在他们的观念中得以遗存下来。苗族先民生活的湖畔,自然是鸟类成群,蛋如石头一样多,这些蛋类成了先民们重要的食品来源之一,因而也就成了他们意识中的源泉之一。[1]

蛋还不是苗族人民认为的生命的多样性的统一体,这种统一体是"枫树种"。枫树在村边,枫木在寨旁,一朝一层叶,两朝两层叶,长到十七岁,活到十七年,树干十七抱,枝桠高齐天。[2]因为苗族人民认为枫木生人,"树干生妹榜,树心生妹留,这个妹榜留,古时老妈妈"[3],并且庇护人,可以实现子孙兴旺发达的愿景,因此,枫树同苗族人民的生活紧紧相连。苗族人民盖楼时很注意选择材料,就是要"枫树做中柱,梓木做房梁,杉板做壁窗"。苗族寨子的村头寨尾,路旁井边,或离村寨不远的山垭口上,往往都能见到参天的大枫树群。有的寨子四面八方都环绕着高大的枫树,整个寨子深藏在茂密的枫树林中。这些枫树多半是寨子的开拓者或其他老一辈人栽种、培育并精心保护下来的。在苗族人民的酒席筵前,喜庆会上,客人唱的酒歌里,先要赞颂主人寨上的枫树高大俊美,寨子兴盛繁荣。在重要节日,如年节期间,人们还要用香纸酒肉去向枫树祭献。

《枫木歌》中的枫树生妹榜妹留,妹榜妹留生人类及各种动物,是母系社会在古歌中的体现。还有人类和各种动物是亲兄弟,最初同居一处,后来因争管家务发生斗争,以至分家,这虽然糅合了后世现实中家庭纷争的情形,却也呈现出那个时代人类常与各种野兽接触和斗争的情景。应该说,古歌作出了人类及各种动物同源的解释,是早期人类追溯万物由来的一种朴素见解,也折射着人类社会早期现实生活的影子。

5.《造人类》

中国瑶族布努支系的《密洛陀》中的"密洛陀诞生""造天地万物""封山封岭""造动物""迁罗立""射日月"以及"造人类"等内容,讲述了布

---

[1] 李廷贵:《苗族先民关于人的朴素唯物主义观念》,《民族哲学论文选》,中央民族学院出版社,1987,第46页。

[2] 贵州省民间文学组整理,田兵编选:《苗族古歌》,贵州人民出版社,1979,第167-168页。

[3] 贵州省民间文学组整理,田兵编选:《苗族古歌》,贵州人民出版社,1979,第183-184页。

努支系瑶族的女始祖神密洛陀及其子女创造天地万物的过程，塑造了一位创世女神的光辉形象。

① 内容概述

神话讲述了密洛陀念符诵法，以金笠造天，以银伞造地，以金耳环造太阳。太阳有太阳路，又造驴给太阳骑，从这头走到那头是一天。以银耳环造月亮，月亮也有月亮路，又造马给月亮骑，从这头走到那头是一个晚上。从此，日有十二时，夜有十二刻；日有三十天，月有三十夜，凡间终于有年岁。密洛陀又以金水、银水造星星，以金链造江河，以金银首饰造盐洞、泉眼，以痰液、口水造盐巴。之后，密洛陀治山水，封山、撒种、植树，终于草种、树种发芽。接着，密洛陀造吃草叶和树叶的大象、黑熊、羚羊、麝等；造香蜂、蜜蜂；造吃草籽、果子的猴子、猩猩、松鼠、斑鼠、果子狸、田鼠等。因为吃草、吃果子、吃蜜的动物造太多，草、树被吃光了，所以密洛陀就造了吃肉的虎、豹等野兽，让它们捕食吃果子的动物，这样凡间的树林、草原才得以保存下来。造人类之前，密洛陀先要造天地，种草植树，造水造雨，又造各种生灵以及家禽等，使人类有一个生存繁衍的环境。人类是在密洛陀造天地，消灾除害之后，就此来说，这体现了瑶族布努支系有生物进化以及生态平衡的观念。

密洛陀经过千辛万苦，创造了人类生存所必需的生活条件，几经波折，用蜂蜡造出了人类，并教会人如何生产和生活。古歌里讲到了造人类的经过："用粮造人"即密洛陀尝试用米饭造人类，没成功，米饭变成酒，酒是采了120种甜草制成酒药——酒曲而酿成的，从此凡间有了酒；"用土造人"即用泥土造人类，没成功，泥土做成缸、坛等陶器，从此凡间有了坛盛酒；"用石造人""石婴遭殃""计灭虎鬼"即用石头造人类，石头变成一对石娃，虎鬼把石娃吃了，山神卡亨用计杀了虎鬼；"用铁造人"即用铁造人类，铁变成三对桑硬小神，密洛陀把一对送给雷神，一对送给调解神，剩下一对被水神偷去，只索回了躯体，魂被囚于水宫，招魂回来后，密洛陀把这对桑硬小神送给巫神耕稞；最后，"取蜂蜡""捏蜡造人"，"育婴孩""祭鬼消灾"，"羊采百药"，密洛陀用蜂蜡造出了四对人类，为保护这八个小人类，她请神送鬼，采药治病，历尽艰辛[1]。

②文本分析

造人，在各个民族的神话与史诗中是共有的情节单元，或是捏土成人，或是葫芦孕人，或是蛋孵化人，等等，而《密洛陀古歌》中的造人方式却别有风格。瑶布努（瑶族布努支系的简称）先民的原始思维和他们对自然界的长期观察，这让他们不自觉地将自己的生活经验与情感等投射到了神祇世界之中，借助幻想，想象了用蜂蜡造出勤劳、智慧与理想的人类。不仅如此，古歌还贯穿着一种创造精神，即瑶布努的劳动创造凡间，劳动创造自然万物，对劳动创造一切的肯定。特别是密洛陀造的十四位工神和六位武神进行了封山、采集、捕猎与农耕活动，以及"造禽兽"和"造人类"（"羊尝百草""用粮造人""用土造人""用石造人"）等实践行为，记录下了瑶布努先民的一次次创造活动，也反映了瑶布努先民对自然理解的知识叠加和对自然万物的认识能力的提高。不仅如此，"抗灾""看地方"等章节内容，记叙了瑶布努先民为生存，创造出衣、食、住等基本生活物质资料，敢于同大自然作斗争的顽强坚韧的民族性格。

6.《人类和署（术）族的故事》

在人类的起源神话中，纳西族的《人类和署（术）族的故事》集中反映了人与自然的关系，也就是人与自然是一体，要和谐相处、休戚与共的原始自然观。这一神话在纳西族民间广为流传，在东巴经书上也有记载。

①内容概述

神话讲述了天地初开之后，人类与署族[2]也诞生了，他们同父异母。但人类与署族逐渐离心离德，就决定分家。所有的财产都进行均分，宽的划两半，长的分两节，森林、山岗、水源、野兽都分给了署族，人类获得了村庄、田地、

---

[1] 张声震主编《密洛陀古歌（上、中、下）》，广西民族出版社，2013，第2463-2801页。

[2] 署，纳西族语称为"svq"，字面上有纯洁、洁净的意思，此处意为掌管大自然的神灵之族，是人格化的自然力量。

家畜、庄稼。只留下一顶珍贵的宝珠帽、黄金如意等宝贝难以分割，后来被署族之王署美那布偷走，藏在了美丽的达吉海底。人类与署族心生嫌隙，摩擦不断。人类与署族相争，处处落败，无奈之下，只好派遣使者，去寻求丁巴什罗大神的协助。丁巴什罗居中调停，替人类讨价还价，达成了人类与署族的契约。契约内容为：人类拥有道路、田地、房屋、家畜、村庄等一切与人类活动有关的事物，而署族拥有森林、水源、野生动物等人类活动之外的事物。人类不得伤害署族，特别是不得任意毁林开荒、滥伐森林、开山取石、放火烧荒、捕杀野生动物、污染水源和空气；在人类履行了条约的前提下，"署"要给人类提供清泉水，及时降雨，风调雨顺，并允许人类在适当的地点和时间进行适度的开荒和狩猎活动，以补充人类在困难时期生产生活不足之需，但是人类要用面粉、酥油、柏树枝献给署族，烧天香，举行祭署仪式，以示还债。最后，署美那布取出宝珠帽，献给了都盘修曲神鸟，取出黄金如意，献给了丁巴什罗。从此，人类与署族重归于好，和睦相处不再争斗[1]。

②文本分析

这段叙事性很强的纳西族神话中的"署"为何物？乃大自然也。"署"神即大自然神，"署"在纳西族的观念中，被认为是掌管一切自然事物的超自然精灵。"署"并非只有一位，"署"有大大小小，千千万万，分布在广阔的森林和原野，尤其喜欢居住在水源地附近。"署"神非常喜爱洁净，不吃荤腥，只吃素食，因此在祭"署"仪式上，也只供奉一些素食和洁净的水。"署"的形象一般为神身蛇尾，美国学者洛克认为，"署"的形象来源于印度教的那伽（Naga），那伽是印度教神话中的精灵，常以蛇的形象出现，可化身为人形，它们也与河流、湖泊、海洋和水源有关；但"署"神与那伽除了形象相似，被赋予的内容还是有一定差异。这也说明了古代纳西族受到了一些古印度文化的影响。在纳西族著名的《神路图》中，有一头33首大象，原型也是来自印度教中因陀罗的坐骑33首大象。

纳西族居住在地质形态复杂的高山峡谷之中，植被茂密，动物种类丰富，

---

[1] 沙蠡主编《中国民间故事丛书·云南丽江古城玉龙卷》，知识产权出版社，2016，第20—25页。

但极易发生干旱、地震、冰雹、暴风雪等自然灾害。纳西族居住区90%以上是山地，适于耕作的平地不多，人只能与山共存。人的肆意开荒、乱砍滥伐、滥捕禽兽、污染水源、放火烧山等侵害大自然的行为，又非常容易损毁生态，并引起滑坡、泥石流、洪水等灾害，反过来危害人类的生存。从文献记载来看，纳西族历史上也有过不同的生态观。在《创世纪》中有"一天能砍完九十九片森林""一天能烧光九十九片林木"的记录，说明最早的纳西族先民还处于"刀耕火种"的原始状态，可能还没有认识到毁坏自然环境与遭受自然灾害之间会有因果关系。在后来的诸多典籍中，又能看到人类破坏大自然，对大自然过度索取之后，被"署"（大自然）进行报复，得病受灾的描写，说明此时的纳西族先民已经意识到了人的生存环境与自然破坏存在一定关系。

《人类和署（术）族的故事》中署族对人类之地的大肆侵占，其实就是洪水、泥石流等自然灾害恣意泛滥，危害人类生存的生动写照，是人格化的大自然。可能在经过多次的因果重复之后，纳西族先民已经清楚地对人与自然的关系有了相当清楚的认知，达到了一定的高度，即你破坏它，它就施灾；你对它好，它就源源不断地"供应"资源给你。于是纳西族先民对大自然进行了人格化的表述，也就是"署"观念的形成，把人与自然的关系在意识层面建立了"伦理"关系。而《人类和署（术）族的故事》，正是纳西族先民对人与自然关系应如何处理的叙事性表达。

在这个神话中，人与自然既是兄弟，也是平等的、有契约的供给双方，存在保护与供给的合作关系。他们之间的矛盾是兄弟之争，是内部矛盾，而不是现代人概念中的敌对关系。这一点说明了纳西族先民早已放弃了人类中心论，也没有陷入纯粹环保主义的陷阱，而是在生存与保护之间建立了一种和谐共处、适度开发的意识。这种古老而先进的生态观念的形成，与纳西族人民所处的环境息息相关。传统纳西族的生态环保意识是非常强的，在日常生活中，也有非常多的关于生态保护的禁忌传统，比如绝不能往水里吐痰、扔脏物，不能在水源地砍树和伤害青蛙、蛇类等动物，不在水源地屠宰、洗涤，等等。这些都是纳西族生态伦理的重要一面，对自然的索取是十分谨慎和克制的。正因如此，千百年来，纳西族生活的地区才保持了比较完好的生态环境。这种敬畏自然、人与自然和谐相处的观念也是东巴教的核心思想之一。纳西族人民每年都要进行固定的"祭署"仪式，一般在每年阴历二月的第一个龙日或者蛇日，这也是东巴教祭祀中人类与署沟通、向署偿债的仪式；平时对自然索取或有侵扰行为后，也会进行小型的仪式对署祈求谅解。总而言之，纳西族先民的人与自然之间斗则两伤、和则共存，人类要与大自然和谐相处，善待自然，不能伤害自然等理念，至今仍具有重要的参考意义和文化价值。

四、氏族起源神话

人类起源神话不仅可以解释人类从何处来的问题，还可以解释某些特定氏族的由来。人们通过这类神话讲述自己的部落、民族或国家的始祖的诞生。对于创造和传承神话的特定群体而言，他们相信神话在历史上是真实发生过的事件，这些人会周期性地对后代讲述这些神话，从而告诉他们"我们是谁，从何处来"。例如，苗族广泛流传的盘瓠神话，正是他们的文化符号和精神象征。他们坚信自己是盘瓠的后代，在这一信仰的指引下，他们的衣着特征与"其毛五彩"的盘瓠以及"好五色衣服""衣裳斑斓"[1]的盘瓠后裔都是一致的。

《诗经·商颂》中有简短记载：天命玄鸟，降而生商。《史记·殷本纪》的记录较为详细：帝喾的次妃简狄在沐浴的时候，遇到天帝派来的玄鸟（即黑色的燕子）下蛋，就吃了。于是受孕，生下契。契协助大禹治水有功，封在商地，成为商的祖先。周的始祖是后稷，《诗经·大雅·生民》说：姜嫄在野外踩了一个大脚印，不料那是天帝留下的，于是受孕生下后稷。神话颂扬这位始祖有天帝的血统，即使凡人不了解把他抛弃了，各种动物也会保护他。长大以后，他又发明耕种，成为农神。

有关起源的神话往往认为族群起源于祖先图腾，所以有时又被称为"图腾神话"，它在特定的族群具有其神圣性，人们也往往会把这些图腾当作与自己有血脉关系的神圣物。摩梭人以神虎作为自己的祖先，都用"喇"给自己和居住的地方命名，在重要的仪式上都有虎的图像，同时还有专门的祭虎仪式，除

---

[1] 应劭：《风俗通义校注》，王利器校注，中华书局，1981，第489–490页。

此之外还禁止猎人杀虎，违者问罪。他们还流传着古歌：我们的祖先是哪个？是天神和山神。我们的老家在哪里？在"喇踏寨干木"地方！我们的氏族是人类的主宰，因格尔美神封我们是万物的王。[1]

关于犬的图腾，《山海经》中就有谈道：黄帝生苗龙，苗龙生融吾，融吾生弄明，弄明生白犬，白犬有牝牡，是为犬戎，肉食。南方的瑶族、畲族和苗族至今保持着犬图腾崇拜的习俗，流传着神犬盘瓠的神话故事，除此之外，他们禁食狗肉，保留着对狗表达尊敬的仪式，例如在吃新节时，先将饭菜供天地，祭祖先，再将新米饭喂给狗吃，然后按家中长幼次序尝新米饭。以上的案例均证明了神话是神圣的叙事，它不只被看作是真实的，而且还被视为神圣而应受人们敬畏的东西，它有着极其重要的文化作用，简单地说，就是信仰的"社会宪章"[2]。

《八部大王》是土家族的氏族起源神话，讲述了远古时在酉水河畔的泽碧，没有人烟，一只仙鹤衔来两颗种子，长出两棵楠木树。从树中蹦出一男一女，二人奉白虎娘娘旨意结成夫妇，但一直没有儿女。后来女的梦见白虎娘娘送来喜药茶叶，她一连吃了八口，之后生下八子一女。一只白鹤对他们说，伢儿多了养不起，送到卡科套巴去，自有龙凤扶养。龙母给伢儿们喂奶，给他们每人一顶银帽避邪附身，凤姐给他们挡风雨，遮太阳，给他们每人送一件凤毛衣。长大后，心灵手巧的幺妹则当上了皇帝娘娘，八兄弟学了许多本事后，惩治了凶恶的牛鬼，为民除害；边关激战，英勇杀敌，救出皇帝。后来皇帝要给八兄弟封官，八兄弟不做；赏赐金银财宝，八兄弟不要。回到泽碧，每人建了一个部落，繁衍了后来的土家族，叫"首八峒"。土家族人民为了世世代代牢记八部大王的英勇业绩，村村寨寨都修了八部大王庙，供奉八部大王神像。每年正月都举行盛大祭祀，唱梯玛歌，跳摆手舞，并在摆手堂前立一根高高的桅杆，顶端扎一只仙鹤，中间悬挂龙凤旗帜，表示不忘仙鹤与龙凤的恩情。[3]

这则氏族起源神话反映了土家族的图腾崇拜物是白虎，也具有母系氏族社

---

[1] 马昌仪编《中国神话故事》，上海三联书店，2020，第383-388页。

[2] 马林诺夫斯基：《巫术 科学 宗教与神话》，李安宅编译，上海文艺出版社，1986，第132页。

[3] 曹毅：《土家族民间文学》，中央民族大学出版社，1999，第31-32页。

会的特点。白虎娘娘安置八部大王到人间，因为"惩治了凶恶的牛鬼，为民除害；边关激战，英勇杀敌"，塑造了丰满的英雄人物形象，也体现了英雄人物的性格特征，所以，《八部大王》氏族起源神话蕴含的是土家人对祖先的崇敬之情。

苗族的起源神话，在以往的文献史料中最为著名的是《后汉书》中所记的盘瓠的传说以及夜郎大竹的传说。不妨再看看有一种甚有趣味的氏族创生记的传说，可以为苗族起源提供更为生动的原始材料。

安顺附近青苗之耆老曰：

> 太古之世，岩石破裂生一男一女，时有天神告之曰："汝等二人宜为夫妇。"二人遂配为夫妇各居于相对之一山中，常相往来。某时二人误落岩中，即有神鸟自天飞来，救之出险。
>
> 后此夫妇产生多数子孙，卒形成今日之苗族。

又有一安顺青苗之耆老曰：

> 太古之世，有兄妹二人，结为夫妇，生一树，是树复生桃、杨等树，各依其种类而附之以姓，桃树姓"桃"名 Che la，杨树姓"杨"名 Gai Yang。桃、杨等后分为九种，此九种互为夫妇，遂产生如今日所有之多数苗族。此九种之祖先，即 Munga chantai、Mun ban（花苗）、Mun jan（青苗）、Mun Io（黑苗）、Mun lai（红苗）、Mun la'i（白苗）、Munahalia、M'man、Mun anju 是也。多数人产生后，分居于二山中，二山之间有深谷，彼等落入谷中时，有鹰（Lan pale）一羽自天上飞来救之出，由是苗族再流传于四方。因此吾人视鹰为神鸟，常感其恩而祭之。
>
> 吾等苗族，贵州最多。明时，吾等中有移住于西部及 Sio tsuo 者。[1]

因此，日本学者鸟居龙藏从上述的口述神话中提出了自己的看法，即：白、

---

[1] 鸟居龙藏：《苗族调查报告》，国立编译馆译，贵州大学出版社，2009，第33页。

黑、红、青、花苗等皆出自同一祖先，且皆以"Mun"为名，所以得出的结论是各苗族为同一种族。

五、诸神神话

诸神的神话包括诸神的起源和诸神之间的战争。在中国的神话中，神灵、始祖或文化英雄的出生往往被赋予神秘化的色彩，他们的出生有着相对类似的叙事元素：女性因接触神秘之物而受孕、诞下婴孩，此婴孩日后成为某个尊贵的人，这类神话也被称为"感生神话"。附宝看见闪电之光环绕于北斗枢星之上，光照郊野，受其感应而孕，后在寿丘生下轩辕黄帝；华胥氏在去雷泽游玩的途中看到泽边的巨人脚印觉得又奇怪又好玩，于是用自己的脚去踩，因此受孕生下伏羲；姜嫄履着天帝的大脚印，"践之而身动"遂生下周人的始祖后稷；简狄因吞食玄鸟卵而生商人始祖契；长白山天池的仙女佛库伦吞食了红果受孕生下了满族爱新觉罗氏的祖先库布里雍顺。

原始社会中后期各种族部落为争夺财富、权力和领土，经常发生战争。一方面，那些战争英雄成为人们崇拜的对象，战争的记忆经过长期的口述演绎，最终把历史事件神化了；另一方面，基于人间的战争，人们很自然地想象神灵之间也存在战争。战争神话是因为这两个方面的原因。战争神话叙述神灵之间的战争，反映了古代部落之间发生冲突的社会现实。

战争神话主要有以下几种：黄帝和炎帝之战、黄帝和蚩尤之战、刑天与天帝的斗争、共工与颛顼的争斗等。炎黄之战是发生在黄河流域的战争，《史记·五帝本纪》记载：轩辕乃修德振兵，治五气，艺五种，抚万民，度四方，教熊罴、貔貅、貙虎，以与炎帝战于阪泉之野，三战，然后得其志。在炎帝战败之后，东部的蚩尤部落崛起，势力不断扩张，于是黄帝和蚩尤战于涿鹿，爆发了大规模的部落战争，黄帝联合应龙和旱魃方才打败了蚩尤。《山海经·大荒北经》记载：蚩尤作兵伐黄帝，黄帝乃令应龙攻之冀州之野。应龙畜水。蚩尤请风伯雨师，纵大风雨。黄帝乃下天女曰魃，雨止，遂杀蚩尤。蚩尤战败后，《山海经·大荒南经》载：蚩尤所弃其桎梏，是为枫木。郭璞注：蚩尤为黄帝所得，械而杀之，已摘弃其械，化而为树也。这也就是说在黄帝和蚩尤争斗之时，黄帝先派了应龙畜水去战斗，蚩尤请了风伯雨师纵起更大风雨。黄帝又委派天女魃应战，魃一来风雨就停止了，蚩尤战败被擒拿。在蚩尤被杀后，囚禁他的桎梏化为了枫木。

之后部落首领刑天与黄帝争夺统治地位，被黄帝打败，斩了首级，葬在常羊山。《山海经·海外西经》记载刑天被斩首后，仍然不屈服，以双乳为眼睛，以肚脐为嘴巴，不停地舞动着斧头，表示他的反抗意志。这些战争神话虽然只有几次零星的战争记载，但这也体现了原始部落战争频繁的现实情况。

六、迁徙古歌

与其他涉及战争逼迫而迁徙的组歌不同的是，黔东南一带的苗族的迁徙史歌《跋山涉水》，则是明确地在古歌中说明了雄公邀约五支奶和六支祖，商议迁西方，寻找好生活，并且燕子和喜鹊都讲道："就在山那边，日落那地方，谷粒柿子大，谷穗马尾长，要吃用手剥，碓子用不上。"[1]这首古歌是神话，也是实有的历史的形象化的记录，是著名的文学作品，也是珍贵的史料。整首古歌都是五言问答歌体，去掉"花"的整理本，还有一千二百行，情节完整，故事曲折紧凑，人物形象生动感人。这在我国各族民间同题材的诗歌中都是少见的。[2]

《苗族古歌》中的《跋山涉水》讲道：那时候，五支奶和六支祖居住在东方大海边上。子孙发达了，家族扩大了，没有晒席那么大一方空地，到处都住满了人……怎么不到西方去呢？于是，妈妈叫爸爸带犁耙，爸爸叫妈妈带棉花，姑姑叫嫂嫂带针线，嫂嫂叫姑姑带剪花。奶奶的手杖忘了带，后来变成绊脚石；妈妈的纺车忘了带，后来变成纺织娘。人们跋山又涉水，行行重行行，寻路去西方……来到了三江口，黄泱泱的河水来自产金的地方，白生生的河水来自产银的地方，清幽幽的河水漂满稻花，来自产棉粮的地方。该往哪儿走好呢？"金

[1] 贵州省民间文学组整理，田兵编选：《苗族古歌》，贵州人民出版社，1979，第288页。

[2] 中国作家协会贵州分会、贵州省民族事务委员会：《苗族、布依族、侗族、水族、仡佬族民间文学概况》，贵州人民出版社，1987，第21-22页。

子淘得尽，银子挖得完，有米做饭吃，子孙才兴旺。沿着稻花水，去找米粮仓！"人们又推开怪石夺路向前，搭桥过了渡口，战胜凶恶的老鹰和巨大的蛤蟆，伐木造船，逆水行舟，终于来到了西方。公公抓起一把土，闻了又闻说："真是好地方，泥土喷喷香！"奶奶掐了一叶草，嚼了又嚼说："真是好地方，草木甜又香！"苗家就这样在五支奶和六支祖带领下，"经过千般难，受过万般苦，迁来到西方，创造好生活"，"奶奶多勤劳，公公最艰苦"，他们开田又辟土，"大田一坝坝，小田一坡坡；地方八百寨，九千大村落；鸡儿窜满寨，鸭儿漂满河；猪儿关满圈，牛儿放满坡"，[1] 开始了美好的生活。

这首古歌完全没有战争逼迁的影迹，通篇表达的是一个坚如铁石的追求美好生活的信念，"来唱五支奶和六支祖，经历了万般苦，为寻找好生活而迁来西方"，人们带着欢笑迎难而上，去追求更好的生活。特别令人感兴趣的是，在经过千辛万苦之后，居然来到象征着金、银和稻米的三条江水面前，什么才是美好的生活？人们面临着耐人深思的考验。而人们把美好的生活和稻米联系在一起，毅然舍去了金银的诱惑。可见他们寻求美好生活的信念不但非常坚定，而且彰显的品格是何等的宝贵和高尚。可以说，这的确是一篇激励人为美好生活而奋斗的古歌。

七、神话的当代价值

神话是各种社会意识的统一体，产生于远古时期，却能够传延至今，可见其在社会生活中发挥着多样化的作用。中国古代神话是中国文化史上不可或缺的一页，它的发掘和研究对认知原始初民的生活和历史变迁，理解其对后世文学创作的影响，对今天的我们汲取思想之动力等具有独特的意义和价值。神话的社会文化意义，主要体现在：

1. 历史价值：作为重要史料的神话

英国著名的神话学者马林诺夫斯基在谈到神话的功能时，说：神话"是合

---

[1] 贵州省民间文学组整理，田兵编选：《苗族古歌》，贵州人民出版社，1979，第281—324页。

乎实际活动的保证书，而且常是向导。另一方面，仪式、风俗、社会组织等有时直接引证神话，以为是神话故事产生的结果。文化事实是纪念碑，神话便在碑里得到具体表现；神话也是产生道德规律、社会组织、仪式或风俗的真正原因"[1]。这是对神话功能的一种总结。

①神话是历史的影子

神话是一种最具有统一性的综合意识形态，包括了原始初民的全部自然科学和社会科学的认知，是原始先民早期社会意识形态的表现形式之一，是一个民族早期的百科全书和原始文化的活水源头。它就像一面镜子，是对现实社会生活的曲折反映，折射出史前社会的历史发展现状，是研究史前社会历史不可或缺的重要材料。

原始社会被称作史前社会，在那个时代没有书面文字记载的历史，所以神话可以折射出人们生活的历史，也即人类早期社会的生产力发展水平、婚姻家庭制度、原始宗教、文物礼制、政教风俗、风俗习惯、节庆礼仪、占卜禁忌等社会文化状况和原始初民的生活史等。这也因此说明了神话是原始文化的一个有机部分，一个有活力的部分，是一个活下去的实体。这种实体不只是被认为在荒古的时候发生过的事实，这种事实影响着现在人类生活、命运，而且它活在现实人类的典礼、道德之中，支配人们的信仰，裁决人们的行为。

②神话可以认知远古时代的某些记忆

在女娲神话中，能够看到母系氏族社会的影子和人类的起源；在伏羲观蜘蛛造渔网的神话中能够看到渔猎文明的缩影；在神农神话中看到农耕社会的逐步形成；在黄帝神话中，能够看到人类衣食住行所依赖的生活用具和生活方式的彻底革新和改变。尤其是透过原始初民基于幻想的神话能够窥见先民的劳动生活场景，舜用象耕田，在雷泽打鱼，在河滨制作陶器；同样地，在抟土造人、补天神话中也能看到人类社会制陶业的流行和以四根柱子造房子的生活现状

---

[1] 马林诺夫斯基：《巫术 科学 宗教与神话》，李安宅编译，上海文艺出版社，1987，第132页。

等。张振犁就曾说过："制陶工艺在人类物质文明的创造方面所表现的才华、本领，也必然反映在精神文化价值观念的建构方面。'捏泥人'神话便是这种价值意识幻想的产物。也就是说，原人把制陶工艺在实际生活中的功用进一步显示在人类生存、繁殖的伟大造人活动之中。这种幻想既有科学的实际基础因素，又有对人类自身本领、才华的崇信的文化价值意识的升华作用，因而又是原始艺术。"[1]同时，盘古兄妹将捏好的泥人都放在屋子外面晒，这就像农民把粮食或柴草进行晾晒是一样的原理。总之，在一系列的发明创造中，可以感知人类社会从低级蒙昧社会过渡到文明社会，神话的情节虽然怪诞，但却有着明显的唯物主义思想的印迹。如高尔基所说："唯物主义思想是劳动过程和古代人全部社会生活现象所必然激发起来的。这些标记以故事和神话的方式传给我们，在这些故事和神话中我们听到了驯养动物、发明药草、发明劳动工具等种种工作的隐约的声音"。[2]

③神话反映了原初的社会事件与社会现象

首先，神话反映了原始社会集团间争斗的故事。

呈现部落间战争的神话，如《黄帝战蚩尤》中蚩尤联合风伯、雨伯和夸父部族的人一起攻伐黄帝，为炎帝报仇。黄帝发明了指南车，并得到了九天玄女所传授的《阴符经》，同时调动了旱魃和应龙来助战，经过激烈鏖战最终打败了蚩尤，被诸侯尊为天子，代替神农氏成为了轩辕黄帝。[3]在诸神战争神话中，有着古代社会历史生活的缩影。上文也提到原始社会时期，资源有限，为争夺有限的资源和财富、权力和领土，各原始的部落和氏族之间常常发生争斗，给当时的民众带来很多的灾难，这些灾难以通过诸神战争神话的方式呈现出来。所以这些战争神话正是部落间战争的艺术性呈现。

其次，早期人类社会的血缘婚在神话中得以呈现。

血婚制，这是由嫡亲和旁系的兄弟姊妹集体相互婚配而建立的，是五种顺

[1] 张振犁：《中原神话研究》，上海社会科学院出版社，2009，第 291 页。

[2] 高尔基：《论文学》，孟昌、曹葆华、戈宝权译，人民文学出版社，1978，第 97 页。

[3] 马昌仪编《中国神话故事》，上海三联书店，2020，第 26-30 页。

序相承的家族形态的初始阶段。[1]在洪水神话和人类起源神话中，有不少民族的神话中都出现了兄妹结婚的情节，例如汉、怒、白、哈尼、拉祜、独龙、景颇、傈僳、苗、瑶、侗、毛南等民族的神话，所呈现的远古时期兄妹婚神话则是原始社会群婚阶段的社会现实的反映。进入父系氏族社会以后，专偶制之下兄妹婚被认为是有悖于人伦道德的规范。那么原始人就创造出当洪水淹没大地、人类遭受灭顶之灾，最后只剩下兄妹二人，若二人不结婚，人类就会因此灭绝，从而赋予当时的兄妹婚以正当性和合理性。所以从这个层面上来说，兄妹婚神话丰富了我们对早期人类社会组织和婚姻形态的认知，为后世人们了解这方面知识提供了重要的史料。

最后，图腾禁忌的主题以神话的形式传承下来。

当下人们的一些食俗和远古的神话有着紧密的关联。在广西等地的仡佬族当中，流传着"狗从天上带来谷种"的神话。为了报恩，长期以来，多数地区的仡佬族人都禁食狗肉、不买卖狗。同样地，白族虎氏族世代相传，虎肉不能吃，吃了虎肉就等于吃自己祖先的肉，因此他们严禁猎虎，世代延续着相关的信仰与禁忌。

2. 实用价值：作为文化资源的神话

当原始人面对生产生活中出现的问题时，他们创造了神话去满足他们的好奇心以及对生产生活的需要。这样情形下产生的神话自然地承载了实用性的功能。

①神话有着切实的实用功能

原始初民对自然界的万物是崇拜和敬畏的，创造了祖先神、信仰神等主管人类社会各种需求的神灵，在面对不同的困难时，他们相信依靠不同的神灵，这些困难就能迎刃而解，这就形成了民间宗教。民间宗教具有很强的实用性，通过信仰这些神灵，他们可以祈福消灾，求得心灵的慰藉。

---

[1] 路易斯·亨利·摩尔根：《古代社会（全两册）》，杨东莼、马雍、马巨译，商务印书馆，2009，第325—326页。

例如，在豫东淮阳地区广泛流传着伏羲女娲的神话，人们普遍相信信奉人祖爷爷、人祖奶奶能够带给他们好运，每年的庙会上都有信众从四面八方赶来烧香祈愿，并且由抟土造人的神话中人们虔诚地相信女娲可以送子。因此，在当地形成了"拴娃娃""摸子孙窑"的习俗。人们认为他们可以与神联系，神也能够帮助他们排忧解难。

再比如，现在年节期间的春联更多是把吉利话变成对称的韵语分别贴在门框上，其实这与神话中表现的思维方式有着一致性。

汉代王充《论衡·订鬼》引《山海经》：

> 沧海之中，有度朔之山，上有大桃木，其屈蟠三千里，其枝间东北曰鬼门，万鬼所出入也。上有二神人，一曰神荼，一曰郁垒，主阅领万鬼。恶害之鬼，执以苇索而以食虎。于是黄帝乃作礼以时驱之，立大桃人，门户画神荼、郁垒与虎，悬苇索以御凶魅有形。[1]

这也即是说，在东海之中，度朔山上，有一株枝干盘曲三千里的大桃树，树上住着名叫神荼、郁垒的两个神仙，他们是轩辕黄帝派来监管鬼域世界的。凡是为祸作祟的恶鬼，他们就用芦苇绳索捆将起来，投给饿虎。受上述神话中桃木可以趋吉避邪、遇难呈祥的影响，后世的老百姓每到春节，都要用桃木制成神荼、郁垒的雕像，挂在大门的两旁，驱鬼避邪。

②神话是当下民众实践的重要文化资源

对于当下的民众来说，神话对人们也具有精神鼓舞作用，起到精神调适作用。正如广义神话论的提出者袁珂所言：精卫衔西山木石，以堙东海；夸父追逐太阳，至死锲而不舍。神话中蕴含的锲而不舍的奋斗精神对民众有着重要的精神引领作用。

---

[1] 王充：《论衡》（卷二十二），商务印书馆，1934，第12页。

③神话能够转化为切实的社会效益

神话是民众重要的文化资本和取之不尽、用之不竭的文化资源，其资源价值在当代被重新挖掘，尤其在资源化、遗产化的进程中这些资源可以被塑造出庙宇、雕像或者建设成为主题景区，迅速转化为经济资本。很多地方基于经济导向，将神话开发为当地旅游的活招牌，原来的口头文化传统变成了多种形式的视听艺术，从而起到了促进当地经济发展的作用。例如当下神话资源的旅游开发成为国内不少旅游景点的开发重点，神话人物故乡之争频频出现，这往往与神话所能够带来的经济效益密切相关。河南省内两个县市桐柏、泌阳争"盘古"神话的起源地，围绕盘古品牌，出版盘古神话集或研究著作，开发盘古山神话旅游景区，壮大三月三庙会，多方力量联动不断将神话景观叙事做大做强。无独有偶，女娲的故里也飘忽不定，河南西华着手扩大女娲城遗址，陕西平利县开发女娲山作为著名风景区，河北涉县举办女娲文化节等。各地借由神话资源去讲故事、去塑造文化景观，吸引游客前去参观游览，把神话和区域经济发展相结合，使神话资源成为带动经济发展的驱动力，进而将神话作为文化资本，用于开发旅游，成为促进地域经济发展的工具和手段，从而实现将文化资本转化为进一步的经济资本的实用目的。

此外，在电子媒介语境中，开发者将神话资源用于游戏、视频的创作和设计之中，实现了文化产品向流量经济的转化。在《神话的力量：在诸神与英雄的世界中发现自我》中，坎贝尔对神话内在结构和心理意义的解读，在西方文化产业界产生了巨大影响，特别是在电影、电视、音乐等领域。美国著名导演乔治·卢卡斯的《星球大战》三部曲的创作就是深受坎贝尔神话理论的影响，他自己坦言："《星球大战》就是基于坎贝尔的理念创作的现代神话。"同时《狮子王》《黑客帝国》《蝙蝠侠》等流行文化产品创作也是以坎贝尔的理念为灵感来源。反观我国近几年的神话电影，例如《大鱼海棠》《哪吒之魔童降世》《封神榜》等都创造了较高的票房收入，实现了文化转化为经济效益的目的。

3. 文艺价值：作为原始思维产物的神话

神话蕴含着原始初民丰富的想象力，具有独特的艺术魅力，以强烈奔放的情感、神奇瑰丽的想象、积极豪迈的精神开创了中国浪漫主义的文学风格。

① 神话是后世文学艺术和艺术创造的源头和土壤

神话丰富的形象构成了文学创作的素材。神话是原始思维的产物，借助原始思维，神话中存在着诸多栩栩如生的创世神、祖先神、自然神和图腾神等。这些丰富的神格形象为浪漫主义文学创作提供了取之不尽、用之不竭的素材和原型。诸多的作家和诗人都从神话传统中汲取创作的素材，例如庄子、屈原、陶渊明、李白、李贺、曹雪芹、鲁迅、郭沫若等。屈原的《九歌》中对湘君和湘夫人形象的刻画，描绘了古代配偶之神悲欢离合的故事，具有浓厚的神话色彩，作品中的舜帝之二妃就直接取自《山海经》：曰洞庭之山……帝之二女居之，是常游于江渊。澧沅之风，交潇湘之渊，是在九江之间，出入必以飘风暴雨。是多怪神，状如人而载蛇，左右手操蛇。李白的《北风行》：烛龙栖寒门，光曜犹旦开。日月照之何不及此？惟有北风号怒天上来。燕山雪花大如席，片片吹落轩辕台。幽州思妇十二月，停歌罢笑双蛾摧……《北风行》以神话中的烛龙形象来起兴，氛围的渲染与怨妇的心境完全一致。汉初司马相如的《上林赋》《子虚赋》中化用了诸多神话中的人名和地名。陶渊明的《读山海经诗十三首》就是典型的神话题材诗歌。李白的《梦游天姥吟留别》《庐山谣寄卢侍御虚舟》《蜀道难》等作品中也有诸多神话元素。现代作家鲁迅的小说《故事新编》、郭沫若的诗歌《女神》中的不少作品，都有运用神话题材。

② 神话为作家提供了幻想、虚构等多种表现手法

原始初民对自然界发生的事情进行天真而大胆的幻想，将自然力形象化和人格化，把自己生活的场景与自然界发生的事相融合，产生了荒诞离奇的结果。在神话营造的世界里，天空裂开可以用五色彩石去补，十个太阳被射落了九个才形成现在的样子，人是由黄泥做的，女娲为使天地牢固便砍下巨龟的四脚立在四极上，刑天以肚脐为口、以双乳为目等。许多浪漫主义作家也表现出与神

话思维一脉相承的特点，在现实叙述的基础上进行了大胆的想象和幻想。屈原基于现实进行诡谲奇丽的幻想和奇特的夸张，可以上天入地去追求他的理想，朝发夕至，甚至于想去哪里就能瞬间到达："朝发轫于苍梧兮，夕余至乎县圃。欲少留此灵琐兮，日忽忽其将暮。吾令羲和弭节兮，望崦嵫而勿迫……纷总总其离合兮，斑陆离其上下。吾令帝阍开关兮，倚阊阖而望予"，展现了时空的瞬移和转换。

③后世的文学化用了神话的情节以及多重表现手法

以神话情节为例，李贺的"女娲炼石补天处，石破天惊逗秋雨""羲和敲日玻璃声"是女娲补天神话和太阳神话的化用；李白的"白兔捣药成，问言与谁餐？蟾蜍蚀圆影，大明夜已残。羿昔落九乌，天人清且安"是"白兔捣药""羿射九乌"及有关蟾蜍神话的直接化用；郭沫若的《女神之再生》是女娲补天神话的化用。以拟人笔法来说，神话受限于原始思维，习惯性地对自然界的现象进行人格化的描述，使神话显得天真生动又可爱。如庄子创作的《逍遥游》沿用了拟人化的手法，笔下的蜩与学鸠、斥鷃等小动物都被人格化了，可以适时、应景地与对方交流，把深刻的哲理寓于生动的故事情节中。

④神话中的诸多元素还是艺术创作的源泉

比如传统的剪纸、绘画、泥塑等也会选用神话人物的形象，《邳县民间剪纸》收录的 188 幅作品中，有 46 幅直接呈现神话传说的故事或人物素材，济源地区的剪纸也充分结合当地的创世纪神话，创作出一批以盘古开天、女娲补天、愚公移山、大禹治水为主题的神话题材作品；哈尼族根据创世神话里记述的葫芦孕育了人类并帮助哈尼人从洪水中幸存下来保存了人种，当地剪纸中多见葫芦纹饰。当代的影视剧也会以神话为记忆的宝库进行新一轮的改编和重述。例如动画电影《精卫填海》中精卫、后羿拯救炎帝，帮助人类化解灾难、消灭邪魔的故事情节，再现了《山海经》中的神话传说；中央广播电视总台用影视化手法打造的中国神话故事创演型节目《少年的奇幻世界》，重新讲述女娲补天、大禹治水、愚公移山等一系列中国神话故事，影视作品开启了远古神话的现代之旅。

由此看来，神话对我国的浪漫主义文学创作和当下的艺术创作产生了深远的影响。中国的文人善于从古代神话中汲取营养和创作的素材，将神话作为他们创作的沃土，进而开创出艺术创作的新形式。在这个意义上，神话是文学创作和艺术创作的源泉，推动着文艺创作的发展。

4. 美育价值：作为教化工具的神话

一个民族的神话系统通常即是它的教育系统，以前那些坐着听夜间故事的孩子们所吸取的有关传统的知识和习俗不比我们现代学校中六年级的学生少。[1] 神话是伴随着人们认识自然、解释自然和征服自然的需要而产生的，有着传承文化知识、培育思想品德的教育功用，相较于常规的学校教育而言，神话可以让寓教于乐的诉求真正落地。

①神话在儿童美育方面的表现尤为突出

如黄石所言：神话对于儿童，也是一种很好的恩物，可与近代人所作的童话有同等的价值。其价值之所在，并不是教给他们知识，却在于适于培养儿童的心理和想象力。除此之外，神话中讲述英雄的所为则轰轰烈烈，慷慨壮烈；讲述男女（神或人）的恋爱，则婉转缠绵，可歌可泣。这些故事对同情心的培养，也很有帮助。奥特修斯的忠勇多谋，皮涅罗皮的坚贞操守……其人格，其行为，感人至深，而且最能引起读者的同情。[2] 家长们在教育孩子的时候适当引用神话，或许可以起到事半功倍的效果，比如说教育孩子做事要持之以恒的时候，可以选择讲述夸父逐日和精卫填海的神话；培养孩子崇德向善，可以讲述神话中的英雄如神农、大禹等的故事。同时神话还可以告诉孩子如何为人处世，如何直面困难，以及生命的价值和意义。

---

[1] 威廉·R.巴斯科姆：《民俗的四种功能》，载《世界民俗学》，陈建宪、彭海斌译，上海文艺出版社，1990，第413页。

[2] 马昌仪编《中国神话学文论选萃》，中国广播电视出版社，1994，第107—108页。

②神话记载了古代人类对世界起源、自然现象和社会生活的原始理解

神话叙述的生活常识，有利于孩子更好地认识身边的事物和各种自然现象。神话主要是原始初民认识自然和改造自然过程中创作出来的文类，它对生活场景充满幻想的解释让儿童更能够接受，也更能够满足儿童对世界的好奇心，形成他们对世界万物的初步认识，激发他们进一步的阅读兴趣。同时神话的原始思维和儿童的思维有一定的相通性，有利于培养儿童的想象力。鲁迅童年时对绘图的《山海经》表现出无尽渴慕：人面的兽，九头的蛇，三脚的鸟，生着翅膀的人，没有头而以两乳当作眼睛的怪物……可以看出，这些形象化的思维和怪诞的形象契合儿童的认知发展阶段，赋予儿童尽可能多的想象空间和无尽的创造力，有助于提高他们的思维能力，也能让他们在这种想象力之下去认识世界万物。

③神话英雄的善良和正义有着培育思想道德的教育功能

比如几千年传承下来的知恩图报的行为准则，在洪水神话中得以呈现。洪水神话中多是兄妹俩因为心地善良，神向他们透露洪水即将到来的信息。因此他们才能在神的帮助下躲过这次大洪水，后结为夫妻，繁衍子孙。神话中将毁灭性的自然灾害与人的善恶行为直接联系起来，后世的人在讲述的过程中就能将道德的教化融入其中，也会使得善良的美德影响孩子们的很多行为。例如洪水神话中，一个孝子因为对老母孝顺而获得仙人的指引得以逃生：

从前东京城里有个孝子，有老母在堂，他非常孝顺她。有一晚，他梦见一个仙人对他说："这个城快要沉没了！你如果见到城隍庙前石狮子的眼睛出了血，预示着此城马上就将沉没，赶快驮了你的母亲逃走！"那孝子信以为真，每日在天未亮之前先到城隍庙前看石狮子眼睛有没有出血。一连好几天，天天碰到杀猪的。杀猪的奇怪他的行为，盘问明白那孝子的原委。于是在第二天大清早，杀猪的把手上的鲜血预先涂抹于狮子的眼睛。等到孝子一到，看见石狮子的眼睛果真出了血，马上回家驮了老母就逃。他的前足跨出城，后脚城已沦为湖了。于是那东京城就沉没而为湖，崇明

岛却渐渐地氽了起来。^[1]

陈志良的《沉东京，氽崇明》赞美了孝子的孝行，指引着后世的人孝顺父母方能得到善报，潜移默化中引导人们的行为。同类型的神话《话说东京》中则有了观世音菩萨下凡通过卖油试探人心，以帮助善良者避开灾变的情节，讲的是一位曹姓的小孩子听从祖母的建议退还多买的半瓶油，祖孙俩因善良得到了观音娘娘的帮助在洪水中幸存了下来。同样地，在伏羲女娲神话中，两兄妹也因为帮助石狮子或者雷神才得以在洪水中逃生，各地类似的神话故事的传播，能够起到道德教育作用，使人们感受到善良的力量。相反，如果人类与自然为敌，则会遭到自然的惩罚。在侗族的洪水神话中，洪水的诱因是最小的兄弟用锯子锯洪桐树，发出火来，酿成火灾，触犯了雷神引发洪水。

总之，神话的教育价值一以贯之。在当下强调讲好中国故事的时代语境中，主流媒体注重挖掘神话的教育价值。中央电视台少儿频道和央视动画有限公司联合推出的 26 集传统文化题材动画系列片《中国神话故事》，以动画的形式呈现中国经典的神话故事，意在凸显神话中体现的"坚韧不拔、执着追梦"的精神，例如对"盘古开天""女娲补天""夸父追日""燧人取火""大禹治水"这些神话元素的化用；《少年的奇幻世界》创新性地讲述女娲补天、大禹治水、愚公移山等一系列中国神话故事，让小朋友沉浸式地体验中国神话的魅力和其中蕴含的原始初民坚持不懈、积极探索、不畏艰险、勇往直前的开拓精神等，这有助于引导儿童热爱本民族的文化，培养其良好的品德。

5. 文化价值：作为信仰与认同根基的神话

何新所说："作为人类语言文明发展以后所形成的第一种意识形态，在神话的深层结构中，深刻地体现着一个民族的早期文化，并在以后的历史进程中，积淀在民族精神的底层，转变为一种自律性的集体无意识，深刻地影响和左右着文化整体的全部发展"^[2]，可见神话与民族精神、民族文化有着密不可分

---

[1] 陈志良：《沉城的故事》，《风土什志》1943 年第 1 卷第 3 期。

[2] 苑利主编《二十世纪中国民俗学经典·神话卷》，社会科学文献出版社，2002，第 233 页。

的关联。

①神话能够起到凝聚中华民族文化认同的作用

神话中凝聚着关于族群历史的记忆，神话的讲述和仪式活动是文化之根基，可以起到凝聚文化认同的作用，让后辈了解自己民族文化共同体的起源和发展状况。"对族群而言，神话化过程是一种特殊的进步，族群的整合中心都是神话学意义上的载体。这些神话学因素为群体行为提供了可能性，即使有些行为违背个人利益，有些行为并没有领袖人物的指点。每一种真实的事物一旦被神话的光环所笼罩，便能在人们心目中唤起某种情感，使人们乐于爱护它、捍卫它。"[1]例如畲族民众一直把盘瓠神话当作族源神话来讲述：高辛皇帝耳朵痒了三年，怎么也治不好，从里面掏出一条三寸长的金虫来，放在金盘里，三天三夜就长大了，浑身五彩斑纹，能在地上走，能在水里游，能天上飞，能大能小，高辛称它为"龙王"。高辛被番王围攻时，龙王化作一只麒麟跑到番营中咬掉了番王的头颅[2]，之后，狗便成了他们民族的图腾，他们不杀狗，而且对狗十分友好，从不驱赶和打骂狗。同样地，古代北方的游牧民族突厥以狼为神性祖先，蒙古族也以狼和鹿为神性祖先。通过这些神话的传播，族群的民众对本民族的神圣起源有了更多了解，更能够形成族群的认同感。

正如钟敬文所说：一则神话，可以坚固全团体的协同心[3]，对于少数民族来说，族源神话是独属于他们族群的公共文化记忆，对于中华民族而言亦然，它的统一并不是种族血缘的统一，而是文化的统一。[4]而文化的统一依托于神话，正如卡西尔所说：正如我们已经知道的那样，神话宗教意识是假定在两个成员之间的一种确定关系，并把这种关系转变成一种同一性的表达，这正表现出神话思维的一个基本特征。[5]神话是民族身份认同的重要凭借和依托，

---

[1] 克尔吉兹托夫·高里考斯基：《民族与神话》，高原译，《世界民族》2001年第4期。

[2] 陶立璠、李耀宗编《中国少数民族神话传说选》，四川民族出版社，1985，第315-321页。

[3] 钟敬文：《民间文学与民众教育》，《民众教育季刊》1933年第3卷第1期。

[4] 田兆元：《神话与中国社会》，上海人民出版社，1998，第344页。

[5] 恩斯特·卡西尔：《神话思维》，黄龙保、周振选译，中国社会科学出版社，1992，第276页。

例如炎黄蚩尤神话、伏羲女娲神话、尧舜禹神话、西王母神话以及后羿神话、盘古神话等共同构成了中华民族的文化记忆。以始祖神话为例，它有着无可替代的凝聚力，能够使共同体的成员产生强烈的向心力。中国历来流传着炎、黄二帝是中华民族人文始祖的神话和女娲抟黄土造人的神话，在这样的神话叙事中，共同体的每一个成员都清晰地知道他们从何而来以及他们的始祖是谁，炎黄子孙成为整个中华民族后代的整体而统一的定位。这个称谓更像是一个文化符号，是民众文化寻根和文化自觉的需要，这种炎黄子孙的自觉认同使得中华民族具有强大的亲和力和凝聚力。

② "同源共祖"神话反映了中华民族共同拥有同一祖先的历史叙事

"同源共祖"神话，意涵了中华民族共同体形成的思想文化根基。[1]例如盐边县流传的《苗、汉、彝族本一家》中讲：洪水滔天后，"伏羲兄妹生了三个娃娃，最先落地的说苗话，第二落地的说汉话，最后落地的说彝话。亲亲的三弟兄各说各的话，他们便是苗族、汉族、彝族的老祖先"；傈僳族神话讲兄妹俩结婚后生了三个儿子，都十分聪明，不管什么，一学就会，只是三个孩子都不会说话。后夫妻俩求助盘古，盘古叫孩子们围着火堆坐着，然后将三根竹竿放在火堆上烧。突然，乒乒乓乓三声，毛竹爆炸，三个小孩惊叫起来，老大喊："妈吧！"老二叫："阿戈之者！"老三唤："阿拉也！"这三种不同的叫喊声，后来就成了相邻的汉族、彝族和傈僳族三个民族的语言。[2]类似的神话讲述了三个不同的民族同出一个父母，而且少数民族和汉族之间多是兄弟关系，表达了多民族一家亲的文化意味。

汉族和各民族共同生活，建设自己的家园，相似的是他们都把盘古、三皇五帝作为人类起源和民族起源的共同祖先，这与中华民族认同的构建紧密关联。正如王丹所说："'同源共祖'神话包含了各民族的生活历史，包含了各民族对自我在多民族关系中的定位，包含了各民族彼此认识和认同的反映，包含了

---

[1] 王丹：《"同源共祖"神话记忆：中华民族共同体形成的思想文化根基》，《西南民族大学学报（人文社会科学版）》2021年第7期。

[2] 祝发清、左玉堂、尚仲豪：《傈僳族民间故事选》，上海文艺出版社，1985，第10页。

中华民族共同体形成的历史逻辑、认知体系和情感关系。'同源共祖'神话多样化的记忆资源在多民族共同生活中得到升华，有助于实现更多族群和人群的社会团结，进而推动中华民族共同体形成的实践行动。"[1]

历史上各民族之间亲密的兄弟关系，还在纳西族的祭天经书《崇搬绍》（戈阿干主编的《祭天古歌》译为《查班绍》）中有具体表现：纳西族先祖崇忍利恩与天女衬红宝白成婚三年不育儿女，于是派蝙蝠与灰狗作为使者上天向衬红父母求救，恳请"在天之父""传授大地造化的奥秘"，"在天之母""传授人类繁衍的准则"，而天父天母也道出了奥秘，甚至是具体指点了男女之事，因此他们得以生育孩子，繁衍了人类，也就有了"我们希望生儿育女，才虔诚地把天神献祭"，夫妇俩便举行了隆重的祭天仪式。可是，孩子们长到三岁都不会说话，夫妇俩又不得不再次派两使者上天求救。[2]按照天父天母的指点行事，经天父赐示祭天之后，孩子们分别用藏语、白语和纳西族语说出"马吃蔓菁"的话，变成了不同语言、不同生活习惯，连骑马方式也有别的三个民族，老大成了藏族，老二成了纳西族，老三成了白族，分别住在拉萨、牧羊坡下、吕俄底等地各自发展，过上了美好生活。[3]

另有《布洛陀古歌》神话里讲到，"人类成为四个支系，人类分为四个族群。密本洛西高兴地起族名，密阳洛陀兴奋地安名称：老大一对叫大汉族，老大一双叫布希；老二一对叫汉族，老二一双叫布坤；老三一对叫壮族，老三一双叫布讲；老四一对叫瑶族，老四一双叫布努"。[4]从古歌里反映了密洛陀造的四男四女分成了四个族群，四个族群又分别成了四家：分家后有了瑶布努人称之为"布希"的，到平原居住，造了皇宫，成了讲汉语且居住在平原地区的汉族人，还是中原王朝的统治者；分家后有了瑶布努人称之为"布坤"的，到了有盐的地方，晒盐、卖盐，成了湘、黔、桂等南方地区讲汉语的汉族人，他们

---

[1] 王丹：《"同源共祖"神话记忆：中华民族共同体形成的思想文化根基》，载《西南民族大学学报（人文社会科学版）》2021年第7期。

[2] 和钟华：《祭天即祭祖：纳西族祭天文化质辨》，载郭大烈、杨世光主编《东巴文化论》，云南人民出版社，1991，第182页。

[3] 李近春：《纳西族祭天初探》，载郭大烈、杨世光主编《东巴文化论》，云南人民出版社，1991，第179页。

[4] 张声震：《密洛陀古歌（上、中、下）》，广西民族出版社，2013，第2850~2851页。

是肩挑背负，串街走巷，贩卖食盐、布以及各种杂货的地方汉族小商贩；分家后有了瑶布努人称之为"布讲"的，他们到稻田区域去种稻子，成了吆喝着牲口在田边地头犁田耕土的壮族农民；分家后有了瑶布努人称之为"布努"的，即是生活在山高林深处的布努瑶人的自称，他们拿着杂粮和月刮、柴刀等生产工具，还有公母羊，到山里去居住，以种黍子为生。[1]上述材料都属各个民族的经典性民间文学作品，反映了各个民族是同源的，是共祖的，相互之间也是亲密的兄弟关系。在今天看来，这对于巩固和加强民族团结，促进各民族之间的交往交流交融都是富有积极意义的。之所以这样说，还在于南方民族的人类起源神话中的"同源共祖"母题，表现的是南方民族固有的族群关系，主要以稻作经济为主的百越、氐羌以及"三苗"等各个族群之间固有的亲缘关系，经过数千年的融合，形成了如今的多元一体的格局。同时，南方民族生活于同一地缘，是一种民族杂居的生活生产方式，始终处于"你中有我、我中有你"的交往、交融关系中，于是，"在表达人际的密切关系时，'兄弟'关系最为合适"[2]。

③ "同源共祖"神话具有语言学价值

苗族的人祖神话中讲到洪水过后，兄妹成婚，过了两年，"忽生下一个没有四肢的孩子，形状像个瓜。恩一时气愤下拿把大刀将这怪孩子砍成许多碎块，撒在四周山上。第二天下山时，恩见这些碎块俱变成了无数男女。恩用火烧竹子，'哔哔剥剥'发出爆裂的声音，不意引起山上的男女大笑，接着发出三种不同的口音：讲汉语的，讲侗语的，讲苗语的"[3]。这段材料说明了爆竹声引发了各种人的开口，也从他们口中发出了三种不同的口音来，就成了后来的汉语、侗语、苗语。于是，是否可以推测人类起源时，因为人发出了不同的口音，就构成了群体或者是族群的差异呢？还有"汉家喊'吃饭'，侗家喊'吉勾'（侗语的吃饭），苗家喊'诺虐'（苗语的吃饭），就此都会讲，人人能讲话"[4]。

[1] 张声震：《密洛陀古歌（上、中、下）》，广西民族出版社，2013，第 2962-2963 页。

[2] 王宪昭、郭翠潇、屈永仙：《中国少数民族神话共性问题探讨》，中央民族大学出版社，2013，第 87 页。

[3] 杨万选等：《贵州苗族考》，贵州大学出版社，2009，第 222 页。

[4] 杨万选等：《贵州苗族考》，贵州大学出版社，2009，第 225 页。

如此情况，还能在瑶族的《密洛陀》的《造人类》一章中看到，其中讲："密洛陀等呀等，等到了九个月，忽闻箱里有声音。密洛陀叫来众大神，打开箱子看。第一箱有个人崽，长得白又胖，讲的第一声是'妈'，第二声是'吃饭'；第二箱的人崽，生得多俊俏，讲的第一声是'乜'，第二声是'哨厚'；第三箱的人崽，生来多威武，讲的第一声是'眯'，第二声是'襄礼'；第四箱的人崽，生来小又瘦，讲的第一声是'密'，第二声是'农优'。把四个人儿抱出箱，各操各的语，各讲各的话。"[1] 这些材料，也说明了各个族群最初的语言大多是与饮食直接关联的。所以说，苗族的人祖神话和瑶族的"造人类"都为语言学的研究提供了一个方向。

本章小结

神话表明处于原始社会中的人类的自然属性明显超越了社会属性，这表明人类早期的生存必然与自然界息息相关这一事实。正因如此，原始先民将自然界的一切事物视作同自己一样具有生命力，也有情感，并且不断地发生变化的事物，于是，在这样的心理状态下就有了反映认识自然和社会的神话出现。神话作为文化和文学的源头，能够帮助我们了解原始的社会制度、生活和原始人类的思维活动，弄清中华民族的历史、风俗习惯、审美趣味等，因此，神话具有极为可贵的参考价值。在当前的文化研究中，神话常被视作重要的文化资源被加以利用，同时，将神话融入当代社会语境，实现其创造性转化和创新性发展，已成为一个不容忽视的时代课题。

知识拓展

中国神话的起源

神话产生于人类的童年时期，是一种"不自觉"的艺术创作成品。关于神话的起源，有"劳动说"和"宗教说"等。总的说来，神话起源于"人类的童年"，可以归结为一定的社会条件和特定的心理基础。

---

[1] 蒙冠雄、蒙海清、蒙松毅搜集翻译整理：《密洛陀》，广西民族出版社，1999，第 286 页。

①社会条件：氏族社会的必然产物

神话产生的历史背景是人类氏族社会，其最早出现大约在五万年至一万年前，就是旧石器时代晚期，新人时代，也就是晚期智人时代[1]，当时人们对自然界的认知还处于模糊和朦胧的状态。在新石器时代晚期，人类生产力的提升，为神话的发展奠定了现实的物质基础。

马克思对神话的起源做出解释，"任何神话都是用想象和借助想象以征服自然力，支配自然力，把自然力加以形象化"[2]，还指出，神话其实"也就是已经通过人民的幻想用一种不自觉的艺术方式加工过的自然和社会形式本身"。马克思的上述两段话，清楚地指明了神话起源于人类企图认识自然、征服自然力、支配自然力的强烈愿望和要求，这便是神话产生的原动力。同样地，鲁迅也认为："昔者初民，见天地万物，变异不常，其诸现象，又出于人力所能以上，则自造众说以解释之：凡所解释，今谓之神话。神话大抵以一'神格'为中枢，又推演为叙说，而于所叙说之神，之事，又从而信仰敬畏之，于是歌颂其威灵，致美于坛庙，久而愈进，文物遂繁。故神话不特为宗教之萌芽，美术所由起，且实为文章之渊源。"[3] 又有谢林定义的神话："所谓神话，无非是尤为壮伟的、其绝对面貌的宇宙，名副其实的自在宇宙，无非是神祇形象创造中那种生活与奇迹迭现的混沌两者之景象；这种景象本身即已构成诗歌，同时又是自我提供的诗歌质料和元素。它（神话）即是世界，可以说，又是土壤；唯有植根于此，艺术作品始可吐蕊争艳、繁荣兴盛。"[4]

神话产生于原始初民认识自然、征服自然的强烈愿望。原始社会主要的矛盾是人与自然的矛盾。人从诞生伊始，就开始与自然不间断地进行斗争。在生产力水平极其低下的时代，原始初民缺乏现在这些基本的科学知识的武装，所以在面对自然界的和周遭一切事物的变化之时，他们充满着恐惧和好奇，正如

---

[1] 钟敬文主编《民间文艺学文丛》，北京师范大学出版社，1982，第13页。

[2] 马克思：《〈政治经济学批判〉导言》，载《马克思恩格斯选集（第二卷）》，人民出版社，1995，第29页。

[3] 鲁迅：《中国小说史略》，载《鲁迅全集（第九卷）》，人民文学出版社，1981，第17页。

[4] 叶·莫·梅列金斯基：《神话的诗学》，魏庆征译，商务印书馆，1990，第12—13页。

神话学家亨利·贝特（Henry Bett）记载的客夫族智者的一段话：

> 我饲养家畜12年，每当黄昏，便坐在岩石上思想。起身后想解答各种疑问，然而不能回答。我的疑问是：谁人造星星？什么东西支持着星星？水从朝至晚，从晚至朝，不断地流来流去而不疲劳，它们在何处休息？云从何处来，何处去？为什么降雨？谁送来了云？……谁叫风吹，让风狂暴，来窨害我们呢？我又不知道树的果实怎样来。昨天野外没有草，今天已经青绿绿的了。是谁把产物的智慧与力给予土地的呢？[1]

面对这一连串的困惑，原始初民想要对这些现象加以解释和认知，便创造了神话这一文类，但在创造的过程中他们本身是无意识的。他们带着对自然的好奇心，只能在比对自己生活的社会情境时对自然界的种种现象做出自己幻想性的解释，对自然力进行形象化和人格化的解释，因此在他们看来打雷是雷神在发怒，大旱就是十日并出，天上的七色彩虹是女娲用彩石补天造成的。所以，人们创造这些神话是为了解答他们对自然界现象的疑惑，探究自然界何以出现如此的情形。

当然，原始初民不仅仅满足于对自然现象做出合理化解释，他们还有着很强的征服自然和改造自然的愿望，他们在形象化自然力的同时希望在想象中征服自然力，在想象的世界中去改造自然和支配自然。他们通过神话表现与自然相抗争的艰辛历程，创造出了用五色石补天的女娲、和太阳竞跑的巨人夸父、射下九个太阳的神射手后羿、和洪水抗争的鲧禹父子、衔树枝和石子填东海的精卫等英雄形象。这些形象身上投射了原始初民与自然抗争的愿望和决心，他们不屈服于自然界的威力，在艰难地适应和改造自然界的过程中创造出神话这个特定的文类，幻想着他们自己可以拥有超出神灵的能力。

---

[1] 谢六逸：《神话学 ABC》，上海：世界书局，1928 年，第 32—33 页。

②心理基础：“万物有灵论”或“自然崇拜”

在古代，原始初民的思维是一种野性的状态，在这样一种思维状态下，原始初民创造出了神话，但这本质上是一种“不自觉的艺术方式”。之所以说“不自觉”，这是因为神话创作的思想基础是“万物有灵论”和“自然崇拜”。泰勒明确提道：“日常经验的事实变为神话的最初和最主要的原因，是对万物有灵的信仰，而这种信仰到了把自然拟人化的最高点”[1]，在这一思维的指导下，原始初民参照自己的生活经验对自然界以人格化的方式去同化，把它们“形象化”“人格化”，进而将它们神化，所以神话中的神的形象多是人们仿照自然界和人类自身创造出来的，人类始祖伏羲和女娲是人首蛇身、禹和其妻子涂山氏可以幻化成大熊和九尾狐、水神共工是九尾蛇身……这种“人神异形”的神，正是原始初民用人格化的方法同化自然力的结果，而且，也说明了这是原始社会最早的神。在原始初民看来，人与动物可以互相通婚，可以互相变形，可以互相演化，这种半人半兽的形象正是这种思维运动的结果。[2]

思辨性问题

1. 马克思在《〈政治经济学批判〉导言》中提道：任何神话都是用想象和借助想象以征服自然力，支配自然力，把自然力加以形象化；因而，随着这些自然力逐步被支配，神话也就消失了。对于阶级社会“神话也就消失了”的判断，你怎么看？

2. 怎么理解马林诺夫斯基所言的“神话是社会的宪章”？

3. 神话有哪些种类？

4. 谈谈神话叙事对我国历史和文学的影响。

5. 怎么理解神话的社会文化价值？

---

[1] 爱德华·泰勒：《原始文化》，连树声译，上海文艺出版社，1992，第285页。
[2] 李惠芳：《民间文学的艺术美》，武汉大学出版社，1986，第18页。

第三章
史诗与人性的多方位展示

知识要点

1. 史诗是"民族的原始精神",是一个民族特有的意识基础。

2. 创世史诗、英雄史诗的外在表现形式是社会生活、家庭伦理,以及部落或氏族的生产技艺、民风习俗、物质需求与审美趣味等方面的题材;史诗的内涵则是表达人的坚强意志,也就是说人的意义、人性的本原就在与命运的抗争与搏斗之中。

3. 史诗的当代价值与社会意义。

概述及界定

黑格尔说:"作为这样一种原始整体,史诗就是一个民族的'传奇故事','书'或'圣经'。每一个伟大的民族都有这样绝对原始的书,来表现全民族的原始精神。在这个意义上史诗这种纪念坊简直就是一个民族所特有的意识基础。"[1]每一部史诗都反映了该民族古代人民的生活、斗争情况及理想和愿望。它既保留着这个民族与自然界,与邻近部落、民族斗争的历史,同时也集中了该民族从古到今积累下来的生活经验。史诗宏伟的结构规模,丰美的艺术形象以及华丽的诗体民族语言,可以看出该民族的民众早期的艺术创造才华,这对

---

[1] 黑格尔:《美学(第三卷 下册)》,朱光潜译,商务印书馆,1979,第108页。

研究该民族文化是很有价值的。另外，史诗中留存有大量那一历史时期的真实生活图景，如聚会、比赛、婚娶、丧葬、饮食、服饰等描写，以及当时的历史、地理、军事、医学、天文、早期手工业、初期农业等各方面的资料，有着非常宝贵的科学价值。

各民族的史诗中所记叙的民族重大事件、民族人物等，常常被该民族人们认为是宗族的历史和祖先的遗教。特别是通过宗教形式保留下来的史诗，更有一种庄严感。因而，史诗一般都在重大活动、隆重聚会及祭典时由出名的歌手来演唱。早期，它的叙述格调与演唱风格都是十分庄重的。因为史诗既是对祖先的赞歌，又是对具有民族精神的神化了的民族英雄的颂词，又有对本族的土地、政治和历史的敬重，再加上神话、宗教诸因素的影响，使人们在演唱和听唱时都有一种敬重感、严肃感。到后来，经过人们世代传唱逐渐对它不感到神圣了，但史诗本身仍然不失它庄严的格调。

国外比较著名的史诗有：古希腊的《伊利亚特》《奥德赛》，古印度的《罗摩衍那》《摩诃婆罗多》，德国的《尼伯龙根之歌》，芬兰的《凯莱瓦拉》，亚美尼亚的《沙逊的大卫》，等等。我国的各民族史诗也是很可观的，有世界著名的藏族史诗《格萨尔》，柯尔克孜族史诗《玛纳斯》，蒙古族的《江格尔》，还有彝族的《梅葛》《阿细的先基》，瑶族的《密洛陀》，纳西族的《创世纪》和苗族的《亚鲁王》，等等。

史诗和民间叙事诗一般都有较长的篇幅、完整的故事情节和对人物形象的塑造。史诗是民间叙事体长诗中一种规模宏大的古老体裁，产生在各民族形成的"童年期"，主要反映远古时期先民的生活。史诗是用"诗的语言，记叙各民族有关天地形成、人类起源的传说，以及关于民族迁徙、民族战争和民族英雄的光辉业绩等重大事件"，由此说来，史诗是一个民族"在特定时期的形象化的历史"[1]，也是"'艺术发展的不发达阶段上'的产物"[2]。这体现了史诗的"题材重大，主题严肃，反映了一个时代的特点"[3]，以及史诗是"结

---

[1] 钟敬文：《民间文学概论》，上海：上海文艺出版社，1980，第282。

[2] 刘守华、巫瑞书：《民间文学导论》，武汉：长江文艺出版社，1997，第277。

[3] 潜明兹：《民间文化的魅力》，合肥：安徽教育出版社，2006，第156。

构宏伟、规模宏大、主题庄严的民间韵文叙事体裁";其中涉及"一个民族诸如宗教、文化、习俗、信仰等方面"[1]，也"深刻影响了一个民族的现实生活"[2]。

一、创世史诗

创世史诗以"古代神话、传说为主要内容情节，反映各族先民心目中整个'创世'过程"[3]，也就是从天地开辟始，直到人类繁衍，以及人们的社会生活及其变迁。创世史诗区别于英雄史诗，是在创世纪中的英雄，其神性超过了人性，在史诗的创作上创世史诗的幻想代替了现实。

1.《创世纪》

《创世纪》，纳西族语称"崇般图"，"崇"为人类、种族，"般"为迁徙，"图"意为出世、由来。"崇般图"也译为《人类迁徙记》，用纳西族语口述或纳西族谷气调吟唱。

①内容概述

《创世纪》以创世过程为线索，集中了纳西族的原始神话内容，是内容丰富、人物众多、情节曲折、结构宏大的长篇巨著。该创世史诗包含四大部分：开天辟地、洪水翻天、天上烽火与迁徙人间，具体情节有二十个章节：茫茫远古、开天辟地、魔牛撞天、建造神山、人类诞生、触怒天神、洪水滔天、利恩逃生、阳神造人、竖眼仙女、遇见衬恒、天上险境、十度交锋、天地美缘、天神诅咒、迁徙人间、击败凶神、定居创业、遣使探秘、三族形成。史诗描述了纳西族初民创世立业、繁衍后代的历程，展现了一幅幅纳西族先民生产生活的

---

[1] 田兆元、敖其主编《民间文学概论》，华东师范大学出版社，2009，第140页。

[2] 万建中：《民间文学引论》，北京大学出版社，2006，第136页。

[3] 刘守华、巫瑞书主编《民间文学导论》，长江文艺出版社，1997，第277页。

形象画面。通篇用五言句式，运用了押韵、借字谐音、象征比喻等艺术表现手法，形象、优美、生动地反映了纳西族先民的社会生活，具有很高的文学和文化价值。

②文本分析

首先，史诗记录了史前大洪水故事。

史前大洪水是原始神话的主题，是古代灾害在远古先民中的记忆留存。史诗中的洪水"浪能打到天"，给先民造成了极大的恐惧。其他民族的神话里多记载的是洪水过后，兄妹无奈之下选择了婚配。纳西族《创世纪》比较独特，形成时离血缘婚的时代还相当遥远，它描述造成洪水的原因是兄妹婚配，乱伦的行为引起了上天愤怒，于是引发了洪水泛滥。这说明纳西族先民在创作《创世纪》之时，已经对血缘婚的危害有了深刻的认识，还有绝对的否定。纳西族先民通过在作品中描述天神的愤怒、足以灭世的灾难来震慑后来人，以杜绝血缘婚的行为。天神将衬红宝白许配给门当户对的舅家之子，又向利恩索要聘礼，"你要我的姑娘，你的聘礼能有多少？""我有星星一样多的金银，就是无法带到天上，我有青草一样多的牛羊，就是无法吆到天上"。衬红宝白嫁给利恩后，随夫回到人间居住，这些说明了纳西族已经是从夫居习俗，有明显的父权观念。

其次，《创世纪》描述了宇宙起源、开天辟地的奇丽场景，用其独特的方式解释了世界的形成。

《创世纪》并没有把万物起始简单地归结为某个神或是上帝创造出来的，也不像汉族神话所言，是盘古的肢体衍变为世间万物，纳西族先民把宇宙的诞生，看成由物质变化而引起，最早出现的是声和气，后来是光和露，物质是真假、实虚、声气、黑白、善恶等相互感应变化的结果，最后变成了蛋。神灵与人类，乃至妖魔鬼怪、大魔牛均为蛋生。神灵与人类，都是由蛋而生，可以说是一母同胞，非由神创造了人类，这与古代其他民族的观点是不同的。而包括人类在内的一切事物的诞生，都是由物质变化引起，这在人类早期的概念里，不能不说是很卓越的见解与认识。纳西族先民们认为元素构成了物质，物质是不断变化的，且有相对的对立和统一，有虚就有实，有黑就有白，有善就有恶，其中包含了难得的原始朴素思想。一切生物皆是从蛋孵出的，这种卵生论，常常出现在各古代民族的创世神话中，是古代纳西族先民对自然万物的一种观察的归纳，是对万物起源的一种朴素思维猜想与推论，凸显了原始先民在起源问题上认识上的共性。另外，一生三、三生万物的思想，与汉族道教思想有异曲同工之处，是对宇宙产生的高度概括和抽象的总结。

再次，史诗贯穿着善与恶的斗争，突出了人的力量和智慧。

在史诗中，神灵并非像其他民族神话那样，是完美无瑕，高高在上，不可侵犯的。纳西族先民认为，人类并非由神灵创造，而是一母同胞。神灵也并非无所不能，他们开天辟地，但天地并不完美，甚至被魔牛冲撞，后来与人类构建了支撑天地的圣山，但圣山也瞬间被妖魔毁坏，神灵中的主要人物孜劳阿普大神也是一个比较偏执，甚至有点阴暗（多次试图设计杀死利恩）的角色。史诗描绘以崇忍利恩为代表的人类，不畏艰难险阻，与天神进行了种种斗争，克服重重困难，这可能是对先民以勇敢、智慧、勤劳战胜大自然的一种赞美。尤其是崇忍利恩在天神进行身世询问时，讲出的那一段对话，更是歌颂人类不可被战胜，是人类对神的精彩宣言。“我是开九重天的九弟兄的后代，我是辟七层地的七姊妹的后代，我是白海螺狮子的后代，我是金黄大象的后代，我是大力士久高那布的后代；是翻越九十九座大山气力更大的种族，是翻过九十九座大坡精神更旺盛的种族，我把居那若倮山放在肚里也不会饱，我喝完金沙江的水也不解渴，三根腿骨一口吞下鲠不住，三升炒面一口咽下不会呛，是所有会杀的人来杀也杀不死的种族，是所有会敲人的人来敲也敲不碎的种族！”[1]《创世纪》还用了很大的篇幅来描绘人类起源，祖先世系的传承（世系名录保存了古人父子联名的姓名制度痕迹）、创业维生的艰辛等。由此看，整部史诗贯穿着善与恶的斗争，抑制了神灵的力量，突出了人的力量和智慧，对先民的伟大创造精神、征服自然和创世立业的艰难进行了歌颂和赞美。

最后，史诗反映了纳西族先民的经济生产、社会生活，以及迁徙史。

---

[1] 云南省民族民间文学丽江调查队搜集翻译整理：《创世纪（纳西族民间史诗）》，云南人民出版社，1978，第61—62页。

大洪水后,利恩上山采果,下河捕鱼;按照天神的要求,前去岩头打岩羊,江边捕江鱼,去挤老虎奶等都是采集、狩猎生活方式的体现。这些都是历史上,纳西族先民曾经以游牧生活为主的体现。史诗中崇忍利恩带着九种家畜、谷种百样进入革囊,天神孜劳阿普对崇忍利恩进行了一系列的刁难,如:一夜砍完九十九片森林;一天烧光九十九片树木;一昼夜在烧光的九十九片林地上撒下种子;一昼夜捡回撒在九十九片地上的种子。天神想在狩猎时将崇忍利恩踢下悬崖,想在捕鱼时将崇忍利恩推入水中淹死。[1]这些情节充分展现了纳西族先民刀耕火种和狩猎捕鱼的生产生活方式,其中的麻织布、以虎皮缝制衣服,用羊毛制衣等内容也反映了纳西族先民的生活情景。

史诗中列举了崇忍利恩和衬红宝白迁徙到人间的路线,列举了诸多迁徙站点的地名,"金银坡""黄金坡""若俁山""北石塔布当"(今丽江白沙),最后才辗转来到丽江。纳西族先民可能是古羌人后裔,在远古时期生活在以河湟流域为中心的西北地带,后来经过一千两百多年的迁徙,辗转进入云南,定居在丽江。过去,纳西族各家族都保留有本族本家从北到南的迁徙路线。《创世纪》中的迁徙之路,正是对应了纳西族的大迁徙路线,是历史在神话中的体现。《创世纪》中记载了纳西族的历史文化传统,其中涉及了节庆、祭祖、婚丧等习俗。还有"衬红一连生下三个男孩……不料三年过去了,还不会喊爹妈"。夫妇俩派遣使者上天求助,蝙蝠偷听了阿普告诉阿仔会说话的秘方:"栗树要两枝,柏树用一枝;他们的儿子要说话,一定要祭天。"于是,"利恩砍了两枝栗树枝,衬红砍了一枝柏树枝,为了让儿子会说话,他们虔诚地在祭天"[2]。在过去,祭天是纳西族最大的宗教和民俗节日,纳西族自称为"纳西祭天族","纳西以祭天为重"的民谚人人皆知。按照传统,纳西族每年两次祭天,春节中要举行历时五到七天的大祭天,在阴历七月,还要举行一次小祭天。纳西族将祭天作为本民族与外族区别的重要标志,祭天是纳西族民俗中神圣庄严的活

[1] 云南省民族民间文学丽江调查队搜集翻译整理:《创世纪(纳西族民间史诗)》,云南人民出版社,1978,第41—61页。

[2] 云南省民族民间文学丽江调查队搜集翻译整理:《创世纪(纳西族民间史诗)》,云南人民出版社,1978,第92—93页。

动。祭天中的很多流程也能从《创世纪》中寻找到根源。

这部史诗还突出地反映了纳西族的山神崇拜、动物崇拜、植物崇拜、祖先崇拜等信仰观念，体现了纳西族先民的生态观，凸显了东巴教的核心理念：人与自然是兄弟，应和谐相处。

2.《巴塔麻嘎捧尚罗》

《巴塔麻嘎捧尚罗》在傣族文学史上是一个里程碑[1]。整部史诗有一万五千多行，分为十四章七十五小节，章前有序歌，章后有尾歌，篇幅宏大，结构完整。

①内容概述

《巴塔麻嘎捧尚罗》的内容由三部分组成：一是神的时代。史诗叙写了远古的混沌时期，孕育了十万年的气浪生出了神种英叭，他生来外形如巨人，神力无边。出生后的英叭神用身上的污垢造神车遨游宇宙太空，萌发了在无边太空里开创天地万物的想法。于是，经过英叭神艰苦的开创，天地划分，四洲诞生，山脉海湖形成，英叭又在已划分的十六层天中，创造了掌管各天层的众天神。二是神造人的时代。史诗讲述了人类的形成经历了"泥巴人""药果人""葫芦人"三代人，在历经各种磨难后，前两代人消亡，唯有第三代人进入了文明时代。最初的"泥巴人"为英叭神所造的贡曼神所生，两个贡曼神本为英叭神派来看管神果园的，由于听信了绿蛇的挑唆偷吃了禁果变为夫妻，繁衍了第一代人。而他们的子孙又听信了蛇，吃了疾病果，经历生老病死。英叭神睡醒，查看生果园，看到"大地一片肮脏，蛇爬满，人死满，腥气浓，臭味熏"，一怒之下，用大火烧毁大地上的臭气，用大水洗净大地上的脏腑，第一代人也由此消亡。英叭神又派出布桑嘎西和雅桑嘎赛补天补地，补造出世间万物之后，又想造人。于是，到天上寻得人种果，将鲜果捣碎，用仙药拌拢，捏成了第二代人。而随着人类繁殖得越来越多，第二代人里出现了竖眼黑心人乱伦的行为，这惹怒了众神，海神吞吃了大地，毁灭了第二代人。神在第二代人里留下了还

---

[1] 岩峰、王松、刀保尧：《傣族文学史》，云南民族出版社，2014，第362页。

是婴儿身的兄妹俩，藏进葫芦里保护起来。从葫芦里走出来的兄妹俩约相和宛纳，繁殖了第三代人。三是人类文明发展的时代。史诗反映了人类从蛮荒步入文明的阶段，包含了谷子诞生。神制定年月日、神划分三季、帕雅桑木底造屋、迁徙篇、建勐定居等内容情节。史诗讲述了族类开始纪年、辨别季节，使用劳动工具盖房，制作陶器、铜器，饲养牲畜，并通过迁徙寻得安居之所的一系列生产生活场景[1]。

②文本分析

《巴塔麻嘎捧尚罗》具有崇高、庄严的史诗之美，叙事细腻，抒情浓郁，故事引人入胜又令人心生敬意。

首先，这篇史诗展现了宏大的叙事结构与细腻精妙的叙述。

从纵向的叙事结构来看，《巴塔麻嘎捧尚罗》叙述了远古时期天地诞生到人类的出现，再到傣族农耕文明的演进，记述了宇宙、人类及傣族历史文明发展的总体脉络。史诗涵盖的内容也极其丰富：英叭神开天辟地、月朗宛神象、众天神诞生、绿蛇与人的传说、神火毁地球、布桑嘎西和雅桑嘎赛补天补地、人类果、葫芦人、谷子诞生、神制定年月日，以及人类氏族首领带领人们制作劳动工具、建造房屋以及整个族群迁徙的历史。这些记述中融入了创世神话、洪水神话、射日神话、谷物神话等，故而有学者指出："这部篇幅浩瀚的长篇巨著，不仅仅是创世史诗，而且是一部傣族古代神话大集成。傣族古代的主要神话几乎都汇集在里面，内容十分丰富。"[2]其实，《巴塔麻嘎捧尚罗》中不但包括傣族古代神话，还融入了大量的傣族民间传说、历史纪实等内容，可以说，该篇史诗从纵横两个方面建构起宏大的叙事结构。

而史诗在这个宏大结构下的叙述却十分细腻精妙。史诗中构建了一个神族谱系，"英叭神—玛哈捧—捧腊哈—捧双拿—捧桑拿—捧戏拿—无心神—圆身神"，天神造天神，父亲造儿子，儿子造孙子，一代接一代。除此之外，在广

[1] 中国文学艺术界联合会、中国民间文艺家协会编《中国民间文学大系·史诗·云南卷（一）》，中国文联出版社，2022，第565—739页。

[2] 岩峰、王松、刀保尧：《傣族文学史》，云南民族出版社，2014，第355页。

阔的十六层天里，还有各司其职的众天神。在史诗中出现的庞大天神群却各自有独特的长相和鲜明的个性，绝无雷同。史诗中细致描述了英叭神的身高、臂长、腿长、眼力，一对宽大遮天的大神耳拥有的惊人听力，以及满脸大胡、满头蓬乱发毛的外表特征，展现了一个充满智慧、威力无穷的巨人形象。而每一代神在造自己儿子的过程中，也有不同的想法，例如英叭神的孙子捧腊哈，在捏儿子的过程中就想自己捏的是第四代神，要让他有两面脸，捏成之后，史诗中这样描绘道："身段很匀称，肉色也好看，头长双面脸，方方一样宽。"[1]史诗中的捧戏拿则是个粗心大意的神，他捏儿子的时候，只捏了神身，忘了做神心，变活的无心神非常憎恨自己的父亲，在自己造儿子的时候，只想着做心，捏了个没头也没身，没手也没脚，圆得像树果，神身像颗心的圆身神。这些神有的智慧，有的憨傻，有的细致，有的粗心，有的耐心温和，有的急躁暴虐，群像下的个性特征描绘得十分细腻、生动。在这部宏大的史诗中，这样细腻精妙的叙述也体现在其他的情节内容里，贯穿作品始终。

其次，史诗记述了傣族人的生活艰难及文明演进的历程。

这部史诗中有大量的神话，这些神话包含人们对史前族群早期社会发展、民族产生和形成的历史记忆。如人们在早期生存中面临的洪水、火灾、打雷、地震、疾病、生死等，即使在生产进步后，也要面对饥荒、战争、迁徙，这些在史诗中均有叙述。在史诗中就有这样的一个场面，英叭神发怒，惩罚偷偷下凡吃土的众天神，"降下疾病雨，十阿柯的众神，随神雨消失，再也不存在。"[2]阿柯，是傣族的计数单位，即亿，十亿天神随一阵疾病雨消失无踪，这情景令人不寒而栗，这也反映了人类历史上可怕的瘟疫场景。史诗以神话的方式记录和讲述了这些灾难，也展现了人类早期对自然未知而产生的恐惧，以及想要认识和掌控自然的愿望。同时，史诗也展现了人类文明演进的历程，从开始的蒙昧、乱伦，到意识到人与动物的不同，建立有伦理的婚姻、社会生活，从开始

---

[1] 中国文学艺术界联合会、中国民间文艺家协会编《中国民间文学大系·史诗·云南卷（一）》，中国文联出版社，2022，第 590 页。

[2] 中国文学艺术界联合会、中国民间文艺家协会编《中国民间文学大系·史诗·云南卷（一）》，中国文联出版社，2022，第 619 页。

在林中、树上生活到学会耕种、建屋、制造劳动工具，选择宜居之所。史诗是对人类生存、族群发展苦难历程哀伤的吟唱。

再次，史诗中口语化的吟唱与精练优雅的文辞相恰。

二者看似是矛盾的，却又融洽地处于《巴塔麻嘎捧尚罗》文本之中。史诗的开头有一章序歌，由两段构成，第一段唱："听吧，乡亲们，我捧着一部古老的唱本，要讲述智慧无比的天神，开辟宇宙、天体和大地，创造山川、河流和湖海，以及植物、动物和人类。"第二段就唱："这是开天辟地的传说，故事十分缥缈又神奇，仿佛是那睡梦里的长河，弯弯曲曲历尽万千坎坷，流到我们今天的时代，成为著名的创世古歌。"[1]第一段具有口语吟唱的特征，文辞也较为直白和质朴，而第二段则使用了更为精练、生动的词语和修辞，两段文字作为序歌的前后两段出现并无违和感，而是引人渐渐走入故事的讲述。整首史诗中也不时有这样文字的穿插，在第六章末，这样唱道："布桑嘎西和雅桑嘎赛，来补天补地，到此就算完。作为捧尚罗，创世第六章，今晚唱完了。第七章啊，明天接着唱。"[2]这样的吟唱融在史诗当中，与《巴塔麻嘎捧尚罗》在当地的流传和形成有关，这首史诗的形成是一个漫长的创作过程，《傣族文学史》中就指出大致经历了"口头流传""傣族歌手的创作演唱""整理定型""书面的加工润色"四个阶段[3]。直至今天，在西双版纳傣族自治州，《巴塔麻嘎捧尚罗》仍是傣族"章哈"（歌手）的主要唱本，"傣族中凡是有地位的章哈，都是因为他能开口熟背史诗，并能将其演唱得十分纯熟而出名。他们在对歌赛歌时，一旦双方处于旗鼓相当而又不肯互作让步时，双方就要以演唱《巴塔麻嘎捧尚罗》来作为最后的决赛，以分出高低。"[4]可以看出，史诗《巴塔麻嘎捧尚罗》在当地的流传，历来离不开"章哈"的演唱，而演唱的过程也

---

[1] 中国文学艺术界联合会、中国民间文艺家协会编《中国民间文学大系·史诗·云南卷（一）》，中国文联出版社，2022，第567页。

[2] 中国文学艺术界联合会、中国民间文艺家协会编《中国民间文学大系·史诗·云南卷（一）》，中国文联出版社，2022，第631页。

[3] 岩峰、王松、刀保尧：《傣族文学史》，昆明：云南民族出版社，2014，第355—356页。

[4] 中国文学艺术界联合会、中国民间文艺家协会：《中国民间文学大系·史诗·云南卷（一）》，中国文联出版社，2022，第740页。

就是传播和再创作的过程，故而，在史诗中可见"章哈"口语化的吟唱与书面文本纯熟相融的现象。

最后，史诗具有浓郁的抒情性。

《巴塔麻嘎捧尚罗》在语言形式和表达上有浓厚的歌谣韵味。"布桑嘎西和雅桑嘎赛，手捧葫芦籽，朝大地抛撒，撒向北，撒向南，撒向东，撒向西，种子似落雨。"[1]这样的表达与汉乐府《江南》中的"鱼戏莲叶东，鱼戏莲叶西，鱼戏莲叶南，鱼戏莲叶北"有异曲同工之妙。在回旋反复的节奏中，用质朴、跳跃的语言展现出一个热闹欢快的劳动场面。而在《傣族古歌谣》中，也可见这样的歌谣："荒婶朗，声音响，威力大，野鬼披哈害怕它。传向东，传向西，传到天，传到地，传到勐纳和加哈宛，声声把魂招。"[2]句子也多由三五字构成，多的七八字，长短不一，用朴实、直白的语言展开叙事抒情，可见史诗《巴塔麻嘎捧尚罗》的创作是对傣族诗歌传统的继承，是有浓厚歌谣况味的叙事诗。

《巴塔麻嘎捧尚罗》还娴熟地运用赋比兴的表现手法。史诗中写了英叭神诞生的时候是坦然自在的，而随着年岁增长，渐渐地在空无一人的太空里感到孤独。"那个时候啊，在无边的太空里，除了英叭和巴阿嫩，就再没有别的动物了。太空寂寞哟，寂寞又凄凉。英叭从水里出来，感到只身孤独，他喃喃自语道：'白白留下这样的太空，白白留下这样的大水，一亿年又有何用处？'"[3]史诗描写了英叭英雄内心"情动于中而形于言"的孤独；又写到召诺阿和萨丽捧的爱情，"一次他们俩，到水边喝水，水边草木绿，雀鸟成双对。鱼在水里游，鹿在岸吃草，双双很亲热，亲热就交配。生下小鱼种，生下小鹿儿。召诺阿也看，萨丽捧也瞧，羡慕鱼和鹿，它们很兴旺。"[4]这有如"关关雎鸠，在河之洲，窈窕淑女，君子好逑"的起兴之笔，大大增强了史诗的抒情意味；在史诗中，

---

[1] 中国文学艺术界联合会、中国民间文艺家协会编《中国民间文学大系·史诗·云南卷（一）》，中国文联出版社，2022，第633页。

[2] 云南少数民族文学丛书编辑委员会编《傣族古歌谣》，中国民间文艺出版社（云南），1981，第239页。

[3] 中国文学艺术界联合会、中国民间文艺家协会编《中国民间文学大系·史诗·云南卷（一）》，中国文联出版社，2022，第572页。

[4] 中国文学艺术界联合会、中国民间文艺家协会编《中国民间文学大系·史诗·云南卷（一）》，中国文联出版社，2022，第643页。

还把很多浪漫的想象化为生动的比喻。英叭开天辟地，天地形成，其中写道："天空像什么？大地像什么？天空像树蓬，大地像宗补果。污垢树是树干，树干撑着天和地。"[1]在史诗中有意思的是，很多喻体均是自然物。如"树蓬""宗补果""浮萍""树叶""星""月""云"等，这是当地生态环境中常见的自然景象。所以，这篇史诗浓郁的抒情性，一方面离不开当地诗情画意自然环境的孕育，另一方面也是这个浪漫的民族在文学创作中的有意追求。

史诗《巴塔麻嘎捧尚罗》是在西双版纳傣族自治州自然、人文环境中绽放的一朵奇葩。它对傣族的历史发展所展开的吟唱浪漫热烈、动人心弦，极具地域特色和民族色彩。

3.《梅葛》

彝族史诗《梅葛》由《创世》《造物》《婚事和恋歌》及《丧葬》四个部分组成，反映了彝族人民在与自然界的抗争之中产生的想象与认识。

①内容概述

《创世》叙述了天地、万物的起源，其中明显有彝族古代神话的印迹。天神格滋命九兄弟来造天，七姊妹造地。造天没有模子，就用篾帽来做造天的模子；造地没有模子，拿簸箕做造地的模子。蜘蛛网做天的底子，蕨菜根做地的底子。但是，天神的儿子们把天造小了，地比天大。不得已，只得"请阿夫的三个儿子，抓住天边往下拉，把天拉得大又凹"，又放三对麻蛇来缩地，放三对蚂蚁咬地边，又放三对野猪、三对大象来拱地。这样，天地相合啦！接着，用雷击来试天，地震来试地，结果天裂开，地通洞。又"用松毛做针，蜘蛛网做线，云彩做补丁，把天补起来；用老虎草做针，酸绞藤做线，地公叶子做补丁，把地补起来"[2]。还捉来公鱼撑地角，捉来母鱼来撑地边。因为没有撑天柱，天还在摇摆。天神格滋说："山上有老虎，世间的东西要算虎最猛。引老虎去！哄老虎去！用虎的脊梁骨撑天心，用虎的脚杆骨撑四边。""猛虎杀死了，大

---

[1] 中国文学艺术界联合会、中国民间文艺家协会编《中国民间文学大系·史诗·云南卷（一）》，中国文联出版社，2022，第579页。

[2] 楚雄州文联编《彝族史诗选》，云南人民出版社，2001，第1—9页。

家来分虎。四根大骨莫要分，四根大骨作撑天的柱子。肩膀莫要分，肩膀作东南西北方向。把天撑起来了，天也稳实了。"并且格兹用虎的左眼作太阳，右眼作月亮；虎须作阳光，虎牙作星星，虎油作云彩，虎气成雾气，虎心作天心地胆，虎肚作大海，虎血作海水，大肠变大江，小肠变成河，肋骨作道路，虎皮作地皮，硬毛变树林，细毛作秧苗，骨髓变金子，小骨头变银子，虎肺变成铜，虎肝变成铁，连贴（指的脾脏）变成锡，腰子作磨石。[1] 从此，就有了天地万物。"天造成了，地造成了，万物有了，昼夜分开了，就是没有人，格滋天神来造人。天上撒下三把雪，落地变成三代人。"[2] 人们偷懒，又不爱惜粮食。天神放下洪水淹天下，只有一对善良的兄妹得到了神的帮助，躲进大葫芦里才得以生存。他们做了夫妻，繁衍了人类。

②文本分析

《创世》反映了彝族先民的物质生产与群体生活，以及由此基础产生的想象与认知。《创世》也将早期人类日常生产生活对象化、具体化，并且把对象的形态、性质、功能、动作等集中描绘出来，这样显得既恰切又朴实。其中的虎眼变成了太阳和月亮，虎牙变成了星星，虎油变成了云彩，虎肚变成了大海，虎肠变成了江河。这些想象实则与汉族古代文献记载有所相似。如东汉的徐整的《三五历纪》："首生盘古……左眼为日，右眼为月。四肢五体为四极五岳。血液为江河，筋脉为地里，肌肉为田土，发为星辰，皮肤为草木，齿骨为金石，精髓为珠玉，汗流为雨泽。身之诸虫，因风所感，化为黎甿。"以及明代的董斯张在《广博物志》中引《五运历年纪》云："盘古之君……死后骨节为山林，体为江海，血为淮渎，毛发为草木。"这些表明神在《创世》部分里还是世界的主宰，世间万物是按照神的意志，甚至是神亲手创造出来的。

《造物》中的《盖房子》里说到了彝族先民在生活的地方种下了树和草，是为了盖起更多的房屋。《狩猎和畜牧》里叙述了彝族先民的狩猎生活进而过渡到畜牧生活。在狩猎之初没有狗也没有网，而后人们发现了麻，用来结网，

---

[1] 楚雄州文联编《彝族史诗选》，云南人民出版社，2001，第10~15页。

[2] 楚雄州文联编《彝族史诗选》，云南人民出版社，2001，第19~20页。

并开始驯养狗。可是，单一的狩猎难以养活日益增多的人口，又驯养了牛、羊、猪等，这标志着彝族先民进入了畜牧业生活。《农事》里描绘了砍树、烧地和耕种的情况。而种地要用工具，做工具要用铜和铁，《造工具》中描绘了铜、铁的发现、冶炼及制造工具的情形。彝族先民们造出了斧头、镰刀、锯子、剪子等工具用来种庄稼，放牛羊，生活一天天地改变。《盐》中讲到人们在放羊时，跟着羊，发现了盐泉，人们便开始煮盐。《蚕丝》里描述了人们养蚕、挑丝线、纺丝线的过程。挑担的人在树下休息时发现了蚕种带回家，于是姑娘们学会了养蚕，并用蚕丝制作丝线和衣服。在这里，也要认识到神由《创世》里的主宰者地位渐渐滑向了《造物》中的次要地位。人类开始从事狩猎、畜牧、种庄稼、盖房子、造工具、制盐与养蚕等劳动生活，标志了人类逐渐成了世间的主人。人类来创造世界，虽然其中不乏有神的身影，但是神仅是辅助人类进行创造性劳动的帮手。到了盖房子、要种树时，天神也得向"东方山坡小姑娘"去要树种和草种。这说明了人类对自然力的认识和掌握有了很大的进步。人类从炼出铜、铁到造出劳动工具，表明了人类社会已经进入了相当繁荣的阶段。

《婚事和恋歌》《丧葬》两个部分描写了婚、丧、嫁、娶等风俗及相关礼仪。在《婚事和恋歌》中有《相配》《说亲》《请客》《抢棚》《撒种》《芦笙》《安家》，讲到了春光明媚，山川、草木等勃发，鸟兽、虫鱼等相配，彝族青年男女的相爱以及请媒人说亲，结婚后过起了共同耕种、纺织的家庭生活。《丧葬》中有《死亡》和《怀亲》两个方面的内容，主要叙述人的死亡以及死后其子女对他的怀念和祭祀。这一部分有着对不合理的婚姻制度的批判，也表达了人们对美好生活和幸福家庭的向往和追求。

值得注意的是，西南地区创世史诗中的天地是人（巨人、神）开辟出来的，万物是依靠人类的劳动创造出来的，并且神大多又是与人同在的。如苗族古歌、壮族史诗《布伯》、侗族古歌中的雷公或雷婆，就是人的兄弟，人可以用自己的智慧，捉住雷公。彝族史诗《勒俄特依》里人的祖先通过动物的帮助，逼迫天神将女儿嫁给他[1]。如此诸多充满神奇的幻想的创世史诗，其间涌动着一股赞颂人类劳动与创造的情感暗流。

---

[1] 鲁兵：《谈创世史诗》，《民间文学》1983 年第 2 期。

二、英雄史诗

英雄史诗是"以颂扬古代英雄反抗入侵或统一氏族、部落的功绩，反映与民族或国家形成发展有关的重大历史事件"[1]，它所表现的内容相当广泛，也很有特色。从内容上看，部落战争是英雄史诗描写的中心题材，英雄人物是英雄史诗的首要歌颂对象。从艺术性上看，英雄史诗结构宏伟，气势磅礴；幻想与现实巧妙结合；壮丽华美的语言，使得英雄史诗具有了鲜明而突出的民族特色。

1.《格萨尔》

《格萨尔》史诗有 120 多部、100 多万诗行、2000 多万字，是研究古代少数民族的社会历史、民族交往、道德观念、民风民俗、民间文化等问题的一部百科全书。这部史诗体现了古代藏族、蒙古族民间文化与口头叙事传统的卓越成就。

①内容概述

格萨尔是藏族人民勇敢、力量与智慧的化身。格萨尔出生于贫苦的牧民家庭，具有超人的才智，出众的武艺，平定了周围的部落纷争，娶了貌美贤惠的珠牡为妻，纳妃称王，成了上岭尕地方的部落首领。他伸张正义，反抗暴虐，除暴安良，为维护上岭尕部落的利益，四处征战。格萨尔打败了入侵岭国的北方妖魔，战胜了霍尔部落的白帐王、姜国的萨丹王、门国的辛赤王等，先后降伏了几十个"宗"（古代藏族地区的部落、城堡和小邦国），统一了青藏高原，获得了充裕的物质生活资源。格萨尔完成了在人间降伏妖魔、安定三界的使命，最后与母亲和妻子一同重返天界。以他的一生事迹为主要线索所形成的史诗，展示了藏族原始社会末期和奴隶社会初期的社会生活状况。

②文本分析

首先，史诗的艺术表现手法以及如何刻画人物的精神面貌。

---

[1] 刘守华、巫瑞书主编《民间文学导论》，长江文艺出版社，1997，第 277 页。

《格萨尔》具有雄浑壮美、绚丽多彩的气魄，因这部英雄史诗中运用了较多的比喻、拟人、夸张等艺术表现手法。作为《格萨尔》汉译本中规模最大的、文学价值最高的分部本的"霍岭大战"，其中有十数场大规模的战斗，塑造了数十个有性格的人物和精灵的形象。这一分部本中的很多地方是用藏族人民喜爱的比喻手法进行描写的。

史诗中讲了晁同假意去攻打霍尔时，珠牡以这样的比喻规劝他：

牧人单行打瞌睡，
会把羊儿送狼嘴；
小伙子经商好单行，
会将财物送贼人；
小驮牛离群贪独食，
会被野狼抓了去；
叔叔单独去作战，
谨防被敌人俘虏去。

对于那些两面三刀、专爱吹嘘的坏人，藏族人民则是最辛辣的嘲弄，使那些坏人羞愧得无地自容。晁同假报战功之后，尕尼本达尔就当着众人说："你吹嘘的是没有睡着的梦兆，没有起云的雷声，没有走路的脚程，没有冲锋陷阵的战绩。你说的功劳，正像是兔子头上的角，乌龟身上的毛；石女养孩子，白昼出星星。"这是多么形象而深刻的比喻。

藏族人民在塑造各种形象时，充分发挥了他们的想象力，大量地运用了夸张的手法。如在霍尔兴兵征讨岭国的理由中，有一条就是格萨尔的"砲石"曾把白帐王的"酥油、乳酪、库帐全毁光"，足见一块石头的威力不在一座山岗之下。这些语言特点，在各个民族的文学中，都程度不同地有所表现，但很少像藏族史诗所表现的这样强烈、突出、生动。

每个民族在历史发展过程中，都会形成一定的风俗、习惯与特有的生活方式，这些都在艺术作品中打上了自己的烙印。"霍岭大战"也是这样的，它向我们展示了古代藏族风俗史。如藏族人民对尊贵的客人，常以山羊头肉招待。所以，晁同在自我吹嘘时，说他是"享受头份茶水的人，啃吃山羊脑袋的人"。对出征的英雄，妇女们则以香茶、美酒、哈达为其饯行，唱诵赞歌。在战争中，获胜者往往驱赶战败者的马群，并将已杀的敌人头颅和盔缨、甲胄、器械，收拢后缚在马上，以便回到自己营中报告战功。战利品则按本部落各家各户的贫富程度，按次分送。贾察第一次获胜后，岭国中凡是有马的，每人分送一匹，无马的每人分送两匹。如果在保卫家乡的战争中，自己家中因故不能出参战者，则按旧规纳罚款。如总管王年事已高，膝下只有一个十三岁的儿子昂琼，他恐怕在战争中有所闪失，便主动向大家提出："我愿拿出一马和一甲，战袍一件和五联白哈达，献给各位英雄当罚款，请另派英雄去出战。"而对于仇恨最深的敌人，一旦抓到手中，便将马鞍备于他的颈上，以示严厉的惩罚。如白帐王出兵之前，卦师祈尊姨希算卦，做梦，以卜吉凶，在梦境中看见"白帐王的颈上备马鞍"，因而认为出兵岭国是件十分危险的事情。这些习俗在今天的藏族人民生活中还保留着痕迹。

不论是民族语言的运用，还是民族生活、习俗的描绘，其最终目的都是展现作品中人物的精神面貌，从而起到打动读者、教育读者的作用。"霍岭大战"中对人物精神面貌的刻画，既具有个人特征，更带有民族特征，显示了藏族的自豪感和英雄主义。"岑尕尔议论灾鸟"一章中，贾察霞尕尔听到霍尔入侵，毫不惧怕，要求总管王答应他立即动身去巡逻。因为他自己是"勇武刚强的英雄汉，是汉地的大外甥，藏、汉两家的好儿男"。而他的坐马"嘉霞""是汉地的神种马"，手中武器"雅司"（刀）又是"汉地的无价宝"。因此，霍尔的入侵是自己倒霉，等于是"入山来访虎"。

在"勇丹玛单骑探敌"一章中，丹玛认为一个人应该言行相符，说到做到："男儿在太阴底下扯闲话，都说我是英雄汉；姑娘在炉边烤火扯闲话，都说我里外都能干；今天大敌已压境，从前的豪语看今天。"牟察阿旦认为自己的父亲平日行为不端，辱没了家门，因而感到羞愧，要主动给岭国争点荣誉。

在对敌斗争中，岭尕尔的众英雄充分表现了勇于牺牲、不计个人利害的英雄气概。十三岁的昂琼，并没有因父亲、未婚妻的劝阻只待在后方，当他在负伤临死前，叫兄长们不要悲伤，他说："渴死不喝沟渠水，那是兕牛的高贵品格；饿死不吃泥塘草，那是野马的高贵品格；痛苦至死不流泪，这是男子汉的英雄品格。""老子英雄儿好汉"，这句话在总管王父子身上，当之无愧。昂琼牺牲后，总管王压抑住悲痛，勇猛杀敌，表现了"老当益壮"的英雄本色。在"真本领义根建功"一章中，他说："我虽然浑身血肉已枯竭，脸无光泽皱纹聚，但勇武沉毅依然在，心雄志大有豪气。"果然不错，他冲入霍尔营，所向披靡，直吓得白帐王躲在交椅下，不敢露面。老英雄没有找到白帐王，便将白帐王的金座、酒壶、古样桌案等破坏、踢翻，才扬长而去。

尤其令人钦敬的是岭尕尔英雄司盼，中了霍尔的妖索，坠入黄河波涛，快要淹死之前，还念叨："我若不能再活，也无怨悔；但是若不破掉妖索，以后还会给岭国英雄们带来重大的损害。为了今后横渡险岸的英雄不遭受魔贼的毒手，把这条妖索砍断，作为我临死前的一份贡献吧！"于是他拔出腰间短刀，用力把索子斩断，最后淹没在水中。

这一系列的描写，表现了岭尕尔众英雄保家卫国的决心，深深地震撼了读者的心灵。此外，史诗说唱并存，散韵兼使，叙事与抒情结合，实写与夸张统一，虽近于汉族的"变文"，然而它更便于藏族群众的记忆和演唱。史诗之能够在藏、土、蒙各族人民中家喻户晓，形式的优美，也是主要的原因[1]。

其次，史诗蕴含了古老的生态智慧。

格萨尔到北地降魔的第三年，白帐王的王妃（汉地的葛斯）突然病逝。白帐王过不得孤独的生活，便召集群臣商议，要选一个堪称天下最美丽的女人作他的新王妃。大臣会议商定后，决定派宫中饲养的会说话的鸽子、孔雀、鹦鹉和老鸹出去，飞向四方去寻找美女。四只鸟奉命飞了出去，当来到一处三岔路口时，鹦鹉说道："我们这四只鸟啊，是派出的使者如同射出的箭，虽说是身不由己，可要为白帐王选王妃实在也是太不容易。一是大王要的美女天下难寻，二是即便找到了，也不见得能娶得来；要是娶不来，就得出兵去抢，一动刀枪，不知要死多少人马。那个时候，罪魁祸首就是我们这四只鸟了。依我说，我们

---

[1] 草轩：《谈〈格萨尔〉〈霍岭大战〉的民族特色》，《青海湖》1952 年。

还是不要做这种遭人埋怨、受人责骂的事吧。"[1]后经鸽子、孔雀与鹦鹉商量决定，各回故乡，鸽子回汉地，孔雀回黄河边，鹦鹉回门隅。只有老鸹不听鹦鹉的话，看到三只鸟都各归故乡，是又气又喜，气的是这三只鸟在白帐王的宫中都比自己受宠，而在关键时却是最受宠的最先忘了大王的恩典；生气之余感到惊喜的是三只鸟的离开，恰好给了它讨好白帐王的机会。

于是，老鸹决心要为白帐王寻找到一位天下最美丽的女人，以报答大王对它的不太多的恩典。最后，老鸹见到了珠牡，被她的美丽容颜所惊呆，高兴地哇哇唱道："我展开黑铁般的翅膀，人间天上到处飞翔。飞过多少花花世界，见过多少美丽姑娘，却没有一个人呵，比得上这女子的俊俏模样。"[2]以上对会说话的鸽子、孔雀、鹦鹉和老鸹的描述，以及后来的珠牡王妃与老鸹的对话、白帐王与老鸹的对话，能发现史诗的作者的手法匠心独运，采用这种特殊的动物与人平等对话的形式，将动物放置在与人平等的位置，并且也在史诗中营造出了这样一种动物与人平等对话的叙事模式，展示了人类与动物平等的思想，也更好地说明了人类不是大自然的主宰者这样一种朴素观念。

有意思的是，在史诗中动物还以旁观者的身份与劝告者的身份出现。如《格萨尔王传·霍岭之战》上部中，霍尔国白帐王入侵岭国，逼迫珠牡做白帐王的新王妃，珠牡招来仙鹤，写了一封血书给格萨尔，遣使魔国，请雄狮大王前来相救。仙鹤历经艰险，到达魔国并把格萨尔从噩梦中唤醒，向他陈述岭国的灾难与珠牡王妃的不幸。格萨尔作为神子和大王，是无人敢指责他的。史诗创作者采用了鹤人对话与交流的方式，超出了一般的叙述模式，而这成了史诗进一步吸引人、打动人之处。仙鹤以一个旁观者与劝告者的身份给格萨尔唱歌，直指格萨尔大王的错误与缺点，中肯而富有哲理。仙鹤提醒格萨尔大王不应沉湎于酒色，萎靡不振，应当振作起来，奋发图强，实现宏伟大业。

古老的生态智慧还表现在英雄史诗中诸多人物的名称都与动物之名有着密切的联系。如格萨尔号称雄狮，其父名为狮臣（僧伦），其伯父名为老鸹。格

---

[1] 降边嘉措、吴伟：《格萨尔王全传》，作家出版社，1997，第192页。

[2] 降边嘉措、吴伟：《格萨尔王全传》，作家出版社，1997，第194页。

萨尔的七大勇士，有的在名前冠于老鹯、虎儿，有的在名后附有灵鹯，有的则将几种动物之名缀合而命名，如僧达阿东，僧达是狮虎之义，阿东则是熊之义；总管绒察叉根，叉根是本名，是老鹰之义；森阿敦木衣江古，木衣江古即是人狼之义。格萨尔的三虎将也分别以鹰雏、雕雏、狼崽为尊号，号称是岭国的鹰、雕、狼三谋士；晁同和斯潘是岭国出名的虎与豹；岭国富有部落夹罗家的姑娘雄狮大王的第一爱妃起名僧姜珠牡，其含义：僧是狮子，姜是葵花，多称谓女性，珠是龙，牡是女性。据传珠牡出生时就有狮子施威，葵花开放，青龙吼叫，故其意正如她所唱："身材美貌美如画，不用命名名自起。一因狮子示雄威，二因大地葵花生，三因玉龙云际吼，僧姜珠牡成了我的名。"[1]史诗中的人名与动物的链接，也是符合了"在中国文化里，认为人与自然不是敌对的关系，而是亲密的关系，人离不开自然，自然也离不开人"[2]。显然，史诗中的格萨尔及其他人物，以动物的原始本性来增强自身的能力，但同时又以生态一体的面貌出现，绝非将控制和役使大自然作为其基础的。史诗的创作者建构了一个理想的生态环境，在这样的生态环境中，人与自然平等相处，并且结为了亲密无间的伙伴关系，到处涌动着勃勃生机，呈现了和谐共生的生态之美。

2.《亚鲁王》

《亚鲁王》是苗族文学史上第一部英雄史诗，堪称是苗族民间叙事作品中篇幅最为宏大的一部英雄史诗。[3]

①内容概述

《亚鲁王》是苗族的英雄史诗。亚鲁是国王六个儿子中最小的，"亚鲁是幺王子，亚鲁是小王子。大王子归属父亲，小王子跟随母亲"。亚鲁从小聪慧伶俐，精通知识，知晓万事，明白世事。亚鲁在继承了父亲留给他的领地和王位后，召集兵士收复失地，捕杀野兽，得到龙心，因此引发了亚鲁与两个哥哥

---

[1]《格萨尔王传·降伏妖魔之部》，王沂暖译，甘肃人民出版社，1980，第47页。

[2] 张岱年：《文化与哲学》，教育科学出版社，1988，第35页。

[3] 刘锡诚：《〈亚鲁王〉：活在口头上的英雄史诗》，《民间文化论坛》2012年第2期。

赛阳、赛霸的争夺龙心之战。亚鲁失掉龙心，守不住领地，只得带领族人逃亡。其间又经历了盐井之战、"血染大江"等八次大型战役，亚鲁不希望继续发生血肉亲情之间的争斗，不得不从富饶宜居之地，一步步退到了生存环境艰苦的麻山地区，最终在这片土地上开辟了世代安居的乐土。史诗中描绘的亚鲁是一个爱护族人、勇敢开拓，也是聪明能干、技高一筹的王者形象。

②文本分析

《亚鲁王》史诗的叙事性特征主要表现在以下方面：

首先，《亚鲁王》以"时间"与"空间"相结合的叙事模式。

时间的叙事，《亚鲁王》开篇即是以苗族祖先神的代代延续展开的："在远古岁月/是远古时候/哈珈[1]；生哈泽/哈泽生哈翟……翰玺鸷生亚鲁。"[2]对祖先代代传承的叙述，就是用时间这一叙事模式向后人解答了"我是谁"的问题。以亚鲁王的成长史展开叙述，史诗的第二节至第八节，讲述了亚鲁王从出生至成年其间发生的故事。如亚鲁王在母胎十二月，"亚鲁王母亲怀上亚鲁一时到两时/亚鲁王母亲怀上亚鲁两时到三时……亚鲁王母亲怀上亚鲁十二月去十二天"[3]。又如亚鲁的童年时期，读了三年书，习了三年武。亚鲁王带领苗族先民进行大迁徙的时间，是按照内迁时间与外迁时间的先后来叙事的：一是内迁徙时间——收复失地，内迁是指征伐被他人所占的属于父亲领地的疆域。亚鲁王到了十二岁，"亚鲁王骑马带兵，一天环征十七个疆域/亚鲁王骑马率将，一天环征七个王国"[4]。"天已经是我亚鲁的天/地是我亚鲁的地"[5]。二是外迁时间——守地失败。外迁是指亚鲁王被两位哥哥赛阳、赛霸赶出父亲的领地，逃往新的地方，即亚鲁王一直带着子民，从纳经迁徙至荷布朵王国，直至在荷布朵王国重建家园为止。《亚鲁王》总体呈现祖先神生活

---

[1] 中国民间文艺家协会编《亚鲁王：汉苗对照》，中华书局，2011，第30页。哈珈：指女性人名，最初祖先女神。

[2] 中国民间文艺家协会编《亚鲁王：汉苗对照》，中华书局，2011，第24—30页。

[3] 中国民间文艺家协会编《亚鲁王：汉苗对照》，中华书局，2011，第66—67页。

[4] 中国民间文艺家协会编《亚鲁王：汉苗对照》，中华书局，2011，第81页。

[5] 中国民间文艺家协会编《亚鲁王：汉苗对照》，中华书局，2011，第102页。

在"勒咚"世界，而苗族先民生活的世界则是祖先按照"勒咚"世界所造朴素的宇宙，其中有：属于祖先神的创世史——彼岸世界。史诗中说到由波彤、斛斗曦、董冬穹祖先神创造天地，再由乌利祖先神首先造出了人，上几代的祖先神都没有造人成功，是乌利祖先神解决了所有祖先神留下造人困难的问题，史诗唱道："是乌利王首先创造出人／乌利首领最先造成人"[1]；又有亚鲁王在人生存的空间再创世史——此岸世界，是指亚鲁王按照祖先神的方式来再"创世"，而这个再"创世"是模仿祖先神的创世观念而建。所以，空间叙事是从神住的空间讲述到人住的空间。

其次，《亚鲁王》用了"表现手法"与"修辞手法"相结合的叙事方法。

《亚鲁王》以象征、想象等表现手法以及比喻、对比、夸张等修辞手法见长，同时结合了抑扬顿挫、虚实结合的表现技巧。史诗中的象征手法是随处可见的，"你们如竹根发竹笋／你们像木柱生菌子"[2]，以竹子、木耳、茅草等植物的繁殖来象征苗族民族的子孙后代可以像它们一样生生不息。史诗中运用大量的形象来表征一些吉祥的或是不幸的事件，比如喜鹊的到来象征吉祥的事情会来到，乌鸦的出现则象征会发生不好的事情。史诗中使用了大量比喻的修辞手法，暗喻、明喻、借喻都有出现，喻体也多种多样。如"揭开龙心，龙心一闪／掀开红绸，兔心一晃／那绿光如芭蕉叶一样绿茵茵／那白光像白牛角一般白生生"[3]。亚鲁得龙心、兔心，龙心、兔心发的光绿得像芭蕉叶，白得像白银一样。将女子旺盛的生育能力形容成"像洋豁、黇药的繁育一般"；更是以"鸟大要出窝，树大要分枝"来比喻"兄弟始终是要分家"等。史诗中用虚实结合的手法来表达一些特定的意义。如数字的虚实结合，关于实数"十二"有"十二个集市""十二个生肖"等，"'勒咚'中的十二个集市"的名称分别对应的是"十二个生肖"中的动物名称。虚数有三、七、十七、七百、七千、七万、九、九十、九百，还如三天三夜、三年、九十岁、九百岁、七十个王后、七十挑、七千个务兵等，这些都是虚指。除了数字的虚实描写，还有自然物特

[1] 中国民间文艺家协会编《亚鲁王：汉苗对照》，中华书局，2011，第55页。

[2] 中国民间文艺家协会编《亚鲁王：汉苗对照》，中华书局，2011，第290页。

[3] 中国民间文艺家协会编《亚鲁王：汉苗对照》，中华书局，2011，第116页。

性等的虚实描写。如史诗中有大量的虚写马桑树、藤树等植物生长的高、大、长等特性。史诗写马桑树已经长高到勒咚世界，致使它的枝丫可以伸进了勒咚世界，藤树的藤条已经长到了勒咚世界，致使亚鲁王爬上藤条就可以直接抵达勒咚世界去向"祖奶奶"求助帮忙。

最后，《亚鲁王》用了"叙事性"与"音乐性"相结合的叙事语言。

《亚鲁王》中的语言具有很强的节奏感、韵律性和音乐性。史诗的音乐性则表现在运用大量的复沓。这种程式化的表达，不仅使史诗句与句、段与段之间的音节从形式上表现得十分整齐，而且音节数目及自然间歇的规律都基本相同，节奏感非常鲜明，韵律优美，诵唱起来朗朗上口。如史诗中的第十一节至第十六节，每段的开头起兴是"亚鲁王艰难迁徙，日夜奔走"。尾句是"万物跟随亚鲁王日夜迁徙来到……"史诗中唱道：

> 亚鲁王艰难迁徙，日夜奔走。
> 亚鲁王继续迁徙，绝不回头。
> ……
> 五棓子树跟随而来。
> 五棓子树尾随而到。
> 椿菜树跟随而来，
> 椿菜树跟随而到。
> 杉木树跟随而来，
> 杉木树尾随而到。
> 枫木树跟随而来，
> 枫木树尾随而到。
> 万物跟随来了，
> 万物尾随到了。
> 万物跟随亚鲁王日夜迁徙来到哈榕冉农。[1]

从形式上，不难看出史诗把苗族常用的古老押韵说唱形式运用得淋漓尽致，

---

[1] 中国民间文艺家协会编《亚鲁王：汉苗对照》，中华书局，2011，第158-159页。

且带有鲜明的民族语言特点、区域特点。

史诗的音乐性还表现在唱诵时，音调长、短、急、促的叙事与音乐结合。这种结合在史诗的引言与正言中微妙地表现，说唱的内容音调抑扬顿挫、轻重缓急，有动听的说理曲调，有动人的美妙旋律歌唱，使听众可以得到一场听觉盛宴。如史诗中说创世史时，东郎以说理式的方式缓缓而来，事理层层镶嵌，环环相扣，东郎说道：

> 有了天，才有地，
> 有了太阳，才有月亮。
> 有了种子，就有枝丫，
> 有了女人，才有男人。
> 有了天外，就有旷野，
> 有了大地，才有人烟。
> ……
> 有了根脉，才有枝丫，
> 有了上辈，就有儿女。

又如亚鲁王的龙心被盗，在引言内容上，表现了世人对亚鲁王忧心忡忡、悲伤不已的情绪。引言内容常常是说理式、预言式的叙述。因为龙心被抢走，才有了亚鲁王大迁徙的悲壮之举。东郎说道：

> 说不完的战事恩怨，
> 道不尽的世代情仇。
> 所有的人都在说，
> 昨夜，别人已得你父亲的宝物。
> 所有的人都在传，
> 昨天，别人已夺去你父亲的珍宝。
> 所有的人都在说，
> 昨夜，别人已抢去你父亲的龙心。

所有的人都在讲，
昨天，别人已劫去你父亲的龙心。[1]

　　说完引言，接下来就是东郎唱正本的内容。从正本内容而言，当波丽莎和波丽露在看管龙心时，龙心被掉包了，亚鲁王的心是悲痛的。东郎在唱史诗内容时，表达了亚鲁王的情绪是愤怒不已的，情感是悲伤且悠长的。东郎唱道：

亚鲁王说，
波丽莎哩波丽莎，
波丽露哩波丽露，
我带儿女去了，
我领族人走了。
我就这样扔下你们留在疆域，
我就这般抛下你们守在王国。
亚鲁王携妻儿跨马背。
亚鲁王穿着黑色铁鞋。
孩子们哭声凄凄如雨滴，
亚鲁王焚烧家园，
娃儿们啼声嘤嘤如山泉。
亚鲁王焚烧家园，带干粮上路。
亚鲁王毁灭王国，包糯饭远行。
带着悲伤的族人，亚鲁王走上千里长路。
领着心碎的家族，亚鲁王奔向百里征程。[2]

　　可以说，史诗是说唱叙事与音乐性的结合体，抑扬顿挫表现在"唱"，轻快缓急表现在"说"。史诗的这种说唱音调方式，即长、短、急、促的背后，在史诗里表达的是英雄亚鲁王的伤感悲痛之情，而对现实中的听者而言，是对

---

[1] 中国民间文艺家协会编《亚鲁王：汉苗对照》，中华书局，2011，第128页。
[2] 中国民间文艺家协会编《亚鲁王：汉苗对照》，中华书局，2011，第129页。

亡人离世后的悲欣交集之感。所以，史诗《亚鲁王》中包含叙事性的说与音乐性的唱，二者相互成就与结合，形成一种独特的苗族叙事艺术。

《亚鲁王》讲述的是麻山苗族先祖从创世、立业到发展，再到被迫迁徙的族群历史。它是当地苗族与祖先之间的连接通道与载体，成为麻山地区苗族民众的精神信仰。同时，英雄史诗折射了一个文化主题——归返意识[1]，苗族民众将这种观念与意识转化到日常生活中的婚丧礼仪与生命维系的行为上，因此，这深远地影响了苗族的风俗文化。

3. 彝族的英雄史诗与审美文化

彝族英雄史诗是以塑造英雄人物为主，是彝族英雄带领人民战胜自然和邪恶、拯救人类、降妖伏魔的叙事长诗。这一史诗是随着彝族社会生产力的逐渐发展，随着彝族先民征服自然的能力不断得到增强，以及彝族社会开始从野蛮步入文明阶段，不断变化，使得氏族、部落的群体意识得以出现。在频繁的彝族群体对抗中，涌现出一批能征善战的英雄以及英勇的氏族、部落首领。正是在这样的时代背景和社会条件下孕育了《阿鲁举热》《哈依迭古》等英雄史诗。

彝族英雄史诗记叙的是英雄人物的一生，也是对彝族现实社会生活的真实再现，客观地反映了彝族从原始社会向奴隶制过渡这一历史交替时期的社会生活。

①彝族生活的真实再现与写实倾向

从彝族的英雄史诗来看，侧重塑造人及人力，通过英雄人物的叙述描写，真实地反映了当时的现实社会生活。用黑格尔的话说，就是"史诗……它要把民族生活的实体性内核表现为可以眼见的"[2]。那么，什么是"民族生活的实体性内核"呢？首先是战争，因为"最生动最适宜史诗描述的还是一场实际发生过的战争""战争情况中的冲突提供最适宜的史诗情境，因为在战争中整个民族都被动员起来，在集体情况中经历着一种新鲜的激情和活动，因为这里

---

[1] 肖远平、杨兰、刘洋：《苗族史诗〈亚鲁王〉形象与母题研究》，中国社会科学出版社，2017，第 219 页。

[2] 黑格尔：《美学》（第三卷 下册），朱光潜译，商务印书馆，1981，第 169 页。

的动因是全民族作为整体去保卫自己"。[1]这和彝族英雄史诗产生的时代背景是完全吻合的。

在彝族历史上（"六祖分支"前后），曾出现过部落林立、互相争夺、兵戎相见的"英雄时代"，部落之间为争夺土地和牲畜而经常发生冲突。而反抗其他部落的掠夺和入侵，用强势手段实现部落联盟是这个"英雄时代"的主要特征，部落战争就成为英雄史诗创作的主要题材，部落联盟首领自然就被塑造为英雄史诗的主人公。

比如史诗《阿鲁举热》具体记叙了英雄人物"阿鲁举热"的故事，其在鹰人交感受孕后出生，由鹰抚养长大后，告别了养育自己的老鹰去寻找母亲，结果母亲没找到，反而沦为"日姆"（部落头人）的娃子，受尽了苦难和折磨。有一天，他上山放猪，猪跑了，他为找猪而到了坝子里，遇到了一位好心的汉族大哥。汉族大哥家里养了三只鹅，准备杀一只来招待他，但他说："我们都是生翅膀的儿，我不吃生翅膀的肉。"三只鹅为感谢他的搭救之恩，从身上抖下一根鹅毛送给他，说这是"神箭"，接着又帮他找到了九十九拃长的头发，说是"神线"。神箭和神线法力无边，阿鲁举热用神箭和神线杀死了"日姆"。又射日、月，制服了蟒蛇、石蚌等凶禽猛兽，让人民过上了安定的生活。阿鲁举热杀死"日姆"后，"日姆"的两个女人以及田地房产全部归阿鲁举热，两个女人住在海的两边，阿鲁举热常骑着"日姆"家长有九层翅的飞马来往于海两岸。有一天，阿鲁举热要骑马去寻找母亲，未料"日姆"的两个女人偷偷剪去了飞马的三层翅膀，飞马才飞到海的上空，就连人带马一起掉进海里。阿鲁举热对天上飞来的一群老鹰说："我是鹰的儿子，我是鹰的种子，现在中了女人的计，落在大海里，龙把我吞吃了，你们以后要来报仇。"他话说完沉入大海，淹死了。

可以看出，史诗塑造阿鲁举热这一人物之时，侧面反映了汉族人已经进入彝族地区，并且带来了先进的生产工具和技术，这些有利条件表现在史诗中则是助力"阿鲁举热"战胜了"日姆"。"阿鲁举热"与"日姆"的战争，从"一

---

[1] 黑格尔：《美学（第三卷 下册）》，朱光潜译，商务印书馆，1981，第126页。

天老鹰赢，一天海蛇赢。天阴三日鹰为王，天晴三日蛇为王"的描写来看，这是那个历史时期社会动荡的真实写照，也暗示了部落之间为了争夺生存空间及其所拥有的利益和权力，不可避免地产生了矛盾和争斗。正如黑格尔所说："史诗就是按照本来的客观形状去描述客观事物。""史诗的任务就是把这种事迹叙述得完整。它按照诗的方式，采取一种广泛的自生自展的形式，去描述一个本身完整的动作以及发出动作的人物。"[1]战争是当时的客观事实，在此前提下的战争及其英雄人物就成了当时文学艺术要表现的对象，并且用诗体的结构形式和粗犷奔放的语言风格，叙述了战争的起因、经过和结果及其英雄人物完整的一生。

除此之外，史诗《阿鲁举热》主人公"阿鲁举热"的身世也蕴含了丰富的历史文化信息。史诗开篇即讲述了：古时候，一个名叫卜莫乃日妮的姑娘长大了，做了九顶锣锅帽，织好了九条统裙，心里想着要嫁人。

一个晴朗的白天／姑娘坐在院子里／手挂牙巴骨／默默想心事／这时蓝天上飞来一只鹰／在姑娘头上绕三转／老鹰的影子罩下来／头次罩在姑娘锣锅帽上／二次罩在姑娘披毡上／三次罩在姑娘百褶裙上／老鹰身上的水滴下三滴来／一滴滴在姑娘锣锅帽上／二滴滴在姑娘披毡上／三滴滴在姑娘百褶裙上／不知不觉的时候／姑娘怀孕了／姑娘去找毕摩／占卜询问吉凶／走到村头找不到／走到村尾找不着／找到村子正中间／才把毕摩的家找到／毕摩不在家／只有毕热（毕摩徒弟）在家／姑娘对他说／怪事总在我身上发生／请你帮我算一算命／毕摩回答说／是吉还是凶／等我找书看一看／毕摩打开箱／拿出书来翻／一篇二篇没有话／三篇四篇没有话／五篇六篇有话了／七篇八篇清楚了／九篇十篇算出来／毕摩告诉姑娘说／过九月零九天／你要生个好儿子／姑娘回到家里／过了九月零九天／这一天是属龙的日子／儿子真的生下地／没有好的名字来取／就叫翅骨阿鲁[2]／儿子有了妈／可是没有爹／姑娘心里在想／姑娘心里在急／格是树的儿子／把他抱去给大树／饿了他不吃树的果子／冷了他不穿树的皮子／

---

[1] 黑格尔：《美学（第三卷下册）》，朱光潜译，商务印书馆，1981，第99页。
[2] 翅骨，彝族指"最好的人"，阿鲁即阿龙，翅骨阿龙即最好的阿龙。

姑娘心里在想 / 姑娘心里在急 / 格是老鹰的儿子 / 把他抱去给老鹰 / 老鹰的食他吃了 / 老鹰的衣他穿了 / 姑娘心不急了 / 姑娘从此心落了 / 姑娘衷心地靠托老鹰 / 把儿子早日养大成人 / 他把老鹰当作亲生爹娘 / 人们不再喊他的奶名了 / 都喊他阿鲁举热。

上述史诗的描述表现了彝族特定时期的历史状况和文化观念。如人与鹰可以受孕，从中看到彝族万物相通、相连以及万物有灵的世界观；鹰人交感及把老鹰当作亲生爹娘，即是彝族鹰图腾崇拜的真实写照；向毕摩问吉凶，再现了彝族原始宗教文化和神巫的意识；儿子有妈无爹而寻找父亲的情景，则是说明了只知其母不知其父的彝族当时处于母系氏族社会的历史阶段。

②英雄人物的悲剧之思与人文和谐

史诗中英雄人物的悲剧命运，不仅是要隐喻人与自然的关系，也要隐现人与人、人与社会等诸多关系。陈望衡在其《环境美学》中讲道："人与人之间存在各种关系，这些关系可以分为两类：自然状态和社会状态。自然状态指人的血亲关系……社会关系指在一个集团中的人们因各自处于不同的地位所形成的关系。所有这些关系都涉及利益：实际的物质利益和精神上的利益，精神上的利益主要指尊卑贵贱等。"[1]

彝族英雄史诗《阿鲁举热》，讲述了"阿鲁举热"战胜"日姆"，取代"日姆"并占有了"日姆"曾拥有的一切。虽说在战争中是以英雄的胜利而大快人心，谁知英雄人物又摇身变成部落的首领，伴随财产与权力的拥有，其私欲也进一步膨胀起来，这样的英雄已经丧失了原初的本心。不仅如此，作为部落首领的"阿鲁举热"在之后的一系列行为，却又违背了人与人之间的平等相处、相互爱护的道德原则，导致了部落内部的矛盾增多、增大，最终不可避免的是民众反抗，"阿鲁举热"被与之对立部落势力的两个女人所害。史诗叙述了在"阿鲁举热"临死之时，告知老鹰，说他是鹰的儿子，是龙吞食了他，并嘱咐鹰替他报仇。其结果是"一天老鹰赢，一天海蛇赢。天阴三日鹰为王，天晴三

---

[1] 陈望衡：《环境美学》，武汉大学出版社，2007，第88页。

日蛇为王"战争持续不断。从史诗来看，"阿鲁举热"与"日姆"之间的战争皆是涉及了"实际的物质利益"的争夺，也被延伸至日后没完没了的战争之中，这自然也因占有了对方的"实际的物质利益"。这样的话，人与人、人与社会的关系也随之在"破坏—重建"的二元组合中循环。

另一部流传于大、小凉山的英雄史诗《哈依迭古》，记叙了英雄"哈依迭古"的一生。史诗描写了他为报杀父之仇，带领兹咪阿支部落发动的复仇之战。战争虽然胜利了，但部落首领兹咪阿支已成"蕨根下的鬼"，他们的几员战将战死了。"哈依迭古"把俘虏来的布尔惹（引起两大部落争战的挑拨者）处死，他自己也因对战争的惨烈过于哀伤，忧郁而死。最终，战争的结果是"战败者倒下了，战胜者也倒下了"。史诗通篇贯穿着"复仇"的主题，可谓悲壮与雄浑，揭示了"仇恨"是产生战争和导致悲剧的根源，进一步表达了如果能做到人与人、部落与部落之间相互尊重，不再有伤害、仇恨，充满爱、宽容、尊重，也就不会有"人尸堆成山，人血流成河"的血腥杀戮和无辜的牺牲这一积极思想。

与上述英雄史诗主题不同的是《夜郎在可乐》。该史诗贯穿始终的主题是人文和谐，英雄人物的结局也是以喜剧来收场的。《夜郎在可乐》讲述了以可乐城为中心的武部族的武夜郎和漏卧家打了三年仗，而未取胜。武夜郎怀着"攘外必先安内"的思想，欲谋害其胞弟武堵土，想兼并其领地古诺后，再夺取漏卧领地，结果反被重兄弟情谊的弟弟囚禁起来。武堵土接受了漏卧家阿苦、阿古的挑战，武堵土取得了胜利。而武堵土对漏卧兄妹以礼相待，并向阿古求婚，联姻结盟，武漏两家和好，永不争战。后来，武堵土听从阿古建议："按彝家规矩，以长者为大。"释放了被囚禁的武夜郎，还其君长位。治理夜郎国，尊重阿苦，治理漏卧，武家不侵犯。武堵土和阿古则带领自己军队离开可乐，回到古诺大革定居，"永享太平日，再不谈战争"。武夜郎复君位后，痛改前非，认真治理夜郎国。史诗以大团圆结局，英雄人物、众多百姓也乐享太平生活。这一篇史诗蕴藏了重视情谊、尊重和信誉的精神主张，其中，有武家兄弟和漏家兄妹的情谊，还有武堵土与漏卧兄妹之间的重情重义，正是因为有了彼此的尊重与敬爱，才缔结了和谐温暖的人际关系，得到了安定祥和的美好生活。

③彝族尚武、尚和的民族精神和顽强的民族性格

黑格尔说过："史诗就是一个民族的'传奇故事''书'或'圣经'，每一个伟大的民族都有这样绝对原始的书来表现全民族的原始精神。"[1]史诗中塑造的英雄人物形象体现了其民族精神。《阿鲁举热》中"阿鲁举热"具有"超人间"的力量，他能射日月，制服经常吞食人的毒蛇巨蟒，降服兴妖作怪的妖魔精怪，最后战胜"日姆"，他是彝族人民勇敢、顽强、尚武、尚力的精神化身。

流传于贵州省盘州一带的英雄史诗《戈阿楼》，记叙了"戈阿楼"带领彝族人民反抗侵略，抵御外侮，他是一个热爱自由、和平，怀念家乡的英雄人物形象。在"戈阿楼"的带领下，彝族民众过着"有吃大家吃，有穿大家穿，有住大家住，有玩大家玩"的平等、幸福的生活。因此，"戈阿楼"赢得了百姓一致夸赞，"说他是月亮，说他是太阳，说他心肠好，说他武艺强。配当诺苏（彝族自称）头，配当诺苏王"。他率领百姓"平时练武功，忙时种庄稼""开荒获得宝"（劳动果实），"宝石抬回寨""人人心里乐"，"又逢'火把节'，大家多快活……打猪又打羊"（打即杀，彝族杀猪羊时，先用木棒把它打晕，然后再宰杀，又叫"打戛"）。他和百姓一起欢度节日，一起喝酒、唱歌、跳舞、赛马等，与民同乐，一起享受节日的快乐。但是，当朝皇帝得知诺苏开荒获得宝物的消息后，要"夺宝占宝地"，便派兵攻打诺苏人。"戈阿楼"则率领诺苏人与皇家兵士进行了不屈不挠的反抗斗争。当"诺苏打胜仗，功成志气高"时，"戈阿楼"教大家"打赢莫骄傲，蜂死箭还毒，虎死威不倒，贼兵还会来，武艺不可少，加紧练武功，不怕狗强盗"。果不出他所料，皇家兵士再次来夺宝占地。最终，诺苏人打败了侵略者。史诗表现了英雄人物"戈阿楼"大无畏的英雄品格，以及他爱护民众、勇敢无畏、敢于抗暴的崇高精神。史诗还反映了彝族人"亲热像蜜蜂，不爱打冤家，只爱勤做工"的勤劳朴实的优秀品质和"好像是鸽子，互相有照看，一路飞出去，一路又飞还"的团结友爱、患难与共的民族精神。

---

[1] 黑格尔：《美学（第三卷 下册）》，朱光潜译，商务印书馆，1981，第108页。

在民族融合的过程中，部落内部以及与其他部落之间为了争夺生存空间及"物质利益""精神利益"难免会发生冲突，其中就有：《戈阿楼》是彝族和他族的矛盾及碰撞，《阿鲁举热》《铜鼓王》《夜郎在可乐》《哈依迭古》则是彝族内部各部落之间矛盾和纷争。为了维护民族本身的生存权利和既得利益，彝族人不惜牺牲生命也要保卫自己的家园和亲人，正如《哈依迭古》中说的："一群不争气，一群被人割；一家不争气，一族被人欺；一个不争气，一片被杀绝；好汉不争气，世人被杀绝；阿支家的气，不争不得了。"正因为如此，客观的生存环境和频繁的战争经历，铸就了彝族人的不屈不挠、英勇无畏、坚韧顽强而豪迈的民族精神。这些英雄史诗不仅表现了彝族在特定历史时期的社会生活，也体现了尚武、尚和的民族精神和顽强的民族性格。

三、史诗的当代价值

史诗作为一种规模宏大、主题庄严的文类，主要讲述的内容是民族的历史，叙述一个民族关于开天辟地、族群起源的最初想象，以及民族迁徙、部落战争、英雄婚恋等重大事件。史诗承载着群体的记忆，是族群文化认同的来源，也是社会生活的百科全书，具有极高的史学价值和文化价值；从艺术形式上而言，史诗极具诗意美，是各类艺术形式的集合，是民间文学的艺术瑰宝。

1. 族群记忆与文化认同

史诗是讲述天地形成、人类起源或民族历史、民族英雄等内容的一种规模宏大、自古流传的民间叙事长诗，它凝聚着族群的记忆，是族群文化认同的源泉。

①史诗凝聚着族群的历史记忆

劳里·航柯从文化功能的角度阐述史诗的一般性质，认为史诗是表达认同的故事，正是由于有了这样的功能，它才作为文化群体自我辨识的寄托而成为超级故事[1]，基于此，他从接受功能的角度对史诗进行文化上的定义，指出"史诗是关于范例的伟大叙事，史诗作为超级故事最初是被专门的歌手表演的，它

---

[1] 劳里·航柯：《史诗与认同表达》，孟慧英译，《民族文学研究》2001 年第 2 期。

在篇幅长度、表现力与内容的重要性上超过其他的叙事，在传统社会或接受史诗的群体中具有认同表达源泉的功能"[1]。

正如万建中所言，"民族国家"的认同需要建构神圣的历史，史诗是满足此种建构最好的体裁文本，也就是说史诗是这一历史的合适样式[2]。黄涛也指出，史诗题材重大，主题严肃，讲述民族历史、祖先功业，往往被看作民族的历史或祖先的遗教，被当作民族文化的"根谱"、教育后代的重要形式[3]。中国西南很多少数民族的创世史诗正是这样的存在，在史诗的演述中凝聚了族群认同的文化记忆，展现了一个民族幼年时期对于宇宙万物和人类社会的认知。彝族史诗《梅葛》中的"创世""造物""婚事和恋歌""丧葬"四大部分，当地人逢年过节都将其作为"根谱"而世代口耳相传。这部史诗告诉人们天地万物的起源，是早期民众对族群神圣起源和宇宙起源的最初解释，同时也洋溢着人们对人类创造精神的赞美。

柯尔克孜族史诗《玛纳斯》在开篇即交代了柯尔克孜族的族源，在居素莆·玛玛依演唱的变体中选用的是"柯尔克居孜"（四十个部落）的传说。这一传说告诉后辈们自己的族群从何而来，构建了祖先的谱系，赋予族群起源以合法性：

> 流浪的人们接踵而来，
> 四十个部落安下家园。
> 子孙繁衍，人丁兴旺，
> 四十个部落各有人口四千，
> 四十个部落的"柯尔克居孜"，
> "柯尔克孜"的名字传遍人间。[4]

聆听这样的史诗传唱，人们会产生对祖先神圣性的认同，了解族群的历史

---

[1] 劳里·航柯：《史诗与认同表达》，孟慧英译，《民族文学研究》2001年第2期。

[2] 万建中：《史诗："起源"的叙事及其社会功能》，《江西社会科学》2006年第5期。

[3] 黄涛：《中国民间文学概论（第3版）》，中国人民大学出版社，2013，第245页。

[4] 贺继宏主编《柯尔克孜民间文学精品选》，中国文联出版社，2003，第74页。

起源，能够唤起文化自觉和文化自信。正如劳里·航柯所言，史诗的主要功能就是为认同的表达提供可以理解的符号。群体间出于认同的需要，会不断激活潜在的传统，其意义与价值不断地再生产、再解释，为不同的群体、地方社会、民族和国家创造整体意识，史诗就是这类认同符号的丰富的文化储备库，是最初的源泉。[1]

②史诗构建起民众的祖先认同

彝族史诗《勒俄特依》有不少彝族先祖发展脉络的记述，如"石尔俄特啊，石尔俄特是一代，俄特俄勒是二代，俄勒却布是三代。却布生三子，却布居斯未成家，却布居尔未娶媳，只有却布居木安了家"。族源是维系族群成员民族认同的天然纽带，史诗记叙共同的先祖，在很大程度上加固了这一"纽带"。祖先认同还表现为祖先崇拜，如彝族人民共同的祖先崇拜在《勒俄特依》中也有记载："远古时候，下面大地上，住着德布阿尔家，德布阿尔啊，请求阿俄暑布仙，建造地上物"，"却布居木啊，发髻弯弯如长角，裤脚长长拖地上……娶了美女俄池来。结婚二十一年后，养了三个好儿子"。《勒俄特依》记叙了彝族始祖支格阿龙、石尔俄特、居慕武武，将他们神性化，并将其作为彝族民众的精神支柱。彝族的祖先认同还表现在彝族婚姻仪式、丧葬仪式和宗教仪式等活动中，彝族人民根据史诗《勒俄特依》中的记载，讲述他们祖先的英雄事迹，祈求祖先神灵的庇护。史诗常常记叙一个民族的共同先祖及族系血脉的发展，史诗讲唱可以构建自己的祖先认同，形成并增强民众的民族认同。不仅如此，史诗在彝族的婚礼、丧葬和宗教仪式等活动中讲唱，不只是讲述民族的发展历程，还可以强化民族凝聚力，增强民族群体的历史记忆，提高民族群体的文化认同感和归属感。

2. 社会生活知识的总汇与史学资料

史诗内容极为丰富，涵盖社会生活的方方面面，生动地展现了远古社会的历史风貌和生活状况，可谓是形象的生活画卷和民族历史的百科全书，具有重

---

[1] 劳里·航柯：《史诗与认同表达》，孟慧英译，《民族文学研究》2001 年第 2 期。

要的史学资料价值。如此言之，还是由史诗的独特之处所决定的，"它能概括而又具体地把远古社会及其生活着的人和物栩栩如生地推到现代人面前，再现了现代人在文明中无法看到的古代社会的真实面貌；并能播放现代人在任何地方不能听到的远古人类的脉搏和心声。这正是任何科学著作都无能为力的"[1]。就像广西壮族人民在唱自己的民族史诗《布洛陀》时所形容的："百张好树叶，难凑一朵花；千本大厚书，不比《布洛陀》。"

①史诗具有重要的历史价值

史诗是民族的口述史，承载着重要的历史知识，有些史诗被称作民族的"古根""根谱""口传历史教科书""古史歌"等。彝族史诗《勒俄特依》标题的意思就是历史书。以《格萨尔王传》为例，它呈现了从原始社会末期的部落、部落联盟征战，到新兴奴隶主政权讨伐四方、统一各部，再到吐蕃王朝崩溃后的大分裂、大动荡等时期的社会历史，它描绘了部落间的各种争战活动以及各部落之间的复杂关系，再现了古代藏族社会发展的历史图景，展现了一幅宏大的历史画卷。

同时，史诗的历史价值还体现在其作为人类社会特定历史阶段生活制度的反映。恩格斯曾用史诗材料来解释人类的婚姻史。19世纪德国作曲家瓦格纳不懂人类原始婚姻形态，对在《尼伯龙根之歌》中残留的"哥哥抱着妹妹作新娘"一句话进行了批判，马克思对此解释说："在原始时代，姊妹曾经是妻子，而这是合乎道德的。"因为人类在原始时代，曾经有过血缘婚姻家庭（或家族）形态，是以辈数来划分的；在家庭（家族）范围内的所有祖父和祖母，都互为夫妻，他们的子女，即父亲和母亲也是如此。[2]

史诗具有鲜明的历史和时代特征。例如《江格尔》除描述了较复杂的社会斗争外，还有部落之间为争夺财产进行的残酷斗争。

---

[1] 刘岚山：《论〈江格尔〉：我国蒙古族英雄史诗〈江格尔〉汉译本代序》，载《江格尔：蒙古族民间史诗》，人民文学出版社，1983，前言第4页。

[2] 宝音和西格：《谈史诗的特征及其价值：学习马克思、恩格斯有关史诗的论述》，《民族文学研究》1987年第S1期。

魔鬼洗劫了宝木巴地方，

毁坏了江格尔的宫殿，

一伙人驱赶江格尔的马群，

一伙人驱赶江格尔的人民，

没有留下一个孤儿，

江格尔的夫人阿盖，

七十二位可汗的妻子，

被敌人掠去。

巍峨的白头山被夷为平地，

浩瀚的宝木巴海被黄沙填平，

消灭了江格尔的宝木巴乐土，

毁灭了江格尔的声望。

《江格尔》中的这段叙事描绘了氏族社会末期和奴隶社会初期，侵略者对宝木巴人民的压迫。早期没有文字记载，这种史诗的演述使得民族的历史代代相传。

②史诗呈现了古代的社会生活图景

史诗呈现了古代社会战争、祭祀、衣食住行、婚丧嫁娶等各方面的生活风貌。在苗族史诗中，当地民众基于切身的生产和生活对自然知识和生产知识进行经验总结，传递和生活相关的知识和智慧，这种经验包括各类作物的辨识技巧、方法和种植经验等，这也说明古代的苗族人民已经懂得因地制宜地种植不同作物，为研究古代科技的发展变化提供了宝贵的线索，例如：

枫苗栽它在何处？

枫是护寨祭祖木，

把它栽在大路旁，

杉树挺拔尖梢美，

把它栽在山弯里，

枝丫平伸长整齐。

松树枝长梢儿秀，

把它栽在斜坡上，

枝丫横生平展展，

如果栽它在山巅，

松长大了就平头。

还有一棵香樟树，

把它栽在山坳上，

过往行人好乘凉。

……

各种树木都穿衣，

它们衣服什么样？

枫树穿的对襟衣，

杉树衣裳像鳝鱼，

松树衣裳像鲮鲤，

各以这些作样儿。[1]

　　《亚鲁王》里记叙了苗族的水稻种植、食盐制作、铁器制作、经商贸易等技艺，如井盐熬制的记录："亚鲁勾腰吸，亚鲁弯腰喝。吸起第一口，又喝第二口。吸到第二口，又喝第三口。越吸涮越重，越喝味越咸。""七个七挑水，挑完七口井。七个七扛柴，扛完七面坡。我们来熬涮，我们来熬盐。"《亚鲁王》的传唱使得这些技艺得以代代相传且被运用于社会生产生活中。

　　侗族史诗《远祖歌》（又名《嘎茫莽道时嘉》）反映了侗族先民种植水稻、巢居、崇拜鬼神灵魂等，侗族先民迁徙的交通工具为船；还记载了侗族刺绣工艺，"鱼骨做梭织花锦，骨针用来缝衣裳"。

　　史诗内容十分丰富，几乎涉及了社会生活的各个方面，诸如早期的农业、

---

[1]《苗族史诗：苗汉英对照》，吴一文，今旦汉译，马克·本德尔、吴一方、葛融英译，贵州民族出版社，2011，第402—404页。

手工业、医学、天文等，又如居住、服饰、饮食、丧葬、祭祀等习俗文化，是早期人类生产生活智慧的汇总，是现今研究各民族早期社会生产和文化习俗的重要窗口。

3. 艺术表现与当代价值

史诗具有独特的艺术表现形式，所以"史诗仍然能够给我们以艺术享受，而且就某方面说还是一种规范和高不可及的范本"[1]。

①史诗塑造了鲜活的人物形象

史诗善用比喻和夸张等手法，充满浓厚的浪漫主义色彩，塑造了丰满鲜活的人物形象。

例如：

> 有个人名叫加里塔依巴斯，
> 口才伶俐，善于言辞；
> 他像捕获猎物的雄鹰，
> 他像冲出队列的骏驹，
> 冲向岩石也不回头，
> 踩上冰川也不倒地。
> 在人们协商的时候，
> 他说的话让人们欢喜。
> 不要说活人，就是死人，
> 他也能让他发出笑语。[2]

这段史诗用雄鹰、骏驹来比喻加里塔依巴斯，英雄的形象跃然纸上。"冲向岩石也不回头，踩上冰川也不倒地"，通过短短两句具体事件的描述来呈现加里塔依巴斯作为英雄的无所畏惧和勇猛。

---

[1] 马克思：《〈政治经济学批判〉导言》，载中共中央马克思恩格斯列宁斯大林著作编译局编《马克思恩格斯选集（第二卷）》，人民出版社，1972，第114页。

[2] 贺继宏主编《柯尔克孜民间文学精品选》，中国文联出版社，2003，第76页。

②史诗充满了丰富的想象力

史诗中不乏海阔天空的新奇想象，但这种幻想往往是以现实生活为基础，用奇异的幻想来呈现具体的场景。例如，苗族的《古枫歌》中记载了枫树生蝴蝶妈妈，蝴蝶妈妈与泡沫野合生下 12 个生命蛋，继尾鸟把生命蛋孵出，人是其中的一个生命蛋所生，整体充满了神话的幻想情节，通过幻想曲折地反映了远古社会的历史。而在瑶族人民的想象中，风是因为龙吹的气，吹来了他们的祖先密洛陀。

很久很久以前，
什么造成密洛陀？
大风吹来了，
造成密洛陀。

很久很久以前，
什么造成大风？
大龙吹着气，
造成了大风。

很久很久以前，
什么造成大龙？
聪明的师傅，
造成了大龙。[1]

同时史诗对于天地的描写既生动形象，又塑造了宏大的意境，具有很强的艺术感染力。

密洛陀拉紧线头，

---

[1] 广西民间文学研究会搜集，莎红整理《密洛陀（瑶族创世古歌）》，广西人民出版社，1981，第 1 页。

天边地边连得紧，
天空穹起像锅盖，
大地绉起像褶裙。

褶裙一叠叠，
凸起成高山，
褶裙一层层，
凹下成河川。[1]

③史诗在语言的艺术表现形式上是包罗万象的

　　史诗是一种杂糅其他各种文类的复杂形式，各文类之间既相互独立，又有机综合而成史诗，其中包括谚语、赞词、祈祷词、咒语、挽歌、仪式描述等。例如在《格萨尔王传》中有各种各样的赞词，如"酒赞""山赞""茶赞""马赞""刀剑赞""衣赞""盔甲赞""宫殿赞""城堡赞"等，还有很多脍炙人口的藏族谚语，例如"不知黑心的老头子，好愿坏愿一齐来；无知无识的小孩子，好事坏事一齐来；不会咬人的狗崽子，叫声哭声一齐来；大声叫嚷的灰毛驴，正驮反驮一齐来；红色残酷的小豺狼，活扒死扒一齐来；不可信赖的男子汉，利人害人一齐来"。

　　史诗的当代价值正逐渐受到重视，这是因为史诗可以为当代作家的创作提供灵感。藏族作家降边嘉措的小说叙述语言就受到史诗《格萨尔王传》的影响，小说中还植入相关神话、传说，赋予了小说浓厚的浪漫主义色彩；丹珠昂奔的小说《白雪山，红雪山》中塑造了三个藏族人物，描绘了真实而又奇异的雪景，其叙事风格充满浪漫主义和英雄主义色彩，明显受到《格萨尔王传》的影响。更重要的是，史诗已成为影视、绘画、舞蹈等艺术的创作素材。电视剧《格萨尔王》在利用现代传媒技术的形式进行艺术创新的同时，整体把握了史诗《格萨尔王传》的精髓和灵魂，艺术地再现了史诗的宏大气魄和神秘氛围。动画电

---

[1] 广西民间文学研究会搜集，莎红整理《密洛陀（瑶族创世古歌）》，广西人民出版社，1981，第3页。

视剧《英雄·江格尔》以蒙古族史诗英雄江格尔为原型，以三维动画的形式，重新演绎了《江格尔》这部英雄史诗中的人物和故事。这种改编既保留了英雄史诗的精神内核，又适应了接受者对现代传播方式的需求，特别有利于青少年对史诗这种民间文艺的接受。

舞剧《英雄·玛纳斯》取材于柯尔克孜族英雄史诗，分为《血色巨子》《磨劫励志》《民族之光》和《子孙万代》四幕，《玛纳斯》展现了玛纳斯从出生到创立柯尔克孜族、从戎马征战到追求草原和平的一生；演出中，赛马、牧羊等充满民族特色的活动都以舞蹈的形式呈现，库姆兹和口弦琴等柯尔克孜族喜爱的乐器也被搬上了舞台，具有浓厚的柯尔克孜族气息。《英雄·玛纳斯》以舞剧的方式重构文学史诗，以舞台语言叙述玛纳斯的故事，凝练地表现了民族英雄的传奇人生，保留了史诗所讴歌的民族精神和英雄气节，具有独特的舞剧艺术魅力。现代电视、电影、歌舞等艺术形式演绎史诗，可以充分发挥其艺术性和娱乐性，丰富了史诗的表现和传承形式。

4. 道德教化与礼俗功能

史诗经常在一个民族的重要仪式庆典、传统礼仪上被表演，其功能性指向是明确的，也是清晰的，即是为了实现道德教化、传递文化传统的现实目的。

① 史诗教育和激励人们追求"真、善、美"

史诗歌颂民众的劳动、智慧以及勇敢，教育和激励着人们追求"真、善、美"，敢于同"假、恶、丑"进行斗争。侗族的史诗《远祖歌》中反映了侗族先民的迁徙史和斗争史，他们为躲避灾难而南迁，在迁徙路途中与毒蟒、恶魔交战，与朝廷垦军斗争，他们凭借着追求幸福生活的信念、维护本族的赤子之心一次次取胜。史诗反映了侗族先民为实现美好理想而不懈奋斗的毅力和敢于献身的英雄气概，这些精神融合于史诗中又以艺术的形式表现出来，更容易打动人心，引起情感共鸣。史诗中蕴含的侗族精神内涵和道德品质，都深深地影响后人，给人以激情、鼓舞和动力。

史诗的道德教育作用，还体现在它将社会伦理道德潜移默化地融入人们的观念里，于无形中规范人们的行为。以壮族史诗《布洛陀》为例，它的内容包括布洛陀创造天地、造人、造万物、造土皇帝、造文字历书和造伦理道德六个方面，其伦理道德部分讲述了父母和子女以及兄弟之间如何相处的道理，提倡尊老爱幼、勤俭节约等美德，同时在讲述中还借用一些反面的案例来告诉人们做不合伦理道德的行为必将会遭受严重的惩罚。值得注意的是，这些史诗作为缓解家庭矛盾的润滑剂，对稳定家庭秩序多有裨益。

壮族人民在出现争吵和矛盾时，会请巫师祈禳，念诵不同类型的经文来解决出现的矛盾，例如《唱罕王》《解婆媳冤经》《解父子冤经》《解母女冤经》这"老四篇"，每个篇章都以生动的事例叙述不和的原因和产生的严重后果，这些问题都会在布洛陀的旨意下得到妥善的解决，从而在史诗演述的隐喻中实现"不说之说"的教化，达到使人们家庭和睦的目的。也即经歌中所言：

那是古人的事
那是前人的故事
讲给天下人知道
流传到后一世
到了我们这一代
拿前人来比照
我们这代拿来遵循[1]

②史诗中保存了各民族的文化习俗与礼仪传统

如彝族地区的青年男女谈恋爱的"公房"与婚俗，这些在《梅葛》中都有着完整的记录。《勒俄特依》记载了彝族的婚姻文化，如有关婚礼聘金习俗的讲唱："石尔俄特啊，返回问阿拉，就此定身价。坐下的客给喜礼，住下的客给酒席，新郎到时送匹黑头马，新娘回时送头黑牯牛，就此娶回施色来。"彝族人民称"身价"为"服哲"，给来参加婚礼的亲朋好友、舅舅叔叔等的礼钱

---

[1] 广西壮族自治区少数民族古籍整理出版规划领导小组办公室整理《布洛陀经诗》，中国国际广播出版社，2016，第 273 页。

称为"卡八"，这些习俗至今仍在。

本章小结

史诗表现了一个氏族、部落的政治、经济、军事、文化、宗教、生产、生活等内容，作为一个民族知识的总汇，具有多重的研究价值。正如朝戈金所言，史诗的意义远远超越了史诗叙事语词所传递的直接信息，它与群体认同、社会核心价值、行为规范等许多超越了史诗文本的意蕴密切关联[1]。史诗具有多元的社会文化价值，可以增强民族认同和国家认同，振奋民族精神，唤醒民众的文化自觉和文化自信，同时有利于当下和谐社会的构建，对当下社会主义精神文明建设也有着重要的现实意义和深远的历史意义。

知识拓展

1.史诗的原始功能以及史诗的一般性特征

①史诗的原始功能：

史诗一方面与历史有关，另一方面与日常现实相联，这种双重关系明确地强调了史诗具有的最为重要的原始功能。首先，史诗是一部编年史，一本部落史书，是习俗和传统的生动记录。同时，它还是一部可供一般娱乐的故事书。

史诗创作者运用历史材料进行艺术加工以表达自己的价值观。对荷马来说，《伊利昂纪》的结局是伟大文明的衰落；对于《贝奥武甫》的作者来说，则是古代英雄的逝去。然而史诗的重点在于人，在于卓越非凡的伟人，不过他仍是人。

史诗英雄的声誉与游吟诗人的声誉直接相联系，但是诗人的成功相当程度上取决于他全力以赴处理题材的才能。这里的关键在于中心人物赋予史诗宏伟和普遍性。这不是历史某一时刻中的人，而是"历史中的人"。简言之，史诗是以"规模""质量""分量"为主的，即是博大雄浑、"包含历史的诗歌"为基础的创作体裁。[2]

---

[1] 朝戈金、冯文开：《史诗认同功能论析》，《民俗研究》2012 年第 5 期。

[2] 保罗·麦钱特：《史诗论》，金惠敏、张颖译，北岳文艺出版社，1989，第 2–6 页。

②史诗的一般性特征：

源自不同民族文化传统的史诗，在英雄的描写上都展露了一些相似的东西。英雄是站在人类群体顶峰的一类人，他们的野心远远超过人类的脆弱极限，有一个更充实、更活泼的生命过程。他们尽最大可能去做一个自立自足的成年人，他们拒绝承认攻不下的难关。即使在失败时也有忍耐力，去努力实现每一件可能办到的事。这意味着史诗处在那些放大了的人生范例和道德准则方面的文化功能之中，在一个传统社会中，这种功能是有效的。

虽然各个史诗中英雄表现不同，但他们都拥有自身独特的功能：文化认同。史诗是表达认同的故事，这一观点直接转变为对史诗类型的确认。在认同的表达与沟通的各种层面，史诗所发挥功能的差异似乎很小，其主要功能是为民族文化认同的表达提供可以理解的符号——英雄行为、道德、生活目标、人生乐趣等。由此说，史诗是丰富的文化储藏库，是这类符号的源泉。由史诗而表达的符号常常派生于一个久远的、历史上的或虚构的，被特别"编纂"的过去，派生于一种文化类型和一个在人们的认同沟通中产生史诗的那个相当特殊的社会经济环境[1]。

2. 史诗的历史性表征与特点

在国家形成之前，由于种族和政治上的融合，民族意识不断增强，史诗中的神话式的人物渐渐被历史上的人物替代。从这个意义上来说，史诗永远是历史性的，即那些神话式的人物也是人民历史观的体现，而不是古代神仙的变体。具有一定社会历史意义的、值得传颂的历史背景是英雄史诗这一题材得以存在的重要因素，而另一重要因素就是代表人民意志的英雄和勇士的形象。

初看起来，英雄的形象是不可理喻的。他们力大无比，英勇善战，所向披靡，但同时又刚愎自用，固执骄横，甚至到了冥顽不化的程度。他们有时我行我素，不守法度，显得异常乖张。不过，这种行为终究是真挚无邪的，其动机是为了整个部落的利益，在大部分情况下是为了保护族人免受敌人侵害。

---

[1] 孟慧英：《西方民俗学史》，中国社会科学出版社，2006，第338—339页。

史诗简朴却又鲜明地反映出个人（英雄个体）的价值和集体的力量，而集体的力量又是通过英雄个体的价值体现出来的。史诗是将英雄的个人业绩作为公益行为来讴歌的。主人公的形象是个人和民众的天然合成，这使史诗形成一种特有的和谐，也使这种体裁的作品迥然有别于小说。

虽然原始社会制度解体，但是氏族关系仍然在发生作用，到早期的阶级社会也已形成并有长足发展的时候，史诗才有了产生的条件。军事民主制度无疑对史诗的产生起了重要作用。当时封闭的民族关系开始消解，这就为个性的发展提供了舞台，为英雄形象的产生准备了条件。然而，宗法制关系直到阶级出现之前仍未彻底消失。因此，在史诗中，人物之间的关系仍被描写成一种民族的血缘关系，这种描写还不成其为自主的艺术手法[1]。

思辨性问题

1. 黑格尔说过："作为这样一种原始整体，史诗就是一个民族的'传奇故事''书'或《圣经》。每一个伟大的民族都有这样绝对原始的书，来表现全民族的原始精神。在这个意义上史诗这种纪念坊简直就是一个民族所特有的意识基础。"对此请谈谈自己的理解。

2. 什么是英雄史诗？

3. 简述史诗的特征。

4. 怎么理解史诗的社会文化价值？

---

[1] E.M.梅列金斯基：《英雄史诗的起源》，王亚民、张淑明、刘玉琴译，商务印书馆，2007，第377-378页。

第四章
民间叙事长诗与人类的抗争精神及诗性生存

知识要点

1. 民间叙事长诗具有诗的特性，内容多是表现民族生活和部落英雄功绩。

2. 民间叙事长诗包括关于社会斗争的叙事诗和爱情婚姻的叙事诗，多以反抗斗争与爱情婚姻为主题，运用富有表现力的诗体语言，在故事情节中塑造人物形象，表达歌者的内心情感。民众在创作和传唱"故事诗"中表达抗争精神，或是寄托对美好爱情的向往。

3. 民间叙事长诗的当代价值与社会意义。

概述及界定

民间长诗一般分为民间叙事长诗和民间抒情长诗。民间叙事长诗主要是在阶级社会里产生和发展的。广义的民间叙事长诗既包括人类早期创作的具有神话、传说色彩的史诗，也包括后来发展的围绕现实生活展开的、具有故事色彩的长诗。民间叙事长诗是民众集体口头创作并流传的具有完整的故事结构的长篇诗歌作品，形式上或是韵文，或是韵散结合，也被称作"故事歌"或"故事诗"。

民间叙事长诗以叙述故事反映民众在日常生活中所遇到的具体问题，记录历史人物或者普通民众的生活遭遇，寻求对具体问题的理解和解决，以想象的方式探寻一种合理的生活，寄托追求美好生活的理想。可以说，民间叙事长诗是民间社会文化心理和生活想象的重要空间。民间叙事长诗篇幅较长，不以抒发感情为主，叙事结构完整，刻画人物形象生动、具体、典型。民间叙事长诗重在通过完整的故事情节，塑造生动、具体的人物形象，表达叙事者对具有一定普遍意义的社会现象的感受、情感和理解。

民间叙事长诗与民间抒情长诗在功能上存在差异，后者以抒情为主，一般以韵文为主，韵散结合，结构相对灵活，大多采用第一人称，故事情节相对简单。民间抒情长诗与民众的日常生活情感关系密切，往往以抒发日常生活中的爱恨情仇、悲欢离合等情感为主，不少作品涉及民风民俗，与民间的婚丧、日常习俗、信仰活动有密切关系，某种程度上，可以算作一种民间礼俗情感的重要表达形式。

与民间抒情长诗不同，民间叙事长诗有完整的故事结构，故事有始有终，情节贯彻首尾，主人公的曲折经历是叙事的主线，层层递进，环环相扣，曲折有致。民间抒情长诗注重情感抒发，往往以短歌的形式连缀，虽然其中暗含着故事线索，但是并不明显，故事往往为抒情所淡化，成为情感抒发的线索，化入抒情的脉络。主人公的情感变化是民间抒情长诗的核心。与多采用第一人称的民间抒情长诗不同，民间叙事长诗往往以第三人称叙事，这一全知全能的视角，让民间叙事长诗的叙事者具有了超越时间和空间限制的叙事功能，从人物的言语、行动到人物的内心思想情感，从故事的发展到人物的行为，叙事者以第三人称的形式实现了对人物和故事的架构。以爱情诗为例，民间抒情长诗主要是为了表达主人公真挚的爱恋，叙述语言的情感容纳度更加宽广，民间叙事长诗主要是为了塑造人物形象，叙述语言的故事虚构色彩更加浓重。民间抒情长诗多以情感打动人，民间叙事长诗则多以奇妙的故事打动人。当然，民间叙事长诗在一定程度上也受到了民间抒情长诗的影响，甚至连叙事语言也具有抒情特质。民间叙事长诗中的某些章节也可看作是抒情长诗的写作方式。

一、以反抗斗争为题材的叙事长诗

中国各民族的民间叙事长诗数量巨大，形式多样，题材众多，从内容上讲，以叙述反抗斗争（主要是民族斗争和阶级斗争）的题材最为广泛。这一题材与民间生活的关系最为密切，与民众情感更易产生共鸣，它们往往能反映出民众对生活和事件的态度和思想情感。在近代历史演进过程中，社会、生活中的各种矛盾日趋激烈，统治阶级腐败残暴，阶级矛盾、民族矛盾不断地激化，人民群众的斗争意识日益觉醒；虽然斗争的结果各异，但是其中涌现出的各类人物以及各种事迹却广泛流传，也是民间叙事长诗写作的重要题材；这些叙事长诗既描述了当时的历史情势和人民的反抗斗争，也蕴含了民众独特的历史视角。

1.《嘎达梅林》

《嘎达梅林》是在蒙古草原广泛流传的蒙古族叙事长诗。《嘎达梅林》经过搜集整理后，于 1949 年发表于《人民文学》，后来又被中国民间文艺研究会编入《民间文艺丛书》。最初整理后的汉语版《嘎达梅林》，全诗六百余行，经过重新搜集整理后，达到两千多行。

①内容概述

《嘎达梅林》以真实人物和历史事件为依据，故事发生在列强入侵、军阀割据的动乱时期，奉系军阀与蒙古地方势力勾结，残酷剥削和掠夺各族人民，给人民带来了沉重的苦难。《嘎达梅林》描述了蒙古族传奇英雄嘎达梅林率领民众反抗军阀压迫的战斗历程。长诗以演唱为主。主人公嘎达梅林（1892—1931 年）是蒙古族人，蒙古名那达木德，汉名孟青山，乳名嘎达，曾在旗王府任职梅林，因此被称为嘎达梅林。他富有正义感和同情心，对人民的疾苦感同身受。嘎达梅林在经历了一系列遭遇后，最终走上了反抗压迫的道路。叙事长诗从一曲低沉、悲壮的蒙古歌谣开始：

南方飞来的小鸿雁哪，

不落长江不起飞；

要说起义的嘎达梅林，

是为了蒙古人民的土地。

北方飞来的海力色雁哪，

不落长江不起飞；

要说造反的嘎达梅林，

是为了蒙古人民的土地。[1]

……

鸿雁飞往遥远的天南，

忘不掉西拉木伦河河畔；

嘎达虽是王府的梅林，

热爱家乡的无边草原。

鸿雁飞往遥远的地北，

忘不掉哈拉木伦河流水；

嘎达虽是官兵的梅林，

热爱家乡的父老乡亲。[2]

……

天上的鸿雁从北往南飞啊，

是为了寻求太阳的温暖；

要说起义的嘎达梅林啊，

是为了蒙古人民的草原。

天上的鸿雁从南往北飞啊，

是为了迎接春天的降临；

要说造反的嘎达梅林啊，

---

[1] 陈清漳、赛西芒·牧林整理《嘎达梅林》，上海文艺出版社，1979，第3—4页。

[2] 陈清漳、赛西芒·牧林整理《嘎达梅林》，上海文艺出版社，1979，第4—5页。

是为了蒙古人民的利益。[1]

②文本分析

与汉族的民间叙事长诗不同，蒙古民歌的演唱形式大体可以分为三种类型：第一类是完全是民歌体的唱词，没有人物间的对白，也没有演唱者的说讲。第二类是除唱词外，人物之间的对白往往是演唱者以第三者的口吻叙述。第三类是以讲故事为主，只有少量的唱词。《嘎达梅林》是有说有唱，两者的比重并不固定。每一个演唱者都有自己的叙述、演唱方式，同一个演唱者每次的演唱也不完全相同。[2]《嘎达梅林》以演唱形式为主，诗歌中的唱词有蒙古民族独特的结构和特点，以四句为一段，采用段落重叠复沓的方法，重复的段落只是更改了一两个词语或者韵，内容和思想感情却得到了加深，极具情感表现力。从这样的诗句可以看出，嘎达梅林所领导的反抗斗争，是符合蒙古人民的愿望和意志的，它是人民情感和态度的一种表达。蒙古民歌《嘎达梅林》正是以民间叙事长诗《嘎达梅林》为母本，将序歌中的四段唱和尾声中的两段唱直接用作歌词，民歌《嘎达梅林》进一步升华了叙事长诗礼赞英雄的主题，彰显了一种浑厚的民族历史和苍凉悲壮的民族情感，表现了人民对英雄的敬爱，也表现了英雄对蒙古人民和蒙古草原的热爱。

此外，反映蒙古人民近代历史和斗争生活的民间叙事长诗还有《格瓦桑布》和《英格与勒城》，两首叙事长诗的写作背景与《嘎达梅林》基本相同，都描述了民众与上层统治阶级的矛盾和斗争。

2.《张秀眉之歌》

《张秀眉之歌》是苗族的叙事长诗，描述的是张秀眉领导黔东南的各民族与清朝统治阶级的斗争经历。该诗取材于晚清时期的一次农民起义。在太平天国运动的影响下，起义者张秀眉领导了当地的农民起义。

---

[1] 陈清漳、赛西芒·牧林整理《嘎达梅林》，上海文艺出版社，1979，第6页。

[2] 陈清漳：《关于〈嘎达梅林〉及其整理》，载《嘎达梅林》，上海文艺出版社，1979，第171页。

①内容概述

《张秀眉之歌》第一部分描述了清朝统治阶级对苗族人民的压迫和剥削，以及张秀眉准备进行起义运动；第二部分描述了张秀眉领导的起义军攻城野战、东征西讨的壮阔战争场面；第三部分描述了清兵反扑，起义军被残酷镇压，张秀眉被俘后慷慨就义的情节。

②文本分析

整首叙事长诗详略得当，突出了张秀眉的英雄气概，对其被俘以及慷慨就义作了详细的描写，塑造了一个临危不惧，为人民抗争而英勇牺牲的英雄形象。长诗叙事是以苗族人民的视角展开的，尾声部分的歌唱十分自然、真切：

张秀眉领导打官兵，
我们穿的蓝荫荫，
张秀眉死去了，
我们穿得灰溜溜。
活转来，秀眉哥哥！
活转来除强暴。
用你的双脚，
踏平地上的山包；
用你的大手，
捉尽山中的恶狼；
用你的大刀，
杀尽人间的强盗。

这是苗族人民对张秀眉的真诚呼唤和怀念，于此，张秀眉已经成为苗族人民的一个英雄符号，诗歌通过对反抗斗争的描绘，反映出民众的社会理想和美好愿景。

以反抗斗争为题材的民间叙事长诗多描述重大历史事件中的英雄人物，情节波澜壮阔，主人公往往英勇无畏，长诗的结构、气势都颇为雄壮，尤其是那些描述近代各民族反抗压迫进行斗争的历史，具有很深刻的历史学和社会学意义。

二、以恋爱、婚姻为题材的叙事长诗

民间叙事长诗描述最多的主题是爱情。作为人类最自然、最自由的一种情感形式，爱情自由与否往往成为衡量社会自由水平的重要标准。同时，爱情也是最深刻的一种反映社会关系的情感关系。在封建专制社会中，婚姻往往被各种思想的枷锁所束缚，封建礼教、封建婚姻制度以及父权、母权往往成为婚姻自由的障碍，包办婚姻、买卖婚姻、家族婚姻等专制的婚姻形式和门阀观念、伦理观念、道德观念等思想观念，造成了无数的爱情悲剧和婚姻悲剧。爱情这种带有浓厚悲剧意味，又象征着人类自由信念的情感形式，自然成为民间叙事长诗的重要表现对象。在情感奔放、浓烈的少数民族中，更是出现了大量的经典爱情叙事长诗。"男女恋爱一度有人认为与中国人国民性不合，但是中国民众却显然歌颂并十分珍惜诚挚的爱情。不但是中国民歌里爱情歌曲非常多，少数民族的长篇叙事诗中男女爱情是主要的题材。"[1]

1.《双合莲》

汉族的叙事长诗更多的是对现实的批判。颇具代表性的描写爱情悲剧的叙事长诗如《双合莲》，揭露的是以封建族权为代表的恶势力对个人爱情的压迫。《双合莲》产生并流传于湖北崇阳、蒲圻、通城一带。《双合莲》最初的编唱者是郑秀英的一个族人，他是一位铁匠，目睹了这一出爱情悲剧，心中悲愤异常。于是，采用山歌和民间小调的形式，将两人的爱情悲剧编织成歌，随编随唱，最终，完成了叙事长诗《双合莲》。

---

[1] 丁乃通：《导言》，载《中国民间故事类型索引》，郑建成等译，中国民间文艺出版社，1986，第25—26页。

①内容概述

这部叙事长诗来源于发生在清末道光年间的一个真实的悲剧爱情故事。郑家湾有一个聪明、美丽的姑娘——郑秀英，她被媒人哄骗许配给"六根有些不周全"的夏春福。胡三保凭才学科考，功名不就，心灰意冷，不求功名，甘愿"勤耕苦读"。一日，胡三保在河边巧遇郑秀英，二人相爱，私订终身。郑秀英在一尺绫上绣了两人的生辰八字和一朵莲花，剪作两半，两人各取一半，作为定情信物。"妈妈有心来许亲，又怕户族不饶人，蜚短流长讲坏话，族长家法认得真，母女性命难保存。"[1]于是，"二人相交大半年，日同三餐夜同眠。"[2]两人同居，被族长郑楚芳得知，以败坏门风为由，上门搜查胡三保，搜查未果，竟以家法鞭打郑秀英母女。郑楚芳又将郑秀英以一百两银子卖与刘宇卿。婚后，因郑秀英守身如玉，刘宇卿又将她卖出，胡三保以朋友丁石言之名相亲"巧娶"。刘氏族人又持刀将郑秀英劫回，对郑秀英进行毒打，郑秀英不堪忍受毒打和屈辱，"一索吊死命归阴"[3]。胡三保则被刘家诬告与郑秀英私通，因而下狱，后遇大赦得以回家，最后悲愤身亡。

②文本分析

《双合莲》以写实的手法揭露了因封建家族制度的存在，真心相爱的青年男女的悲情故事，塑造了郑秀英这个反封建婚姻制度的妇女典型，表现了汉族劳动妇女忠于爱情，追求自由生活的诉求。作品情节曲折有致，叙事层次分明，语言朴实生动。艺术上，《双合莲》运用了鄂南地区的"五句子歌"体式，"五句子歌"体以七言五句为一首或一节，头尾四句（前两句，后两句）押韵，中间一句比较自由，第五句为诗眼，起到概括和深化主题的作用。

后人唱起双合莲，叫人敬爱叫人怜，二人本是真君子，只因相爱惹祸端，海枯石烂情意坚。

---

[1] 宋祖立、吕庆庚、夏昭民等搜集整理《崇阳双合莲》，湖北人民出版社，1955，第11页。

[2] 宋祖立、吕庆庚、夏昭民等搜集整理《崇阳双合莲》，湖北人民出版社，1955，第12页。

[3] 宋祖立、吕庆庚、夏昭民等搜集整理《崇阳双合莲》，湖北人民出版社，1955，第30页。

可叹秀英和道生，生离死别好伤心，二人只愿同到老，棒打鸳鸯两难分，长使后人泪淋淋。

两行桂树植坟旁，桂花树上宿鸳鸯，每逢八月中秋夜，满树桂花分外香，都说秀英会胡郎。[1]

此外，《双合莲》将山歌小调中的"十想""十望""十送""十叹"等形式融入叙事，形式整饬，既有情感态度的表达，也有一定程度的价值判断，形成了叙事、抒情、议论交融的风格。如《五更》一章中：

一更一点泪纷纷，恼恨族长狗狼心，秀英与你何仇恨，千方百计害我身，棒打鸳鸯两难分。

二更二点夜已深，一心只想有情人，心中烧起一盆火，昏天黑地起红云，遍身疼痛好伤心。

三更三点难睡着，媒人做事心肠恶，只图银子骗到手，哪管别人死与活，活活推我下油锅。

四更四点昏朦朦，忽见三哥到房中，一头扑到哥怀内，抱住哥哥不放松，醒来却是一场空。

五更五点天不明，心中恨煞刘宇卿，只顾自己图快乐，不该害我郑秀英，定要和你把账清。[2]

此处"五更"的写法实则是对"十想""十望""十送""十叹"等小调形式的巧妙化用，这种写法既有句式的整饬反复，又有叙事和情感的逐步深入；既使叙事前后连贯，又照顾了叙事诗的抒情需求。此处既可以看作是郑秀英的内心独白，又可以看作是叙事者情感态度的表达。郑秀英对族长、媒人、刘宇卿的憎恶之情，与对胡三保的至真至爱之情形成了鲜明的对比，既表达了对郑秀英、胡三保不渝爱情的赞美，也是对人性险恶、封建家族制度"罪恶"的无情揭露与批判。

---

[1] 宋祖立、吕庆庚、夏昭民等搜集整理《崇阳双合莲》，湖北人民出版社，1955，第34页。

[2] 宋祖立、吕庆庚、夏昭民等搜集整理《崇阳双合莲》，湖北人民出版社，1955，第28页。

2.《阿诗玛》

《阿诗玛》是流传于云南石林的彝族支系的撒尼人的口头叙事长诗，它是彝族人民集体创作的民间叙事长诗，也成为彝族人的一种理想信念。举行婚礼时，人们举杯高唱"阿诗玛"；年轻人失恋时，口中念唱的是"阿诗玛"；姑娘们心中痛苦时，唱诵的也是"阿诗玛"。《阿诗玛》不仅影响了彝族的民族文化，随着这一叙事长诗被翻译成英、法、日、俄、德、捷克、罗马尼亚等国家的语言文字，它的影响已经超出了中国文学的范围，受到了国际文学界的关注。

①内容概述

《阿诗玛》是在云南彝族支系的撒尼人口头流传的基础上整理的长篇爱情叙事诗，诗歌共十三章，分别是：（1）应该怎样唱呀。（2）在阿着底地方。（3）天空闪出一朵花。（4）成长。（5）说媒。（6）抢亲。（7）盼望。（8）哥哥阿黑回来了。（9）马铃响来玉鸟叫。（10）比赛。（11）打虎。（12）射箭。（13）回声。

②文本分析

彝族民间爱情悲剧色彩浓厚，凸显了悲剧美，显示了独具特色的审美价值。

首先，《阿诗玛》展现了悲怨之美和与悲剧的抗争。

《阿诗玛》中叙述道："好马关在厩里，鸣声闻千里。姑娘长到十七八，美名传天下……阿诗玛的美名，热布巴拉家不出门也听见……阿诗玛的美名人人夸，阿诗玛应该归我家。"近十七八岁的阿诗玛被迫离开父母，嫁给自己不喜欢的人，从此将失去她与伙伴们一起唱歌跳舞，以及"床头拿麻团，墙上拿口弦，口弦阵阵响，姑娘去公房"的"串公房"的快乐生活。还有《放鹅娄纪》中"娄纪"是"还未满十二岁……阿爹就把女儿换酒吃了！"她从此将失去"她和小伙伴们，把树荫当住房；把破罐破碗片，当她们的锅和碗；把炭灰当她们的米面；把碎石当她们的锅庄"的快乐童年生活。"娄纪"年龄还小，可爱、单纯、美丽的少女离开父母，被迫嫁给自己不喜欢的人，从此失去和伙伴们在一起的快乐生活。更为重要的是"娄纪"情感上失去了同伴的知心和父母的关心，会产生一种被人遗弃的感觉。正如"娄纪"对父母包办婚姻发出的诅咒："我是门前园子里的青菜，被你们一层一层剥去卖。我虽是你们养大，今天又遭你们害。"她们的悲剧人生是令人同情的，因而，会产生深深的悲怨之美。

鲁迅先生说："悲剧是将人生有价值的东西毁灭给人看。"也就是说，悲剧表现的手段是"毁灭给人看"，独特的审美价值却是将"人生有价值的东西"作为尺度，而当有价值的美好的东西遭到毁灭时，必然当会引起人的怜悯，进而催人反思悲剧发生的原因。阿诗玛被"毁灭"了，其实她所代表的勤劳、善良、纯真、朴实与美丽等有价值的美的东西也一同被毁灭了，这就造成了人们对恶势力及其所代表的阶级和阶层产生悲怨之情和与之进行抗争的意愿。

其次，《阿诗玛》表现出悲壮之美和化悲为力的精神。

阿诗玛奋力抗争，获得了现实婚姻的自由。虽然阿诗玛在作为"神权"势力代表的"崖神"发洪水中牺牲，但最终还是幻化成了"生命不灭、精神永存"的回声，隐喻了阿诗玛人格的独立和威武不屈的品格与精神。悲中含有一份震撼、一份壮烈、一份升华。面对悲惨遭遇时，她抗争不息的精神也把读者带进了崇高壮美的境界。因此，《阿诗玛》的审美价值就在于内蓄一种积极的悲情，即化为力量的悲，催人奋进的悲。

彝族民间爱情叙事诗中悲剧人物是"历史的必然要求与这个要求实际上不可能实现的悲剧性冲突"而导致的不幸、挫折乃至毁灭。但是，读者理应看到这些悲剧人物对自由爱情的追求和对美好生活的向往，他们代表的是一种积极健康的情感和历史进步的力量。

最后，《阿诗玛》展现的悲喜之美和对生命的肯定。

如尼采所说，悲剧使"我们在短促的瞬间真的成为原始生灵本身，感觉到它的不可遏止的生存欲望和生存快乐"[1]。在尼采看来，悲剧演出是对超越于个体死亡和变化之上的生命力量的肯定。其实，人在同现实人生的种种困苦与不幸的抗争中，已经感受到了宇宙生命力的旺盛与丰盈，体验到了生命的欢

---

[1] 尼采：《悲剧的诞生——尼采美学文选》，周国平译，生活·读书·新知三联书店，1986，第 71 页。

乐。阿诗玛虽然被洪水卷走了，但是她的"回声"将永远响在圭山，她将永远活在撒尼人的心中，"小伙伴们出去玩耍，都要来邀阿诗玛"；《太阳金姑娘与月亮银儿子》中的"太阳姑娘"与"月亮伙子"也活在了彝族"串姑娘"的民俗生活中。"悲剧中的悲必定是含有喜的悲，悲中之所以有喜，不仅是因为悲剧中含有同情，还因为悲剧是严肃的，悲中蕴涵着伦理精神和智慧力量，从而因净化情欲而欣慰、奋然前进而喜悦。"[1]彝族民间爱情故事，真实反映了封建社会时期彝族广大劳动妇女的悲惨命运与爱情悲剧，却又展示了一幅寻找光明并将走向和谐美好的现代生活图景。

另外，在语言上，《阿诗玛》还具有鲜明的云南地域文化特征和彝族的民族色彩。阿黑救出阿诗玛的情节：

阿黑说："哥哥像一顶帽子，保护妹妹，盖在妹妹头上。"
妹妹说："妹妹像一朵菌子，生在哥哥大树旁。"

此处，"菌子"带有浓郁的云南地域特色，又具有浓郁的生活气息，显得自然贴切。"妹妹像一朵菌子，生在哥哥大树旁。"则是云南地域生成的一种彝族文化特色。浓厚的民族地域色彩也是民间文学的重要特色。少数民族的叙事长诗往往吸纳了少数民族特有的民间歌谣的演唱手法。《阿诗玛》就大量运用山歌的"盘"和"绕"的艺术手法。"盘"即在对唱中围绕一个问题反复问答，起到积蓄情感和推动情节的作用。"绕"即围绕情节和本体不断扩展诗歌内容，使情节递进，有层次，使内容丰富，有容量，提升了诗歌的表现力和容纳力。

与汉民族的叙事长诗偏重写实不同，少数民族的叙事长诗充满了浪漫主义精神，带有奇幻色彩。有学者认为《阿诗玛》是"名副其实的社会悲剧"，让中国文学有了"在宏伟、强烈、形式的自由方面能与西方悲剧相比的作品"。[2]彝文手抄本翻译的彝汉双语对照本《阿诗玛》的结局，是阿诗玛和阿黑被崖神骗进十二崖洞，粘在了崖壁上而难以脱身，只能用白猪、白羊、白鸡祭祀崖神。

---

[1] 杨恩寰主编《美学引论》，人民出版社，2005，第345页。

[2] 《彝族文学史》，四川民族出版社，1994，第22页。

因涂色的白猪失色而丢失了神性，没能救出阿诗玛。汉语本《阿诗玛》的故事结局则是崖神发洪水冲走了阿诗玛，阿诗玛变成了回声。

洪水滚滚而来，
河上起大波，
可爱的阿诗玛，
卷进了大漩涡。

从此以后，
阿诗玛变成了回声，
你怎样喊她，
她就怎样回应。

小伙伴们出去玩耍，
都要来邀阿诗玛，
他们对着石崖呼唤：
"阿诗玛，阿诗玛"
对面石崖上，
也传来同样的声音：
"阿诗玛，阿诗玛"
阿诗玛的呼声遍山林。

　　无论何种结局，这篇叙事长诗都是以悲剧收束，并带有奇幻色彩。这种结局既有其不可避免的社会意义，也有独特的艺术构思，叙事长诗在结尾部分让美丽的阿诗玛幻化为神奇的回声，让其永远回响于自然的山水中，也让其成为撒尼人心中永不磨灭的理想和精神的象征。《阿诗玛》这种奇幻结尾的艺术构思，在彝族叙事长诗中具有一定的普遍性，如《美丽的彩虹》，结局为女主人公若资自焚殉情，火焰化成了美丽的彩虹。又如《太阳金姑娘与月亮银儿子》，结局为主人公银儿和金妹火焚后变幻成两棵缠绕在一起的青藤，青藤被砍断后，其中的两片木渣又变幻成一对花蝴蝶，随后，蝴蝶随风飞上天，幻化为日和月。

这些叙事诗虽然以悲剧收场，但是结尾的艺术表现却具有浪漫主义色彩。这种结尾，既体现了主人公的个性气质，又将主人公的生命精神融入了具体的物象中，形成了深沉隽永的情感力量。

3.《马五哥与尕豆妹》

与《双合莲》爱情故事类似的，还有回族叙事长诗《马五哥与尕豆妹》。《马五哥与尕豆妹》是以发生在河州（今甘肃临夏县）漠泥沟多木寺的一件情杀案为基础而创作的，之后在流传中不断加工丰富，形成了情节完整的叙事长诗。长诗是讲年轻的回族姑娘尕豆爱上了邻村的青年长工马五，并且发誓"活不分手死一搭"的故事。

①内容概述

这一长诗表达了人们对马五与尕豆不幸遭遇的同情，广泛地流传于宁夏、青海、甘肃、新疆等地的回族聚居地。长诗共九部分：序曲、初恋、婚变、相约、热恋、逼杀、一告、错断、尾声。

②文本分析

《马五哥与尕豆妹》，全诗共 9 章，700 余行，采用"花儿"联唱的形式，两句一段，数段成章，歌唱时自由明快，形象生动。"花儿"是流传于甘肃、青海、宁夏等地的一种民歌形式。其形式自由活泼，语言生动形象，曲调高昂优美，具有浓厚的生活气息。因此，"花儿"被看作"西北高原各族人民的心声"，"是广大劳动人民苦难生活真实、形象的记录"，"是他们的思想、感情与愿望的集中表现"。[1]"序曲"是歌头，既交代了故事发生的时间和缘由，也点明了叙事长诗的创作形式：

> 光绪七年怪年成，
> 莫泥沟出了个大事情。

---

[1] 雪犁、柯杨编《花儿选集》，甘肃人民出版社，1980，第 8 页。

有心人编成"花儿"曲，
唱到了各州府县里。

曲儿未唱心先酸，
曲儿唱完泪淌干。[1]

十六岁的尕豆妹与马五哥相互爱慕，不料，却被有钱势力大的马七五抢走、霸占，收为儿子尕西木的童养媳。尕豆妹与马五哥只能以幽会的方式相见。在一次幽会时，不小心惊动了尕西木。在慌乱中，马五哥失手杀死了尕西木。由此，两人被送上公堂，收受贿赂的官员将此案判成命案，两人被判处斩刑，在华林山被斩。《尾声》写道：

华林山上草青青，
可惜了一对干散人。

这事编成曲儿了，
各州府县里唱遍了。

唱曲的人们泪不干，
听下的人们心常酸。

人人讲来个个论，
只恨这世道太不平！[2]

这样的结尾，赞扬了马五哥、尕豆妹的敢爱敢恨、勇于冲破封建牢笼；揭露了封建专制制度的罪恶，唱出了人们的心声。

---

[1] 雪犁、柯杨编《花儿选集》，甘肃人民出版社，1980，第 186 页。
[2] 雪犁、柯杨编《花儿选集》，甘肃人民出版社，1980，第 208 页。

应该说，各民族的爱情悲剧是由当时的社会制度造成的，所以爱情叙事长诗多把批判和揭露的矛头指向造成悲剧的社会制度、宗法制度以及维护这些制度的人。

4.《游悲》

纳西族的民间叙事长诗《游悲》（又被译为《尤悲》），并不是某个人的创作，而是一代又一代的传承者不断完善、建构而形成的，其间融入了每一代传承者对现实社会的认识与理解，融入了各自的亲身感受，使得这一作品的内容越来越丰满。

①内容概述

《游悲》在民间的版本众多，内容复杂，但主要情节都基本一致。它描写了一对青年男女，从邂逅到相知相恋，但因不堪忍受封建社会礼教的束缚，为了爱情和幸福与封建家长制发生了矛盾和斗争，冲破重重阻挠，最后为到达"雾鲁游翠国"断然殉情（玉龙第三国）的凄美爱情故事。

②文本分析

《游悲》中的殉情现象，是由特定历史环境和社会条件造成的。1723 年，清朝政府在丽江强制施行"改土归流"，即废除本民族的土司统治，改由汉族流官统治。随之以强制性的"以夏变夷"的政策，在纳西族生活的地区推行封建礼教思想和制度，其中产生影响最大的是废除纳西族的婚恋自由，改为父母包办，竭力推广"男尊女卑""三从四德"等思想与观念。这一政策造成的结果是"父母之命""媒妁之言"的封建礼教的包办婚姻与崇尚婚恋自由的纳西族文化传统发生了剧烈的冲突，也在客观上造成了纳西族文化传统的逐渐消亡以及因婚恋受阻而导致的殉情。

《游悲》正是在这一社会文化大背景下诞生的民间文艺作品。该叙事长诗揭示了封建社会下的底层人民被剥削、被压迫的悲惨经历，揭露了封建礼教的丑恶、对人性的摧残和底层民众的苦难人生。

男唱："在牧主家里，当了牧奴后；一年十二月，三百六十天；一季上高山，山中飘白雪；不给牧奴鞋，脚底裂开花；草木被雪压，没有圈羊棚；羊群被雪冻，各自找食吃；牧奴无午饭，午饭连晚饭；晚饭北斗落，赶不上北斗；冷饭顶胸口，吃饭饭不香；眼泪拌饭吃，柴垛来烧火；一季又下山，快要到江边；走到半山腰，秋季遇野狼；野狼惊羊群，山羊跑江畔；天下人世间，不幸如我者。"

女唱："阿妈许配的，有利可图的；不愿去那家，能不能不去？早有规矩了，姑表互通婚；舅姑享优先，已成传统了；上天天没路，入地地无门；喝了定亲酒，女是人家女；活是人家女，死是人家鬼；京城荔枝坡，早定有例规；定亲不嫁人，坏了村名声；村前烧大火，要用火来烧；嫁女不入户，丢了家族脸。"

叙事长诗描写了牧女和猎手的精神痛苦和哀怨悲伤的内心倾诉。其中有：

男唱："生养阿妹的，养妹这家里；过的苦日子，怎样过来呀？"
女唱："妹所不愿的，要去那一家；因为妹不愿，不去能行吗？"

他们鼓起勇气与现实抗争，于是决定离家殉情。又描写了对父母、家庭的难分难舍，把生离死别描写得细致，读后令人潸然泪下。长诗中表现了殉情者内心世界的复杂与抉择的艰难。

男唱："鸡还未起时，象走鼠不觉；奴逃主未知，不管逃或躲；先去那地方，到了那里呀；犁地来开荒，伙伴同欢乐。"
女唱："属于他地盘，象走鼠不觉；即使鼠不知，制福那家的；黑奴长舌头，不会不知道；有情我们俩，辛苦得来的；或许吃不上，六月羊上山；要想上山去，也许去不了。"[1]

在纳西族的传说中，有一个天堂般的爱情世界，叫作"雾鲁游翠国"（玉

---

[1] 李之典主编《相会调》，云南民族出版社，2010，第90—94页。

龙第三国），那里没有烦恼，没有痛苦，是一个百花齐放、百鸟齐鸣的世外桃源，寻找到真爱的男女们的栖息缠绵之地。因此，苦难的纳西族男女在相爱难婚配的情况下，往往"宁为玉碎，不为瓦全"选择殉情，以求能够去到玉龙第三国，让彼此在传说秘境中能够永远相爱相守。叙事长诗中对传说中的美好世界，爱情圣地——"玉龙第三国"也作了大段的描写，幻想世界的美好和现实世界的丑恶相比较，形成了鲜明的反差。

歌词中唱道：

"院落连成片，院院相交通；信的有情人，和好在一起；白银做房柱，黄金做房梁；白银不生锈，黄金不变色；翠玉做栏杆，珍珠做窗棂；珠玉永滴翠，哥妹像玉润……哥哥和妹妹，同在尤翠阁；千年万载啊，清清静静了！哥哥和妹妹，同睡一张床；千年万载啊，平平静静了！"[1]

《游悲》属五言诗体，以四句为一段，谐音押韵，节奏自由舒缓，以"谷泣"调旋律、"时悲受"旋律或口弦调来配唱。《游悲》全篇多处以象征隐喻的手法，托物言志，寓情于物，借景抒情，与纳西族的深沉谨慎、含蓄不露的民族性格和表达方式是相符合的。此类歌词善于使用"增琚"[2]的修辞手法，将牧女与猎手的内心活动写得凄楚委婉。《游悲》通过对青年男女悲惨命运和美好憧憬的矛盾的艺术处理，激起了人们对自由、幸福，对社会公平、爱情、自由、幸福的向往与渴求。同时，该长诗也促进了纳西族青年的觉醒，激起了纳西族青年不畏强势的抗争精神，因此，具有很强的艺术感染力，也在纳西族文学中具有较高的价值。

5.《仰阿莎》

流传于贵州省清水江流域的苗族叙事长诗《仰阿莎》是一首美丽的"歌"，塑造了一个美丽姑娘的形象。

---

[1] 李之典编《相会调》，云南民族出版社，2010，第147–148页。
[2] "增琚"，是纳西族中独有的一种修辞方式。

①内容概述

全诗是五言体，诗中的上下句之间同位置的音节的调值相同或是相近，诗中既抒情又讲故事，情景交融，语言优美。整部长诗由固原择地、蟹王掘井、架彩虹桥、美神诞生、绝佳美神、美神谈情、美神出嫁、日王断案、撇妻守家、与月私奔、唤回日王、日王守妻、说理申辩、日月婚案、剐月补偿、日食月食等情节单元组成。

②文本分析

仰阿莎的容貌之美的描述有"肤色润红如栀子，鬓发柔细像蚕丝""眼角像那栗叶片，睫毛花蕊一样鲜""嘴皮薄薄像银圆，就像月牙挂天边""脸庞好比银铸造，手指就像竹纤巧"；装束之美的描述有"裙褶像菌纹密细，裙带柔软像网丝，裙脚瓦檐那样齐""装束美如锦鸡翎""打扮来压歌舞堂，美丽赛过全地方"；心灵之美的描述有"柔嫩好比茼蒿菜，伶俐锐似织网针"；歌声之美的描述有"好比画眉鸟鸣唱，九千村寨在鸣响""阿妈听见心舒畅，阿妈养猪门板样""小伙听见心飒飒，懒得上山种庄稼，心思飘向仰阿莎""姑娘听见心荡漾，姑娘跟她学歌忙，学会情歌逗哥郎"；勤劳之美的描述有"她挑银桶上井塘""响声震动百寨，满寨碓声通天响"[1]等。这一女性典型形象的生成，还在于她对婚姻、对爱情追求纯粹："七百挑田我不爱，一挑田地我不嫌，只要人勤快，只要心肠好，才能快快活活共到老。"为了实现这样的愿望，她可以付出任何代价，包括"割江山"。

《仰阿莎》通过仰阿莎这一女性人物形象，概括了当时青年女性在婚姻问题上的普遍遭遇，就是封建婚姻中的欺骗、凶残、冷酷与无情。这可以从叙事诗中看到："唤回日王"一节讲了派翡翠王去喊日王，得到的结果却是"日王理老很机灵，帮人断案理分明，得到酬银锅口大，没有心思返回家"；"月郎娶妻如我娶，哪个娶她也一样"[2]，甚至太阳在挑选仰阿莎或是江山时，太阳竟然哈哈大笑，说道："我宁愿要江山，也不要仰阿莎！"

---

[1] 栋金采录整理译注《美神歌·仰阿莎》，贵州民族出版社，2014，第32、63页。

[2] 栋金采录整理译注《美神歌·仰阿莎》，贵州民族出版社，2014，第92—93页。

《仰阿莎》依托想象来表现现实，把两者之间的关系表现得浑然一体。仰阿莎和樱桃花、蜜蜂、画眉鸟之间无邪的嬉戏，不就是少年男女之间青梅竹马之情的比喻吗？乌云的欺骗，不就是封建婚姻中剥削阶级的爪牙和帮凶——媒人丑恶的伎俩再现吗？太阳强占民女，在钱财权势面前抛弃婚姻家庭，凶横暴戾而不可收拾，不就是封建统治阶级暴君们的嘴脸的比喻吗？长诗中的"日月婚案"一节，围绕这一大案，苗族人民塑造了七个大理老、七个小理老、鸟、金松干、往陆郎、天狗、竹鼠、猴群等众多的形象，它们各显其能，活泼生动，诗中展示了苗族人民对自己所处自然界和苍茫大地的认知。同时，长诗抓住日、月、星、云、草、木、鸟、兽等自然界事物某些方面的特征，以拟人化的手法赋予它们各种不同的性格，塑造出各式各样典型的艺术形象，因而富有诗意，饶有情趣，充分表现了民间诗人们丰富的想象力和智慧的光辉。

《仰阿莎》给青年男女的启示是：满意的人，值得爱的人就爱他；一方在爱情和婚姻问题上失了信，还给对方带来了痛苦，就撒手分开。仰阿莎受不住太阳的冷淡，为了追求自己的幸福，便决心跟月亮逃走。[1]这样的英勇行为，一代又一代地为苗族人民所传唱，也唱出了苗族人民对封建婚姻制度的反抗。

三、民间叙事长诗的叙事特征

民间叙事长诗的内容丰富，篇幅较长，情节曲折，但是在叙事上往往以单线递进的方式结构故事，即以主人公的命运遭际为叙事线索，按照时间顺序依次展开，首尾完整，线索简单，情节完整。

1. 民间叙事长诗的叙事给人强烈的真实感

如傣族叙事长诗《召树屯》，先叙述召树屯与南诺娜相识、相恋、结婚，后叙述召树屯婚后远征，其间，南诺娜被听信巫师蛊惑的父王赶走。待到召树屯凯旋得知一切后，远涉孔雀之乡找到南诺娜，两人重新团聚。故事以时间顺序推进，线索明晰，结构完整。又如《双合莲》，全诗一千五百行，"整理本"

---

[1] 中国作家协会贵州分会、贵州省民族事务委员会：《苗族、布依族、侗族、水族、仡佬族民间文学概况》，贵州人民出版社，1987，第41页。

增设章节，也是按照事件发展的时间顺序展开：序曲、胡三保、双合莲、十想、十望、相会、五更、族长、送胡、搜楼、退婚、发卖、拒刘、巧娶、劫轿、五更、十叹、陷窑、坐牢、尾声，除去序曲和尾声，共分十八章，前后连贯，叙事明晰，首尾呼应。

《阿诗玛》的总体结构简单明了，首尾完整，便于传唱。局部结构又双线推进，交叉叙述，逻辑严密，艺术性强。[1]《阿诗玛》语言节奏感强，富于音乐美，具有自然、朴素、简洁、明朗的特色，其表现方法上，大量运用了反复、排比、对比、夸张、衬托、象征手法，朴素生动，形象鲜明。[2]其中，独特的"数""字""句"的反复重叠，完美地融入了抒情和叙事，韵律和谐，节奏整齐，情节前后呼应。这既很好地表达了情感，也构造了一种象征结构。如"九"反复重叠代表了数量多、意愿强烈的意思。在阿诗玛起名字的情节中，有"女儿满三天，要给女儿取名字，揉了九十九盆面，蒸了九十九甑饭，做了九十九坛酒，泡了九十九盅茶。酒坛像石林，竹管像猪牙交错，喝了九十九回。"在"取名仪式"的风俗中，"九十九"的反复使用显示了喜悦的心情和热烈的场面。在阿诗玛拒绝抢亲的情节中，"不嫁就不嫁，九十九个不嫁，有本事来娶，有本事来拉！"此处的"九十九"表达了强烈的情感和意愿，营造了誓死不嫁的氛围。这种独特的数字表达，将抽象的情绪、情感形象化、视觉化，既是一种量的积累，也是一种情感、意愿、意志的强烈表达。

2. 民间叙事长诗的叙事带有浓重的抒情性

叙事者会随着故事的发展，融入强烈的情感和价值判断。因此，民间叙事长诗往往具有明确的价值立场。这种叙事的抒情性与叙事语言的特质有密切的关系。民间叙事长诗的叙事语言具有鲜明的音乐性和跳跃性，即使是景物描写也往往有一种浓郁情感的流露。土家族叙事长诗《锦鸡》中，在叙述春哥斩杀蟒蛇，解救出锦鸡的段落中，有这样的描写：

---

[1] 毕宏志：《〈阿诗玛〉社会功能论》，载赵德光主编《阿诗玛国际学术研讨会论文集》，云南民族出版社，2006，第592页。

[2] 杨智勇：《〈阿诗玛〉第二次整理本序言》，载《阿诗玛》，中国青年出版社，1980，第23页。

长蟒断气雨也停，
野花开遍高山岭。
山林寂静无音响，
只闻山泉叮咚声。

春哥如从梦中醒，
可怜锦鸡湿淋淋；
解开头巾轻轻抹，
彩色羽毛亮晶晶。

锦鸡含羞跳下去，
轻轻展翅畅舒怀；
飞高飞低飞不远，
飞去飞来飞不开。[1]

　　这一段，既叙述了春哥斩杀大蟒蛇，又描写了事件发生的自然环境。此外，此处的景物描写与春哥和锦鸡的情态、心理、情感紧密地关联在一起，为接下来的叙事作了心理、情感铺垫。

　　《阿诗玛》的《阿着底地方》一章中，叙述了阿着底住着的两户人家：

格路日明夫妻俩，
绕过树丛穿过塘，
种着山地住着房，
就在这里安家了。

格路日明家，
花开蜜蜂来，
嗡嗡地叫嚷，

---

[1] 罗辑整理《锦鸡》，湖南人民出版社，1958，第 14 页。

忙着把蜜采。

院子里的树长得直挺挺，
生下儿子像青松；
场子里的树长得香悠悠，
生下姑娘像桂花。

阿着底的下边，
住着热布巴拉家，
这家人良心不正，
蚂蚁都不敢进他的门。

热布巴拉家，
有势有钱财，
就是花开蜂不来，
就是有蜜蜂不采。

场子里的树长得格叉叉，
生下个儿子长不大，
他叫阿支，阿支就是他，
他像猴子，猴子更像他。[1]

这里既交代了阿着底的两户人家，格路日明家和热布巴拉家，又描述了阿着底的自然环境，以及这两户人家迥然不同的生活环境。生活环境的差异反映的是人性的差异，格路日明一家生活环境优美，人也善良、美丽，热布巴拉一家人性丑恶，连人也长得丑恶。这样就巧妙地将叙事、抒情、议论融为一体，于叙述、描写中融入了强烈的爱憎情感，使叙事长诗的语言色调鲜明，情感倾向和价值态度自然流露。与文人笔下的叙事长诗相比，情感的直白表达正是民

---

[1] 黄铁、杨智勇、刘绮、公刘整理《阿诗玛》，中国青年出版社，1980，第9—11页。

间叙事长诗的一大特色。

民间叙事长诗在结构上也会有专门抒情的部分，这一部分往往安排在叙事紧要、情感张力的紧要处，既推动了叙述的展开，又有助于情感的抒发。《双合莲》中的《十叹》一节：

> 一叹亲人痛在心，终日不愿出大门。刘家欺我太无礼，收了银子又抢人，拆散鸳鸯两离分。
>
> 二叹亲人情义深，双合莲上写分明。一心要嫁胡三保，宁死不从刘宇卿，任他打骂抽断筋。
>
> 三叹亲人心不平，今生不能娶秀英；郑家族长心肠狠，昏天黑地夜捉人，重重艰难阻路程。
>
> 四叹亲人貌如花，描龙绣凤带纺纱。三保得配秀英姐，男耕女织勤当家，神仙虽好不羡他。
>
> 五叹亲人泪盈盈，哥哥有意妹多情，藕断丝连情不断，油浇蜡烛一条心，宁死不愿两离分。
>
> 六叹亲人命运乖，已经抬到路上来，十有九分成双对，可恨旁人把嘴歪，惹出宇卿惹祸灾。
>
> ……
>
> 十叹亲人不放心，送得信来又是真：秀英想念胡三保，左翻右覆难脱身，一索吊死命归阴。[1]

长诗此处叙述、总结、哀叹胡三保、郑秀英的悲剧命运，歌颂了他们坚贞不渝的爱情，批判了族长、刘宇卿等丑恶势力。所以，此段"十叹"有叙事，叙述了秀英无奈吊死；有抒情，抒发了对两人爱情悲剧的深切同情和对家族丑恶势力的憎恶；有议论，论述了两人爱情悲剧的根源。整体上，承上启下，既叙述了郑秀英的悲剧命运，也为下文叙述胡三保的悲剧命运做了铺垫。其中的哀叹更是将叙事者的情感态度、价值判断一一陈述，形成了叙事者与读者之间情感的交互，从情感态度上引导读者作出相应的价值判断。民间叙事长诗是社

---

[1] 宋祖立、吕庆庚、夏昭民等整理《崇阳双合莲》，湖北人民出版社，1955，第29—30页。

会事件和社会文化心理的重要反映，它既反映了广大民众的心理意识和情感倾向，也一定程度上反映和影响着整个社会的文化心理和道德价值判断，在社会伦理道德构建、文化教育、价值观塑造等层面具有重要影响，这也是民间叙事诗的重要社会意义和文化价值。

另外，叙事长诗开头的序曲部分，除了交代历史背景、作品主题外，也是情感抒发的重要部分。以《双合莲》的序曲为例：

> 春风吹来暖和和，牧童骑牛上山坡，下了牛背牛吃草，放牛孩子唱山歌。山歌要数崇阳多。
>
> 青竹篮儿去采茶，采茶姑娘把嘴夸，你唱山歌我晓得，道生、秀英合莲花，男情女义两不差。
>
> 你唱山歌我接头，唱起山歌顺水流。檐前雨水滴旧眼，山歌要唱唱到头，桩桩件件说根由。
>
> 血泪写成双合莲，故事流传百把年，有人编成山歌唱，前人唱来后人传，山歌唱起有根源。
>
> 砍根竹儿试水深，水深没得情意真。三保想念秀英姐，临死不忘胡道生，后人唱起泪淋淋。[1]

序曲中交代了故事发生的地点、大体情节、情感基调，着重申明了叙事诗的主旨以及歌颂对象，即胡三保、郑秀英的爱情。序曲中的语言形式、情感倾向、价值判断也贯穿了全篇。

广泛流传于云南德宏州、西双版纳、耿马等傣族聚居区的傣族叙事长诗《娥并与桑洛》，每一章节的开头都有一段序曲，这些序曲不但朴素优美，具有抒情的功能，同时也与情节发展紧密相联，具有一定的叙事功能。

> 漂亮的花苞，
> 一串串垂在树上。

---

[1] 宋祖立、吕庆庚、夏昭民等整理《崇阳双合莲》，湖北人民出版社，1955，第1页。

像鲜花一样的歌啊，快开放吧!
人们等着闻你的芳香。[1]

这段序曲在叙述桑洛与娥并相见的一节中，既表达了叙事者对美丽的娥并的赞美之情，也为桑洛与娥并的相遇、相爱作了具有象征意味的铺垫。

3. 民间叙事长诗的叙事具有风俗画的意义

风景描写在叙事诗中构成了一种音乐性的跳跃，也构成了一定程度的叙事动力。在傣族民间叙事长诗《线秀》（《线秀》与《千瓣莲花》《娥并与桑洛》被称为傣族文学的三座里程碑[2]）中：

季节像转轮一样，
风驰电掣的夏季过去，
明朗的秋天又来了，
稻谷在田里是一片金黄，
散发出一股股清香，
农人拿着镰刀下田，
远行的生意人，
给黄牛挂上铃铛，
青年们琴弦拨动，
姑娘们的纺车转响。

这种生活场景的描写，描述了季节的变换，展示了丰富的地域风情和生活信息，在烘托线秀远行追求幸福的愉悦心情的同时，呈现了浓郁的地方民族风情色彩，具有风俗画的意味。所以，民间叙事长诗中的景物描写具有浓厚的情感、独特的地域风情、丰富的民族色彩，可以说是地域文化学的标本。

---

[1] 云南省民族民间文学德宏调查队整理《娥并与桑洛》，云南人民出版社，2009，第36页。

[2] 李广田：《〈线秀〉序》，载《李广田研究专集》，云南人民出版社，1985，第175页。

又如苗族叙事长诗《张秀眉之歌》描述起义军赶走清朝官兵之后的升平、祥和生活：

再也没人来逼粮，
再也没人来催款，
闭寨做活都放心，
日子越过越高兴。
游方场上闹嚷嚷，
月琴弹得响叮当，
歌声一寨传一寨，
唱的唱来讲的讲。
春来麦子绿油油，
秋到谷子金黄黄，
一吊穗儿两尺长，
一块大田万担粮。
八八做得铜鼓大，
美酒酿得喷喷香，
村村杀猪庆胜利，
处处过年喜洋洋。

此处描述了起义军赶走清朝官兵后的喜悦，描述了苗族人民的日常生活场景：弹琴、歌唱、种麦、收谷、酿酒、杀猪、宴饮等，这一幅日常生活图景具有重要的民俗学意义。这种幸福的生活也与后面起义军遭到残酷镇压，最终失败，形成了鲜明的对比。社会现实与社会理想的差异让人们更加深入地反思社会现实，在一定程度上，民间叙事长诗具有解放社会思想和释放社会情感的重大意义。

4.民间叙事长诗的叙事多用反复的手法

民间叙事长诗最常用的艺术手法是反复，反复手法不仅仅是字、句的回环往复，还有句式、段落的重叠和复沓。这种手法在叙事、抒情，乃至议论方面都有独特的作用。从叙事层面讲，其推动了情节发展；从抒情层面讲，其增强了文字的音乐性，让抒情色彩更加强烈，成为叙事不可或缺的部分，既推动情节、情感的走向，也是情节和情感的重要构成部分；从议论层面讲，其让议论更加具有力量，更加感人。这种手法广泛应用于古今中外的叙事长诗中。"因为，民间叙事诗要告诉人们一个完整的故事。但是，讲故事并不是唯一的目的，叙事是为了抒情；而叙事诗又都有较长的篇幅，抒情主人公可以很从容地从各个侧面把自己的感情辐射到故事中的人物身上去。因此，民间歌手们常常会抓住那些最能展现主人公性格、情感和命运的场面和细节，采用句式、节奏大体相近，内容稍有不同的句或段，从各个侧面反复吟咏、一唱三叹，造成大段铺张的、徐缓的抒情节奏。"[1]《双合莲》中的"十想""十望""十叹"是这种手法的典型用例。

四、民间叙事长诗的当代价值

在全球化的历史背景下，民间文学对于民族文化建设具有重要意义，既关系到民族历史的认知，也关系到民族主体性建构。正如钟敬文所说："现在民间流传的文学、艺术，大部分是过去千百代民众创造和享用的生活文化，是民族的可贵精神遗产。我们需要认识当前世界的文化状况；同时也必须知道、了解我们民族的历史，我们祖宗的生活历史，以及他们的文化和思想的历史。而民间传统的文艺，正是这种文化史资料的一个构成部分。"[2]其中，民间叙事长诗对于民族历史文化的认知、建构，以及当下文化的建构都具有多层次的意义。

1. 文化整合与历史建构

民间叙事长诗作为民间文学的重要类型，由于其独特的容纳力和宏阔的叙

[1] 李惠芳：《中国民间文学》，武汉大学出版社，1996，第215-216页。

[2] 钟敬文：《民族民间文艺的巨大作用》，载《民间文艺学及其历史——钟敬文自选集》，山东教育出版社，1998，第111页。

事结构，在文化整合和历史建构层面具有其他类型民间文学所不具有的优势。

①民间叙事长诗具有文化整合功能

以《阿诗玛》为例，在搜集、整理的过程中，整理者发现了大量与《阿诗玛》相关联的政治经济、社会形态、宗教信仰、人生礼仪、婚姻制度、风俗习惯、文艺传统、传说、山歌、民谣、音乐舞蹈等内容，如此庞大的文化容纳力，让叙事长诗《阿诗玛》成为撒尼人的百科全书。在一定程度上讲，《阿诗玛》重新整合了撒尼人的文化传统，可以说是撒尼人生活制度和文化精神的浓缩。

《阿诗玛》描写了大量撒尼人的民族习俗，充满了撒尼人的民族色彩和云南地方色彩，如描写阿诗玛出生和学习织布的部分，写到了许多地方的特有物产，在陆良买犁铧，在沪西买盆，在祥云买棉花，在路南买麻线，在宜良抽红线，在澄江抽黄丝，等等。这在某种程度上反映了当地的经济形态和经济发展状况。民间文学本身具有变异性的特点，《阿诗玛》诞生于撒尼人的原始社会阶段，在漫长的流传过程中，生活于不同历史语境中的传诵者会把他们所生活时代的价值观念、审美范式、情感愿望、理想信念融入其中。从原始的口头叙事长诗到成为文本形态的叙事长诗，这反映了特定时代的意识形态对之前的文学、文化的整合和重塑，其中的流失与新创又显示了它所具有的特定的时代意义。因此，《阿诗玛》不仅在诗歌、传说、音乐、习俗等方面有重要的文化意义，而且在撒尼人的人生观、价值观、审美观等方面也有重大意义。可以说，民间叙事长诗是民族文化身份的符号和象征。

②民间叙事长诗具有中华民族自我建构意义

《阿诗玛》的口头文本和书面文本的形成既是过往文化的一种艺术整合，也是撒尼人的民族文化的一种自我建构。

《阿诗玛》的演变在一定程度上也反映了婚姻制度从对偶婚向一夫一妻制的演化。[1]这也显示了叙事长诗的强大生命力，叙事长诗往往包藏有丰富的历史文化信息，其文学性中蕴藏了某种历史真实和历史必然。当从历史、文化

---

[1] 陶学良：《论〈阿诗玛〉的社会历史背景》，载《阿诗玛国际学术研讨会论文集》，云南民族出版社，2006，第58页。

的视角审视这些民间叙事长诗的时候，往往会得到意想不到的结论。历史事实和文化现象在民间叙事长诗中得到了一种宝贵的文学处理，为历史、文化提供了情感密度和深度，也提供了更加深刻和广泛的审视视野。有学者认为《阿诗玛》中还包含了重要的历史事实，"阿黑与阿诗玛对热布巴拉家的挑战和对抗，事实上是对历史上形成的土司制度的反抗，而作为这种对抗的表现的难题较量的决定性胜利，宣告了历史以来形成的土司制度的必然崩溃"[1]。

少数民族叙事长诗的整理，对保存少数民族传统文学和丰富中华民族文学具有重要意义。正如多元共存的生活世界，使"云南人从小就知道尊重不同的文化、思维、生活方式，云南世界有一种天然的民主氛围"[2]。同理，少数民族叙事长诗有助于各少数民族对历史的自我认知和了解，有助于中华民族文学的历史建构和人民思想感情的交流。对于世界文学而言，中国少数民族叙事长诗也是一份重要的财富。

2. 日常审美化与民族美学

由于民间叙事长诗与历史、日常生活关系密切，在创作过程中往往有大量的日常生活的描写，这些描写一方面呈现了一个民族在特定语境下的日常审美，另一方面又是记录和塑造民族美学的重要方式和过程。

①民间叙事长诗反映了日常审美化生活

民间叙事长诗对地方风物的呈现，既是叙事长诗叙事本身的内在要求，也是民间文学生命力的必然要求。正如鲁迅对木刻的认识："杂入静物，风景，各地方的风俗，街头风景"，"现在的文学也一样，有地方色彩的，倒容易成为世界的，即为别国所注意。"[3]民族文学呈现民族生活、民族美学，所以能成为世界文学。民间叙事长诗的独特文学魅力和民族美学，正是世界文学普

---

[1] 刘世生：《彝族撒尼民间叙事长诗〈阿诗玛〉的历史人类学研究》，载赵德光主编《阿诗玛国际学术研讨会论文集》，昆明：云南民族出版社，2006，第368页。

[2] 于坚：《要赶紧做：写在新版〈云南民族民间文学典藏〉前面》，载《娥并与桑洛》，云南人民出版社，2009，第3页。

[3] 鲁迅：《鲁迅全集（第13卷）》，人民文学出版社，2005，第81页。

遍性的必然要求。

在《阿诗玛》中有对撒尼妇女服饰的翔实描写，可以作为撒尼人服饰文化来看待。"美丽的阿诗玛，包头红艳艳，脸白像月亮，耳环闪金光，腰身赛金竹。左手戴金戒，右手戴银镯，蓝衣配黑裤，身披羔羊皮，腰系花围腰，脚穿绣花鞋，一条条绣花，看得眼发花。没有一点不好看，没有一处不好瞧。"这既反映了撒尼人的服饰文化，又反映了撒尼人的审美文化。

《阿诗玛》中涉及了彝族的众多习俗，如"取名仪式"，又如"咂酒"习俗，"酒罐抬来放一处，像是石丛一个样，喝酒用竹管，同猪牙一样，交叉插一起，在家抢着吸，看谁喝得赢。"这里描述的就是彝族久已失传的众人插竹管于酒坛中咂酒的传统习俗。

②民间叙事长诗彰显了民族美学

傣族的叙事长诗《娥并与桑洛》中的服饰习俗、婚姻习俗、祖先崇拜等，反映了傣族独特的民族美学。

《娥并与桑洛》中描写桑洛外出的情景：

　　　　大家把衣服装进箱子，
　　　　拉来黄牛装好驮子，
　　　　换上新的绳，
　　　　装好吃的米。

　　　　牛驮子一排排放好，
　　　　桑洛要出发了，
　　　　他打扮得真漂亮，
　　　　银色的长刀背在背上。

　　　　桑洛脸上闪着红光，
　　　　头上戴着三角篾帽，
　　　　太阳照着他的衣服，

金色的纽扣也在闪光。

桑洛的马也很俊美，
脖子上的铃叮叮当当。
桑洛高高骑在马上，
金线绣的鞋子踏在蹬上。[1]

从中可见傣族人出行外出，往往以黄牛拉行李：背"银色的长刀"，戴"三角篾帽"，佩"金色的纽扣"，穿"金线绣的鞋子"。娥并外出也是"戴上鲜花和银手镯，戴上闪光的金耳环，口里嚼着槟榔，她来到街上像仙女从天而降"[2]。这些傣族民众的日常出行的穿着，在这里得到了艺术化处理，堪称傣族的生活美学和民族美学。

从民间叙事长诗的日常生活描写中更有可能发现历史，历史的真实往往就隐藏在这些生活细节的审美化过程中。流传于 13 至 14 世纪的蒙古族民间叙事长诗《成吉思汗的两匹骏马》，通过蒙古族民间对歌的艺术形式塑造了两匹性格鲜明的骏马形象。对歌是蒙古族民间戏剧的一种典型形式，对歌一般为两个或两个以上的人物展开，一方面推动故事情节发展，展现情感、思想矛盾；另一方面，形成不同人物形象的鲜明对比。《成吉思汗的两匹骏马》反映了蒙古族在成吉思汗时代的社会历史状况，呈现了成吉思汗的形象和他的历史伟绩，也反映了蒙古族人对马的依赖和珍视。[3]这篇叙事长诗围绕大骏马与小骏马的对话和思想矛盾展开将其拟人化，通过它们的话语和行为，表达出两匹骏马具有人的情感和思想。在蒙古族人的生活中，马具有同人一样重要的地位。在以游牧为主的草原生活中，马不仅仅是蒙古人的交通工具、生产工具，更是他们生活和精神的伴侣。可以说，马是蒙古族人生活关系和社会关系的核心和焦点。两匹骏马在出走前有这样一段对话：

[1] 云南省民族民间文学德宏调查队整理《娥并与桑洛》，云南人民出版社，2009，第 19–20 页。

[2] 云南省民族民间文学德宏调查队整理《娥并与桑洛》，云南人民出版社，2009，第 39 页。

[3] 赵志忠：《中国少数民族民间文学概论》，辽宁民族出版社，1997，第 164 页。

"啊，我的哥哥！
让我们跑到鄂嫩地方，
欢畅地生活吧！
在那里，
森林茂密，草原葱绿，
碧绿的河水啊，蜿蜒长流，
走吧，哥哥，我们走吧！

不是吗？
他对阿拉珠宝尔马亲如兄弟，
他对老黄马像娇子一样，
可对我们却冷若冰霜；
他对银鬃红马爱如贵妃，
可对我们俩凶如仇敌，
走吧，哥哥，我们走吧！

不是吗？
数九寒天把我们拴住，
戴上那冰冷的铁嚼，
备上那污垢的鞍鞯；
炎热的夏天把我们吊拴，
吊得我们舌焦口干，
只好用沙砾充饥。
这样的日子怎么熬啊！
干脆走吧，我的哥哥。"

听完小扎格勒的诉说，
大扎格勒向它弟弟劝道：
"啊，亲爱的宝尔托如木，
你这是在胡说些什么哪！

世上有几个主人能和我们的圣主媲美？
天下有几个母亲像我们的母亲那样？
好汉不会被一时的胜利把头脑冲昏，
马儿不会因为肥胖而皮开肉绽。
我亲爱的宝尔托如木，
你这是信口开河说些什么呀！"[1]

13 至 14 世纪，蒙古草原的封建制度逐步建立，奴隶和牧民从奴隶制度中解放出来，但是又受到可汗和领主的残酷剥削和压迫。加之封建领主之间的攻伐战争，社会矛盾激化，"一些奴隶和牧民，走上了反抗的道路：有的投奔别的领主，有的弃家逃亡，终生在草原上流浪，老死他乡"[2]。《成吉思汗的两匹骏马》正是这种历史语境下的产物，因此，两匹骏马实则反映的是蒙古草原上人与人的关系。小骏马意志坚定、敢于反抗生活中的不平等，代表了蒙古族人对自由、幸福生活的追求，大骏马则意志软弱，更加愿意过一种委曲求全的生活。其实，这是被压迫的人们心理上常有的两种思想矛盾，被压迫、被损害的人们在无形中变成了压迫、损害者的一部分。反抗压迫与接受压迫，成为一种巨大的思想矛盾和精神斗争。这也是人类追求自由、自我解放的曲折性的表现。

3. 艺术形式多样化与经济意义

随着社会经济的发展，少数民族叙事长诗中的人物形象，从单纯的文学意义，上升到了文化意义，成为地域民族文化的一种想象方式和象征符号，成为经济发展和文化活动的助推剂。反过来，这种经济活动又促进了传统建筑、文化习俗、文化风貌的传承和保护。因此，有学者认为《阿诗玛》"超越了文学作品的空间，成为一种资源，在社会、政治、经济的各方面得到了再生产和商品化。可以说阿诗玛不单单只是过去的遗产，更被当代的人们有效地活用

---

[1] 白歌乐翻译整理《成吉思汗的两匹骏马》，内蒙古人民出版社，1979，第 17–19 页。

[2] 白歌乐翻译整理《成吉思汗的两匹骏马》，内蒙古人民出版社，1979，第 1 页。

着"[1]。以石林为舞台的"火把节",更是成为"阿诗玛文化"的文化景观。虽然这是撒尼人一年中最大的庆典活动,与《阿诗玛》并无直接关联,但是,电影《阿诗玛》中"火把节"的情景,却使"火把节"发展为重要的文化景观,这与《阿诗玛》以及孕育《阿诗玛》的历史文化和自然空间有重大关系。于是,无形的"文化遗产""精神遗产"与有形的"自然遗产""物质遗产"一起创造了一个具有多重价值的复合空间。在全球化的历史背景下,"作为学问研究的《阿诗玛》,也必须探求作为文化资源的阿诗玛的普遍性价值,不断地深化开拓阿诗玛回归于社会、贡献于社会的道路和方向"[2]。民间叙事长诗作为一种文化类型,只有在价值上呈现出普遍性、社会性,才能不断发展,这也是其不断自我生长和焕发生机的必由之路。

民间叙事长诗作为蕴藏丰富的艺术宝库,为其他艺术形式的创作提供了丰富的来源和灵感,《阿诗玛》的传说和叙事长诗就被各种艺术形式作为取材对象而不断进行艺术加工,如彝剧《阿诗玛》、京剧《阿黑与阿诗玛》、电影《阿诗玛》、民族舞剧《阿诗玛》等。作为叙事长诗的《阿诗玛》,属于民间文学、民俗学的范畴,经过影视剧本、电影视听传播媒体的深入艺术处理,电影《阿诗玛》在传播历史、民俗、民族文化以及扩大传播力等方面,起到了其他艺术形式难以达到的效果。有学者从多元文化传播论角度考察电影《阿诗玛》,认为电影《阿诗玛》具有多重社会功能:民族集团凝聚功能、民族认同的强化功能、文化教育功能、大众娱乐功能、多元文化传播功能、社会稳定功能。[3]取材于撒尼人民间传说故事的京剧《阿黑与阿诗玛》,"不仅开创了京剧表现少数民族生活题材的先河,而且在艺术上既保持了京剧艺术的风格特点,又具有云南彝族某些地域特征和民族特色,对于推动古老的京剧艺术的改革创新作了一次有益的实践,为后来京剧反映边疆少数民族生活提供了一些有益的启

---

[1] 樱井龙彦:《"阿诗玛"文化的意义和活用》,载赵德光主编《阿诗玛国际学术研讨会论文集》,云南民族出版社,2006,第 424 页。

[2] 樱井龙彦:《"阿诗玛"文化的意义和活用》,载赵德光主编《阿诗玛国际学术研讨会论文集》,云南民族出版社,2006,第 431 页。

[3] 刘京宰:《多元文化传播论与阿诗玛:以影视文化为中心考察〈阿诗玛〉影片》,载赵德光主编《阿诗玛国际学术研讨会论文集》,云南民族出版社,2006,第 436 页。

示"[1]。这种民族艺术的相互借鉴，和不同艺术形式的交叉创作，具有重要的文学意义，也具有重要的社会意义和政治意义。《阿诗玛》在整理、改编过程中，从地方性的"地域文化""民族文化"，提升为国家性的"国民文化"，成为中国"国民文化"的象征。它既提高了对少数民族口传文化的价值认识，使"国民文化"与多种"民族文化"紧密相联，又增强了少数民族对传统文化遗产的坚定信念，从而增强了作为中国国民的文化主体意识。[2]

《阿诗玛》《嘎达梅林》先后被列入国家级非物质文化遗产名录。与《阿诗玛》类似，《嘎达梅林》的故事不仅被以叙事长诗的形式传播，更是衍化出了歌曲、交响曲、音乐会等多种艺术形式。电影、电视剧两种艺术形式则让《嘎达梅林》得到了更为广泛的传播，不但实现了不同艺术形式之间的转换，也实现了巨大的经济价值。

本章小结

民间叙事长诗叙述广大民众在日常生活中所遇到的具体问题，可说是历史人物或者普通民众的生活记录，民间叙事长诗是民间社会文化心理和生活想象的重要空间，其中蕴藏着复杂的历史、文化、心理、道德、伦理等观念，对于民族文化的整合和建构，日常审美化和民族美学的传承，都具有重要意义。随着时代的发展，民间叙事长诗的文化价值和艺术价值被不断挖掘，使其在民族文化传承、文化教育、文化传播、文化交流层面具有越来越重大的作用。

知识拓展

我国的民间叙事长诗的历史发展脉络是怎样的？

民间叙事长诗经过了漫长的历史演变。由于中国地域宽广、民族众多、文化多样，民间叙事长诗在不同地域、民族、文化中发展状况各有不同。

叙事长诗往往与现实、历史有密切的联系，中国的叙事长诗更是与现实、

---

[1] 郭思九：《〈阿诗玛〉在中国文学发展史上的地位和影响》，载赵德光主编《阿诗玛国际学术研讨会论文集》，云南民族出版社，2006，第81页。

[2] 樱井龙彦：《"阿诗玛"文化的意义和活用》，载赵德光主编《阿诗玛国际学术研讨会论文集》，云南民族出版社，2006，第428页。

历史保持了一种高度一致的关系。这种品格是从诗史观念演化而来的。

① 《诗经》中收集和保存了从西周初期到春秋中期的大量诗歌

《诗经》中有一部分作品就是对历史和现实的真实反映，保持了"非常可贵的现实品格"[1]。这种"现实品格"表现为对重大历史事实的记录，《诗经·大雅》中的《文王》《大明》《绵》《生民》《公刘》《皇矣》等被认为是周先民的史诗，记录了周先民的兴起过程，具有相当重要的历史文献价值。陈望衡认为《诗经》中的"更多的作品，特别是'国风'中的作品，它主要是真实地反映了社会的生活面貌，它反映的不一定是史实，却是史情。所谓史情，就是说所写符合时代的真实，但事件可能是虚构"[2]。同时，《诗经》中的作品保持了诗歌的形象性和音乐性。此外，《谷风》《静女》《氓》等诗也具有明显的叙事色彩。《谷风》叙述了一位温良贤淑的妇人无辜遭到丈夫遗弃的故事，全诗共三章，前两章叙述两人共同患难的经历，在后来安定下来时，妇人却遭到丈夫抛弃，第三章叙述妇人控诉丈夫忘大德记小怨。《静女》叙述了一对青年男女约会时互赠定情信物的情景，描写了当时的恋爱风俗。《氓》的故事结构比较完整，抒情主人公以第一人称的形式，无比沉痛地回忆了自己幸福的爱情追求和不幸的婚姻生活。恋爱生活的甜蜜，被丈夫虐待和遗弃的痛苦以及不幸的婚姻生活，悔恨的心情与决绝的态度，展现在叙事过程中。其深刻地反映了古代社会妇女在恋爱、婚姻上所遭受到压迫和摧残。这些诗歌故事相对简单，人物形象缺乏张力，叙事直接，情节简单，构成了汉族民间叙事长诗的最初模样。《诗经》作品的来源多样，主要有采诗和献诗两种说法。采诗说即周王室的史官到各诸侯国搜集诗歌；献诗说即各诸侯国搜集献给周王室。这也是早期民间叙事长诗的两种来源。

② 汉代的民间叙事长诗有了较大发展

汉乐府民歌出现中现了不少叙事诗，与先秦时期的叙事诗相比，具有更加深

---

[1] 陈望衡：《中国古典美学史（上卷）》，武汉大学出版社，2007，第287页。

[2] 陈望衡：《中国古典美学史（上卷）》，武汉大学出版社，2007，第290页。

刻的社会性和明显的叙事性特征。如《东门行》《孤儿行》《妇病行》《陌上桑》《十五从军征》《上山采蘼芜》等，叙事部分的篇幅有了显著增加，人物性格也较之前的作品更加鲜明，故事情节虽然不够曲折完整，但是在叙述上手法更加多样，能够从叙述中展现一个相对明了的人物形象。如《陌上桑》，该诗第一段写罗敷的美貌，作者没有直接描写罗敷的美貌，用的是侧面描写的手法；第二、三段，写使君觊觎罗敷的美色，向她提出无理要求，罗敷拒绝使君，并盛夸丈夫，用的全是对话的形式。这首叙事诗以幽默诙谐的风格和喜剧性艺术手法，塑造了一个美丽、坚贞、机智的女性形象。这首诗既写出了"爱美之心人皆有之"的民间风情，又写出了权贵欺压民女的社会现实。"《陌上桑》反映的正是西汉的外戚霍光、东汉外戚窦氏和梁氏的罪行，它以秦罗敷的拒婚这一富有喜剧色彩的情节狠狠鞭挞了上流贵族社会无耻的品格。"[1]《陌上桑》又名《艳歌罗敷行》，被收入《乐府诗集·相和曲》。此外，如《汉乐府诗集·杂曲歌辞》中的《羽林郎》"也是一篇很艳丽的故事诗"[2]。《妇病行》则叙述了病妇临终前托孤于丈夫以及担心死后丈夫、孩子难以生存的故事。其揭示了下层民众在贫病中挣扎的凄惨景象。

妇病行

妇病连年累岁，传呼丈人前一言。当言未及得言，不知泪下一何翩翩。"属累君两三孤子，莫我儿饥且寒，有过慎莫笪笞，行当折摇，思复念之！"

乱曰：抱时无衣，襦复无里。闭门塞牖，舍孤儿到市。道逢亲交，泣坐不能起。从乞求与孤儿买饵，对交啼泣，泪不可止："我欲不伤悲不能已。"探怀中钱持授交。入门见孤儿，啼索其母抱。徘徊空舍中，"行复尔耳，弃置勿复道。"[3]

该诗分正曲和"乱曰"两部分，前者叙述病妇临终前的悲惨心境，后者叙

[1] 孙立、师飚编著《先秦两汉文学史》，中山大学出版社，1999，第242页。

[2] 陈子展：《陈子展文存》，上海古籍出版社，2018，第659页。

[3] 王运熙、王国安：《乐府诗集导读》，巴蜀书社，1999，第230页。

述病妇死后一家人衣不御寒、食不果腹、饥寒交迫的悲惨境遇。因此，清人朱乾评曰："读《饮马长城窟行》，则夫妻不相保矣；读《妇病行》则父子不相保矣；读《孤儿行》则兄弟不相保矣。'亡国之音哀以思，其民困'。元气贼矣，四体虽强健，一跌，殒耳！"[1]其揭示的正是乐府民歌蕴含的深刻的现实意义。

汉乐府中较为成熟的叙事诗要算《孔雀东南飞》，它是汉乐府叙事诗发展的高峰。《孔雀东南飞》共一千七百八十五字，"淋淋漓漓，反反覆覆，杂述十数人口中语，而各肖其声音面目"，被沈德潜认为是"古今第一首长诗也"[2]。该诗叙述了焦仲卿与其妻刘兰芝受礼教压迫、反抗封建礼教、为爱殉情的悲剧故事，该诗将男女爱情与父母的权威置于尖锐的矛盾冲突中，揭示了男女爱情追求与封建的父母权威之间的矛盾，揭露了封建家长、封建礼教对青年人的迫害和摧残，深刻地揭示了封建的宗法制度、伦理道德"吃人"的真相，赞扬了男女主人公不渝的爱情和不屈的反抗精神，表达了民众对自由幸福生活的热烈追求。整首诗故事结构完整，人物形象生动鲜明，叙述语言典雅，显然是经过文人加工润色过的。《孔雀东南飞》的人物形象塑造颇为成功。刘兰芝的形象十分动人，全诗通过刘兰芝的态度、语言、行为的描写，塑造了一个勤劳、善良、聪明、美丽、执着、果决、自尊自爱的女性形象。诗中的次要人物也是各有性格，各具形貌。

③《木兰诗》是南北朝时期的又一首重要的乐府民歌

《木兰诗》在《乐府诗集》中被归入《横吹曲辞·梁鼓角横吹曲》。这首叙事长诗讲述了木兰女扮男装，替父从军，建立功勋，回朝后辞官归家，只求家庭团聚的故事。该诗语言质朴刚健，词调雄劲，音调铿锵，热情赞扬了女性的勇敢善良和英勇无畏的精神。全诗极富浪漫色彩，叙事简洁生动，详略安排得当，剪裁合度，既有战争岁月的描写，也有细写较多的生活场景和儿女情态，充满生活气息；艺术手法上，对话、铺陈、排比、对偶、互文等手法的巧妙运用，既描写出了人物情态，也展现出了人物微妙的心理变化，极具

---

[1] 朱乾：《乐府正义》，载《乐府诗集导读》，巴蜀书社，1999，第232页。

[2] 沈德潜辑《古诗源》，孙通海校点，辽宁教育出版社，1997，第65页。

艺术感染力。

④隋唐时期的民间叙事长诗处于沉潜状态

隋唐以降，随着文人叙事诗的发展，民间叙事长诗反而处于沉潜状态，很少受到文人的关注，因此也很少被采录整理，导致民间叙事长诗出现了一段空白。

随着经济的发展和城市的繁荣，以及佛教思想的传播，民间思想变得活跃，传播佛学的演讲和说法活动兴盛，一种韵散结合、说唱相兼的新兴文体——"变文"应运而生。"变文"适于叙事和吟唱，并逐渐从只演述法事发展为容纳民间故事、民间传说，于是，民间叙事长诗开始与"变文"相结合，发展出了以讲唱为表现形式的叙事长诗，或以韵文歌唱为主、以散文讲说为辅，或以说为主、以唱诗辅之。如唐代的《燕子赋》《韩朋赋》等，即是将叙事长诗融入赋体叙事散文中。

⑤明清时期的民间叙事长诗进入一定程度的繁荣时期

这一时期的生活叙事诗得到了长足发展，比较有代表性的作品是《钟九闹漕》，又名《抗粮传》（由孙敬文整理，于 1957 年出版）。《钟九闹漕》以 19 世纪中叶湖北崇阳人钟九（钟人杰）领导的农民起义为描写对象，塑造了钟九率众反抗压迫这一农民领袖形象。该叙事诗曾以口头和手抄本两种方式在民间流传。诗有一千五百余行，全文用五句头山歌形式，是典型的五句头山歌形式的叙事诗，七言五句为一诗段，前四句对称，第五句是第四句的引申和深化。清代中期以后，随着商品经济的发展，市民生活日益丰富，市民的自主意识日益增强，社会矛盾和思想冲突在文学作品中的反映越来越普遍，江南地区的长篇吴歌得到了繁荣发展的机会。这一时期，民间产生了《沈七歌》《小青青》《五姑娘房门半边开》《赵圣关》《孟姜女》《刘二姐》等作品。

相比于汉民族的叙事长诗，中国少数民族的叙事长诗更加具有传奇色彩，民族特色也更加浓厚。可以说，少数民族流传和保存的叙事长诗，是对汉语文学相对薄弱环节的有效补充，在中国民间文学中占有特别重要的地位。少数民族具有深厚的民间诗歌传统，往往每个民族都有为数众多的职业或半职业民间歌者，他们的诗歌唱诵形式中有丰富的民族内涵，涉及少数民族神话、传说、历史、文化、生活习俗以及重大事件等。虽然许多民族没有文字，没有书写形式记录，又缺少历史文献记载，但是，民间叙事长诗在民族内部作为一种世代流传的口头文学而存在，一定程度上，保存了大量的民间叙事长诗。新中国成立之后，少数民族叙事长诗得到了最大程度的搜集和整理，这些民间文学的瑰宝显露了耀人的光彩。如彝族的《阿诗玛》，傣族的《召树屯》《娥并与桑洛》《葫芦信》《线秀》《朗鲸布》《松帕敏与嘎西娜》，蒙古族的《成吉思汗的两匹骏马》《嘎达梅林》《达那巴拉》，维吾尔族的《艾里甫与赛乃姆》，哈萨克族的《萨里哈与萨曼》，回族的《尕豆妹与马五哥》，土族的《拉仁布与且门索》，苗族的《仰阿莎》《张秀眉之歌》等。这些少数民族的叙事长诗证明了中国民间叙事长诗的数量丰富，正如日本学者君岛久子所认为的："曾几何时，人们称中国文学史上并无长篇叙事诗，仅有的汉乐府《孔雀东南飞》《木兰辞》，虽内容佳美，却失之篇幅过短。新中国成立以后，随着对少数民族口头文学的大规模搜集发掘，人们才惊异地发现：在中国大地上蕴藏着丰富的叙事长诗！"[1]

思辨性问题

1. 简述民间叙事长诗的艺术特色。

2. 为什么我国的民间叙事长诗如此丰富呢？

3. 民间叙事长诗《阿诗玛》多样化再生产，对于民间文学的价值创新有何意义？

4. 结合自己的思考，论述民间叙事长诗的社会文化意义。

---

[1] 君岛久子：《长篇叙事诗〈阿诗玛〉的形成》，白庚胜译，《云南社会科学》1990 年第 2 期。

第五章
民间故事及道德文化内涵

1. 民间故事完整地展现了一段生活史，具有文学性的特征。

2. 生活故事、"怕漏型"故事、婚恋叙事、寓言故事等民间故事表现了中华民族的文化心理模式，即对善良勇敢、忠诚仁爱、正道直行、舍己为人这些品格的追求，表达了中华民族性格中的正义感、责任感。还有，新故事的艺术功能主要是依靠听觉的功能来达到审美目的。

3. 民间故事的当代价值与社会意义。

概述及界定

作为民间文学的一个重要类别，民间故事是在社会生活中由广大民众创作并流传开来的口头文学作品，它是民众的口头语言艺术。民间故事有广义和狭义之分，广义的民间故事"是人民口头创作中叙事散文作品的总称，按题材内容及流传的不同情况可分为神话、传说、生活故事、笑话、寓言、童话六类"[1]。随着学术研究的发展，尤其是神话学的建立，神话慢慢从民间故事中被剥离出来，成为独立的研究对象。狭义的民间故事是指排除神话、传说这两种类型的民众口头创作散文叙事作品，它具有泛指性、虚构性和生活化的特征。

---

[1] 段宝林：《中国民间文学概要》，北京大学出版社，1985，第 41 页。

随着社会的进步，民间文学的载体形式慢慢从口头创作转变为书面文本，形成了口头创作与书面文本相结合的创作形式。这也是民间故事具有长久生命力，并流传久远的重要原因。在我国民间，各地对"民间故事"的称呼略有不同，如有"古话""古经""瞎话""大头天话""龙门阵"等，虽然对民间故事的口头称呼各有不同，但却是人们联络情感、传递道德伦理、形成价值观的重要形式，是日常生活的重要活动。因此，有学者认为：民间故事"既是一种和人类生存发展相关的文化娱乐活动，又是一种重要的口头语言艺术创造活动。就其内容之广博而言，它是民众生活的百科全书；就其思想感情深厚程度而言，它又是一个国家或民族乃至人类共同体心灵世界的窗口"[1]。还有学者强调："民间故事是浪漫的、想象的文学之最早形式，是世界各处原始人民的口传文学。这类民间故事代表小说的童年；它们是初民和野蛮人种普遍的现象，他们的概念和信仰，他们的习惯和生活，穿上了一件浪漫的外衣，便成了故事的形式。虽然他们制造故事另外还有别的缘故，但人们有听故事的要求确是一个主因。"[2]"培根相信神话的原始是口述文学，他认为神话是哲学、伦理和政治的隐喻。"[3]同样，作为口述文学重要种类的民间故事，也是民间哲学、伦理、道德、政治的重要隐喻。

鲁迅认为："在昔原始之民，其居群中，盖惟以姿态声音，自达其情意而已。"[4]有学者认为原始部落中盛行讲故事，甚至每个人都有资格讲故事。"原始部族中盛行的讲述故事的文化形式，就是最早的口头文学。它们所涉及的内容非常有限。主要是讲述或吟唱他们狩猎的惊险和胜利，是对狩猎时兴奋状态的回忆，同时对于他的听众来说也是一种经验传授。"[5]因为没有文字记录，原始时期氏族社会的口头故事很难流传下来。但是，讲故事作为一种重要的原始文化活动和教育活动应该是毋庸置疑的。先秦诸子的著作中，也大量引用民

[1] 刘守华：《世纪之交的中国民间故事学》，载《民间故事的艺术世界：刘守华自选集》，华中师范大学出版社，2009，第35页。

[2] 赵景深：《民间故事的讨论》，载《童话论集》，开明书店，1927，第41页。

[3] 赵景深：《神话与民间故事》，载《童话论集》，开明书店，1927，第8页。

[4] 鲁迅：《汉文学史纲要》，载《鲁迅全集（第9卷）》，人民文学出版社，2005，第353页。

[5] 朱狄：《艺术的起源》，中国青年出版社，1999，第229页。

间寓言、故事、神话、隐语等，寓言和民间故事的引用尤其多。《庄子》一书中引用寓言更是数量众多，因此，司马迁认为"故其著书十余万言，大抵率寓言也"[1]。庄子深刻的哲学思想主要不是通过逻辑论述来阐述，而是通过寓言故事的形式呈现出来的。[2]《庄子》中的寓言大多是经过作者加工过的神话传说和民间故事。寓言大概来自民间故事。民间故事比寓言早出，也被学者认可。《庄子·逍遥游》中引用的"鲲鹏寓言故事"即来源于《齐谐》，"《齐谐》者，志怪者也。《谐》之言曰：鹏之徙于南冥也，水击三千里，抟扶摇而上者九万里，去以六月息者也"[3]。此外，如《山海经》《淮南子》《水经注》《穆天子传》《博物志》《述异记》《拾遗记》《列仙传》等作品，也记载了大量古代的神话和传说，从中可以窥见民间故事的雏形。

历代文人的笔记小说，也保留了大量的民间故事材料。用学科的眼光来审视民间故事，始自 20 世纪 20 年代，在新文化运动的推动下，北京大学主编的《歌谣》周刊，开始了采录、研究民间歌谣的行动，掀起一股研究民间文学的热潮。1927 年，中山大学发行中山大学民俗学会主办的《民俗》周刊，开始采录、整理民间传说和故事。《民俗》周刊的发行，不仅搜集、整理了大量民间文学资料，还培养了一批民俗学青年工作者。钟敬文在《重印〈民俗〉周刊序》中指出："中国近代学界的民俗学活动，发轫于'五四'前夜北京大学文科教授们所建立的歌谣征集处和《歌谣选》（附在《北京大学日刊》上）的出现。接着来的，是歌谣研究会，风俗调查会及方言调查会等的相继成立和《歌谣》周刊的刊行以及《晨报》等刊的响应。20 世纪 20 年代初期以来，歌谣、故事以及民俗等民间固有文化资料（尤其是前两项）在国内出版物中的出现已经是常见的事情了。这决不是偶然的现象，它是跟当时汹涌的民主主义、民族主义的思潮以及跟这些思潮相应和的社会、文化革命实践运动密切相关的。从学术本身说，它是一种'新国学'运动，从社会思潮说，它又是整个新文化运

---

[1] 司马迁：《史记：评注本》，韩兆琦评注，岳麓书社，2011，第 944 页。

[2] 崔大华：《庄学研究》，人民出版社，1992，第 306 页。

[3] 张松辉：《庄子译注与解析》，中华书局，2011，第 1 页。

动的一个构成部分，虽然不是它的主要部分。"[1]

早期的学术界往往注重分析民间故事的思想内容和艺术表现手法，随着研究的深入，学者广泛汲取文化人类学、民俗学、比较文学、文化研究等学科的研究方法和成果，将之用于民间故事研究，"既剖析民间故事的'母题'和'类型'，又注重发掘其被形式所遮蔽着的民族文化底蕴"[2]。学者们从文学研究转向文化研究，将民间故事放在更加开阔的文化视野中研究，既深入剖析了民间故事的文化内涵和民族精神，也更加深入地呈现了其独特的文学价值。多重文化的交叉审视则进一步推动了民间故事研究的当下意义的生成。这既承接了历史传统，积累了文化厚度，也进一步拓展了民间故事的宽广度和纵深感。

内容框架

一、生活故事

生活故事主要以民众的日常生活为题材，叙述现实中的人物故事，也被称为"世俗故事"或"写实故事"。生活故事的主人公取自日常生活中的人物形象，故事情节也多是提炼自日常生活，手法则主要采用写实来刻画人物形象。生活故事形制短小，结构简单，艺术形式和风格多种多样，没有定式。大体上有：交友道德与家庭伦理故事、婚姻故事、长工和地主的故事、巧女和呆婿的故事、机智人物故事等。生活故事往往具有浓重的喜剧色彩。讲述过程中往往将人物进行脸谱化、类型化处理，讲述过程充满矛盾，以主角与配角斗争的方式推动故事发展，它是对生活的"戏仿"，也是对日常秩序的一种颠覆，用艺术的方式折射出民众的精神诉求。在生活故事的诙谐、嘲弄的艺术处理中，其否定的是日常生活中的不合理，肯定的是民众的生活理想和乐观情绪。

---

[1] 钟敬文：《重印〈民俗〉周刊序》，载《民间文艺集刊（第六集）》，上海文艺出版社，1984，第154-155页。

[2] 刘锡诚：《序》，载《民间故事的艺术世界：刘守华自选集》，华中师范大学出版社，2009，第3页。

1.《巧媳妇》

巧女故事塑造了一个充满智慧、善于应对的女性形象，在女性受到束缚的封建社会，这样的妇女形象在文人笔下出现得并不多，但是，在民间故事里却多有流传，说明了民间存在着对女性形象的独特塑造和想象。作为颂扬女性智慧的巧女故事，在世界范围内颇为流行。由于生活环境的差异，在不同的地区，巧女的身份会有所差异，如牧羊女、打鱼女、农家女等身份。这些女性用自己的智慧化解了当权者或统治阶级对下层民众的权力压迫，解决了各种难题，最终获得了幸福生活。

① 文本案例

巧媳妇

从前有个顶聪明的人，名叫张古老……巧姑一听，想也没想，便笑着说："这很容易，只怪你们没有想清楚。大嫂，你三五天回来，三五一十五，就是十五天回来；二嫂你七八天回来，七八一十五，也是十五天回来；三嫂也是十五天回来，你们不是能同去同回吗？"

巧姑接着又说："三件礼物：红心萝卜是鸡蛋，纸包火是灯笼，没脚团鱼是豆腐，这些东西家家都有，是顶普通的东西呢。"

三个人一想，果然不错，便谢了谢大姐，高高兴兴地分了手，各自回娘家去了。

三个人在娘家，都足足住了半个月。这天，她们一同回来了。见着公公，把礼物也拿了出来。

张古老一看，吃了一惊。原来她们带回来的礼物，一点也没错。他心里明白，这不是她们自己想出来的，便问她们。三个人也不敢隐瞒，就把实情一五一十地说出来了。

张古老觉得巧姑是个聪明的姑娘，便请媒人向王屠户说亲，把巧姑接了过来，和小儿子成了亲。有了巧姑的帮助，张古老一家人过得舒舒服服。可是，天有不测风云。他们又会遇到什么烦心事呢？请看：

有一天，张古老闲着没事做，便坐在大门边晒太阳。突然，他想起自己过去的日子，年年欠债、受气。如今日子过好了，自由自在，真是万事不求人。一时高兴，顺手在地上捡了块黄泥坨坨，在大门上划了几个字：

"万事不求人。"

不料，当天知府坐着轿子，从这门前经过。他一眼便看见门上这几个大字，大大吃了一惊，心想：这人好大的胆，敢说出如此大话来，这不是存心没有把我放在眼里。好吧！我叫你来求我。便厉声叫道："赶快放下轿，跟我把这个讲大话的人抓来。"

衙役们马上凶恶地把张古老从屋里拖了出来。

知府一见，瞪着两眼说道：

"我道是什么三头六臂，原来是个老不死的老头。你夸得出这种大话，想必有大本事。好吧！限你三日之内，替我寻出三件东西来。寻得到，没有话说，寻不到，就办你个欺官之罪。"

张古老说："老爷，是三件什么东西？"

知府说："要一条大牯牛生的犊子；要灌得满大海的清油；要一块遮天的黑布。少一件，便叫你尝尝木府的厉害。"说罢，便坐着轿子走了。

张古老接了这份差使，掏空了心思，也想不出个办法来对付，整日里瞅瞅闷闷，饭也吃不下，觉也睡不着。

巧姑见了，便问："公公，你老人家有什么心事，尽管跟我们说说吧！"

张古老说："只怪我不该夸大话，和你说了也没有用。"

巧姑说："你老人家说吧，说不定也能想出个办法来的。"

张古老只得把心事对巧姑说了。

巧姑一听，说道："你老人家说得对嘛，庄稼人吃自己的，穿自己的，本来是万事不求人。你老人家放心吧，这差使就让我来对付。"

过了三天，知府果然来了。一进门，便叫道："张古老在哪里？"

巧姑不慌不忙地走上前说："禀大人，我公公没在家。"

知府瞪着眼说："他敢逃跑，他还有官差在身啦？"

巧姑说："他没逃，是生孩子去了。"

知府奇怪起来了，说："世上只有女人生孩子，哪里男人也生孩子？！"

巧姑说："你既知道男人不能生孩子，为什么又要大牯牛生犊子呢？"

知府一听，没话可说。停了好久，只得说道："这一件不要他办了，还有两件？"

巧姑说："请问第二件？"

"灌海的清油。"

"这好办，请大人把海水抽干，马上就灌。"

"海抽这么大，怎么抽得干？"

"不抽干，海里白茫茫的一片水，油又往哪里灌？"

知府一下把脸也羞红了，便叫起来："这一件也不要了，还有一件！"

巧姑说："请问第三件？"

知府说："遮天的黑布！"

巧姑说："请问大人，天有好宽呢？"

知府说："哪个晓得它有好宽，谁也没有量过。"

"不晓得天有好宽，叫我们如何去扯布呢？"

这一说，知府再也没有话回了。红着一副脸，慌忙地钻进轿子里，跑了。

本来，张古老就有名，这一来，远远近近的人，更没有一人不知道了。

大家都说："这一家子，有个顶聪明的公公，还有个顶乖巧的媳妇。"[1]

②文本分析

故事以解难题为中心构思全篇。首先是巧女解决了张古老给三位儿媳妇出的难题，这是一种反抗家庭权威的隐喻。巧女成为张古老的儿媳妇后，又成功地解决了知府给张古老出的难题，是反抗官府权威的隐喻。从家庭难题到社会难题，随着展现智慧舞台的差异，故事既显示了巧女的智慧，也可看出女性在社会中的独特价值。因此，有学者指出："其实一个熟悉中国民间故事的人可以发现中国社会和国民性中有许多方面是其他学科的专家不太看得到的。例如，一般人通常认为中国旧社会传统上是以男性为中心，但若和其他国家比较，就可以知道中国称赞女性聪明的故事特别多。笨妻当然也有，但仅是在跟巧妇对比时才提到。丈夫很少能占上风，而且在家里经常受妻子的管束。"[2]从中可以看出民间故事有一种对权威的解构，以及对社会上不平等关系和事情的愤慨和反抗。反抗权威可以说是民间故事中特有的一种嘲讽类型。深层次上，这类故事又揭示了社会的深层结构，中国社会的男女关系以及一些社会关系存在

---

[1] 周健明整理《巧媳妇》，湖南人民出版社，1988。转引自刘守华、张晓舒、祝久红：《中国民间故事》，重庆出版社，2019，第110-113页。

[2] 丁乃通：《导言》，载《中国民间故事类型索引》，郑建成等译，中国民间文艺出版社，1986，第25页。

不平等现象，这种不平等更深层上是一种权力架构和文化结构，随着语境的变化，可能随时会发生改变，甚至颠覆。

那么，巧女故事的产生和流传，反映了什么社会根源呢？第一点是对妇女以及其艰苦而烦琐的劳作的肯定。妇女们不仅与男人们同患难共命运，还是男人们的得力可靠的帮手，妇女们为创建和巩固家庭生活，乃至于顽强反抗统治阶级的剥削起到了重要作用，这是巧女故事得以产生和流传的必要前提。第二点是巧女故事中的女主人公大多是贫贱者，在长期从事生产劳动，操持家务中，积累了丰富的智慧和才能，因此，也就印证了智慧来自生产生活实践的道理。于是，巧女被赋予了心灵手巧、精明能干、善于斗争的智慧善良型人格，在人民的呼唤声中成为艺术创作的原型，被一次次地创作出来、流传开去。

与巧媳妇故事相对应的是呆女婿故事。两者呈现的社会角色不同，却都深得民众喜爱，是生活故事的代表作。呆女婿故事历史悠久，最早见于三国时期邯郸淳的《笑林》，后又见于明代冯梦龙的《笑府》。1929 年，林兰编辑的《呆女婿的故事》出版，引起了学界对这类故事的关注和研究。在民间传说中，它之集合关于人性愚骏方面之故事的大成，正犹如徐文长之集合关于人性尖刻方面的故事之大成一样。[1] 林兰将呆女婿故事按照内容分为三类：拙于礼数的应付、对于性行为的外行、其他种种愚蠢的行动。[2] 虽然呆女婿故事让人捧腹，但是故事主人公呆中藏智，隐含了不少生活知识。在某种意义上，呆女婿故事又可以看作一种儿童故事或者教育故事，客观上，从反面教会了人们一些生活常识，有助于个体适应社会。[3] 此外，呆女婿的故事中蕴藏了丰富的儿童思维的情趣，有令人发笑的一面，也有天真可爱和启迪智慧的一面。呆女婿故事蕴含了丰富的生活的多样性和可能性，具有打破固有社会道德规范和生活秩序的意义。

---

[1] 林兰：《呆女婿故事探讨》，载《呆女婿的故事》，北新书局，1928，第 203 页。

[2] 林兰：《呆女婿故事探讨》，载《呆女婿的故事》，北新书局，1928，第 208 页。

[3] 刘守华、张晓舒、祝久红：《中国民间故事》，重庆出版社，2021，第 117 页。

2.《木氏土司三留杨神医》

《木氏土司三留杨神医》的故事流传度、可信度都很高。故事中的主角杨辉，在历史上确有其人，他从湖南辗转昆明到丽江，落脚丽江古城，以行医闻名。其后裔潜心医疗，推广汉学，已繁衍为当地一大家族，为纳西族的卫生、文化事业做出了积极的贡献。木氏土司被描绘为开明睿智的领导者，求贤若渴，除了《木氏土司三留杨神医》之外，在丽江民间还流传着一些木氏土司求贤的故事，如《木老爷聘年皮匠的传说》《木氏土司宴请赵秀才》等。古城中的各家族都有祖先落户丽江的相关故事、传说，这些都是真实历史在民间故事中的反映。

①内容概述

该故事讲述了木氏土司想以重金招聘人才的方式，把丽江建设得富强起来的故事。在众多聘请的人才中有一位湖南来的杨医生，名叫杨辉。他医术高明、手到病除。土司太太身怀有孕，孕期出现了严重的不适，土司就请杨医生来治疗，经诊断之后，发现是因缺少走动，少见阳光，以至于气血亏损，胎儿发育不正常。于是，杨医生对土司说道："老爷，夫人之病，不吃药不扎针也会好的，但要让她每天撕扯一筐羊毛，再纺成线，病就好了。"土司将信将疑，但也只好照办，土司太太就这样从早到晚，手脚不停地忙碌着，累得汗流浃背，腰酸背痛。一月后，惨白的脸庞变得红润起来。杨医生来复诊时，说："我的第二方依然不吃药不扎针。请每天拿一包绣花针撒到夫人内室，让夫人一根不漏地捡起来吧。"于是遵照医嘱，土司太太每天气喘吁吁，挺着大肚，艰难地弯腰捡绣花针。又一月后，生产出了一个大胖小子。土司真是高兴极了，对杨医生敬佩万分。

年复一年，杨医生思乡心切，决定离开丽江，前来向土司道别。但木氏土司惜才爱才，三番五次挽留，给出非常丰厚的条件，想留下他。但杨医生执意要走，土司也不好强人所难；无奈之下，只好答应让他归乡，但心里有新的主意。饯行之日，土司捧着一盘金子和一盘银子，恭恭敬敬地送给杨医生做盘缠，还赠送了一匹雪白的骏马当坐骑；还叫土司府里的乐队，吹奏着哀怨的乐曲相送，一直送到很远，才和杨医生分手。木氏土司回到土司府里，立刻支派八个士兵，日夜兼程，抄小路潜到森林里，当第三天早上，杨医生骑着骏马，走到剑川时，突然跳出八个黑乎乎的彪形大汉，将杨医生的盘缠洗劫一空，夺走了骏马，却未伤他分毫。

杨医生暗暗叫苦，只好回到土司府里，向土司痛诉。木氏土司一边安慰，一边心里暗自发笑，劝他留下，但杨医生依然斩钉截铁地要离开。第二天，木氏土司又是厚礼相赠，送到远方。杨医生感动得流泪了。当他再次出发后，又在剑川被抢劫了，他只好又灰溜溜地逃回土司府。木氏土司慌忙出迎，把他请进去，宴席款待。席间，木氏土司又装模作样地捧出一盘金子和一盘银子，牵来了一匹骏马相赠。杨医生也终于开窍了，意识到是木氏土司在从中作梗，同时土司惜才爱才的行为感动。杨医生激动地说："土司老爷呀，你留我的心像雪山磐石一样坚强，而我的回心也像金沙江水一样不回头。你真心，我也真心，男子汉大丈夫不负真心知交的挽留，我就留在丽江了。"木氏土司一听，激动地搂住杨医生跳起来。之后，土司给杨医生赠送了宅邸，杨医生娶了一个纳西族女子，留在丽江了。而他的高明医术和祖传秘方，也造福一代代纳西族人民。[1]

②文本分析

统治丽江的木氏土司深得明朝廷的信任。在政治经济上施行开明的政策，积极引进汉地的先进生产技术，引进汉学，招揽人才，提高生产力，极大地促进了丽江的发展。木氏的领地也急剧扩张，除了占据整个滇西北，还将领土扩张：北至四川的巴塘、理塘，西藏的昌都，东至四川的雅砻江流域，西至缅甸的恩梅开江流域一带。这一时期有不少汉族的能工巧匠进入丽江，带来了汉文化与先进的技术，与本地纳西族人通婚，习得纳西族语，融入纳西风族风俗，在丽江生活，仅在今天的丽江古城纳西族原住民中，就拥有两百多个汉姓。汉族与纳西族文化的交融，使得纳西族文化中又出现一种新的类型：仿汉文化。丽江古城的文化风俗，因此既有汉文化的精髓，又有纳西族文化的传统。丽江

---

[1] 沙蠡主编《中国民间故事丛书·云南丽江古城玉龙卷》，知识产权出版社，2016，第62—65页。

古城纳西族盛行有纳西族特点的汉族节庆，风俗也多为"纳汉融合"，古城百姓推崇儒学，吟诗作赋，琴棋书画，蔚然成风；文人雅士层出不穷，如历史学大师方国瑜，国学大师周凡等。

虽说《木氏土司三留杨神医》这个故事在纳西族民间流传，但故事本身从结构、情节、表达方式、标题等方面都已经体现了汉族民间故事的特色，如"三留""三探""三寻""三打"等表达方式在汉族民间文学中颇为常见，可以看作是汉族民间文学对清代以后的纳西族民间文学有所影响的一个例证。

二、寓言故事

民间寓言与动物故事有许多重叠的部分，寓言故事往往以动物作为主角，通过动物故事来描写社会生活，具有明显的教训、教育色彩。

1. "怕漏型" 故事

这是由辽宁省沈阳市的一位七十岁老人薛天智讲述的故事。该故事流传很广，在许多地区都有流传，被钟敬文定名为"怕漏型"故事[1]。

①文本案例

屋漏

有这么老两口子挺穷，养一条毛驴精瘦，住的两间小房子稀破，在炕头上坐着能瞧得见天上的星星月亮。一遇着阴天下雨，地上漏，炕上也漏，漏得老两口没处藏没处躲的，他俩就叨咕：

"天不怕，地不怕，就怕屋漏！"

又念叨："天不怕，地不怕，就怕屋漏！"

这工夫，有一只老虎趴在房前牲口槽子底下，想等老两口睡着了偷驴吃，它一听屋里说天不怕，地不怕，就怕屋漏，可就犯了难。我怕天，天打雷能把我击死；我怕地，地发水能把我淹死。这人天也不怕，地也不怕，就怕'屋漏'，想必这东西比人，比天还要邪乎，可这'屋漏'是啥样的呢？

老虎正胆突突地琢磨，来了个小偷也想偷驴，黑灯瞎火地一摸，摸到

---

[1] 钟敬文：《中国民间故事型式》，载《钟敬文民间文学论集（下）》，上海文艺出版社，1985，第350页。

了老虎身上。老虎一想："我这老虎屁股从来就没人敢摸，是谁这老大胆子竟敢摸到我身上来了？妈呀，八成是'屋漏'吧？"

小偷一摸这"驴"挺肉乎怪肥的，他就想解开缰绳拉走。他东一把，西一把，胡捋了一气没有摸着缰绳在哪里，就想："这驴八成是散逛没拴，骑上走呗！"小偷一偏腿就骑到老虎身上了。

老虎害怕，正想走，小偷"嗬儿"一下就把它骑上了。老虎暗叫一声"天哪，可不好喽，'屋漏'骑到我身上啦，快逃命啊！""噌"，蹿起来撒腿就跑。

小偷一看"驴"毛了，吓得死命抓住虎脖领子皮，闭上眼睛任它跑，只听得耳边呼呼风响。小偷心想："这驴可不是一般的驴，大概是一匹千里驹，这下子活该我走运要发大财了。"

老虎驮着小偷没命地跑，跑到天蒙蒙亮，钻进一片老林。见"屋漏"黏乎乎地骑在身上咋甩甩不掉，它就贴着大树跑，想把小偷刮下去。

天亮了。小偷一瞅骑着老虎跑了一宿，当时就吓麻爪儿了。他想下来，老虎接着搂着地跑，下不去，这才叫骑虎难下呢。小偷正着急，见老虎进了老林往树上靠，便抓住树枝一悠，爬树上去了。

老虎见可把"屋漏"甩下去了，乐得够呛，怕再来撵它，便头也没回接着往前跑。老虎跑着跑着，遇见一只猴子。

猴子一瞅老虎那呵哧带喘的样儿，问："虎大哥，虎大哥，你跑啥呀？"

老虎说："'屋漏'撵上来啦！"

"'屋漏'，啥叫'屋漏'？"猴子问。

老虎就把怎么来怎么去说了。

猴子一听情景就猜摸出"屋漏"像人，可它没说破，想在老虎面前显示自个儿的能耐，又问：

"虎大哥，'屋漏'在哪？"

"在那边林子里。"

"能领我去瞧瞧吗？"

老虎吓一跳："我可不敢啦！"

猴子一笑，说："别怕嘛，小弟我专门能整治'屋漏'。"

"你可拉倒吧！就凭你那尖嘴巴猴的样子还有那能耐？"

"唉，人不可貌相，海水不可斗量，谁还能调戏你咋的！"

老虎想了想，说："你猴奸猴奸的，我领你去了，到那里再治不了'屋漏'，你掉屁股一跑，扔下我咋整？不去，不去！"

猴子眨巴眨巴眼，说："你怕我把你扔下，咱拿条绳子，那头拴在你的腰上，这头绑在我的脖上，我不就想跑也跑不了吗？"

老虎说："中。"

它两个拿绳子拴好了，一齐来到树下。

猴子往树上一瞅果真是人，它就想把小偷抓下来送给老虎。

小偷见老虎领个猴子来抓他，吓得往树尖爬。可猴子爬树比人快，三抓挠两抓挠就撵上了，上去一爪子就把小偷的裤子给拽下来。小偷吓拉了稀，"哧喽"，窜了猴子满身满脸，臭得它大叫一声：

"哎呀，漏啦！"

老虎一听"漏"来了，吓得掉屁股就跑，一顿跑就把猴子给拖死了。等它跑不动，收住脚，回头一看，猴子被勒得龇牙咧嘴的样儿，气坏了，说："尖嘴猴子呀尖嘴猴，你猴奸八怪的真不可交，我累得够呛，你还在那儿龇牙乐呢！"[1]

② 文本分析

该故事巧妙地通过语言理解上的偏差，制造矛盾冲突，幽默风趣。"屋漏"是故事中老两口生活窘迫的写照，但是老虎并不理解这个词的具体含义，反而把它理解为一种很有威胁的存在，由此引发了一系列认知偏差。老虎误认为小偷是"屋漏"，小偷误认为老虎是毛驴，接着，老虎要甩掉"屋漏"，小偷则趁机逃到树上。最后，猴子、老虎系在一起查看"屋漏"，结果，小偷吓得拉了稀，猴子不仅被老虎一顿拖着跑，还被老虎臭骂一通。故事讲述得幽默风趣，不乏辛辣的讽刺和批判。少数民族的"怕漏型"故事甚至还带有训诫、教育色彩，如傈僳族《看漏》故事中，两个小偷因为这一番遭遇，发誓再也不做偷窃的事情，回到家中老老实实干活；傣族《蓑衣与塔扇》故事中的两个小偷同样发誓再也不去偷盗。这样，故事就有很强的教育意义和道德色彩。"怕漏型"

---

[1] 刘守华、张晓舒、祝久红：《中国民间故事》，重庆出版社，2021，第72—74 页。

故事存在不少异文，但是故事的发展结构基本一致，只是由于地域、民族文化、语言上的差异导致故事也存在差异。"'怕漏型'故事在我国境内至少有三个相对稳定的传承系统：一是以汉族为主体的传承系统，该类型故事结构基本遵循'听到漏——害怕漏——摔掉漏——证实漏——逃避漏'；故事角色在这里变化不大，基本为老两口、老虎、小偷和猴子。二是以傣族、德昂族为中心的西南山地民族传承系统，该系统的'怕漏型'故事较多地出现蓑衣、斗笠等雨具以及大象、老虎、兔子等西南山区常见的动物。三是以青藏高原为核心的传承系统，该系统的'怕漏型'故事常常与王位继承有关。"[1]

民间故事具有一定的戏谑性，表现民间对一些现象的普遍看法。如《孔子与如来佛打赌》的故事，表现了对孔子、如来佛形象的颠覆性讲述，不是表现孔子、如来佛的伟岸形象，而是通过这两者的形象表达了讲述者欢快的情绪，同时也是讲述者对两种形象的认识。故事结尾，孔子"到四面八方收徒弟"，如来佛"坐着不动"，是对两者形象的贴切描述。可见民间对很多人物的想象都有民间文化特有的感受和认知，与庄重、严肃的官方文化形成鲜明对比。

民间笑话将讽刺和训诫寓于娱乐故事中，或揭露，或讽刺，或幽默，具有很强的喜剧色彩。某种程度上，民间故事是讽刺性地模仿、借鉴其他样式的文学作品，它将别种的文学样式纳入自己的叙述结构，赋予民间故事特有的新的语调和新的意义。民间故事是处于形成过程中的一种文学样式，因此它能更深刻、更敏锐地反映民间对各种现象的情绪、情感和态度。民间故事的产生就是一个不断形成的过程，因此，理解民间故事是理解民间生活状况和思想的重要途径。民间故事中的人物形象往往是正面与反面、卑下与崇高、庄重与诙谐融为一体，体现出了叙述者态度的包容性。

2.《公鸡与龙的故事》

《公鸡与龙的故事》是布依族的民间故事。这则民间故事蕴含着丰富的寓意，在批判贪婪、虚伪和强权的同时，也是对光明、正义和道德的理想追求，

[1] 刘守华、张晓舒、祝久红：《中国民间故事》，重庆出版社，2021，第 75 页。

从而让人得到启示。

① 内容概述

以前，公鸡和龙的长相与现在大不一样。公鸡不仅有红红的冠子，金黄的、圆圆的眼睛和五颜六色的羽毛，而且还有一双漂亮的角生在头上。龙呢，没有角，只有一对圆鼓鼓的眼睛，长长的胡须和一身华丽的龙袍。可是到后来，公鸡的角怎么会没有了呢？龙又怎么生起角来了呀？这是因为受海龟和蛇的引诱，公鸡把角借给了龙参加庆祝会表演，之后龙把角占为己有，从此不再和公鸡见面。公鸡每天叫三次，在给大家报时间的同时，也在责怪龙的自私自利[1]。

② 文本分析

《公鸡与龙的故事》反映了布依族民众的生活哲理。故事中的公鸡和龙形成了鲜明的对比：公鸡乐于助人，大方地将一对角借给龙，以及对龙十分信任；而相比之下龙却背信忘义，不归还借来的角，到处炫耀自己的装扮。这一民间故事是借动物的活动来寓意人类的行为表现，也就是以公鸡毫不吝啬地借出自己的角，意在赞美乐于助人、品德高尚的劳动人民；而对龙的背信忘义、自私自利，意在揭示与批评贪婪自私、忘恩负义的小人。布依族民众用丰富的知识和人生的经验，通过创作幽默风趣而又带有哲理性的故事，给人以勉励、劝告和教训。

三、婚恋叙事

爱情是人类崇高的、神圣的感情。民间爱情故事是描述人们的婚姻与爱情的文学艺术作品，表现个人生活中的合理要求、爱情纠葛、社会制度和习俗的矛盾等，通过男女青年美满结合的故事表现各族人民的理想和愿望，具有较强的现实性和幻想性。

傣族民间文学中，婚恋主题的作品十分丰富，大致有两种模式：一种是异

---

[1] 贵州社会科学院文学研究所、黔南布依族苗族自治州文研室合编《布依族民间故事》，贵州人民出版社，1982，第 344-347 页。

类婚恋，当中有大量超现实的幻想以及奇异的情节，而最终双方不管是爱而不得还是获得幸福，都常常以浪漫美好的想象结尾；另一种是现实中凡俗男女的婚恋，往往通过战胜生活难题而获得幸福。不管是哪一种模式，都是立足现实生活，表现现实生活，展现出人们在特定经济、文化环境中的婚恋心理、习俗，以及对美好人生不变的追求与向往。《谁能找到天堂牧场》就是傣族民间婚恋主题的代表性作品。

1. 内容概述

《谁能找到天堂牧场》中的女主人公团娜和母亲是傣族村寨里一户穷苦的母女。团娜自小失去父亲，母亲一人含辛茹苦地将女儿养大。由于家中没有男人，也没有耕牛和田地，母女俩一起到处帮人干活，生活十分拮据和艰辛。一天深夜，山上突发的洪水卷走了母女俩好不容易修补好的破漏草屋，母女俩变得一无所有，忍不住放声大哭起来。这时河面飘来熟透的琵琶果，饥寒交迫的母女俩分吃了两个，觉得又饱又暖，把剩下的果子揣进怀里，然后用芭蕉叶搭了个临时小窝棚过夜。当母女俩熟睡的时候，琵琶果里跳出一群小人变成了年轻力壮的男子，七手八脚给母女俩盖了一座漂亮的小屋，还准备了白米、床、被子等生活物资，以及水桶、挑箩等劳动工具，然后又变回小人回到琵琶果里去。母女俩醒来又惊又喜，首先想到的是向恩人拜谢，在玉鸟的提示下，母女俩决定由女儿团娜去找寻恩人。团娜沿着河边一直走，风餐露宿，磨破了脚，遭遇猛虎，都没有放弃，最终在大鹏鸟和金鹿的帮助下来到了恩人神牛居住的天堂牧场。在天堂牧场，团娜偶遇了仙国王子，王子一眼就爱上了团娜，并展开了追求，两人在神牛的帮助下最终走到了一起，之后王子跟随团娜来到人间，侍奉母亲，共同开创幸福生活。

2. 文本分析

这一则故事属于民间爱情故事中的异类婚配，讲述普通民间女子与仙国王子相爱结婚并获得幸福，反映了人们对幸福、美满生活的热烈向往与追求。故事叙事中也体现了傣族民间的择偶观、婚姻观、家庭伦理观，以及婚恋风俗、宗教习俗等方面的内涵，具体表现在：

首先，故事反映了重视心灵美的择偶观。

故事以女主人公团娜为主线，着重表现其在生活困境中的美好品质：团娜幼年时与母亲的同甘共苦、艰苦奋斗，体现出吃苦耐劳的品德；在得到恩人的帮助后，团娜不顾路途遥远、危险，困难重重，也必定要找寻恩人还报情意，体现出善良、知恩图报的品德；在天堂牧场居住，团娜与仙国王子相爱，也一心记挂母亲，要回家乡与母亲共同居住，体现出孝敬父母的品德。故事中不仅塑造、展现了团娜的美好品质，并在叙事中多次表明对这种品质的重视：当天堂牧场闯入不知所来的年轻人，神牛警惕地把他们团团围住，而团娜到来时，它们则欢快迎接，不惊奇生人的到来，只因赞赏团娜的心。后来当王子对团娜一见钟情时，神牛则提示他，姑娘的心灵更加纯洁明净。像这样的叙事，也是表明傣族民间的婚配择偶中对心灵美的重视。不仅于女性如此，于男性的标准同样的也是如此。故事中对王子的讲述，也是着力于表现他的美好品质：去到人间斩杀吐水成灾的妖龙，是其勇武的表现；又写到愿意为心爱的姑娘放弃王冠，放弃荣华富贵的生活，去人间共同侍奉团娜的母亲，展现出重情重义、孝敬父母的美德。这样的择偶观，一方面体现出傣族民间看人识人的智慧，另一方面也体现农耕时代的人们对性别角色的认知，故而，女性的勤劳、吃苦、善良、孝顺以及男性的勇武、重情义、孝顺成为了重要的婚恋择偶标准。

其次，故事描绘了相信一见钟情的爱情。

傣族民间文学中有不少一见钟情的爱情故事。《谁能找到天堂牧场》也有王子对团娜一见钟情的情节展现。从故事叙述来看，一见钟情似乎是始于颜值，因为团娜年轻，有姣好的面容，气质、形象俱能给人留下美好的第一印象，这是给人产生一见钟情的外在条件。对此，故事中也叙述到王子猛然瞧见神牛身后的团娜，他似乎不敢相信在仙境会出现这样美貌的少女。但是故事中首次出现对团娜美貌的肯定，是通过王子的"第一眼"描写，在此之前对其美貌并未有叙述，那这里也存在一种可能，就是"情人眼里出西施"。但于王子而言，确实就有惊鸿一瞥后的怦然心动之感，故事中也叙述了王子产生的这种爱恋感觉：在他眼里，团娜就是"草滩上一朵鲜丽的红花""芳香的金缅桂""耀眼的绿孔雀"，可见对王子而言，这是一种奇异的感受和激情，堆叠如此多的比喻，也足见情感的强度。而这种情感在爆发的时候，是不考虑王子和贫女，财富和等级的，是一种纯粹的情感上的喜欢，不掺杂任何现实的条件，这样的一见钟情也蕴含着一种对爱情纯真性的期待。另外，从整篇故事的叙事看，团娜与王子的相遇似乎是偶然的，但一见钟情却带有一种注定的意味。所有去找天堂牧场的凡人，只有团娜找到了，并遇见了王子，沿路的动物、天堂牧场的神牛都帮助、成全他们的爱情，有如天助一般。一个是贫困、善良的美貌女子，一个是勇武、重情义的王子，这是"英雄与美女"的模式，善良与高贵的结合，这也代表了故事里的爱情的不可替代性，寄寓着一种唯一性和长久性的期待。故而，相信一见钟情也体现出傣族民间的爱情观：爱情应该是纯粹的喜欢，唯一且长久的，寄寓着人们对理想爱情的向往和追求。

再次，傣族求爱习俗中有对爱情坚贞的考验。

故事讲述，王子对团娜展开追求，吹起了笛子，团娜则唱起了歌。用乐器的弹奏和歌声来吐露心声、表达情意也是傣族青年求偶习俗的一种展现。团娜唱道："假若我能生活在天上，我愿做神牛的贴身姑娘。假若我能变成仙女，我愿同真诚爱我的人配成双。我是寻找恩人到这地方，我不能忘记母亲的悲伤。尊贵的王子啊，感谢你的深情厚谊，请你不要把爱情的乐曲吹响，我明天就要回到苦难的家乡。"[1]团娜的歌，看似是拒绝却也情意绵绵，她不是不动心，但是考虑到自己不是仙女，没有生活在天上，有生活实际的难题无法解决。在傣族的婚姻习俗中有这样的记载，在男女青年情歌对唱时，"女青年往往很自谦地说自己各方面条件都很差，配不上男青年，然后说男青年不是真心相爱，最后才婉转地表白情意"[2]。由此也可以看出，团娜对歌的内容不仅是符合故事中身份设定的歌唱，也映射出傣族女青年情歌对唱习俗中的真实流程：一般女青年的爱之表白，不是直接的，爽快的，会先说自己各方面配不上男青年，其实也是提出爱情难题的考验，看男青年在难题面前会不会退缩，能不能坚持，

---

[1] 赵洪顺编《德宏傣族民间故事》，德宏民族出版社，1993，第218页。

[2] 刀承华、蔡荣男：《傣族文化史》，云南民族出版社，2005，第131—132页。

这是一种对爱情坚贞的考验，看爱情是否能与生活相融合，是否能长久，体现出傣族民间对婚恋关系中情感是否真挚的强烈关注。

最后，故事推崇两情相悦的两性相处之道。

刚开始，面对王子的追求，团娜是躲避的。在团娜不愿意、有迟疑的情况下，王子所做的是等待、积极沟通，用乐器、歌声，请朋友长辈代为传话，表明决心，没有豪取强夺。这是人类社会从奴隶社会进入农耕文明后一种爱情伦理的体现，同时也是傣族社会所推崇的两性相处之道。从傣族的婚恋习俗来看，不管是"串姑娘""对唱情歌""丢包择偶""赶花街""泼水传情"，还是"书信传情"，都是尽可能多地为青年男女提供场合和方式，加强沟通、了解，互诉情怀，以达到两情相悦的和谐之境。

此外，在这则故事中，除了展现出傣族民间婚恋观，还宣扬"幼有所养，老有所终"的家庭伦理思想、知恩图报的社会伦理思想，对机智、勇敢的歌颂和对为富不仁压迫者的鞭挞，表现了民众对生存困境的抗争以及对美好生活的追求。这样的爱情故事，情节是奇幻的，却是立足于生活语境，是对社会习俗和人们观念的现实反映。

四、新故事

20 世纪 60 年代兴起了编讲新故事的热潮，《故事会》和各种类型的故事报刊受大众喜爱。有论者对此给予了肯定：编讲故事活动是一件很值得赞颂的新事物。它是我国才有的群众性创作活动，以口头讲说为其特点。从这一点说，它具有民间文学的根本特征，实际上它在艺术上也是继承和发展了评书和民间故事的口头艺术传统的。[1]这股编讲新故事热潮的创作主体是通俗文学家，只有极少数的作品来自民众口头创作，这是在当时文艺政策下中国民间故事传统的新发展，具有一定的创作实践和理论探讨意义。

---

[1] 贾芝：《谈新故事》，载《民间故事的艺术世界：刘守华自选集》，华中师范大学出版社，2009，第37页。

1. 新故事的流传方式和表现现实生活

新故事的创作是口头方式和书面方式并存，但流传却是以口头方式为主。故事员往往在田间、炕头、会场、茶馆、影剧院和电台讲故事，依靠自己的语言技艺把听众引入故事情节中去，使听众闻其声，知其人，如临其境。越是善于发挥口头语言艺术特长的故事员，他的讲述方式越能吸引听众。故事员讲新故事，都先有脚本。这个脚本在讲述过程中，根据听众的反馈，不断修改，精益求精。一个优秀的新故事在产生和形成过程中，广大听众事实上都直接参与了修改和再创作。在这个过程中，广大听众的意见和要求，往往直接影响到故事情节的取舍和故事员讲述风格的形成。如四川把讲故事叫摆"龙门阵"，这就是要求把故事讲得曲折、迷人，引人入"阵"。否则，未入"阵"，已破"阵"，那还会有什么听众。所以，从这个意义看，新故事作为一种口传的艺术，跟传统民间故事一样，口头性与群众性相依而存[1]。并且故事的艺术功能主要是依靠听觉的功能来达到审美目的。

《如此恋爱》是为人熟知的作品。该故事讲述的是一位名叫赵文莲的男青年，找对象只挑漂亮的。有一天，他在乘坐公共汽车时被女售票员的美貌所吸引，于是在纸条上写了自己的姓名、家庭住址，压在了售票桌上，依依不舍地离开了。女售票员在看到这张纸条后，极为恼火，将纸条丢向窗外，却打在了一个骑自行车的男青年的脸上，这位男青年名叫李新珠，也被女售票员的漂亮打动。李新珠回家后，看着那张从地上捡来的纸条，心里美滋滋地难以言表，迫不及待地按照那张纸条上的地址写了信。这样，故事就在错位中继续发生着，赵文莲和李新珠各自深陷于对女售票员情感表达，一封封信也在彼此间来回，感情也持续升温，甚至彼此间还赠送了全钢防震手表和一只金戒指。可是，等到约会见面后却发现，原来是两位男青年都将对方当成了那位爱慕的女售票员，最后失魂落魄地跌坐在椅子上，半天说不出话来。这个故事通过带有戏剧性的情节，对社会上某些恋爱态度不够严肃的人进行了幽默的嘲笑和诙谐的批评。这篇作品，把两个男青年的姓名都取得近似女性，多少带有一定程度的"编"

---

[1] 潜明兹：《新故事的属性》，载《民间文艺集刊（第四集）》，上海文艺出版社，1983，第 138 页。

故事的痕迹，但反映的内容是来源于生活。这是一则来自群众中后经搜集整理的新故事，没有繁文缛节，线索单一，人物集中，环环相扣，淡而不平。

《三百元的故事》讲述的故事，发生在20世纪60年代末的一个春天。一个晚上，上海电料厂的工人温林，下夜班回家，在雨中见到摔倒在地的一个妇女方英，在方英的哀求下将其搀扶回家。正准备离开，不巧的是却正撞上匆匆赶回家的方英丈夫。她的丈夫贾大权，长得凶狠，进门后，发现了躲在厕所里的温林，于是，对其妻子和温林轮番地抽打耳光。闹了半个钟头，贾大权威胁温林，选择是官办还是私办？遇到尴尬事情，不善言辞，也是被打蒙的温林，只得写上"自悔书"，约定第二天上午10点在南门百货商店后门处交钱私办。回家后，妻子金梅看着温林肿起的面孔和嘴角的血迹，问出了事情的前因后果，在得知要给对方三百元的赔偿时，气得火冒三丈，直捶大床，一脚把被子踢了个底朝天。等到银行上班，金梅取出了三百元，看着手里的一张张十元的钞票，突然发怒地抽出一张撕去了一个角，用一张《参考消息》将钱包好交给了温林。在约定的地点，贾大权拿到了钱，温林要回了"自悔书"。开心的贾大权怀揣着钱，乘上了十三路公共汽车。这个游手好闲的无赖，一路上回想着昨晚如何算计自己的妻子和温林，为自己设计的毒计而得意洋洋。当车行驶在闹市区，车上一位三十上下的青年妇女突然大叫了起来，说是"钱被人偷了！"车厢里顿时乱了起来，青年妇女放声大哭，把大家的心都哭碎了。大家都关心起来，询问后得知：钱是用一张《参考消息》包起来的，其中的一张十元钞票的一角有破损。贾大权在听到这位妇女的描述后，顿时紧张起来，急忙用双手捂住黑皮包，往人群的包围圈外走，却被青年妇女发现了上前揪住了贾大权的衣服。在众人的帮助下，翻出贾大权的皮包，发现与青年妇女的描述一模一样，于是，维护正义的大家对贾大权拳打脚踢。若问那位青年妇女是谁？她就是聪明绝顶的金梅。

《三百元的故事》不管是内容还是在运用传统艺术形式上，都属于比较成功的作品。它借用传统故事中"奇中有理"的表现手法，创造出一个新巧女的故事。听众的感受有两次较大的波澜起伏，都是由故事之奇所引起的：第一奇是温林夜间冒雨送方英，却还要无辜赔出三百元。第二奇是温林妻子金梅巧使瓮中捉鳖计，在公共汽车上把丈夫被贾大权讹去的三百元又弄回来了，借众乘客之力，让对方饱尝了一顿拳脚之苦，使听众转忧为喜，破颜而笑。这个故事的结尾，很有点奇峰突起之势，是最吸引人的高潮。在高潮中陡然收尾，使听众在痛快之余，留有回味。

2. 新故事借鉴了其他文艺表现形式

新故事在发展传统民间故事的基础上又形成了自身的一些特点，特别是新故事对其他文艺形式和作品的吸收与借鉴。如《伟大的战士》，是根据白求恩大夫的传记文学、新闻报道和电影改编的。故事并没有从头到尾叙述白大夫的一生事迹，而是截取了他为革命殉职的片段，突出他不朽的、伟大的共产主义战士的精神品质。这种点面结合的手法，很有些近似于电影中的特写镜头。由于这类故事是以真人真事为素材，所以传统民间故事中那种没有明确时间、无固定地点、人物不用特定名等表现手法，基本上已不用了。新故事的开头在摆脱传统民间故事中"以前，有一个……"那种比较单调、固定的格式，出现了比较多样的开头。有的在主人公出现之前，注意到对周围环境的描绘和气氛的渲染。如白求恩出场前，故事叙述说：

> 在晋察冀抗日根据地，有一个小小的山村，叫河淅村。这一天，北风呼啸，大雪纷飞，村口却挤满了人群，一双双期待的眼睛，不约而同地朝一个方向望去……
>
> 只见光秃秃的枣树林里，闪出一支二三十人的队伍，打头的骑着一匹枣红大马，身穿灰布军装，头戴遮耳棉帽，腰扎宽宽的皮带，是个地地道道的八路军战士。走近一看，不对啦！只见这人身材魁梧，两鬓花白，高高的鼻梁，蓝蓝的眼睛，嘴上还留着一小撮威严的胡子。啊，怎么是个外国人呀？

这个开头，不但明确交代了故事发生的时间和地点，而且白求恩大夫是在这样一个"大雪纷飞"、群众引颈而盼的情景中出现的。故事创设的悬念，一下就吸住了听众，希望知道端详。[1]故事吸收了小说创作的特点，运用的是通俗的书面语。故事员在讲述时并不诘屈聱牙，听者在听时也并不感到枯涩难懂。

新故事一方面受民众的日常生活变化、民众关心的人与事的变化的直接影响，创作的新故事口传时间不能太长；另一方面还受书面创作的影响，将这些新故事整理、创编为小说、戏曲、电影、电视剧等，借助现代传媒工具，迅速传播到广大民众中去，产生了较大影响，这也导致了新故事在口头创作与传播受到书面创作与传播的抑制、裁断，因此新故事的口头流传自然难免存在篇幅不够的尴尬处境。

五、民间故事的当代价值

将民间故事看作一种独立的口头语言艺术作品，即意味着将民间故事讲述者作为具有独立存在价值的创作者来看待，民间故事讲述者与作家具有同等地位，民间故事讲述者的文化环境、社会环境、个性特点以及其对民间故事的创造价值就显现出来了。如儒家文化与民间文学、道教与民间文学、佛教与民间文学、基督教与民间文学、民间文化与民间文学的关系等问题就成为民间故事研究的题中之义。对民间故事讲述者的艺术传承以及艺术风格的梳理，既具有历史研究价值，也具有文学史价值。所以，刘锡诚认为："中国学者在 20 世纪 80 年代的两大贡献，其核心是对故事讲述家个性特点的发现与张扬。"[2]

1. 民间故事具有深广的文化意蕴

民间故事是口头叙事艺术，是民间文化的重要载体，它是民间文化、艺术和知识的混合产物。民间故事往往蕴藏着特定历史时期的文化，具有深广的文化意蕴。有学者以历史唯物主义为指导，采取文化人类学的方法和成果，对民间故事的文化意蕴进行了深入、生动的分析。以《搜神记》中的《毛衣女》为例：

---

[1] 潜明兹：《新故事的属性》，载《民间文艺集刊（第四集）》，上海文艺出版社，1983，第139–141 页。

[2] 刘锡诚：《序》，载《民间故事的艺术世界：刘守华自选集》，华中师范大学出版社，2009，第 3 页。

> 豫章新喻县男子，见田中有六七女，皆衣毛衣。不知是鸟。匍匐往，得其一女所解毛衣，取藏之。即往就诸鸟。诸鸟各飞去，一鸟独不得去。男子取以为妇，生三女。其母后使女问父，知衣在积稻下，得之，衣而飞去。后复以迎三女，女亦得飞去。[1]

刘守华认为："用现代人的文学眼光，对它的神奇幻想情节很难做出合理的解析。吸取文化人类学成果及方法进行探讨，就可由表及里窥知这类故事的深层意蕴了。它是人类社会由母权制向父权制过渡这一特定历史时期婚姻关系的曲折反映。远方飞来的雀女，象征以飞鸟为图腾（族徽）的远方部落的女子下嫁本地男子。雀女失去羽衣被迫成为那个男子的配偶，表明了这种婚姻的强制性。当她找到羽衣，获得行动自由之后，又飞返家乡，隐含着女性对远嫁男方这种婚姻形式的抗拒。"[2]在母系氏族社会，婚姻关系以女性为中心，男方跟从女方居住；进入父系氏族社会，婚姻关系的中心转变为男性，女方跟从男方居住。这种转变对女性来说带有一定程度的强制性，由此产生了抗拒心理。因此，《毛衣女》的故事中隐含了男女的婚姻关系以及社会关系的变化，可见，民间故事背后包藏了深厚的社会文化和民间对文明的一种想象理解和文化表达。

2. 民间故事体现深远的教育功能

民间故事往往隐含了民间朴素的感情，有对生活的热爱，对丑恶生活的披露，对美好生活的想象。它是一种对生活的解释和精神寄托。同时，民间故事含有民间信仰体系。民间故事是在民俗环境中形成的，因此，民间故事除了具有文学的特点外，还包含有丰富的历史、民俗、宗教、哲学、地理、伦理道德等信息，具有多样的文化价值和功能。民间故事的创作和流传，与广大民众的日常生活、劳动、社会习俗、宗教仪式、娱乐活动紧密结合在一起。如壮族的《布洛陀》，往往需要完成五个昼夜以上的道场后才会开场，且要请巫师或最高明的歌手唱诵。开唱前，演唱（讲述）者要"戒嘴"（不吃狗肉和牛肉）三天，

---

[1] 干宝：《搜神记》，江苏凤凰文艺出版社，2019，第 274 页。

[2] 刘守华：《民间故事的艺术世界：刘守华自选集》，华中师范大学出版社，2009，第 106—107 页。

修身（洗浴后禁止房事）七天。[1]这样一种讲故事过程不再是单纯的娱乐活动，而是一种具有宗教色彩的重要仪式。

①民间故事具有教育和娱乐的功能

清同治十三年（1874），文人许奉恩在文章中描述过安徽农村讲故事的情景：

> 其或农功之暇，二三野老，晚饭杯酒，暑则豆棚瓜架，寒则地炉活火，促膝言欢，论今评古，穷原竟委，影响傅会。邪正善恶，是非曲直，居然凿凿可据，一时妇孺环听，不自知其手舞足蹈。言者有褒有贬，闻者忽喜忽怒。事之有无姑不具论，而借此以寓劝惩，谁曰不宜？[2]

可见，在农耕文明时期，讲故事是民间日常生活的重要组成部分，既是民众聚会娱乐的场域，也是重要的文化场域，它可以表达民众的思想感情、传递历史记忆、保存共通的民族情感，也可以自我娱乐、自我教育、自我创作。有学者说："任何在中国旧社会长大的人都可以证实，农民的生活尽管单调枯燥（也许正因为如此），许多朴实的农民，就像世界其他各处的民众一样，爱说故事和讲笑话。"[3]

②民间故事是重要的语言交流方式

在很长的时间里，讲故事都是重要的文化活动。郭沫若回忆自己童年生活时，就描述了农村说书的场景：

> 我们乡下每每有讲"圣谕"的先生来讲些忠孝节义的善书。这些善书大抵都是我们民间的传说。叙述的体裁是由说白和唱口合成，很像弹词，但又不十分像弹词。这些东西假如有人肯把它们收集起来，加以整理和修

---

[1] 韦苏文：《民间故事心理学》，中国社会出版社，2003，第 26 页。

[2] 许奉恩：《兰苕馆外史》，黄山书社，1996，第 16 页。

[3] 丁乃通：《导言》，载《中国民间故事类型索引》，郑建成等译，中国民间文艺出版社，1986，第 2 页。

饰，或者可以产生些现成的民间文学罢。

在街门口由三张方桌品字形搭成一座高台，台上点着香烛，供着一道"圣谕"的牌位。在下边的右手一张桌上放着一张靠椅，如果是两人合演的时候，便左右各放一张。

讲"圣谕"的先生到了宣讲的时候了，朝衣朝冠地向着"圣谕"牌磕四个响头，再立着拖长声音念出十条"圣谕"，然后再登上座位说起书来。说法是照本宣科，十分单纯的；凡是唱口的地方总要拖长声音唱，特别是悲哀的时候要带着哭声。有的参加些金钟和鱼筒、简板之类，以助腔调。

这种很单纯的说书在乡下人是很喜欢听的一种娱乐。他们立在圣谕台前要听三两个钟头。讲得好的可以把人的眼泪讲得出来。乡下人的眼泪本来是很容易出来的，只要你在悲哀的地方把声音拖得长些，多加得几个悲哀的嗝顿。[1]

这里的说书即是讲述民间故事，其中融合了说书人独特的说书仪式和个性化的艺术加工，这些民间故事多与忠孝节义相关联，又与民间传说有莫大关系。其作用不单在道德说教，更在于从情感上对听故事的人的打动，具有情感和道德内化的意义。民间故事的讲述者也往往有一种文化教育和道德教育心理，会自觉地将自己所认可的道德原则和行为准则贯穿到故事中，形成民间故事的价值导向。

因为中国农耕文化的延续性，这样的讲故事场景在 20 世纪八九十年代仍然盛行。

冬季是农闲季节，寒夜又那么漫长，于是，躺在温暖的炕头上，或围坐在火盆边，嘴里吧嗒着旱烟袋，也许手里纳着鞋底等活计，手不闲，嘴也不闲地讲述着。夏季挂锄时节，夜晚坐在大树底下，或在庭院里，以此来消磨暑天的酷热。秋后扒苞谷米或扒蚕茧，需要人手多，讲故事会吸引来劳动帮手，还会忘记了疲劳。[2]

---

[1] 郭沫若：《沫若自传》，载郭沫若著作编辑出版委员会编《郭沫若全集（文学编 第十一卷）》，人民文学出版社，1992，第35-36页。

[2] 张其卓、董明整理《这里是"泉眼"》，载《满族三老人故事集》，春风文艺出版社，1984，第589页。

讲民间故事不仅具有娱乐功能，也具有了劳动的意义，它可以消除人们劳动的疲劳，也可以增加人们劳动的快乐。这也是民间故事与其他文学样式主要的不同。

3. 民间故事是社会心理的观测表

民间故事往往能反映民间社会的独特心理状态，某种程度上可以说是社会的心理状态变化观测表。有学者将民间故事反映的社会心理归纳为：生命意识、乐观性心理、女性自强心理、对官家的憎恶与鄙视、占有性心理、大团圆心理等。[1] 以大团圆心理为例，虽然大团圆心理被鲁迅批判为中国人"瞒和骗"的"逃路"，"证明着国民性的怯弱，懒惰，而又巧滑"[2]。但是，这种心理确实是中国人的重要心理模式。日本学者也认为中国人"几乎所有的人都怀着对幸福的渴望，不愿直视现实中存在的悲剧，于是便轻率地给所有虚构的故事都安上一个大团圆的结局。这样的民族是极少见的"[3]。虽然大团圆心理表现于民间故事中就是故事以大团圆收束，但是表现形式却是多种多样的，有的是一种现实结局，有的则是借助一定的艺术形式，如借助死后、鬼魂、梦、后人等形式。民间故事的大团圆结局反映了民众对故事的心理预期和一种朴素的生活愿望，他们希望得到一些相对理想的结果，这正体现了广大民众朴素的道德情感。善有善报，恶有恶报，也是大团圆心理的一种表现。民间故事中往往以此来创作故事，反映人们对社会正义的一种想象和诉求，通过这样的故事表达自己的情感，也表达一种对理想社会的想象。所以，在民间故事中，这一类型的结局特别多。如壮族的《恶心嫂与好心叔》，故事讲述了哥哥娶妻后，哥哥、嫂嫂对待弟弟胡勤的态度渐渐发生了变化，开始像对待奴仆一样对待弟弟。哥哥、嫂嫂住在青砖瓦房，弟弟住在茅草棚里。弟弟起早贪黑，勤苦劳动，却没有足够的食物吃饱。后来，哥哥、嫂嫂又千方百计地想要害死弟弟，尽管弟弟

---

[1] 韦苏文：《民间故事心理学》，中国社会出版社，2003，第 218—232 页。

[2] 鲁迅：《论睁了眼看》，载《鲁迅全集（第 1 卷）》，人民文学出版社，2005，第 254 页。

[3] 中野美代子：《从小说看中国人的思考样式》，若竹译，北京十月文艺出版社，1989，第 62 页。

历经劫难，但他并没有死。在一只神鸟的帮助下，弟弟得到了几颗大南瓜种子，便拿着破烂锄头上山去种南瓜。南瓜长大后，总是被猴子偷走。弟弟为了探知南瓜被偷后存放的地方，将自己藏在南瓜里，意外发现了金盒子的秘密。于是，等到猴子们喝得东倒西歪后，弟弟偷偷取走了金盒子。哥哥、嫂嫂得知后，想办法想要得到金盒子。于是，哥哥躺在床上装病，嫂嫂哭泣卖惨，当弟弟拒绝给他们金盒子后，嫂嫂便想要几颗南瓜种子，以为通过南瓜种子也可以像弟弟一样发财。结果，哥哥摔死，嫂嫂被猴子打死。

《恶心嫂与好心叔》的故事反映了从以家族为单位的社会进入以家庭为单位的社会所必然出现的社会现象。原有的家族道德体系崩塌，又没有新的道德伦理体系进行规约，兄弟关系从亲情伦理关系变为一种利益驱动关系。可以看出，哥哥、嫂嫂虐待弟弟在封建社会具有一定的普遍性。因为人们受原有家族道德伦理的影响，以及对弱者的同情态度，所以，民间故事认为哥哥、嫂嫂为恶，应得恶报，弟弟为善，应得善报。这无疑对施虐者具有一定的警示、教育意义，也给受虐者给予了生活的希望和勇气。

4. 民间故事的价值导向与文学性

民间故事在反映社会生活的过程中，往往能表现民众的喜怒哀乐、爱憎情感，反映民众对生活中各种现象的看法，从而，成为人们价值取向和情感世界的重要反映方式。在伦理道德上具有导向作用，如勤俭是劳动人民的一种美德。这种美德是农民在长期的劳动实践中形成的。恩格斯指出："民间故事书的使命是使农民在繁重的劳动之余，傍晚疲惫地回到家里时消遣解闷，振奋精神，得到慰藉，使他忘却劳累，把他那块贫瘠的田地变成芳香馥郁的花园；它的使命是把工匠的作坊和可怜的徒工的简陋阁楼变换成诗的世界和金碧辉煌的宫殿，把他那身体粗壮的情人变成体态优美的公主。但是民间故事书还有一个使命，这就是同圣经一样使农民有明确的道德感，使他意识到自己的力量、自己的权利和自己的自由，激发他的勇气并唤起他对祖国的热爱。"[1]中国的

---

[1] 恩格斯：《德国民间故事书》，载傅腾霄主编《马列文论选注》，社会科学文献出版社，1999，第9页。

民间故事很能见出中华民族所特有的民族性格，如丰富的幽默感，对权威（礼教、官员）的不屈。某种程度上，民间故事反映了不同时代民间的诗意、谐趣、道德和社会想象，它们具有真实性、合理性，一定程度上代表了一个时代的真实精神。

民间故事是广大民众情绪、情感、思想的反映，也是社会生活的反映，是民族文化的重要组成部分。民间故事是广大民众书写历史的重要方式。对于社会现象、历史人物、历史事件，民众会有自己的感受和思想，广大民众难以全部通过文字书写的方式表达，民间口头故事就成为其集中表达的方式。其中保留的内核对于建设中国特色的民族文化具有重要的启示意义。

钟敬文认为："民间文学作品与作家文学在表达思维方式上是有区别的。民间文学抓住生活中关键的故事情节，以叙述作为表达方式，用情节说话，突出故事性，而不作细致的描述，描述是作家文学的特点。"[1]虽然民间文学与作家文学各有特点，有所区别，但是两者存在着密切的联系。民间故事的讲述者往往深受中国书面文学传统的影响，它随着社会经济文化的发展而演变，对于民间文化和书面文学都具有不可忽视的意义，对于文化沉淀和普及具有不可忽视的影响。"2006年，'谭振山民间故事'进入第一批国家级非物质文化遗产名录中，是唯一一个以个人身份讲述的故事进入名录的。"[2]从历史传承的角度，当下的读者既要认识、理解当前世界的文化状况，也要认识、理解本民族的历史、文化和思想，而民间故事正是这种文化史资料的重要构成部分。这种文化史资料的保存和理解，既是民族文化的自我构建，也是民族主体性建构的重要环节。正如钟敬文所指出的：民间文学的挖掘、出版"为广大作家的修养和创作提供了宝贵的滋养的原料和创作素材。当然，这种传统文学、艺术对于现代作家的作用，主要是一种教养，一种良好的教养，从内容到艺术上的教养。但也不排除提供素材的作用"[3]。

[1] 刘守华：《民间故事的艺术世界：刘守华自选集》，华中师范大学出版社，2009，第15页。

[2] 杨秀编著《民间文学》，贵州人民出版社，2017，第61页。

[3] 钟敬文：《民间文艺学及其历史：钟敬文自选集》，济南：山东教育出版社，1998年，第113页。

本章小结

民间故事是广大民众联络情感、传递道德伦理、形成价值观的重要艺术形式，是日常生活的重要活动。它既是民众重要的文化娱乐活动、百科全书，也是社会文化、社会情感、社会心理呈现的重要路径。民间故事蕴藏了丰富的社会文化，对广大民众而言，具有自我教育的作用，是社会心理变化的观测表，具有重要的价值导向作用。随着社会的发展，民间故事的表现形式日益丰富，既有视频化、影视化的表达形式，也有小说化的艺术提升，在社会各个层面具有重要的价值塑造作用。

知识拓展

1. 为什么先秦时期的民间故事被删节的现象比较普遍？

这是因为，此时的文人并没有意识到民间故事的独立价值，而是将民间故事作为论据来引用，作为说理的依据。因此，删除情节，保留梗概，略加点评，方便说理，就成为一种民间故事被引入书籍的常态。

如《左传·宣公十一年》的《楚子伐陈》就引用了民间故事："抑人亦有言曰：'牵牛以蹊人之田，而夺之牛。'牵牛以蹊者，信有罪矣；而牵之牛，罪已重矣！"[1]此处引用了民间故事，但是只保留了故事梗概，十分简单，完全看不出故事情节。行文中，作者加入了自己的评语。可见，民间故事的引入完全是为了作为说理的论据。因此，民间故事被歪曲的现象也颇为常见。如《庄子·渔父篇》中有一段故事："人有畏影恶迹而去之走者，举足愈数而迹逾多，走逾疾而影不离身，自以为尚迟，疾走不休，绝力而死。不知处阴以休影，处静以息迹，愚亦甚矣。"[2]与该故事类似，《荀子·解蔽篇》中《涓蜀梁》的故事："夏首之南有人焉，曰涓蜀梁。其为人也，愚而善畏，明月而宵行，俯见其影，以为伏鬼也，仰视其发，以为立魅也。背而走，比至其家，失气而死，岂不哀哉！

---

[1]《左传》，岳麓书社，1988，第128页。

[2]张松辉：《庄子译注与解析》，中华书局，2011，第636页。

凡人之有鬼也，必以其感忽之间、疑玄之时正之。"[1]两者都引述了民间故事，但是故事讲述存在差异，之所以有这种差异，正是因为民间故事是作为说理材料来使用的。至于哪一种叙述更加接近原始的民间故事已难以判断。

此时期，民间故事亡佚的现象也不在少数。如《论语·宪问》中记录了孔子谈"卞庄子之勇"的话语。按说，其他文学作品应该有关于卞庄子做勇士的故事。但是，直到《战国策·秦策二》中才有记载，汉初的《韩诗外传》收录了"卞庄子善事母"的零星故事，《史记·陈轸列传》才收录了全文。但是，后世的记录难免与原初的故事版本存在较大差异，亡佚在所难免。

先秦时期的民间故事，主题、题材多种多样，形式简洁，通俗易懂，写人、叙事、说理具有一定的思想性，不仅在民间流传，也在诸子的著作中得到了大量的化用。

2. 从魏晋南北朝时期发展到明清时期的笔记小说，大致脉络是怎样的？

①魏晋南北朝时期出现了不少笔记小说

魏晋南北朝时期，说故事广泛流行，文人开始有意识地收集各种民间故事，笔记小说随之出现，导致了"志怪""志人"的作品兴盛。鲁迅认为六朝人之"志怪""志人""大抵一如今日之记新闻"[2]。某种程度上，"志怪""志人"成为一种文化风尚，为文人整理、记录民间故事提供了话语场。此时期的"志怪"作品有：托名东汉班固的《汉武帝内传》、东晋王嘉的《拾遗记》、晋干宝的《搜神记》、宋吴筠的《续齐谐记》、北齐颜之推的《冤魂志》、魏曹丕的《列异传》，托名晋陶潜的《搜神后记》等。"志人"作品则有：托名汉刘歆实为葛洪的《西京杂记》，魏邯郸淳的《笑林》，晋裴启的《语林》，南朝郭澄之的《郭子》、殷芸的《小说》以及南朝宋刘义庆的《世说新语》。陈汝衡认为："从文学史去看，六朝以来大量志怪小说的产生，也就是民间讲故事的人特别多的旁证。

[1]《荀子》，方勇、李波译注，中华书局，2015，第351页。

[2] 鲁迅：《中国小说的历史的变迁》，载《鲁迅全集（第9卷）》，人民文学出版社，2005，第318页。

当时说书能手活跃在民间，经过文人的记载，就丰富了这时期的志怪文学，这点是不容忽视的。"[1]邯郸淳的《笑林》是中国最早的一部笑话集，主要收录民间笑话，鲁迅认为该作品"较《世说》质朴些"[2]，可见，在语言上，《笑林》与民间故事口头话语更加接近一些。魏晋六朝时期的民间故事，在内容与形式上，具有"故事性、轶事性、演义性，还有的常带有宗教性"，"生活气息较浓，主题较鲜明，大都把所说的当可信的真人真事记录"[3]，在史料、文学、文化学、民族学、民俗学、宗教学、语言学、人类学等方面都具有重要价值。

②两汉时期民间说书活动得到发展

1957 年，四川成都天回镇汉墓出土的东汉"说书俑"直接证明了当时说书活动的繁荣发展。汉代更是设置了"稗官"，负责专门为皇帝搜集民间的各种风俗和街谈巷语，其中就包括民间故事。当时的文人著作中也收录了不少民间故事。韩婴的《韩诗外传》记述了不少孔子轶闻、诸子杂说和春秋故事，书中的历史故事和寓言有不少取自民间故事材料。倪其心认为《韩诗外传》"是衔接先秦诸子寓言、史传故事和《说苑》等书的单则故事之间的一个环节，在古小说发展史上当占一席地位"[4]。刘向的《说苑》《新序》也收录了大量民间故事。陈蒲清认为刘向的"两书"是"两汉最大的故事专辑，保留了很多古老的故事传说，而且经过精心的组织，并作了某些加工，叙事简约，说理通畅，使每则故事都富有教育意义。这对后来的小说、故事有重大影响，在寓言史上也有承前启后的作用"[5]。此外，司马迁的《史记》、刘向的《列女传》、班固的《汉书》、应劭的《风俗通义》等都收录了不少民间故事。"纵观秦汉时期的民间故事，以史实类居多，现实类次之，幻想类又次之。其艺术风格则以朴实者为多。"[6]

[1] 陈汝衡：《宋代说书史》，上海文艺出版社，1979，第 5 页。

[2] 鲁迅：《中国小说的历史的变迁》，载《鲁迅全集（第 9 卷）》，人民文学出版社，2005，第 320 页。

[3] 谭达先：《中国二千年民间故事史》，甘肃人民出版社，2001，第 127 页。

[4] 谭达先：《中国二千年民间故事史》，甘肃人民出版社，2001，第 77 页。

[5] 陈蒲清：《中国古代寓言史》，湖南教育出版社，1983，第 101 页。

[6] 谭达先：《中国二千年民间故事史》，甘肃人民出版社，2001，第 78 页。

③隋唐时期描写神仙道士的小说作品大量出现

隋唐时期，除了道士本身注意编撰神仙传记之外，许多文人也广泛搜罗当时流行于民间的各种神仙故事传闻加以创作。[1]魏徵等著《隋史》中的传记部分，收入不少经过艺术加工过的民间故事和传说。唐代民间故事的叙事艺术有了显著变化。当时的传奇小说、变文故事、笔记小说（《酉阳杂俎》等）中有大量民间流行的民间故事。这些故事受到佛经传过来的印度故事影响，情节的生动性和叙事的完整性有了很大的提高。"中国一些著名故事的完整形态，如灰姑娘型的《叶限》，两兄弟型的《旁包》，螺女型的《白水素女》，天鹅处女型的《田章》，此时均已有了生动的书面记述。它们在中国以至世界故事史上占有重要的位置。"[2]唐代的民间故事，数量众多，有浓重的社会生活气息，有学者认为其"上承魏晋六朝民间故事优秀的志怪、志人的艺术传统，下开宋元多样化民间故事风气之先河"[3]。因为唐朝文化政策开明，道教、佛教都颇为兴盛，民间故事中不乏深受道教、佛教影响的故事。唐朝的民间故事多收录于文人的笔记小说，或者是一些传奇小说集和文人的作品集。

④北宋时期市民通俗文学的说话艺术得到了空前的发展

北宋时期，创作野史小说以及辑录笔记小说之风盛行。文章写作上，白话兴起，民间出现了以讲故事为职业的"说话人"。虽然"说话"主要来自历史和佛教经书，但是其话语内容和方式大量吸收了民间口头话语内容和形式，其中也有一些由民间故事材料扩充改编而成的作品。"说话人"的说话对民间故事有潜移默化的影响，说书式故事结构也影响到了民间故事的讲述结构。总体而言，宋代的民间故事，与社会政治、经济、文化生活关系密切，内容上真实性比较强，带有一定的历史事实，主题和题材多样，受唐宋传奇和宋代话本的影响较深。

---

[1] 卿希泰主编《中国道教（四）》，知识出版社，1994，第27页。

[2] 刘守华：《民间故事的艺术世界：刘守华自选集》，华中师范大学出版社，2009，第109页。

[3] 谭达先：《中国二千年民间故事史》，甘肃人民出版社，2001，第210页。

⑤南宋时期文人搜集、辑录民间故事的行为更加自觉

谭达先认为："到了南宋，中国才有文人学者第一次较自觉地搜集、辑录民间故事，这是中国民间生活故事发展史上的一个新的历史时期。"[1]此时期具代表性的作品是江少虞辑成的《宋朝事实类苑》和洪迈编著的《夷坚志》。后者更是被称为"宋代民间故事之集大成者"[2]。

⑥明清时期民间故事发展到相当成熟的程度

明代的笔记小说辑入了大量的民间故事，其内容、主题触及当时社会生活的方方面面；人物形象更是多种多样，上至帝王、大臣，下至平民百姓，笔调多样，赞美、讽刺皆有；形式上也多种多样，或散文形式，或韵散结合，风格以朴实为主。民间故事的题材、体裁、风格、话语方式等方面都有了多样化的发展。清代的笔记小说、文言小说盛行，民间故事也在一定程度上与小说相结合。如《聊斋志异》，蒲松龄通过摆设茶摊，听取过往路人讲述的口头传说或者故事。通过这一类似于田野调查的工作方法，蒲松龄又对听到的故事进行文言化的加工，"闻则命笔，遂以成编"[3]。书中400多篇小说，直接或间接取自民间故事的素材达到160多篇。[4]袁枚的笔记小说《子不语》《续子不语》，搜集各种民间传说、故事，有生活故事，也有动物故事、笑话、寓言等，加上作家的艺术处理，语言雅化，丧失了口语色彩，但是，在题材、构思、想象以及对话等方面仍然保留了民间故事的艺术色彩。

徐珂在《清稗类钞》中详细叙述了清代文人搜录民间故事和艺术加工的过程：

> 每当授徒乡间，长昼多暇，独舒蒲席于大树下，左茗右烟，手握葵扇，偃蹇终日。遇行客渔樵，必遮邀烟茗，谈谑间作。虽床笫鄙亵之语，市井

---

[1] 谭达先：《中国二千年民间故事史》，甘肃人民出版社，2001，第310页。

[2] 顾希佳：《从〈夷坚志〉看早期白蛇故事》，载中国民间文艺研究会浙江分会编《〈白蛇传〉论文集》，浙江古籍出版社，1986，第257页。

[3] 蒲松龄：《聊斋自志》，载《全本新注聊斋志异》，人民文学出版社，2020，第1页。

[4] 汪玢玲：《蒲松龄与民间文学》，上海文艺出版社，1985，第47页。

荒伦之言，亦倾听无倦容。人以其易亲，故乐近之。初尝效东坡强人妄言，其后不必用强，甚有构空造作奇闻以来取悦者矣。晚归篝灯，组织所闻，或合数人之话言为一事，或合数事之曲折为一传，但冀首尾完具，以悦观听。[1]

思辨性问题

1. 鲁迅认为：在昔原始之民，其居群中，盖惟以姿态声音，自达其情意而已。在鲁迅的观点启发下，谈谈自己的理解。

2. 简述民间故事的起源与类别。

3. 如何理解民间故事的大团圆结局？

4. 结合自己的思考，论述民间故事的社会文化意义。

---

[1] 朱一玄编《〈聊斋志异〉资料汇编》，南开大学出版社，2012，第 537 页。

第六章
民间传说与人的情感伦理机制

知识要点

1. 民间传说是带有一定历史性的，也以故事内容的超现实性为其特质。

2. 人物、风物、风俗传说等民间传说反映了故事创作者的世界观、人生观，以及社会理想、道德观念与思想情感，也因故事讲述者在叙事中的意义建构使得传说具有情感伦理的功能。

3. 民间传说的当代价值与社会意义。

概述及界定

中国民间传说的学术研究肇始于现代，当时学者大多认为传说应归于民间故事的一种。1929 年，《民俗》第五十一期的"故事专号"集合了多篇民间故事与传说。该期编者指出："我们知道传说和故事，原是相同的东西，不过传说比较故事，有实在的人，物，地方，事源；虽然它仍然和故事一样的荒诞。故事不但包括传说的性质，而且有比传说以上的性质……我以为民间的传说，应归在民间故事里头，就是因为传说是故事，而故事不必是传说。"[1] 可见，当时的学者将传说视为一种民间故事类型。同时，人们也已经意识到传说作为一种民间口头文学的独特之处，即传说虽具有传奇色彩，但其内容包含有实在

---

[1] 记者：《编后话》，《民俗》1929 年第 51 期。

的人、事、物。

实际上，民间传说与民间故事是相互渗透、影响，甚至是相互转化的关系。在日常生活中，人们多使用"传说故事"来笼统地指称民间传说，这其实是一种广义上的理解与表述。值得注意的是，民间传说虽与其他口头文学有联系，但却有着自身的特点。民间传说需要围绕客观事物展开，其主人公和事件一般是历史上真实存在的。相比之下，民间故事的形式与内容更加自由，不受历史、客观事物的限制，其幻想色彩也要远比传说更加浓郁。

若要对传说进行深入的研究，则需要对民间传说进行概念的界定。日本早期从事民俗收集的学者，通常将古代流传下来的谚语、歌谣、话本等都归为传说。对此，柳田国男认为，广义的民间传说泛指一切能够得到某种说明的古代口头传承，狭义的民间传说是指分布各地，广泛流传的有情节的故事。[1]

在我国，学者主要是就民间传说的特点对其进行定义。1980 年出版的《民间文学概论》认为，民间传说"是与一定的历史人物、历史事件和地方古迹、自然风物、社会习俗有关的故事"[2]。该定义强调了客观实在物在民间传说内容中的核心地位。此后的学者大体沿用了这一定义。例如，程蔷认为"凡与一定的历史人物、历史事件和地方风物、社会习俗有关的那些口头作品，可以算是传说"[3]。黄涛指出，民间传说是"民众口头创作和传播的描述特定历史人物或历史事件、解释某种地方风物或习俗的传奇故事"[4]。1998 年，钟敬文主编的《民俗学概论》对传说的定义进行了精简，将其界定为关于特定的人、地、事、物的口头故事[5]。以上对民间传说的定义有一个基本的共同点，它们都强调传说讲述中特定的历史人物、历史事件或古迹民俗。林继富将这些客观历史事物称为"传说核"，并指出"传说核"在民间传说中处于核心地位，也是传说区别于其他口头文学形式的基本特征之一。[6]

[1] 柳田国南：《传说论》，连湘译，中国民间文艺出版社，1985，第 2 页。

[2] 钟敬文主编《民间文学概论》，上海文艺出版社，1980，第 183 页。

[3] 程蔷：《中国民间传说》，浙江教育出版社，1989，第 4 页。

[4] 黄涛：《中国民间文学概论（第二版）》，中国人民大学出版社，2013，第 103 页。

[5] 钟敬文主编《民俗学概论》，上海文艺出版社，2005，第 245 页。

[6] 刘守华：《民间文学教程》，华中师范大学出版社，2002，第 126 页。

民间传说的界定，可以从以下三个方面来理解。首先，民间传说的创作主体是广大人民群众，主要依靠记忆与口述的方式。其次，就形式来看，民间传说属于散文叙事类的口头文学，区别于韵文抒情式的歌谣、说唱，通常以讲故事的方式述说。最后，民间传说的内容与特定的人物、事件、风物或习俗相关，是人民用幻想、夸张等手法对客观历史事物的艺术加工。民间传说源于人民对生活、时代和历史的理解与想象，是老百姓叙述历史、描绘生活、讲述故事、表达情感的一种方式。

内容框架

一、人物传说

人物传说以人物为中心，叙述主人公的传奇经历与生平事迹，刻画人物的形象与性格。这类传说的主人公大多在历史上真实存在，例如帝王将相、清官佞臣、能人巧匠、文人雅士等在民间有一定知名度的人物。民众通过创作传说的方式，或歌颂唱赞，或讽刺嘲弄，表达对这些人物的情感与评价。在曲折夸张的传说情节中，可以探究老百姓对某个历史人物的态度。

1.《名医华佗的传说》

这是流传于吉林省梨树县关于名医华佗的传说。

①文本案例

华佗在年轻的时候医术就很高明了，周围百八十里都来求医，在人们的心目中，都敬重华佗。所以，一般的小病都不来麻烦他，病重了或病危了，才来请他。

有一天，华佗来到一个村子，被一伙苫房的人看见了，有一个小伙子说："今天我难为难为华佗，就说肚子疼，看看他怎么办。"

华佗来到跟前了，小伙子顺房跳了下去，倒在地上叫唤："不好了，我肚子疼！"有人说："请华佗给看看吧。"华佗也出于救人的考虑，来到小伙子跟前，仔细一查看，对大伙说："快把这人抬家去吧，迟了就到不了家了。"大伙都很吃惊，心说：今天华佗可出丑了。大伙都知道小伙子没病，谁也不抬。工夫不大，小伙子真的咽气了。谁也不相信这是真的。

原来，小伙子想戏弄华佗，没想到，在下房的时候，用力过猛，把肠子摔断了，把命丧了。[1]

②文本分析

这则民间传说情节跌宕、结尾反转，给人出乎意料之感。传说的主人公华佗医术高明，受人爱戴。小伙子想以恶作剧戏弄华佗，不料却将自己摔伤了。华佗一看便知小伙子情况不妙，让人们把小伙子送走，但周围的人都以为是一场闹剧，没想到小伙子真的咽气了。从中，我们可以看出华佗医术的高超，通过简单查看便知病情状况。另一方面，这则传说也通过小伙子"偷鸡不成反蚀把米"的行径，告诫世人不要随意冒犯、戏弄他人，不然可能殃及自身。

人物传说不仅表现了人民对某位历史人物的评价与情感，还会用夸张、幻想等表现手法对某一著名历史人物的所作所为进行解释。这种解释多带有神奇、奇异的色彩，体现了人民的想象力与创造力。

2.《秦始皇的传说》

这一传说属于传奇色彩的人物传说。

①文本案例

相传，秦始皇原是天上的一条草龙，因争强好斗，和真龙赌行云布雨的本事，结果斗输了，变成了一条鱼。那条鱼从半天云上掉了下来，摔在一条河岸边，直挺挺地动弹不得。

当地老百姓不知它是天上的草龙，以为它是海水落潮时没来得及逃走的一条大鱼。于是，三五成群的人们，这个锯鱼头，那个割鱼肉，把它分吃了，鱼骨刺扔得个七零八落。草龙被粉身碎骨后，魂难附体，满腹怨气地上天告状。玉帝说："这全怪你生性好斗，索性把你贬下凡尘，到人间

---

[1] 中国文学艺术界联合会、中国民间文艺家协会编《中国民间文学大系·传说·吉林卷（一）》，中国文联出版社，2019，第61页。

爱怎么斗就怎么斗去吧。"草龙叩头谢恩，出了南天门，降落到人间。

当时，天下正处于七国争雄的慌乱年代。秦始皇来到人间，特别高兴，这正是争强赌胜的大好时机呀。当时，人们评论天下大势，说是诸侯割据。这又触到了他的心事，他咬牙切齿说："割锯（据）割锯！割得我还不够吗？"于是他挥刀灭掉了齐、楚、燕、韩、赵、魏六国，结束了诸侯割据的局面，统一了中国，成了中国历史上第一个封建皇帝。

秦始皇做了皇帝后，出游全国。他来到边塞，看到节节段段的六国边墙，不禁触景伤情，喟然长叹一声，突然倒地不省人事。文武百官慌忙护驾，急救搀扶，秦始皇恨恨地回朝去了。

为什么秦始皇看到六国边墙就晕倒了呢？原来这六国边墙就是当年草龙化鱼，被百姓吃掉后扔下的残骸垒砌而成的。秦始皇岂能忘记当年碎尸之苦！

秦始皇回到朝廷后，想起那一段一段边墙，满腹怨气就不打一处来。他思前想后，怒火攻心，决定洗雪耻辱，让龙体再现。

于是，他颁发一道圣旨：连接六国边墙，修筑万里长城。出于完肤雪耻的愿望，秦始皇恨不得一下子就把长城修成。为修长城，他下令抓来天下民众，不管黑夜白天，修哇修哇，他不管人们的死活，死一个单摆，死两个双摆，成千上万的民夫累死饿死，就成千上万地填了边墙馅。终于，六国边墙连缀在一起。

万里长城修成了，它像一条巨龙蜿蜒万里，横卧在中国的大地上。秦始皇终于完成了自己的心愿。[1]

②文本分析

这则传说给秦始皇的生平增添了传奇色彩，解释了秦始皇争强好斗的性格的缘由，以及他耗费大量人力修建万里长城的原因。虽然情节大多是虚构的，但想象力丰富，引人入胜，令人啧啧称奇。民间人物传说通常具有较强的传奇色彩，展现了老百姓对历史人物和历史事件的看法与评价。我国四个著名的民间传说：《牛郎织女》《孟姜女哭长城》《梁山伯与祝英台》《白蛇传》都属

---

[1] 张义编著《八达岭长城传说》，北京美术摄影出版社，2019，第58-59页。

于典型的人物传说，这些传说以一到两位主人公为中心，从传说的情节与内容中，我们可以看到老百姓的创造力与想象力。

二、风物传说

风物传说是关于各个地区的山川古迹、花鸟虫鱼、乡土特产等的解释性故事。这类传说大多着重于解释地方物产或动植物的由来或其特点形成的原因，通常涉及历史、地理、自然环境与地方生活经验等内容，具有丰富的知识性与浓郁的地方特色。

1.《象脚鼓的传说》

民间传说的叙事通常有相对固定的结构程式和规律，这也是民间叙事文学常见的文体特征。林继富在《中国地方风物传说结构试论》中提出，可将地方风物传说的结构分为两大部分：自然形态和传说故事。自然形态（风物）在故事开头和结尾出现，分别用 A 和 A1 表示，传说故事部分用 B 表示，故事的尾巴用 t 表示。[1]

①内容概述

《象脚鼓的传说》篇幅不长，约 700 字，全篇的结构形态为"B → A1+t"。故事中的 A 和 A1 没有分化为两个部分，开头以"古时候，有一对砍柴度日的勤劳夫妇，夫妇俩仅有一个七八岁的小男孩"[2]，直接进入传说故事 B 的讲述。故事的大致梗概为：樵夫一天进入原始森林砍柴，偶然发现一棵枯干、空心的大橡筋树，经大风一吹，发出嗡嗡的响声。樵夫觉得十分有趣，于是将大橡筋树砍倒，取其一截，用树皮将上口遮严，抬回家去给儿子玩。结果一家人都很喜爱这器具，随着敲打声，妻子、儿子还边配合敲打铜锅盖、茶壶盖，边蹦蹦跳跳起来。热闹的音乐声引来了乡邻，从此，樵夫小小的茅屋前人们你敲我跳，门庭若市。接着，故事又详尽地叙写了乐器名称从"桄"（傣语回声）

---

[1] 林继富：《民间叙事与非物质文化遗产》，中国社会出版社，2012，第 116–118 页。

[2] 赵洪顺编《德宏傣族民间故事》，德宏民族出版社，1993，第 260 页。

到"光",再到"象脚鼓"的由来,"又因鼓状像大象脚,所以就叫它象脚鼓"[1],这是故事的 A1 部分。故事到这里并没有结束,继续讲到,随着历史的进程,人们在演奏中为象脚鼓加上铓和钹,以及舞蹈。"每当节日和喜庆的日子,傣家人都要敲起鼓,跳起欢乐的象脚鼓舞"[2],这就是 t。

②文本分析

传说相较于神话而言,更注重对人们日常生活某个特定地方事物的阐释,也更接近现实生活,体现了人类早期思维从抽象到具体,从模糊到清晰的发展变化。《象脚鼓的传说》这一则传说故事中所阐释的象脚鼓,就是傣族地区人们生活中一种重要的打击乐器。据学者田野调查,傣族村寨"常常可以见到单独击鼓而不配置其他乐器的现象,但绝少见到用乐场合不配置鼓乐参与的现象"[3]。在今天的云南西双版纳傣族自治州、德宏傣族景颇族自治州地区,象脚鼓都是一种重要的民族乐器,在傣族人民的重大节日和日常生活的庆贺与娱乐中,具有不可或缺的作用。

首先,这则故事体现了傣族先民的生存智慧。

故事中叙述象脚鼓的制作,与今天的工艺流程是大抵相同的,对制作的缘由和契机的讲述,则体现出先民"道法自然"的理解。傣族流传象脚鼓的制作过程大致为:"选优质木料切割、掏空、坯形、雕刻、抛光、着色,然后在上部端头蒙以生黄牛皮并在鼓面的周边用剩余的牛皮或麻绳,以拉绳的方式从鼓面至鼓腔下端固定鼓膜,最终以各种绦绳纹样对鼓腔进行装饰,完成全部工序。"[4]故事中也详细叙述了樵夫制作象脚鼓的过程:"把这棵橡筋树砍倒,取其一截,将两头砍齐,削平,又剥了一大块青木树皮,把这截木头上口遮严,用麻绳扎紧。"[5]可以看到,故事中的樵夫所选材料简易、原始,都是砍柴过程中可以随手取到的,但制作的流程与今天的工艺流程是大抵相同的。而故

[1] 赵洪顺编《德宏傣族民间故事》,德宏民族出版社,1993,第 261 页。

[2] 赵洪顺编《德宏傣族民间故事》,德宏民族出版社,1993,第 261 页。

[3] 申波、冯国蕊:《"地方化"语境中的"象脚鼓"乐器家族释义》,《民族艺术研究》2018 年第 31 卷第 2 期。

[4] 申波、冯国蕊:《"地方化"语境中的"象脚鼓"乐器家族释义》,《民族艺术研究》2018 年第 31 卷第 2 期。

[5] 赵洪顺编《德宏傣族民间故事》,德宏民族出版社,1993,第 261 页。

事中对于象脚鼓制作缘由的讲述，是樵夫在茫茫原始森林中的一次偶然发现，颇具传奇色彩。故事讲述一棵高大挺拔、树围一抱多的枯干大橡筋树，树心被蚂蚁蛀空，树干被啄木鸟啄通一个大洞，大风一吹发出嗡嗡的响声，非常好听。樵夫经过一番观察后，据此原理制作了象脚鼓。通过这个缘由的讲述，可以看出傣族先民与自然的联系非常紧密，不仅在自然中获得生存的物质条件，还善于观察自然、模仿自然，掌握自然中的规律来进一步制作生产、生活的器具，从而创造更美好的生活。

其次，这则故事反映了傣族人民的集体情感。

象脚鼓"众乐乐"的价值功用，在故事的讲述中得到了生动的体现。象脚鼓给樵夫一家人带来了其乐融融的气氛，他们一起敲打着空心木、铜锅盖、茶壶盖，奏出了动听的乐声，活泼的孩子更是蹦蹦跳跳个不停。这种欢乐的气氛进而吸引了乡邻，又吸引了遮防、瑞丽等地的傣族人民前来观赏，大家也融入其中，你敲我跳，十分热闹。早期的"铜锅盖""茶壶盖"颇有后来"铓"和"钹"的影子，而击鼓时的蹦跳动作提炼成象脚鼓舞。在今天云南傣族自治州的一些重要节日，泼水节、开门节，或一些重要的民俗活动现场，都必然有象脚鼓的出席，并配合以铓、钹贯穿仪式始终。象脚鼓舞除了鼓手自敲自跳的鼓舞，还有由鼓手伴奏，大家围成圈一起跳的集体舞。这种集体舞人多人少都可以跳，可以几十人，几百人，也可以上千人……舞至极其欢乐时，有情不自禁地对唱起情歌的，当唱到旋律高潮的地方时，众人便发出'水、水、水'的喝彩声，象脚鼓、铓锣和钹也同时响了起来，所有人都融在鼓舞之中。而不论是观看鼓手的鼓舞，还是众人都参与其中的集体舞，都是一场集体的狂欢，每个在场的人都享受着生命的欢愉。象脚鼓由独特的人文环境所孕育，也成为民族情感体验外化、民族性格建构的重要物质媒介。

这一则流传于云南德宏傣族景颇族自治州的民间传说，对傣族日常生活中重要的乐器"象脚鼓"作出了解释。对于器物如何而来，怎样形成其价值功用，并一步步进入当地人的生活中，有完整的叙述。讲述既有传奇性，又紧扣当地真实的自然环境、人文习俗、伦理观念，还原出本地真实的时空感，故而又具有一种可信性、亲切感。这种传奇性和可信性是风物传说叙事的特点，"叙事和诠释的目的在于确认和提升景物、习惯的文化地位，并注入历史的逻辑力量"[1]。这样的民间传说对于增进人们对乡土的热爱，增加民族的认同感、凝聚力有十分重要的作用。

2.《风、花、雪、月传说》

大理的名山胜景很多，生活其间的白族人，用他们的智慧凭借这里的一山一水、一石一木编织了许许多多神奇美妙的传说，诠释了他们的爱恨苦乐。

①文本案例

在这些名山胜景传说中，最优美的要数《风、花、雪、月传说》[2]。

下关风——南诏公主私自与玉局峰山洞里的猎人成婚，他们的婚姻不被皇家允许。罗荃寺法师施法，使得玉局峰寒冷刺骨。猎人飞去罗荃寺，企图盗取一件冬暖夏凉的八宝袈裟给公主御寒，不料却中计，被罗荃寺法师打入洱海变成石螺子。公主得知，观音处有六瓶风，得之可吹干洱海救出丈夫。公主求得六瓶风后，在返途中违戒，五瓶风跑到下关的地洞里，从此，下关风特别大。公主只剩一瓶风无法救活丈夫抑郁而死，死后化成一朵"望夫云"。每岁冬至前后，"望夫云"起，便是公主企图吹干洱海水遥望石螺子之时，此时飓风大作，渔舟不敢行。

上关花——苍山玉局峰下的一块"仰天石"曾经帮助樵夫段隆解决了干旱灌溉之水。一天段隆之妻玉珍难产，段隆向"仰天石"求助，"仰天石"中走出了一位老人（观音），递给段隆一颗"朝珠"让其妻口含，但不能咽下。玉珍违戒吞下，"朝珠"被孩子捏在手里带出来。老人因玉珍违戒不肯收回"朝珠"，而让其种在地里。"朝珠"长成一棵神异之树，树一月开一朵花，一年开十二朵，闰年开十三朵，一朵花结九个子，一年结一百零八个子，各个长得像朝珠，光彩夺目。朝珠树被京城皇帝得知而独占，并命御林军来护树。御林军和县太爷以护花为由向当地百姓摊派捐

---

[1] 万建中：《民间文学引论》，北京大学出版社，2006，第183页。

[2] 四个故事既参阅了《白族民间故事选》（上海文艺出版社，1984年），又在2013年1月调研中聆听了大理喜洲杨申先生（出生于1940年）的讲述。

款，百姓怨声载道。县太爷观花途中垂涎玉珍美貌并将其抢走，村人被逼无奈，最后用计将玉珍救出，并忍痛砍伐花树。段隆夫妻被迫举家逃至关外生活。

苍山雪——很久以前，众瘟神从西方的大山洞里出逃，来到大理坝子。苍山脚下兄妹俩看到大理坝子瘟疫横行，不辞辛劳去到珞珈山观音处求得一瓶风和一瓶雪来治理瘟疫。回程中，哥哥拿着风瓶，妹妹拿着雪瓶，哥哥在天生桥不幸摔了一跤，一半的风跑了形成下关风，另一半风被哥哥用来吹瘟神，众多瘟神被吹到苍山顶上。妹妹见状赶紧打开雪瓶，大雪将瘟神压住冻死。但是瘟疫清除后，哥哥变成了一尊石头风神，镇守在天生桥江风寺，因为哥哥风力不足，小部分瘟神逃脱游荡在人间不时作祟。妹妹变成了一尊石头雪神镇守在苍山雪人峰，不时下雪使瘟神永世不得复生，苍山顶由此常年有积雪。

洱海月——很久以前，洱海里有一条为非作歹的黑龙，渔夫们不敢下海捕鱼。观音老母见状从空中扔下一条系着金链子的金盘盖住妖龙，从此洱海里便有个金月亮，就是"洱海月"。渔夫们因有金月亮的照耀，捕捞收成变好而过上好日子。一天，有个渔夫收网时收起金链子，渔夫担心放出黑龙，把金链子全部抖入海中。这事传到朱财主耳中，财主开着三艘大船逼迫渔夫带领其去捞金链子，三艘船装满金链子后惊动了黑龙，黑龙将三艘船全部打翻至海底。观音老母看清人间财主黑心后，绣了一块花手帕盖住金盘，从此，金月亮不再亮出海面，渔夫们收成大减。

②文本分析

《风、花、雪、月传说》反映的是历史上白族人民经历的苦难而又悲壮的生活状态。这一传说中有着明显的矛盾冲突结构，风：公主、观音——罗荃寺法师、皇宫和公主违戒；花：樵夫夫妻、老人（观音）——难产、官府和玉珍违戒；雪：兄妹、观音——瘟疫、兄长疏忽；月：渔民、观音——财主、妖龙和财主贪婪本性。上关花传说中的"老人"虽然没有明确说是"观音"，但从后文的"朝珠"以及白族民间叙事中经常出现的"观音老爹"，可以将其视为"观音"。下关风传说主要体现了人与人的矛盾，苍山雪传说以人与自然的矛盾为主，上关花传说和洱海月传说既有人与人的矛盾，也有人与自然的矛盾。

那么，问题是大理白族人为何要四大美景与悲剧结局和种种矛盾相结合来表达？

首先，故事讲述了特殊的地理地势与战争引发的苦难。

洱海西的坝子是由山麓冲积扇连接而成的山麓平原，土壤相对肥沃，但居住在苍山十八溪和洱海的大理人经常遭受水灾侵害，同时经历瘟疫。而倾斜的地势不利蓄水，一旦遇到干旱又容易遭遇旱灾。大理还处于中甸—大理地震带上，历史上曾发生过数次大地震。因此，洪灾、泥石流、旱灾、瘟疫、狂风、地震等自然灾害对大理人民的伤害，容易造成人与自然的紧张矛盾关系。并且大理是中国古代西南陆上丝路的交通枢纽，也曾是云南政治、经济和文化的中心，这一重要区位必然使大理成为众多权力集团之间的争夺对象。历史上在"苍洱之境"发生了南诏统一战争、唐天宝战争、南诏与吐蕃的战争、南诏后期政权争夺战、大理国与元朝的战争、明初大理总管府与明政府的战争等。这些战争无不"诠释"了大理坝子千年间承载的激烈矛盾与苦难的发生。

其次，故事表现了白族人的悲剧意识。

大理白族的民间传说的共性特征是善良正直的人、英雄或神以牺牲自己的生命为代价换取正义或群体安宁。《风、花、雪、月传说》承续了大理白族人的这一审美情感，即为了维护正义和美好生活而以悲剧作结。这些民间传说显现了穿越时空的悲剧意识，悲剧意识不仅表现了人与文化的困境，也把人与文化的困境从形式上和情感上弥合起来。[1] 如果说把人与文化的困境暴露出来是呈现人及其文化的苦难，那么从形式上和情感上弥合起来则是对苦难、困境的反抗和积极应对。民间传说中公主、樵夫、兄妹和渔民的遭遇，揭示了白族人在生存中面临诸多方面的困境和苦难，而他们不屈的行为则是对困境和苦难的反抗和积极应对。

以伊格尔顿的悲剧观念来看，"悲剧带给人们的是希望……更经常相信人类的足智多谋和富有弹性"[2]。人类的足智多谋和富有弹性让人在面对巨大

---

[1] 张法：《中国文化与悲剧意识》，中国人民大学出版社，1989，第 6 页。

[2] 特里·伊格尔顿：《悲剧、希望与乐观主义》，《马克思主义美学研究》2008 年第 2 期，许娇娜译。

灾难和困难时仍然充满着希望，即使失败，遭受痛苦却因精神的坚强和不屈超越了失败和痛苦本身，从而散发着崇高的光芒。人与自然、人与人的对立和冲突，让白族人民感到深深的悲哀与痛苦。但他们没有停留于苦难和悲哀，而是用坚决的行动来反抗人与自然、人与人的分裂与对立，甚至用生命的毁灭来对抗命运。"下关风"里的公主不甘心救不活丈夫，病逝变成望夫云，年年岁冬狂风大作来与猎人见面；"上关花"中人们痛恨官府而忍痛将"花树"砍伐；"苍山雪"里的兄妹俩一个变为石头风神，一个变为石头雪神守卫着大理坝子不被瘟神糟蹋。"风、花、雪、月"的民间传说哀而不伤，在人与自然的斗争中体现崇高和悲壮。传说中主人公的反抗是基于希望而毫不退缩，虽然反抗强暴本身的力量很微弱，但反抗与斗争却也表达了白族人苦难而悲壮的生活状态以及独立坚强的意志。

3.《达勒阿萨密》

达勒阿萨密，风与云之母。她的名号，在纳西族民间家喻户晓。她就是风鬼的首领，也就是风神。

①内容概述

"达勒阿萨密"，意思是达勒地方的阿萨家族的姑娘，在历史上确有其人，本是一位名字叫阿妞阿沃的可怜女子。达勒[1]是她的故乡，阿萨是她的家名[2]。阿萨家有七个女子，她是大姐，从小就被称为"女星"。在纳西族的语境里，美丽贤惠能干的女子常常被称为"女星"。纺线、织毡、裁衣、刺绣、煮酒、做饭等，她不仅样样精通，还手脚麻利，她能歌善舞，像蜜蜂唱歌一样清脆，像蝉儿鸣叫一样悠扬。阿萨密的美名，传遍了金沙江两岸的村寨，甚至传到丽江去了。

阿萨密总是说，自己的姻缘要自己找。她一心想找能干、勤快、聪明且心意相合的男子做伴侣。阿萨密对歌也无人能敌，因此一般的男子，也不敢轻易

---

[1] 达勒：今云南省迪庆藏族自治州香格里拉市金江镇的仕达村，位于金沙江边。

[2] 家名：古代纳西族的姓氏，类似于汉族的姓，又与汉姓有差别。

去对歌，去求爱。石鼓木瓜寨的木瓜若，是个歌唱的好手。他来达勒村对情歌，与阿萨密对了整整三天三夜，又是唱"谷泣"，又是唱"猛达"，他们俩的歌响彻云天，山鸣谷应，歌逢对手，难解难分。歌声之优美，伙伴激动得跟着跳了三天三夜，听众也痴迷地跟着听了三天三夜。两人结下了深情，从此相爱了，约定到冬天就喜结良缘。房后的刺蓬也有耳！这事被丽江城里的木天王[1]知道了。他亲自跑到了达勒，他一见阿萨密，垂涎不已，癞蛤蟆想吃天鹅肉，决心占为己有。阿萨密的爸爸一句话也不敢说，谁敢违抗木天王呢？四方乡邻得知此事前来家里安慰，没有不难过，没有不心疼阿萨密的，大家都伤心地哭了。木瓜若听说了此事，瞬间头晕眼花，伤心过度，得了大病，卧床不起。这件事好似晴天霹雳，但阿萨密说，我绝不能像绿鹦哥一样，被拴在铁架子上，我不能自己跳入火坑。她在夜里悄悄用一只革囊，横渡金沙江，找到木瓜若，商量又商量，约定想反抗，又担心连累父老乡亲遭殃；决意想逃跑，却怎么逃得出木天王广阔的疆域呢？天亮了，阿萨密被发现了，胆小如鼠的木瓜若爸爸赶紧把她送了回去。木天王也听到了风声，也派人来每天守着阿萨密，寸步不离。

冬天到了，木瓜若一病不起，撒手人寰。根据他的遗愿，不进行纳西族的传统火葬，而是像汉族一样土葬，埋在了石鼓的拉什坡，这是前往丽江的大路边。阿萨密在腊月腊八那一天要出嫁了，木天王送来了堆成山的聘礼，花花绿绿，应有尽有，但阿萨密看都不想看一眼。出嫁前一夜，有人托梦告诉阿萨密，出嫁路上千万不可回头看。出嫁当天，木天王家来接亲的人山人海，浩浩荡荡，阿萨密被逼骑上一匹青鬃母骡，前呼后拥地送往丽江。走到石鼓拉什坡，木瓜若的坟前，阿萨密还是忍不住回头看了一眼。瞬间，狂风四起，雷电交加，阿萨密连人带骡被风云卷走了。她的影子被卷回到达勒村，永远印在了肯赤岩上。她本人则变成了一尊风神。

阿萨密心系家乡父老，每逢兵荒马乱、灾年厄年时。肯赤岩上的阿萨密就会提前对着村里唱道：猪儿翻地了，鸡仔扒田了！后来达勒的父老乡亲怀念、

---

[1] 木天王：即明代丽江纳西族木氏土司，因其领土广阔，实力强大，被康巴藏族和纳西族百姓称为木天王。

感恩她，建起了风神庙，时时祭祀，日日烧香[1]。

②文本分析

《达勒阿萨密》是一个典型的风物传说，是对金沙江边一个著名的景观，即达勒赤肯岩上形似女子骑骡子的壁影形象，以及对风神庙的由来的解释。该传说把现实与想象交织在一起，着力刻画了阿萨密悲惨的命运和鲜明的反抗精神。无论她是被木天王抢夺的民女或反抗家庭的木氏公主，这个故事的主题都是对封建领主的奋力反抗。在历史上，木氏封建领主（木天王）势力强大，出于扩张领土的需要，不停地对人民施以沉重的军役、劳役等沉重负担，人民处于水深火热之中，痛苦不堪。这个传说反映了木氏统治地区领土广阔、权势威严、等级森明，而人民的生活却是苦楚的，又难以反抗，通过阿萨密的人物刻画寄托了对封建领主、家长专制、门阀观念的不满和反抗意愿。

每逢灾荒，阿萨密就会进行善意提醒的情节安排，表达了古代生产力低下，常常灾害频繁，百姓苦不堪言，只能将风调雨顺，制服自然的愿望寄托于神灵保佑。又将阿萨密升格为风神，想象成传说中主事殉情的"风鬼"首领，与爱情乐园玉龙第三国联系起来，表达了对婚姻恋爱自由的充分肯定，对不合理婚姻的否定。

另外，传说描写了纳西族男女青年择偶、恋爱的主要方式是"对歌"等风俗，解释了纳西族新娘出嫁路上不能轻易回头习俗的由来。

三、风俗传说

风俗传说包括节日、婚丧嫁娶和游艺等习俗的传说。风俗传说解释的是各个地区、各民族风俗习惯的来历，为地方人民讲述传播，用来说明某项习俗的合理性。

1.《赛装节传说》

彝族的大多数节日都有一个优美而古老的传说，这类传说寄托了人类的希

---

[1] 和志武：《祭风仪式及木牌画谱》，云南人民出版社，1992，第132–142页。

望，延续着节日的"生命"，"赛装节"即是如此。

①内容概述

"赛装节"源于一个名叫"器西"[1]的传说。追溯直苴村彝族区水稻生产的历史，子孙们不会忘记为他们带来谷种的祖先。相传500多年前，有猎人朝里若和朝列若两兄弟，从耶里拉巴(现大姚县三台乡一带)撵三头野猪到直苴，三头野猪到一个大泥潭中打滚，两兄弟弯腰喝水时，挎在身上的箭筒中掉出了三粒谷种到泥潭中，两兄弟眼看野猪滚过的泥土是黑色的鸡粪土，于是肯定这里土质非常肥沃，便祈求道："这里如种得出庄稼，希望野兽不要吃，谷穗像马尾一样长，谷秆像马脚一样粗。"到了阴历八月，两兄弟又撵野猪到直苴来时，果然如他俩祈求的泥潭中长出了三丛稻谷，并且枝头挂满了金灿灿的谷穗。两兄弟就从耶里拉巴动员了一些人搬到直苴来开垦这片土地，栽秧种地定居生活下来，并且形成了直苴村寨和组织管理这个村寨的社区组织——伙头制。

②文本分析

首先，故事解释了"赛装节"蕴含的深远文化内涵。

节日传说作为联结节日表象与深层内涵的纽带，因节日习俗与原初的节日观念丝丝入扣、紧密呼应，所以，成为解释节日观念的首要外化形式。

永仁县直苴村的谷种起源传说正是有力地解释了"赛装节"萌芽于稻作祭祀的深层内涵，并说明了其存在和不断得到丰富的原因。谷种起源传说中朝里若、朝列若两兄弟被视为直苴村彝族区的祖先，正因为是他两兄弟带谷种到这里并带领先民们进行垦殖定居下来，奠定了现今直苴稻作农业的基础，创造了富有地域性质的稻作农业文化，兄弟俩理当受到敬奉，被尊为至上神祇。况且祭祖是彝族人民的文化传统，以本民族最隆重盛大的祭典来祭祀，时间往往与本民族年节重合，形成本民族最盛大的祭典。

其次，"赛装节"体现的审美意识。

"赛装节"是彝族稻作文化体系中最富有民族性和地域特色的节日。

---

[1] "器西"：这是直苴彝区的一个社会组织"伙头制"。

现今的"赛装节"，从表层内容看，是兼具了男女郊游、庆贺、歌舞、集市贸易为一体的综合性节日；从深层蕴含考察，则能看出是一个农业民族千百年顽强地传承自己的民间信仰、文化创造的真实反映。自从直苴彝族人民的祖先带谷种到这里便开始从事稻作农业生产，并且不断地繁衍，这些始终都贯穿在彝族稻作文化之中。在物质文化持续发展的同时，直苴先民的精神文化观念亦日益丰富、深化，先民们在最早的生存活动中，也产生了最初的审美心理和意识，生殖——祖先崇拜的原始思维将初民把带来谷种的祖先神化，祖先崇拜意识也就产生了。所以，直苴彝族人民时常要向代表祖先神灵的"器伙"礼拜、祈祷，祈求平安。

随着直苴彝族人民自我审美意识的不断增强，开始关注自身，"赛装节"也就由初始单纯的祭祖娱神活动逐渐演变为娱人的赛装审美活动，"赛装节"由此而得名。初始的"赛装节"，是由年轻姑娘围绕代表祖先神灵的"器伙"跌脚赛装比美以取悦于祖先，与祖先同乐，共同庆贺稻作农业的丰收；开秧门等农事活动还保存了古老社会生殖崇拜的思想意识和部分礼仪。因此，"赛装节"是深深地植根于当地彝族的稻作农业文化中的。牛在农耕生产中是不可缺少的帮手，自然受到了格外的礼遇，表现在"赛装节"祭祖的祭词中未婚的男性青年朝里若和朝列若两兄弟与黄牛牯子两相对应，这样非常明显地表明了直苴彝族人民崇拜牛的习俗。这也造成了直苴彝族人民原始宗教的崇拜对象融合了祖先崇拜和牛崇拜。最终的结果是随着直苴彝族区稻作农业的发展，稻作文化的内涵得到不断传承和丰富，表现形式也更为多姿多彩；反过来，植根于其稻作农业基础之上稻作文化的审美观念意识自身的能动性也积极地影响着该地区农业的发展。

2.《天马吃庄稼——关于"六月六"的传说》

该传说讲述了"六月六"的来源，反映了布依族人民的生活状态，表达了他们的思想情感。

①文本案例

从前，一位卜利名叫王幺公的，膝下有玉连、慕连两个儿子。玉连脑子笨，又不肯用功；慕连又聪明又用功。因担心家产日后落在慕连母子手里，玉连的母亲王大娘便想方设法地陷害慕连。被迫无奈之下，慕连只得选择去当兵，其母也被赶出了家，四处流浪乞讨。三年后，已经是大将军的慕连，骑着高头大马，背后有红红绿绿的旗子，终于与其母团聚。王大娘得知了这一消息，自己便撞死了。可是她害人之心未死，变成了可恶的"天马"，一窝蜂飞下来，扑进地里糟害庄稼。而聪明的慕连吩咐随从打着旗子，到田里去转。"天马"一见到红红绿绿的旗子，就像王大娘见到王慕连一样，都吓跑了。这样，每年的六月六，人们就用鸡血、猪血染红各种小旗子来吓"天马"，来保护田里的庄稼。[1]

②文本分析

首先，该传说表现了布依族人民对真善美的追求。

布依族人民把自己的道德理想寄托在传说中的人物身上，用真诚的感情揭开了社会上存在的虚伪面纱，这些人物形象或许带有一些理想色彩和传奇色彩，但它并不虚幻。传说中的布依族人民具有的美好品德，而这正是体现了布依族人民的道德观、价值观和在艺术表现上的创造力，这些动人的感情表现出的真挚与真诚，最终表现了人性的美。

善从古至今一直是人性之大美，布依族人民也深深认识到这一点。他们也追求善良和仁义这些优良的美德，该传说对慕连的赞扬，体现了对善良、仁爱、舍生取义等美德的追求。慕连的善良与王大娘的丑恶、贪婪形成了鲜明的对比，从这美与丑的对比中，衬托了善良的美好。把生活中的丑转化成艺术中的美，反映了对善与恶的深刻领悟，能达到劝诫世人的目的。传说中人物形象所表达的善品美德，含有布依族人民对人性的思考，反映了他们对善的执着追求和渴望。布依族人民把自己的道德理想寄托在这些人物身上，用真善美揭露了社会

---

[1] 贵州省社会科学院文学研究所、黔南布依族苗族自治州文研室合编《布依族民间故事》，贵州人民出版社，1982，第62-67页。

上存在的假恶丑，并告诉人们好人会有好报。

其次，该传说体现了布依族人民对光明和美好的向往。

传说中王二娘这一人物形象具有悲剧的色彩。她不仅饱受王大娘欺负，还哭瞎了双眼。令人惊喜的是，她最终盼回了儿子的功成名就。这则民间传说通过对人物凄惨命运的描写，意在表达鼓励人们战胜黑暗的勇气，也体现了布依族人民对美好生活的执着追求和渴望走向光明的坚定信心。

最后，该传说凸显了布依族语言的独特魅力。

传说故事的语言简洁朴素，却是生动传神，简洁却不乏美感，三言两语便清晰地勾勒出幕连的形象，展现出人物的精神面貌。传说的语言简洁生动，还具有幽默风趣的特点。这样的语言运用，使得传说更加贴近生活，以一种独特的面貌来展现其魅力。如描写"大娘又气了个半死"，巧妙地运用口语化的幽默语言，生动地再现王大娘当时的窘态，读后让人忍俊不禁。布依族的民间传说中充分地融入了当地方言，把口语、俗语等生活化的语言和书面文字相融合，实现了文学与日常生活精髓的最佳融合。

3.《吃鼓藏》

《吃鼓藏》是苗族的节日传说，追溯了苗族吃鼓藏的缘由。传说"昂"是人类的祖先，他心狠毒，不独残害生灵，甚至连自己同胞兄弟也想吃掉。古时万物都会说话，"昂"曾残害过树和石头，因而激起公愤，于是大家商议对付"昂"。这时"风"是首领，"风"遂设计报复"昂"。大伙知道"昂"的弱点，就设法利用蜈蚣虫来害"昂"。"风"故意说："某处石头上有一铜鼓，铜鼓下面还有很多银子，谁能取来大家分用。""昂"知道了后，即到"风"所说的地方去取铜鼓和银子，岂知铜鼓下面有一大蜈蚣，"昂"伸手去取时，被蜈蚣咬着手指，中毒而死。死后，"昂"的尸体埋在榕江。"昂"被蜈蚣咬伤手指痛极时，以手拍石壁，印了一个血手的痕迹在嗡牛（属榕江）。"昂"死后三年，有人得了重病，经多方医治未愈，后请"鬼师"看卦，说是"昂"来作怪，并说："昂"什么都不要，只要人们做芦笙吹，做木鼓敲，杀猪宰牛敬他，病人照着去做后，果然痊愈了。从此，有人生病，经"鬼师"看出认为是祖宗来要猪、牛时，即须吃鼓藏。

其实，每个地区的风俗习惯都是在特定自然环境和社会环境中形成的，这些行为活动逐渐固定为某种行为模式和日常习惯，是人们生活经验的总结。为了后代能够遵循这些风俗惯制，民众逐渐衍生出种种传说故事来解释其中的合理性。各个地区的风俗传说往往与当地的历史文化紧密相关。例如，各地都有关于端午节包粽子的传说，在长江中下游一带，包粽子是为了纪念伟大的诗人屈原。然而，在北方地区，粽子通常是三角形，其由来与孟姜女的故事有关。

> 大家都知道，端阳节的粽子是纪念屈原的。但粽子的形状没有一定之规，啥模样的都有。不过，长城沿线的粽子大都是三角形的，像缠足女人的脚丫。据说，那是孟姜女留下来的。
>
> 孟姜女的丈夫范喜良被抓去修长城，一去三年，音信皆无。孟姜女特别想念丈夫，梦里时常哭醒。无可奈何，她安顿了公婆后，便不辞劳苦，去寻找丈夫。临走时，她生怕丈夫挨饿，千方百计琢磨着给他做些称心如意的干粮。
>
> 经过冥思苦想，她决定给丈夫包粽子，因为粽子有黏性，不致被吹得干裂，而且耐饿。她还在粽子里放了三枚红枣，意思是一别三年；而粽子的形状，就是模仿自己的脚，她想让丈夫知道，妻子千里迢迢，跋山涉水的不容易。
>
> 从那以后，当地老百姓包的粽子也就变成了三角形。
>
> 每到端阳节，人们吃粽子的时候，就会想起孟姜女寻夫的故事。[1]

可见，哪怕是同样的习俗，在不同地区也有着不同的传说故事，民间风俗传说有着较强的地域性，总是与各个地区的文化相关联。又如，在湖北襄阳地区，娶亲的时候，有给公公打花脸的习俗，其形成缘由也有着一段十分有趣的传说。

---

[1] 张义编著《八达岭长城传说》，北京美术摄影出版社，2019，第53—54页。

从前，荆山乡间出现一桩桩怪事，不管谁家的姑娘出嫁，洞房之夜都会遭到一个面似黑锅、相貌吓人的黑大汉调戏。这年又有一位姑娘出嫁，洞房之夜遭到黑大汉的糟蹋，回娘家后把此事告诉母亲，母亲带姑娘到关帝庙中烧香磕头，求关帝保佑。新娘子看到关老爷身旁的黑周仓，以为洞房之夜那个黑汉就是周仓，破口大骂，乡亲们一怒之下把关帝庙中的神像全部推倒。恰好那天关老爷不在庙中，周仓莫名其妙，不知所措。晚上关老爷回来后，问清事由也十分纳闷，因为周仓每天晚上和他寸步不离。

后来只要村中有姑娘出嫁，关老爷和周仓必到，他们去谁家，谁家就平安无事。为了弄清真相，关老爷变成出嫁的姑娘，终于捉住了那个害人的黑大汉，原来他是关老爷神像座底下的一条乌蛇假扮周仓形象祸害新娘子，周仓斩杀了那条蛇。

从此再也没有类似的事情发生，村里人结婚都请关老爷和周仓参加，时间一长，关老爷和周仓应付不过来，谢绝不去了。人们只好在办喜事的那天，用锅烟子或黑油彩在公公的脸上打花脸。意思就是关老爷和周仓在此，以镇邪除妖。[1]

风俗传说往往反映出地方文化中的规则与禁忌，通过传说的方式讲述出来，往往能更加容易使人接受和传承。这些传说大都与地方的社会历史背景有关，体现了人民日常生活中的经验与智慧。

中国的各个地区、民族都有独具特色的风物，也形成了丰富多样的传说。例如，贵州茅台酒、天津狗不理包子、景德镇瓷器、杭州东坡肉、荆州矮子馅饼、武汉蔡林记热干面等，往往都有与之附会的民间传说。这些传说与地方的历史、风物紧密相关，凸显了地方的风土人情与文化风气。通过这些生动的传说，这些地方风物流传到更多地方，被更多的人所熟知，甚至成为该地区的代表性特产。

---

[1] 张治国主编《襄阳民间传说研究》，武汉大学出版社，2020，第172-173页。

四、民间传说的当代价值

民间传说来源于广大人民群众的口头创作，它是人民集体的历史记忆，饱含着民间对历史人物、历史事件的真实看法与评价，表达的是老百姓真实质朴的情感。民间传说通过夸张、想象、巧合等艺术表现手法，增强其情节的感染力，能够满足人们对美好生活的憧憬与向往，对丑恶现实的批判。民间传说与地方景观、历史与文化的结合，强化了人民对地方的认同感与归属感。不仅如此，传说中蕴含的道德观念与是非标准在潜移默化中形塑着人们的言行举止，具有培育人民价值观与制约行为的作用。正因如此，民间传说在今天的社会治理、旅游发展与文化建设等领域发挥的价值得到越来越多的关注和肯定。

1. 民间传说中的历史真实及其文献价值

民间传说与历史事实有着千丝万缕的关联性。作为一种民间口头文学，民间传说在创作与传播的过程中不断变异。显然，传说并非历史事实的简单再现或复制。

民间传说的创作以特定的历史事件、历史人物或地方事物为基础，传说的讲述者也常常将传说与当地的人物景观、风物习俗相互印证，甚至用亲眼所见、亲耳所闻来强调传说内容的真实性。可以说，民间传说无论在人物、事件、情节上，还是在讲述方式上，都在不断渲染强化着故事是真实可信的。实际上，民间传说在部分情节上确实具有真实性。"故事中的主要人物是历史上或现实中实有的，其主要事迹和人品也基本属实；或者故事情节所依托的背景是历史上实有的重大事件；或者所解释的事物名称、特征等是真实的；或者讲述的景物特征可现场观看、历史故事有'遗迹'可循。"[1] 尽管在民众的口述与传播中，民间传说受时代和讲述者的影响，会呈现不同的样态，但其核心的情节、人物、事件却始终与历史事实保持着某种张力。民间传说的真实性主要表现在以下几个方面：

① 民间传说表现了历史时空中的社会生活现象

这一特征尤其体现在"箭垛式"人物形象的形成与发展中。胡适认为："古

---

[1] 黄涛：《中国民间文学概论（第二版）》，中国人民大学出版社，2013，第116页。

代有许多东西是一班无名的小百姓发明的，但后人感恩图报，或是为便利起见，往往把许多发明都记到一两个有名的人物的功德簿上去。最古的，都说是黄帝发明的。中古的，都说是周公发明的。……那一小部分的南方文学，也就归到屈原宋玉（宋玉也是一个假名）几个人身上去。"[1]这般形成的人物情节，就像是诸葛亮"借箭"用的草人。例如，孟姜女传说的雏形是春秋时期的杞梁妻。杞梁妻的丈夫战死了，在送葬的路上遇上了君王，君王要在野外表达哀悼之情，被杞梁妻以不合礼制而拒绝。这时，孟姜女的传说还只是一个关乎礼仪的贵族阶层的故事。战国时期，人们好制乐吟歌，于是原本的情节中加入了"杞梁妻哭丧"的描写，且她的哭丧成了有韵律的歌调。汉代，天人感应学说兴起。于是，杞梁妻的哭声可以感天动地，甚至能使城墙都为之倾塌。到了南北朝时期，北齐兴修长城，人们便将杞梁妻哭倒城墙演绎为哭倒长城，用以表达人们对统治者不惜民力的批判。到了唐代，人们又进一步将这一传说与最先修建长城的秦始皇联系在一起。至此，孟姜女的传说基本定型。

可见，"箭垛式"人物形象的形成与发展同历史有着紧密的联系。民众往往将历史生活投射到民间传说中，形成一个个颇具时代色彩且形象鲜明的人物。"箭垛式"的人物形象具有极强的囊括性与包容性，民间传说的流变显示出不同时代、文化风气及民间日常生活的样态，折射出民众对历史事件的态度与现实生活的愿望。[2]民间传说中涉及的社会生活现象，能够充分体现历史事实。因此，民间传说具有重要的社会史意义，是考察民间历史不能忽视的重要文化资料。

②民间传说体现了立足于客观历史现实建构的集体记忆

民间传说虽然存在虚构与夸张的因素，但这种对历史事实不自觉的艺术加工，是民众对过去历史的一种处理方式，是民众在生活经验与艺术想象的基础上，对过去的一种解释与建构。许多地区流传的传说都被当地人视为是历史真实发生的故事。例如，沿海地区流传着许多妈祖的传说。当地人相信妈祖是宋

[1] 胡适：《读楚辞》，载《胡适文存》，上海亚东图书馆，1924，第141—142页。
[2] 王伟杰：《多面性"箭垛式人物"的形成原因及其启示》，《民俗研究》2013年第5期。

代莆田湄洲屿的一位妇女，她神通广大，普济世人，一直保护着沿海地区的民众。从事海上航行的水手以及对外贸易的商人们更是将妈祖视为保护神。当地人深深相信妈祖的力量，修建了许多庙宇进行祭拜，还会定期举办庙会。在沿海民众看来，妈祖的传说故事就是真实的，人们对妈祖传说的讲述，也表达了老百姓对妈祖的感激与爱戴之情。

其实，历史又何尝不是一种对过去生活的建构呢？只是这种建构方式的主体及其思维模式与民间传说的不同罢了。民间传说是民众从自身视角出发对过去的一种把握与理解，尽管其中多有虚构之处，"但是他们所表现出现的历史情景与创作者和传播者以及改编者的心态与观念却是真实存在的"[1]。

我国历史悠久，历史文献非常丰富，但民间历史与民众话语却一直处于缺位、失语的状态。民间传说虽然不是史学家所谓的历史，但却真实再现了民众的历史观念，承载着民众的思想与文化，是探寻民众集体记忆与民间文化的重要文献资料。而且，民间传说中包含着大量的日常生活知识，记录了民间的习俗、经验与智慧，具有十分重要的价值。

2. 民间传说的传奇性及其审美价值

传奇性是民间传说的显著特征。这种传奇性使传说在总体上符合现实生活的内在逻辑，同时，又运用夸张、巧合、虚构、超现实的艺术手法来推动情节的发展，使内容跌宕起伏、引人入胜，给人带来精神上的愉悦与享受。

①传奇性的情节增强了民间传说的艺术感染力

传奇性的情节变现实生活中的不可能为可能，满足了民众对美好生活的愿望与诉求。例如，梁山伯与祝英台的传说中，原本二人两情相悦，然而，待梁山伯到祝英台家提亲时，祝英台已经被许配给了马文才。不久，梁山伯因病逝世。祝英台在出嫁当天，来到梁山伯墓前祭拜，没想到狂风大作，梁山伯的墓突然裂开。祝英台奋不顾身地跳了进去。随后，从墓中飞出一对形影相随的蝴蝶。

---

[1] 万建中：《民间传说的虚构与真实》，《民族艺术》2005 年第 3 期。

这则传说用墓突然裂开与化蝶的传奇性情节，成全了梁山伯与祝英台之间纯洁真挚的爱情，满足了民众对"有情人终成眷属"的美好愿望，反映了老百姓对封建婚姻制度的抗议以及对自由爱情的追求。现实中的遗憾与不可能，通过传奇的情节，在民间传说中成为可能。这种艺术表现手法极大地调动了民间传说的情感浓度，顺应了民众的内心诉求，使传说更加具有感染力与表现力。屈育德指出："在富有传奇性的传说中，真实情景与奇情异事达到了辩证的、有机的统一，它既给人以真实可信的感觉，又使人感到惊心动魄不同凡响"[1]。

民间传说的传奇性使其部分情节具有虚构和幻想成分，这看似与传说的可信性、真实性相互排斥，但实际上二者在民间传说中实现了对立统一。传奇性的情节并非天马行空、漫无边际的幻想，而是客观历史事件的艺术化表达。传奇性是从历史真实中衍生出来的，它基于真实的事件与人物情节，具有现实生活的真实气息。通过民众集体的艺术创造，这种客观事实被抽象与加工，呈现出比现实生活更加深刻典型的情节。可以说，客观事实的素材、可信性的表述方式与传奇性的艺术加工在民间传说这里得到了完美的融合。

②传奇性的情节是反映现实社会生活、诠释过去历史的独特艺术方式

在民间传说中，传奇性的内容主要分为两种：一种是偶然、巧合以及带有夸张性的情节桥段。例如，织女下凡洗澡，凑巧被经过的牛郎撞见了。另一种是带有超现实的幻想性内容。例如，王母娘娘为了阻拦牛郎织女相见，拿发簪朝天空一划，就出现了一条横隔在牛郎织女之间的银河。民间传说的情节总是曲折离奇、千回百转，通过这些传奇性的艺术手法来推动情节的发展起伏，往往给人一种既在情理之中，又出乎意料的感受。这种奇而不怪的效果，是因为民间传说虽然超乎现实生活，却顺应了民众的内心世界，从而能够赢得民众的喜爱。

例如，民间有一则关于药王爷孙思邈的传说：

唐朝贞观年间，有个名医，叫孙思邈。

---

[1] 屈育德：《传奇性与民间传说》，《北京大学学报（哲学社会科学版）》1982年第1期。

一天，孙思邈到深山采药，突然在眼前草窠儿里钻出一只老虎。孙思邈慌忙躲闪。可是，他往东躲老虎就往东迎，他往西闪老虎就往西拦，左躲右闪怎么也跑不脱。孙思邈心想，反正跑不掉，等死吧！就站在老虎面前不动了。老虎见他不跑了，就扑通一下跪在地上，一边流泪一边用爪子指自己的嘴。孙思邈往老虎口里一看，明白了，原来是老虎的嗓子里卡着一块骨头。"啊哈，你不是要吃我，是让我给你治病啊！"孙思邈说着就放下药筐，用爬山绳子上的铁圈子，撑住虎嘴，伸手取下卡在嗓子里的骨头。老虎朝他点了点头，走了。

孙思邈采药回到家中，第二天，京城来了两个差臣，请他去给皇帝李世民治病。孙思邈来到皇宫给皇帝诊过脉后，看病情很重，连续开了三个方子，给皇帝服了。不几日，皇帝病就好了，说："爱卿，真乃神医也。留下做朕的御医吧！"孙思邈忙说："谢万岁，臣一介山野村夫，既要为平民诊病，还要上山采药，已成习性，望万岁成全微臣！"皇帝一听，很是高兴，就说："好好！朕恩准。"孙思邈谢过皇恩，起身回家，路上，走得很乏累，来到一棵树下歇息一会儿。坐下后，又有些乏困，就睡着了。

孙思邈走后，皇宫的御医很是不快。这个人是个心胸狭窄的人。他心想这回孙思邈砢碜了我，今后出头就难了。他正在气不忿，偏巧脾气暴躁的大将尉迟敬德来了。御医灵机一动计上心来，走上去说："将军多亏你守门驱鬼，万岁才龙体大安，不料，今天来了个山野郎中，硬把功劳揽在他身上，还说了将军一些坏话，真是气煞人！"尉迟敬德是个粗人，闻言大怒，问："这话可真？"御医忙说："这等事我怎能说谎？"尉迟敬德不由大怒，提鞭上马追了下去。

尉迟敬德追到半路上，见孙思邈正靠着树睡觉，来到近前举鞭要打。突然从孙思邈身边草窠里蹿出一只猛虎，尉迟敬德刚一闪身，猛虎从头上旋过；再转回身来，猛虎又迎面扑来。尉迟敬德虽是一员大将，可这只虎就像疯了一样扑来扑去，一会工夫尉迟敬德就杀出一身热汗，只好骑马退走。他回来对大臣一说，大臣们说道："孙思邈，龙帮虎助不可伤害呀。"

从此，孙思邈成了一代名医，人们称他是药王爷。[1]

---

[1] 中国文学艺术界联合会、中国民间文艺家协会编《中国民间文学大系·传说·吉林卷（一）》，中国文联出版社，2019，第61-62页。

这则传说的主要情节包括给老虎治病、给皇帝治病、御医嫉妒挑拨、老虎护身，这些情节独特奇异，环环相扣，具有非常强烈的冲突性和戏剧性。其实，这种传奇性有着深厚的生活依据和心理基础，作为一种集体的口头创作，为了能够激发听众的兴趣，增强民间传说的感染力，民间传说在流传的过程中过滤了大量平常的生活事件，不断集合老百姓日常生活中最特别、最鲜明的事件，从而塑造出鲜明的人物形象与尖锐的冲突起伏。民间传说的传奇性具有十分重要的艺术审美价值。

③传奇性的情节极大地增加了传说的故事性

使用幻想、夸张、虚构等艺术手法，不仅推进了故事的发展，还增强了民间传说的故事性，给人以"山重水复疑无路，柳暗花明又一村"的感受。具有传奇色彩的民间传说不仅彰显了民众的褒贬态度，还表达了他们对真善美的向往与追求。传奇性是一种民间文学艺术创作的独特方式。传说塑造的人物形象与情节故事总能精准地捕捉到民众的所想所愿，连贯的情节线加上具有传奇性的艺术手法，使民间传说能够在历史时空中不断传承发展，始终保有蓬勃的生命力，对后世的文学艺术形成了多方面的影响。

3. 民间传说的黏附性及其旅游经济价值

民间传说是以地方纪念物为核心展开的，其讲述离不开特定的历史人物、历史事件或山川风物。其实，许多民间传说在最初与真实事物并没有联系。在人们的口头讲述中，为了增强故事情节的真实性与吸引力，便将传说中的某些情节人物与真实的历史人物、历史事件或地方风物联系在一起，将原本虚构的故事情节附会到现实生活中的人物或事物之上，增强了民间传说的历史感与真实感，使传说具有了地方特色。例如，屈原投入汨罗江，鲁班修建赵州桥，孟姜女哭倒万里长城……这些传说将部分虚构的情节、人物与真实客观的事物相结合，强化了民间传说的历史感与真实性。

①民间传说的黏附性使其与地方景观呈相互建构的动态关系

一方面，传说必定围绕纪念物展开，地方的自然风貌、人文景观都可以成为传说的中心。民间传说将自然景观或人文景观传奇化、神秘化，地方景观既是传说的素材，也是传说的依据。另一方面，为了满足某一传说的需要，相关景观纪念物也会随着民间传说的流传而建造，各种与传说有关的艺术形式，如舞蹈、戏剧等应运而生，从而丰富地方民间的人文空间。例如，《白蛇传》的传说情节最初与西湖、金山寺等景观相黏附，而随着传说的流布，周边修筑了不少新景观来迎合民间传说的发展。在金山寺慈寿塔的西侧，有一个"法海洞"，原名"裴公洞"。20世纪80年代末，正式改名为"法海洞"。不仅如此，洞中还建造了一尊法海的石像，成为当地《白蛇传》传说的重要纪念物。同为《白蛇传》中纪念物的还有雷峰塔。雷峰塔大约建于五代十国时期。大约在明代，雷峰塔镇压白蛇的传说情节才确立下来，而此时距离雷峰塔的建成已经有数百年了。1924年，雷峰塔倒塌。直到21世纪末，浙江省杭州市才决定重修雷峰塔。2002年，新雷峰塔在西湖之畔告成。新建成的雷峰塔成为白蛇传的叙事载体，作为人文风景对外开放，不仅对白蛇传的故事有了进一步的宣传，还带来了可观的经济收益，促进了地方文化与经济的双重繁荣。[1]

可见，民间传说的黏附性不仅是对地方自然景观或人文景观的艺术想象和口头叙事，还具有形塑和改造地方景观与人文环境的重要实践作用。作为民间生活文化的重要组成部分，民间传说以其特殊的方式保留着人民群众的想象，表达着老百姓对历史的认知与理解。在文化与经济相互融合、彼此助力的今天，民间传说中的现实价值越来越被人关注。民间传说的讲述与流布，赋予客观实在物以人文气息与地方灵韵，让历史记忆借由具体景观得以生动地再现。

②被渲染的地方风物成为当地发展旅游业的重要资源

经由民间传说渲染和加工的地方风物，也可能成为代表性的地方特产或景观。武汉地区的小吃中，最著名的要数"蔡林记"热干面了。据说，民国时期，一名叫蔡明伟的农民从黄陂县来到汉口，以卖面条为生，因为他卖的面条分量足、配料全、味道好，人们都愿意买他的面。随着生意日渐兴隆，蔡明伟忙得

---

[1] 余红艳：《走向景观叙事：传说形态与功能的当代演变研究》，《华东师范大学学报（哲学社会科学版）》2014年第2期。

应接不暇。于是，他开始摸索更快的煮面方法。经过反复试验，他发现，如果前一天将面煮到七层熟，平摊在案板上，淋上香油晾干，第二天只需要在水里烫几下，再加上佐料就可以食用了。而且，这种面没有汤水，不会烫嘴，还能够端着吃、走着吃，非常适合汉口地区的工人和商贩。蔡明伟的发明深得武汉当地人的喜爱，于是，"蔡林记"热干面也就成了当地的著名小吃。[1]这则风物传说解释了"蔡林记"热干面的由来，塑造了勤劳智慧的民间手艺人形象。目前，"蔡林记"热干面被评为武汉市的非物质文化遗产，成为当地具有代表性的物产，不仅本地人喜欢，外地游客来到武汉也一定会购买品尝，甚至会作为地方特产带给亲朋好友。从这个意义上说，民间传说就是当地风物的"文化品牌"。传说对某地方事物的传奇性解释，能够最大程度地迎合老百姓的心理需求，打造有特色、有文化、有历史感的商品。可以说，民间传说已然成为当代旅游与地方特色经济的重要组成部分。

民间传说作为客观事物的传奇叙事，以其跌宕起伏的情节与独特的艺术魅力，将地方景观塑造成有故事、有人物、有历史纵深感的地方图景，为客观事物营造了一种光怪陆离、神乎其神的效果。民间传说的黏附性使原本具象的客观事物升华为具有地方人文风情的景观。在民间传说流布过程中，地方景观不断再造，不仅迎合了当地民众的心理需求与对美好生活的向往，而且吸引了更多外来游客前来体验、观光、品位与享受，为地方经济的发展提供新动力。民间传说的黏附性，使民众从眼前的现实追忆到遥远的过往，在民间传说的讲述中，自然与人文、历史与现在、现实与想象在人们心中交融激荡，这些都是表达了千百年来民众对美好生活的追求与热爱。同时，民间传说的黏附性赋予了地方风物、景观以历史感与亲切感，契合了现代社会飞速发展过程中，人们对乡土世界的想象与怀念，成为经济、旅游发展的重要资源与动力。

4. 民间传说的教育性及其社会治理价值

民间传说中蕴含着民间的人生观、价值观和世界观，表达了民众的思想道

---

[1] 周德钧：《杂议"蔡林记"》，《武汉文史资料》2007 年第 3 期。

德与社会理想。

①民间传说的教育性

民间传说赞扬民间善良勤劳、勇敢正义的优良品质，对懒惰、贪婪、不孝、软弱的行为与秉性进行否定与批判。通过虚构传奇性的故事情节与力求让人相信的讲述方式，民间传说中的道德形态渗透到民众的日常生活之中，对人们的言行举止起到了非常重要的约束与规范作用。襄阳地区有一则《鹅为什么不吃肉》的传说：

长翅膀的禽鸟都吃虫子，唯独白鹅不沾荤，啥窍呢？

相传春秋战国时候，有一个叫公冶长，他能听懂鸟兽说话。一天，他到朋友家去玩，主人很高兴，天黑了，跟老伴商量说："公冶长先生来了，也没啥好吃的东西。明日，把老母鹅杀了给他吃，表表我们的心意。"

这话叫老母鹅听见了。老母鹅把小鹅们叫齐，一面哭一面交代："公冶长先生来了，主人要杀我招待先生，我死了，饥饿、冷、暖都靠你们自己照料。你们要听话，大的多照看小的。莫打架，莫惹主人生气。"说着说着，哭成一坨。

这些伤心的话，都叫公冶长听到了。他想，就为了我吃顿肉，害得一群鹅这般可怜，叫人多伤心啊！我不能吃这顿肉！他打定了主意便入睡。

第二天早上，公冶长听到主人开门，也赶快起来。走到门口一看，主人已经把老母鹅提在手里，便问："你提鹅干什么？"

主人说："你来了，我们也没得好菜……"

公冶长说："快点放了！我已经吃斋了！"说着把鹅夺过来放了。

老母鹅得救了，小鹅们喜欢得没法说。老母鹅说："多亏公冶长先生救了我，我们没别的报答他，只有跟他学，他吃斋，我们也吃斋。"

从那时起，鹅就不吃肉了。[1]

这则传说赞扬了公冶长仁慈善良的品格，同时也对鹅感恩的行为进行了宣

---

[1] 张治国主编《襄阳民间传说研究》，武汉大学出版社，2020，第228—229页。

扬。民间传说中的人物形象蕴含着善、恶、是、非的价值评判，其中的教育性是社会教育的重要组成部分，宣扬了中华民族优秀的传统文化观念。这种教育作用在传说讲述者与听者之间体现，潜移默化地影响着人们的言行举止，塑造着地方的精神文化特色。

②民间传说对地方社会治理的重要价值

首先，民间传说有利于乡土文化和民族精神的传承与理解，增进民众的乡土情感。民间传说通常与地方景观紧密相连，具有浓郁的地方特色。

传说叙述与地方有关的历史人物，刻画具有地方风情的建筑景物，对地方习俗文化进行生动的解释，语言充满地方乡土气息，赋予客观景物神采灵韵。无论是传说的讲述者还是听众，都会逐渐形成一种对家乡的自豪感。民间传说的传述能够激发民众对乡土风情产生一种爱护之情。从民间传说故事中，人们生发出一种共同体意识，形成一种对地方的认同感和归属感。

其次，民间传说中宣扬的道德观以及惩恶扬善的态度，有利于地方文化风气的培养与塑造。

东汾阳村在春秋战国时期属于晋国的政治核心区，晋国有名的赵氏家族就在这里繁衍生息。因此，东汾阳有着较多的赵氏村落。这些村落流传着《赵氏孤儿》这个著名的传说。这个传说讲的是春秋时期，晋国程婴、公孙杵臼和韩厥等人为了保护丞相赵盾家中的唯一血脉，与屠案贾斗智斗勇；最终，程婴、公孙杵臼等人设计以程婴之子换回赵氏孤儿赵武的性命，并由程婴夫妇忍辱负重、含辛茹苦地将赵氏孤儿养大的故事。这个传说在东汾阳地区广为流传。在当地人看来，赵氏孤儿的传说就是他们祖先的历史，当地祖祖辈辈的血脉中始终存有一种大无畏的忠义精神。在这种忠义精神的影响下，东汾阳地区的村落之间关系融洽，村民们有非常强烈的集体归属感与责任感，形成了忠厚仁爱、仁义守礼的地方风气。

最后，民间传说作为集体的历史文化记忆，不仅停留在民众的口头传述上，还能通过具体的生活实践，在地方社会治理中扮演重要的角色。

赵氏孤儿的传说在东汾阳地区的民间活动中占有十分重要的位置。每年，东汾阳地区都会举办赵大夫庙会，其中最重要的一场戏就是《赵氏孤儿》。庙会的举办作为地方民间传说衍生出的实践活动，其本身的策划、筹备就需要村民们之间互相配合，这不仅增加了村民们的交流，也增强了他们对村落事务的责任感。同时，赵氏孤儿的传说在当地已经不仅是口头传说，而是进一步演变为戏剧表演，并产生了许多与传说有关的风物和景观。这种口头传说向多种形态的转变，向当地人一遍遍传颂着过去的历史故事，强化着他们对地方的记忆。并且随着传说、戏剧的讲述与日常景观的呈现，将忠义道德融入普通人的生活之中，涵化为地方民众之间的和睦共处，转变为对祖国荣辱兴衰的关切，形成了地方民众所追求的人生信条。这使当地人具有强烈的文化共同体意识，凝聚为超越当下行政村落划分下的文化组织。[1]

本章小结

民间传说是广大人民群众叙述历史、描绘生活、讲述故事和表达情感的一种重要方式，体现了人们对美好生活的憧憬与向往。民间传说承载着民众的集体记忆，是"口传的历史"。传说故事与地方景观、历史文化相融合，强化了民众的地方认同感与归属感，其中蕴含的道德观念与是非标准形塑人们的言行举止。我国民间传说历史悠久，随着时代的进步，传说的数量日渐增多，主题和情节也更加丰富。如今，民间传说在社会治理、旅游发展和文化建设等领域起到越来越重要的作用。

知识拓展

1. 民间传说与历史的关系

民间传说的内容多为描述某位历史人物或某件历史事件，其内容所涉的时代、人物、地点和时间是相对固定的。尽管讲述过程中存在某些夸大和幻想成分，但关键的故事人物通常是历史上真实存在的，其部分情节符合历史的实际

---

[1] 孙英芳、萧放：《地方传说的生活实践性探究：以晋南赵氏孤儿传说为例》，《北京社会科学》2021年第10期。

情况。另一方面，传说源于民众的集体创造，真实表露出人民群众对历史事件或历史人物的评价，这种对历史的褒贬态度在情感上具有真实性。而且，民间传说讲述的事件、人物和事物通常与地方特有的风俗、文化和环境有关，这使得民间传说真实反映了地方文化和民风习俗。因此，民间传说也被誉为"口传的历史"。

当然，民间传说毕竟不是历史，其真实性并非指历史事实的真实性，而是一种情感的真实。

①就传说与历史的表现手法来看，民间传说多使用夸张、虚构、幻想等艺术表现方式，是民众基于一定史实进行创作加工，使其内容显得生动活泼、引人入胜。而历史记载则是严格按照史实来铺陈直书，其材料和书写是严谨规范、力求客观的，不容丝毫虚构与夸张。

②就创作主体来看，民间传说是人民群众集体创造、传承和享用的生活文化，而历史则由朝廷史官或知识分子整理，多以文字的方式保存下来，成为官方的正统史料。正因如此，历史的书写一般会受到统治者态度的影响。民间传说则不同，作为民众喜闻乐见的表达方式，传说的表达不会像历史那样拘束严谨，常以风趣诙谐的方式表达民众的喜怒哀乐，反映出民众对历史的褒贬态度，传说中的评价有时甚至会与正史中的记载大相径庭。另外，历史的书写一般有固定的作者，且一经完成，就不会发生较大变动。而民间传说主要以口头的方式传承，其情节常在传播的过程中因时代、地域或讲述者的不同而发生改变，一直在变动和创新。

③传说和历史的选材视角也有所不同。历史记录的通常是对时代发展、社会变革起关键作用的重大事件和伟人功绩，而传说关注的是民众日常生活中的人和事。许多民间传说的主人公都是形象鲜明却无足轻重的小人物，其讲述的故事也多与宏大叙事无关，如孟姜女、花木兰、梁山伯、鲁班等传说，大都讲述了一些平凡、真实而又令人动容的故事。因此，一方面要认识到民间传说在表达民众情感和观点方面的重要历史价值；另一方面，也要充分了解民间传说创作中的艺术手法，不能简单将传说中的内容与历史等同，而应该对传说中的内容进行严谨考证，联系其他历史素材，结合民间传说进行学术研究。

2. 从先秦到汉代民间传说的发展情况

我国的民间传说可追溯至先秦时期，这时的传说具有非常浓厚的神话色彩，富有最原始的想象。许多传说保留在古文献之中，其叙述常用"昔者……""上古""昔太古……"的形式，传说题材包括帝王将相、神仙人物、山川名胜和习俗风物，后世民间传说的情节和人物很多都能追溯到这一时期。最初的民间传说和神话、历史相互交融，例如，三皇五帝的传说既是远古神话的一部分，同时也被视为我国历史的开端。我们比较熟悉的传说有"黄帝蚩尤大战""神农尝百草""大禹治水""仓颉造字"等。这些与历史帝王将相有关的民间传说记载了中华民族的形成过程，树立了圣明君主和有志之士的典范，对中国文化具有深厚悠久的影响。

除了带有神话色彩的传说外，人物传说与史事传说也有初步的发展。《论语》《左传》《庄子》《国语》等诸子文献保留了许多孔子、老庄、晏子等人的传说事迹。

例如，《列子·汤问》中记录了一则有关孔子的民间传说：

> 孔子东游，见两小儿辩斗，问其故。一儿曰："我以日始出时去人近，而日中时远也。"一儿以日初出远，而日中时近也。一儿曰："日初出大如车盖，及日中，则如盘盂，此不为远者小而近者大乎？"一儿曰："日初出沧沧凉凉，及其日中如探汤，此不为近者热而远者凉乎？"孔子不能决也。两小儿笑曰："孰为汝多知乎？"[1]

这则民间传说充满了趣味，两个孩子对孔子的诘问以及孔子不知如何作答的情形，也反映出民间的诙谐与智慧。这一时期同样家喻户晓的传说还有"孟母三迁""孟母劝学""卧薪尝胆""名医扁鹊""伯牙子期"等。先秦时期的民间传说多依靠文献记录，此时的传说主题已呈现出多样性。

公元前221年，秦统一六国，建立了我国历史上第一个大一统国家，标志

---

[1] 《列子译注：精编本》，黄建军译注，商务印书馆，2015，第158—159页。

着我国统一的多民族国家基本格局的初步形成。国家统一与民族融合的历史背景，催生了大量的民间传说。这一时期，民间传说的内容和题材基本延续先秦时期的基本特点，但在人物类型和传说情节上更加丰富完善。秦汉时期民间传说的发展尤其体现在知识分子对传说的辑录，出现了许多集成的传说文本。司马迁在《史记》中收录了神话和民间传说作为历史文献的补充，"世家"和"列传"中也采纳了大量民间传说作为描述历史人物的材料。同样收录大量民间传说的，还有《战国策》《列女传》《淮南子》等作品。其中，《淮南子》收录了从上古时期到汉代众多脍炙人口的民间传说，包括"三皇五帝""后羿射日""嫦娥奔月""夸父逐日""神农尝百草"等著名传说，为我国民间传说的辑录与传承做出了较大贡献。

值得一提的是，神仙传说在秦汉时期得到了一定发展。神话传说也称"仙话"，最早可追溯至春秋战国时期。秦汉时期的统治者对长生不老的追求，使得这一传说类型得到了长足发展。刘向的《列仙传》和东方朔的《神异经》是这一时期的代表，这类仙话传说的内容大多是仙人为百姓治病，帮助百姓脱离困境，反映了神仙在民众心中乐善好施的形象。秦汉时期的神仙传说的发展，使许多上古神话中的主人公形象发生了转变。例如，西王母在《山海经》中还是动物的形象，到了秦汉时期，在民间传说的描绘中演变为高贵典雅的神仙领袖了。

思辨性问题

1. 民间传说与民间故事的区别是什么？
2. 怎样理解民间传说的传奇性？
3. 民间传说与历史的关系是怎样的？
4. 简述民间传说的当代价值与社会意义。

第七章
民间歌谣的精神文化价值

知识要点

1. 民间歌谣是流传于民众口头的"天籁"之歌。

2. 劳动生产歌、仪式歌等民间歌谣在民众的生产生活、节日庆典、仪式活动中得以集中体现，反映了民众酸甜苦辣的生活经历，喜怒哀乐的情感世界，主要的还是表达了民众勤劳的美德，体现了广大民众对生命的热爱，对幸福生活的向往。

3. 民间歌谣的当代价值与社会意义。

概述及界定

早在两千多年前，《诗经·魏风·园有桃》中就有"心之忧矣，我歌且谣"[1]的诗句表达了。对此，《毛诗故训传》解释道："曲合乐曰歌，徒歌曰谣。"意思是有曲调乐章，且用乐器伴奏的为"歌"；没有曲调和乐器相伴，仅靠人声吟咏的为谣。《说文解字》中亦将"谣"解释为"徒歌，从言肉"[2]。可见在古代，"歌"与"谣"是两个不同的概念，亦即乐歌与徒歌的区别。就时间先后来看，徒歌应产生于乐歌之前。朱光潜在《诗论》中解释道："'徒歌'原是情感的自然流露，声音的曲折随情感的起伏，与手舞足蹈诸姿态相似；'乐

---

[1] 《诗经：古义复原版》，方铭注译，陕西人民出版社，2021，第324页。

[2] 朱自清：《中国歌谣》，北京联合出版公司，2015，第1页。

歌'则意识到节奏、音阶须多少加以形式化。所以，'徒歌'理应在'乐歌'之前。"[1]徒歌产生后，经由士大夫的采录编曲，形成了有固定曲调的乐歌。《诗经》和汉乐府中的民歌辑录大都如此。

在如今的表达习惯中，"歌"与"谣"常合为一个名词，指流行于民间的徒歌，有时也包含了有固定曲调的地方民歌俗曲，因此也被称作民间歌谣。梁启超认为民间歌谣是韵文的典范，他在《古歌谣与乐府》中说：歌谣是不会作诗的人（至少也不是专门诗家的人）将自己一瞬间的情感，用极简短自然的音节表现出来。[2]英国班恩女士在《歌谣与小曲》中说，歌谣是一种方面繁多而无隙不入的人类表情的方式。[3]燕京大学文学院李素英在硕士论文中，将二者对民间歌谣的定义进行了综合，认为民间歌谣是"一种方面繁多而无隙不入的人类表情的方式，是不存心做诗的人将自己一瞬间的情感，用极简短自然的音节表现出来的未经人工矫饰的天籁。"[4]

如果说以上对民间歌谣的定义侧重强调情感的抒发，那么杨堃则从其文学形式的特点来定义民间歌谣，他认为："民间歌谣是可以歌唱和吟诵的一种韵文形式的民间文学。它一般比较短小，且带有抒情的性质。"[5]这一定义在教材《民间文学概论》之中得到延展，将民间歌谣定义为："劳动人民集体的口头诗歌创作，是民间文学中可以歌唱和吟诵的韵文。它具有特殊的节奏、音韵、叠句和曲调等形式特征，并以短小的篇幅和抒情的性质，与史诗、民间叙事抒情长诗和其他韵文样式相区别。"[6]此后，学者对民间歌谣的定义大体上沿用这一基本的内容范式。如王娟的《民俗学概论》一书中将民间歌谣定义为"以口头歌唱或吟诵形式流传和保存的传统韵文"[7]。又如，黄涛对民间

---

[1] 朱光潜：《诗论》，生活·读书·新知三联书店，2012，第13~14页。

[2] 梁启超：《古歌谣与乐府》，《清华周刊》1929年第32卷第1期。

[3] 班恩：《歌谣与小曲》，周有光译，《民众教育季刊·民间文学专号》1933年第3卷第1号。

[4] 李素英：《中国近世歌谣研究》，燕京大学研究院国文学系硕士毕业论文，1936。

[5] 杨堃：《民族学概论》，云南大学出版社，2018，第306页。

[6] 钟敬文主编《民间文学概论》，上海文艺出版社，1980，第238页。

[7] 王娟：《民俗学概论》，北京大学出版社，2002，第102页。

歌谣的定义是"民众创作的可以歌唱或吟诵的短小、抒情性的韵文作品"[1]。

一、劳动生产歌谣

劳动歌谣是劳动人民在劳作时诵唱的歌谣。这类歌谣通常与劳作时的动作紧密结合，具有协调、指挥和促进劳动的作用。根据劳动种类的不同，劳动歌谣的表现形式与演唱方法也有差异。依靠体力负荷或集体力量完成的劳动，其劳动歌谣往往是吆喝呼喊式的，歌词简短有力，节奏感比较强；而对体力要求不高，动作比较简单的劳动，其劳动时所唱歌谣的节奏一般较为舒缓悠长，唱词中还会涉及与其他社会生活有关的内容，接近抒情式的民歌，因此也常被归为生活歌谣。

1. 劳动号子

吆喝呼喊式的劳动歌谣，也被称作劳动号子。常见的劳动号子有油坊号子、伐木号子、打粮号子、行船号子、捕鱼号子、装卸号子等。劳动号子的歌词中有许多协调动作节奏的有力呼喊，以指挥大家齐力合作。这类号子的歌词多语气助词，描述性和抒情式的内容较少。如南通地区的抬泥号子：

> 嘿嘿嗬来，嘿嘿嗬来，
> 脚里走稳啰，脚里走稳啰。[2]

劳动歌谣的调子一般比较高昂激烈，有时会采取一领众和的方式，用以唤起大家的劳动热情，营造一种活跃积极的氛围，使人们更有干劲儿。如四川《毗河船歌》中的一段：

---

[1] 黄涛：《中国民间文学概论（第二版）》，中国人民大学出版社，2013，第182页。

[2] 南通市通州区非物质文化遗产保护中心编《通州民间歌谣》，苏州大学出版社，2013，第19页。

领：你们说我人又穷呐，

合：嗨咳！

领：我人穷志不穷呐，

合：嗨咳！

领：船工再哭也要唱呐，

合：嗨咳！

领：气死好多糊涂虫呐。

合：嗨咳！[1]

　　这种一领众和的劳动号子歌词简单，句式整齐，领唱者的唱诵具有引领的作用，合唱者则以劳动呼声应之。这类劳动号子非常具有实用性，是劳动人民日常劳作的一部分。不仅如此，有些劳动号子的对唱，还具有传递劳动经验，指挥劳动的作用。又如抬工号子中的内容片段：

领：斜阳坡，

合：慢慢梭。

领：巴边路，

合：顺边行。

领：月亮弯，

合：顺倒圆。

领：平原大巴，

合：张开亮架。[2]

　　此外，还有一些抒情式、叙事式的劳动歌谣，这类劳动歌谣不似号子那般激昂有力，而是婉转悠长，旋律优美，其歌词也更加具有内容性，多触景生情的感发。这类劳动歌谣一般在采茶、放牧等劳作中比较常见，它能够调剂劳作

---

[1] 中国文学艺术界联合会、中国民间文艺家协会编《中国民间文学大系·歌谣·四川卷·汉族分卷》，中国文联出版社，2019，第 77 页。

[2] 中国文学艺术界联合会、中国民间文艺家协会编《中国民间文学大系·歌谣·四川卷·汉族分卷》，中国文联出版社，2019，第 58 页。

时的疲惫，舒缓身心，表现出了劳动人民的精神面貌与生活状态。如安徽的采茶歌谣：

> 采茶连日上高岗，鬟发蓬松久未妆；
> 谁信一瓯花乳碧，味佳终让别人尝。[1]

又如打鱼之人唱的歌谣：

> 大河涨水小河流，
> 驾着船儿江中游。
> 天晴落雨我不怕，
> 斗篷放在船高头。[2]

这类抒情类的劳动歌谣在文学艺术价值上要高于号子，其歌词内容更加生动婉转，富有故事性。它受劳动节奏的影响较少，多为劳动者情绪的发泄，能够起到调节劳动者心情的作用。我国人口众多，有着勤劳勇敢、艰苦朴素的民族精神，各民族的劳动人民在实践生活中创造出了大量劳动歌谣。这些劳动歌谣不仅反映了各民族不同的生活实践与劳动者们积极乐观的生活态度，还彰显出我国人民自强不息、不怕劳作艰辛的精神。

2.《盖屋》

《盖屋》是傣族人民在建造房屋时唱的劳动歌谣。

①内容概述

这首歌谣生动地再现了傣族人建屋的历程和习俗：买生铁、打砍刀、砍竹子、割茅草、砍木料、选木料、搬运木料回寨子、锯木料、挖土下脚基、立柱

---

[1] 葛恒刚编《民国歌谣集·北京大学〈歌谣〉刊载》，南京师范大学出版社，2019，第19页。

[2] 中国文学艺术界联合会、中国民间文艺家协会编《中国民间文学大系·歌谣·四川卷·汉族分卷》，中国文联出版社，2019，第46页。

子、上椽子、搭架子、定桁条、上草排，这之后房子的主体就大功告成了。而在这首歌谣中，对什么时间做什么，该怎么做，都有细密的叙述。如三月时就要去买生铁，紧接着就要在三月砍竹子；四月割茅草，不能耽搁。对于如何盖房，歌谣中还唱了：茅草割下后要一根一根埋好，编成草排，再一排一排码高；而砍伐用于盖房的木料要选直的、白的、结实的，做椽子才牢靠；在桁条上上草排要不偏不歪，层层分明。歌谣中提到的这些建筑材料，正是傣族民居建筑所需。早期的傣族干栏式民居，大多以竹子和茅草为建筑材料。可以说，该歌谣不仅完整地展现了盖房的经过，还细致梳理了盖房的时令要求及技术要点，这是对当地建造民居这一生产劳动的生动的再现及有力总结。

②文本分析

首先，《盖房》展现了当地盖房的民俗现象。

如下房屋脚基之前，要先请当地巫师博赞卜卦，以米为道具进行占卜，根据占卜结果选定吉时。吉时选定，下脚基时，要举行隆重的立柱礼。"傣族人相信房屋建成以后即有神灵，甚至房屋的每一个部分都有相应的神灵。房梁和房柱是整座建筑中最重要也是最神圣的组成部分，因此受到特别的重视和尊重。"[1]在新房建成后，庆贺的仪式也热闹而隆重，歌谣中叙写了主人家要在门外竖起竹篾笆，屋里搭起三脚架，三块石头三只脚，一只脚要说一句吉利话。第一只脚是赤金，第二只脚是纹银，第三只脚是宝石，三只脚都带来好光景。对于这一仪式，《傣族文化史》中记："西双版纳在贺新房的当天要请佛爷到新房里念经，向房主祝福。进新房时，男主人要身背长刀，腰挎装有贵重物品的挎包，手拿尺杆走在前面，女主人手提做饭的三脚架、蒸饭的甑子和钱箱跟在丈夫后面，然后是名叫岩叫（珠宝）、岩恩（银子）、岩罕（金子）、岩香（宝石）的男子共四人抬着牛头、猪头和饭桌跟随其后，最后是妇女们挑着各种家用物品依次进入房间。"[2]书中所记的仪式与歌谣中所写略有不同，但进入仪式之物大同小异，所蕴含的寓意也是相同的。可以说，民族礼仪融入

---

[1] 刀承华、蔡荣男：《傣族文化史》，云南民族出版社，2005，第75页。

[2] 刀承华、蔡荣男：《傣族文化史》，云南民族出版社，2005，第77页。

了傣族人整个建房的历程，这个仪式带有原始的万物有灵观的色彩，也是傣族人对房屋居所十分重视的一种体现，认为居所的时空、一物一件都与家庭的福祉休戚相关，应该以隆重的规程仪式审慎对待。

其次，《盖房》表现了营造温馨家园之过程。

整个建屋的过程，不仅是完成一个居所建筑的搭造，也是营造一个家，营造人与人、人与自然诗意栖居的温馨家园的过程。

建屋就是男主人、女主人两口子有商有量、共同劳作，建立一个和顺美满之家的过程，显现出一种和谐美。下雨夜，两口子，共同商量家庭大事——盖屋，在"家家都已安眠"时，还在一起"低声盘算"，并共同为这个家做了一个重要的决定——盖新屋，这个细节也体现出一种平等和睦的家庭美德。做了决定后，两口子也一起不辞辛劳地干活，丈夫去山里看木料，妻子在火塘边忙着预备干粮。歌谣中用细笔叙写了妻子准备的干粮：一袋子糯米、一袋子辣子及以盐巴、猪油、咸菜、芝麻、酸笋、芭蕉，饭菜、水果一应俱全，为丈夫伐木盖屋做好充分的后勤保障工作。丈夫第二天一早，背上袋子就启程去老林搭窝砍树，这里也是运用细笔叙写了丈夫仔细筛选木材：要直的、白的、结实的，做椽子才牢靠。细心的妻子和勤劳的丈夫的形象跃然纸上，两人共同奋斗又分工协作，为营造一个幸福的家而努力，体现出一种携手互助、勤劳奋斗的家风美德。

盖屋也是亲朋好友、乡里邻居互相帮助、共同参与完成的，显现出一种互助美德。木料砍伐好以后，大家一起来帮忙抬回村寨，"白头发、黑头发，老的少的都参加"；等做好准备工作，请博赞算好吉时，全寨男女都来参加立柱礼，"小伙子挖土下脚基，小姑娘挑水来和泥，小娃娃摘来芭蕉叶"，大家都来为这家人的盖屋一起出力；而屋子盖好了，主人家答谢乡亲好友，一起在新屋吃饭喝酒，宾客们又纷纷向主人祝福，说无病无灾、粮食满囤等家庭幸福的吉利话。总之，一户人盖屋，也是全村人共同的大事，大家一起劳作，分担抬木头、下脚基、挑水、和泥等体力活，也一起分享房子建成后的喜悦，而整个劳动的过程也仿佛是一场欢乐的盛会，热闹非凡，人们在其间忙忙碌碌又其乐融融。这些都体现了傣族人们对劳动的热爱、对生活的热爱。

最后，《盖房》体现了傣族人民的生态观。

《傣族文学史》中指出，这样的盖屋习俗在傣族社会由来已久，是"在原始社会形成的，人们没有私有观念，没有占有私产的欲望，也没有怠工的现象，参加劳动都是自觉的行为，人人都把盖房看作是自己分内的事。因此劳动是自觉的、欢愉的、发自内心的"[1]。而在歌谣中所展现的这种盖房习俗，受到了传统伦理观念的影响，体现的是随着社会的发展，傣族村寨中仍然延续着乡里邻居间互助、友爱的社会伦理之美。再则，盖屋不是一味地向自然索取，而是建造一个人与自然和谐共处之所。歌谣中写到，用取之于自然的茅草、竹子、木料建造的房子，在搭架子时也不忘在屋脊上安权子，好给燕子留个安家地。这个细节也特别动人，体现了傣族人建屋时的一种生态观。建屋并非要远离自然，而是要融入自然，建造一个人与其他物种和谐相生的家园。故而，时至今日，傣族村寨也常常以水流潺潺，景色清幽的环境出名，这也是傣族人在建寨盖屋中，注重人与自然和谐的生态观的呈现。

《盖屋》以一种直抒胸臆的方式歌唱了盖屋这一生产劳动，不仅总结了实用的劳动经验，也呈现了积极乐观的劳动精神，同时，当地人的信仰、家庭伦理、社会伦理、自然生态等观念也自然而然地融入其中，极为生动。可以说，歌谣的语言质朴却蕴含丰富。

二、仪式歌

仪式歌是在某些特定日子和情境中唱的歌谣，如年节庆典、祈福禳灾、祭神送葬、人生仪礼等具有过渡、转折功能的人生节点；又如日常迎宾做客等重要的仪式活动。这类仪式往往有一套固定的程序，且具有一定象征意义和文化意涵。因此，仪式歌作为仪式的一部分，也有其文化象征意义与特定的结构功能。

1. 诀术歌

诀术歌通常被民众视为具有超自然力量的咒语，能够帮助他们解决生活中的困难，驱走厄运，使他们的生活变得更加美好和富足。

---

[1] 岩峰、王松、刀保尧：《傣族文学史》，云南民族出版社，2014，第154页。

①用以祈求消灾

例如，南方许多地区流传的"天皇皇，地皇皇，我家有个夜啼郎，过路君子念一遍，一夜困到大天亮"的歌谣。这首歌谣是治疗小儿夜啼的诀术偏方，据说将该诀术歌抄在一张红纸或黄纸上，贴在显眼之处供过路的人念诵，小孩儿晚上就不会哭个不停了。同样的还有四川地区流传的《化水歌》：

> 一根筷子长五寸，师傅请我下个庚。
> 不怕九年并三兆，神吞骨吞五龙吞。
> 吞下心中成大海，是骨是刺化灰尘。[1]

吃鱼被鱼骨头卡住喉咙，当地民众就会念诵这首歌谣以化骨化刺。类似的还有止血歌、化疮歌、请紫姑歌等。诀术歌的目的在于祈求化解生活中的危机，除了以上应对私人生活可能出现的急难，还有祈雨歌、请佛歌、开坛歌等集体活动中的常见歌谣。如：

> 小小儿童哭哀哀，洒下秧苗不得栽。
> 求祈龙天下大雨，乌风暴雨一齐来。
> 天久旱！绿禾槁！五谷不生人饿倒。
> 小儿洗手拜上天，大降滂沱雨下来。[2]

诀术歌在念诵时一般会配合相应的仪式，其内容具有较强的目的性与功能性，是百姓遇上自身无法解决的问题时，求助的方式和手段。百姓通过仪式的实践和诀术歌的念诵来达到某种目的，得到心理上的安慰。

②招魂仪式歌

招魂仪式歌俗称叫魂歌，通常被认为是具有法术作用的民间歌诀，像咒语、

---

[1] 中国文学艺术界联合会、中国民间文艺家协会：《中国民间文学大系·歌谣·四川卷·汉族分卷》，中国文联出版社，2019，第269页。

[2] 张连枡：《云南儿童对于雨的歌谣》，《民俗》1929年第71期。

祛病禳灾的歌诀之类，都可称为诀术歌。高尔基曾提及到咒语表明人们是怎样深刻地相信自己语言的力量，而且这种信念之所以产生，是因为组织人们的相互关系和劳动过程的语言具有明显的和十分现实的用处。他们甚至企图用"咒语"去影响神[1]。唱这种韵语的人似乎确信他的话能在生活和自然现象里求得所希望的结果。不过，这种歌的语言力量据说必须符合特定的仪式规范，否则就被认为是无法应验的。因此，它的歌词大部分是叙述仪式的过程，教人去怎样做。有的诀术歌是对某一对象的请求或命令。[2]

在彝族的原始信仰中，"万物有灵"的泛灵观念十分流行。人们普遍认为人有灵魂，一切动物、植物、有生命的和无生命的事物都附着灵魂。如果灵魂一旦出走或被惊吓而离体，人或是动植物都会生病甚至死亡，只有把离体的灵魂招回身体，病人才会康复，六畜才能兴旺，庄稼也才能丰收。因此，彝族民间普遍盛行招魂仪式。其主要有招人魂、招牲畜魂、招五谷魂、招寨魂等四种。而在招魂时要吟唱招魂歌。招魂仪式表明了彝族"万物有灵"的泛灵观念和在生命认知中以神秘主义为精魂，以及以神幻思维为方式的主客一体、人神合一的混沌美的神巫意识，这些都在以人神媒介的"毕摩""苏尼"主持的"神人同在"的祭祀和献祭仪式中感性地显现出来了。

彝族民间至今还盛行招魂习俗，大量的以彝文记载的《招魂经》对这一习俗均有完整记录。举行招魂仪式要选择吉日进行，仪式有不同的规模。"从彝族招魂仪式看，其活动可分为大、中、小型招魂仪式。所谓大型招魂仪式活动就是请一位或几位呗耄（毕摩）招魂，要杀牛宰羊，活动时间要一天或几天。所谓中型招魂仪式活动就是只请一位呗耄招魂，杀一头羊或鸡就行，其活动时间一般只有一天。所谓小型招魂仪式活动就是不请呗耄，自己用熟肉和熟食进行招魂活动。"[3]招魂仪式中，祭师"毕摩"除了操作的招魂动作外，口中还要念通过诵招亡魂的彝文《招魂经》。

根据凉山昭觉县语委翻译的彝文《招魂经》摘录部分如下：

---

[1] 高尔基：《论苏联文学和作家》，载《论文学》，广西人民出版社，1980，第146页。

[2] 钟敬文主编《民间文学概论》，上海文艺出版社，1980，第248—249页。

[3] 朱文旭：《彝族原始宗教与文化》，中央民族大学出版社，2002，第23页。

松枝密，祭食热，今宵来招魂，松为竹招魂，竹招生育魂，有牛招牛魂，有茶招茶魂，有谷招谷魂，高山附魂云雾升，物类附魂草木盛。人类附魂万事吉。沼水不是饮之水。"唡"招尔魂早归分……盼你早日归来分。那里有孤女，女子不蓄辫；那里有孤男，男子不立髻；男女无生育，行邢签钉眼，淬火用沸水，松树不长节，母猪三拐腿……那里雨绵绵，那里无福乐；早日归来分，在此招魂归，莫说江河阻，乘着皮筏来；莫说悬崖挡，常观的奇特的现象，滑着索道来；莫说林树遮，伐倒树木来；左边有黄路，黄路不能走；右边有黑路，黑路不能走；中间有白路，沿着白路来。……

以上彝文《招魂经》的语句和内容与《楚辞·招魂》极为相似。语句多以五言或七言形式为主，内容上多是以彼处如何不好而此处如何好的词句占绝大部分，其目的在于劝诱亡魂快些回来。[1]作为承载了彝族历史、文化、起源的典籍，彝族的《招魂经》无论是内容上还是形式上均保留了原始诗歌的鲜明特色。

2. 礼俗歌

礼俗歌是人生仪礼及节日庆典等生活重大场合中唱诵的歌谣，其歌词寄托了人们对开启人生新阶段的祝福以及对亲友的真挚情感，其中折射出地方特色的文化观念和风俗惯制，具有较高的文学价值与社会价值。

苗族的传统节日花费最大，需时最长，而最隆重、最热闹的习俗当属吃鼓藏。从江县苗族聚居地，均有吃鼓藏的习俗。在活动过程中以唱起鼓藏歌、念祖宗歌、烧酒唱词最为典型，它们表达了苗族人民对祖宗的怀念与感恩之情。其唱诵部分主要有：

①起鼓藏歌。

这一首长歌，是从江县加勉寨苗族吃鼓藏开始时唱的。第一、二两段大意是纪念他们的祖宗生前的勤劳和留下很多田、地、耕牛、衣服、布匹、银钱等

---

[1] 朱文旭：《彝族的招魂习俗》，《民俗研究》1990年第4期。

给后代。"把田也留下来，田里还有鱼和泥鳅游……同忆你生前，虽然年老还天天织布；你留下的箱子里边装的都是花衣服，黑漆箱子装的是白银，红漆箱子装的也是银子和细布。"第三段是说明铜鼓的来源（铜鼓是他们祖先创造的）。他们祖宗对铜鼓的爱护及打铜鼓的技术。因为铜鼓声音嘹亮，"铜鼓的声音就响得特别动听而新鲜，那嗡嗡的响声是由木桶的反映"，每逢节日打起来，看的人特别多，大家尽情欢乐中把酒喝醉了，"有些人喝得脸也红了，眼睛也赤了"。之后，歌谣叙述因为这时没有制造木鼓，鼓藏祖宗还没有来，所以这时虽然热闹，但还是比不上吃鼓藏时，亲友云集踩歌堂的热闹情景。接着说明制造木鼓的树，"造木鼓的树须取自东方，木鼓周围七尺，长度亦为七尺"。第四段是说秋天了，距离吃鼓藏的时间快要到了，他们的祖宗忙于存积银钱和六畜，准备回家吃鼓藏。接着歌谣叙述他（她）们把牛、鸭子赶回家时，在路上互相关怀，突出了相互陪伴的温馨。之后歌谣叙述了他们进鼓棚休息。"公在前面赶着牛走，牛的数量共有八群。公想鼓藏棚已经盖好，公到鼓藏棚休息了。婆想鼓藏棚已经盖成，也想到那里休息。"第五段叙述他们对祖宗应抱的态度及迎接祖宗进入鼓藏棚的情景。"祖宗对后代如此关心子孙不能让他（她）们做野鬼孤魂，不能让他（她）们东游西走。我们要去打鱼，打鱼来给祖宗们下酒。我们做鱼梁去捕鱼，只有做鱼梁才能得大鱼。"第六段叙述他们决定要去捕鱼来敬祖宗，要制造木鼓、唱歌、吹芦笙来迎接祖宗。"我们拉着婆的手进芦笙坪，拉着她的手摸过木鼓。这个木鼓是刚才造成，造木鼓来迎接祖宗。同时还要踩歌堂、吹芦笙。芦笙坪里早有人在玩，今夜祖宗来，家家户户都发财。"最后歌谣叙述祖宗到家以后，家里的牛生了小牛，鹅也生了蛋。亲友都来了，"宾客云集，家家户户客满堂"，情景很是热闹。

②念祖宗歌。

这一首歌谣，是从江县加勉寨苗族吃鼓藏"念祖宗"时唱的：先从敬祖宗的意义开始，次及他们对祖宗的回忆，回忆老辈因勤劳生产致病，不治而死，死后复活，经过长途跋涉来到"秀纠"。歌谣唱道："桥架好了，公就过河到'秀纠'。公在'秀纠'起造禾晾，同时修禾仓。公又想去开荒山，开荒山种小米。公把开荒的工具'铇'（木柄铁嘴）修理好，把锄头修理好，公就动手开荒，'秀纠'的荒山开成田了。公又饲养黄牛，同时养了水牛八群。'秀纠'这个地方，水牛黄牛共有九群。公把银子一两一两地积累起来，银子一共有八堆。这八堆银子共装在九口箱子里放在'秀纠'。田、地、银钱、耕牛都有了，公心中在想；想什么呢？想把婆接来……"接着歌谣叙述他们的祖宗一段狩猎生活，继后定居在"秀纠"。因为得到亲友的帮助，财产日渐增多，又从"秀纠"迁徙，中途经过"休水"的高山，涉过很深的河流，所以稍事休息。接着又是一段游牧生活的描写，然后他们继续前进，中途又遇到陡壁高山，无路通行，经过修成道路以后，才来到"秀随"，在"秀随"定居下来。末段均为祖宗来吃鼓藏的描述。"公踩鼓有一条鱼在前引路，婆踩鼓有一只鸡在前引路。鼓藏师把很好的酒提起来，浇在鼓上，渗进鼓的孔眼中。公在前面走，我们在后面跟。走到鼓的下边，走过鼓的那边……公们坐在鼓棚，时间有一年了。歌堂踩完，我们去生产，没有时间来照顾公们。因为要种田，禾仓里面才有禾，坛子里才有腌鱼。"

③烧酒唱词。

从江县加勉寨吃鼓藏一次活动的时间为三年，每年踩歌两次，踩歌堂前须烧酒敬祖宗（秋季烧酒一壶，冬季烧三壶）。这首词就是烧酒时唱的。词义先从生产说起，并从生产的地区说起。根据词中的含义，他们的祖宗从前是住在"纠有"，由"纠有"迁到榕江县所属的"逮往"，又由"逮往"迁到"洞房"所属的"方哪"，由"方哪"迁到"洞叟"所属的"速规"，由"速规"迁到"洞拜"所属的"逮哈"，由"逮哈"迁到"埃随""埃友"，凡经五次迁移。"春天在'纠有'生产。秋天'纠有'的作物先熟，禾也是'纠有'的先熟。要修理锄头才能在'纠有'开荒，锄头修好以后，才能在'纠有'挖地。地挖好了，把土拍散才能种小米，把小米种子撒在地上，种子撒下去是不落空的。又到榕江去生产。到榕江所属'逮往'这个地方去生产，'逮往'这个地方种子撒下去也不落空。又到'洞房'去生产，到'洞房'所属'方哪'这个地方去生产，'方哪'这个地方种子撒下去也不落空。又到'洞叟'所属'逮规'这个地方去生产，'逮规'这个地方种子撒下去了也不落空。又到'洞拜'这个地方去生产，到'洞拜'所属'逮哈'这个地方去生产，'逮哈'这个地方种子撒下去也不落空。我们用锄头挖田，把田挖好，把粪撒下，满田都撒到粪，我们从原路回来，来到家里，把今天生产情况告诉母亲。叫母亲去开禾仓，开禾仓取禾种。"[1]

礼俗歌还有土家族的哭嫁歌："我的娘哎我的爹，你们拖我十七八岁蛮，你白拖了哎！我的娘哎我的爹也，我都白个哎，天长路远蛮，去了蛮。娘唉！我的爹娘嗬！"[2]还有许多地方在新婚当晚有撒帐的习俗，撒帐时大家会念"撒帐撒帐，送进洞房，夫妇齐眉，子孙满堂"的祝词。[3]

同样，诞生礼也有许多仪式类歌谣。如小孩子满月时通常要剃胎发，在四川地区，剃头师傅给小孩剃胎发时会念诵三段歌谣。在打水的时候唱第一段歌谣：

> 金盆打水面前放，好比水田映月亮。
> 选定良辰并吉日，主家请我剃小郎。

洗好了头，拿刀子准备剃头时，理发师会唱第二段歌谣：

> 一把刀子白如银，我今拿来剃贵人。
> 三刀两刀头上过，无灾无病长成人。

第三段歌谣在理发师剃头时唱：

> 一条板凳三尺三，安在贵府紫金山。
> 小郎剃头凳上坐，将来必定做高官。[4]

---

[1] 费孝通等：《贵州苗族调查资料》，贵州大学出版社，2009，第194-217页。

[2] 陈东：《田野中的艺术呈现：湘西土家族传统音乐文化的多维视角研究》，吉林大学出版社，2016，第109页。

[3] 钱乃荣选编《上海民谣》，上海书店出版社，2018，第236页。

[4] 中国文学艺术界联合会、中国民间文艺家协会编《中国民间文学大系·歌谣·四川卷·汉族分卷》，中国文联出版社，2019，第206页。

礼俗歌是民众日常生活的一部分，在人生的关键转折期，民众以这种方式表达对美好生活的期盼与祝愿，从中可以看出各个民族的世界观，以及人们相处的关系模式。

三、红色歌谣

苍松翠竹的巴山和起伏绵延的秦岭，本来就是有名的山歌之乡。当地群众历来都用山歌抒发自己的情感，控诉压迫者的罪恶，在自己的生活土壤中，孕育了现实主义的山歌传统。革命的进行，根据地的建立，人民的生活、思想发生了翻天覆地的变化，热火朝天的革命斗争，给山歌带来了新的题材，丰富了山歌的内容。人们用自己熟悉的山歌形式来歌颂党、歌颂红军。山歌成了"团结人民、教育人民、打击敌人、消灭敌人"的有力武器。这些现代歌谣被称为红色歌谣。

1. 讴歌根据地人民对党、对红军的无比热爱

红色歌谣以最真挚的情感，歌唱了对党的炽热的爱："巴山顶顶连青天，一片云海不见边，比起恩人共产党，巴山太低海太浅。"革命解放了被压迫的人民，大家纷纷起来支持革命，积极拥军支前。"我给红军把路带，千难万难脚下踩，踏出一个新天地，打出一个新世界。"读着这些格调昂扬的山歌，不禁使人心旷神怡，眼前似乎展现出一幅惊天动地的红军进军图，耳边回响着一部革命进行曲。

2. 充满革命的激情和真挚的感情

农民拿起了枪杆一心一意干革命，游击队员爱唱一首歌："天不怕，地不怕，入了游击队，胆子比天大。天无路，端个梯子往上爬；地无门，劈开地壳到地下。双手能扭山河转，大吼一声虎狼怕……"这首歌谣气势豪迈，语言铿锵，充分地表现了革命者无私无畏的宽阔胸怀。这些歌谣还热情地赞扬了红军战士艰苦奋斗、不怕牺牲的革命精神和英雄本色。正像一首歌谣唱的："十冬腊月狂风吼，脚踏冰凌推浪走，不是神仙来保佑，红军个个是硬骨头。"这种

硬骨头精神，使江河让路，高山低头，引领中国革命走出了一条胜利之路。

3. 赞美红军和根据地人民之间的鱼水深情

红军是根据地的开拓者，也是根据地的保卫者和建设者。他们每到一处，都深深扎根于群众之中。军爱民，民拥军，多少歌儿也唱不尽这军民鱼水情。"巴河上，浪打浪，河上河下好风光，河上红军助秋收，河下姑娘洗军装。军民一家好景象，鱼水相帮歌声扬，巴河流水走千里，不及军民情谊长。"这是多么美的一幅描绘根据地军民一家亲的农村劳动素描。

4. 巧妙地叙说红军遵守"三大纪律"的故事

"睡到半夜，门口过兵，不见打门，不惊百姓，只听脚响，不听人声。娃们别怕，起来点灯，门口照亮，好好送行。"一位老人半夜被门口过兵惊醒，他凭着自己饱经战乱风霜的经历，悄听脚步声，就能判断出是谁家的兵，应该怎样对待，它巧妙地歌颂了红军夜不入户的严明纪律，同时也间接揭露了国民党残害百姓的罪行。这首歌，题旨新颖，感情淳厚，语言简洁，节奏明快。在表现手法上，静中有动，动中有静，画面逼真，这些都显示了劳动人民的艺术才华。当红军撤离川陕根据地时，军民恋恋不舍，依依送别，群众念红军、盼红军之情，绵绵不断地反映在许多山歌里，如有名的《唱红军》《红军岩》《盼红军》《红军走了还要来》等。

四、民间歌谣的当代价值

我国有着丰富多彩、各具特色的民间歌谣，这些歌谣不仅是民众情感表达的重要载体，也具有重要的文化、艺术价值。民间歌谣的内容和形式体现了民间的创造力与想象力，许多文人学者都试图从民歌中汲取养分进行创作。民间歌谣还记录了许多社会生活的经验道理，不仅有寓教于乐的教育意义，而且在潜移默化中形塑人们的思维方式与行为规范。

1. 包罗万象：民间歌谣是社会生活的百科全书

民间歌谣记录了民众的日常生活与生产实践，它描绘了不同历史朝代、地理环境、阶级职业中的群体生活样态，直接表达出民众的心声，歌颂了底层人民的实践与道德。正因如此，民间歌谣成为广大人民群众喜闻乐见的文学形式，历经岁月沧桑，仍能得到人们的认同、喜欢和传播。从这个意义上讲，民间歌谣是当之无愧的人民大众的"历史"，是普通人社会生活的百科全书。

①民间智慧与民众朴实道德观念的真实写照

由于其内容具有实用性，发音符合语言自身的规律，歌谣总是能够被广大劳动人民接受。例如，各行各业的歌谣通常蕴含了该领域的知识与方法，甚至成为业内人士交流的行话。除了前面列举的帮助轿工识路的抬工号子，还有具备如何选择农耕生产工具经验的《锄头歌》：

> 根子犹如一匹瓦，舷子要像一根葱，
> 膛子一定要碾空，光滑美观才好用。
> 火色老嫩要拿稳，厚薄适当要均匀，
> 钢要加正要加足，夹灰锉口万不能，
> 夹再淬火要牢实，锄头满火性才稳。[1]

除了上述有关生产劳作经验的歌谣，还有关于生活经验、知识的歌谣。例如，夏种夏收时节的《防火歌》："夏收夏种忙，柴草堆满房，家家要小心，防火不能忘。灶前收干净，烟头火灭光，小孩要管好，玩火要提防。大家都警惕，避免火烧房子。"[2] 该歌谣用以告诫人们防火的要诀。还有许多歌谣传授了夫妻、家庭的相处经验。如："贤妻不要泪涟涟，我有好话对你言。我家

---

[1] 中国文学艺术界联合会、中国民间文艺家协会编《中国民间文学大系·歌谣·四川卷·汉族分卷》，中国文联出版社，2019，第 527 页。

[2] 中国文学艺术界联合会、中国民间文艺家协会编《中国民间文学大系·歌谣·四川卷·汉族分卷》，中国文联出版社，2019，第 527 页。

贫穷你莫怨，缺柴短米要耐烦。二人同心干几年，黄土成金变成钱。"[1]这首歌谣传达了夫妻同心合力，就能改变家境的贫寒，创造美好生活的经验。还有的歌谣充分表现出地方特色与风物，如潮州歌谣"南海水深出沙虾，凤凰山高出芳茶；潮州姿娘针工巧，潮州出名雅抽纱。"[2]歌谣中所唱的虾、茶、纱是当地最出名的特色风物。民间歌谣包含了大量与民众生活有关的事物，记载了不同地域、不同职业与不同时代的经验、教训与知识，体现了劳动人民的智慧与见识。

②民间歌谣是社会生活的"晴雨表"

民间歌谣是民众心声的表达，不论是哀叹呐喊，还是赞美祝福，都是民众基于生活状态的表达，并且折射了不同历史阶段的社会生活面貌，具有鲜明的时代特征。民间歌谣对社会问题的揭露是尖锐且深刻的，民众总能清楚地捕捉各种社会乱象；作为历史事件的亲历者，民众对于时代的观察与评价，也往往深具代表性和洞察力。因此，记录民众所见、所闻、所感的民间歌谣就具有极其重要的历史价值，能够让我们看到宏观时代背景下，小人物的悲欢离合、嬉笑心酸。例如，清光绪年间山西遭遇大旱，民生凋敝，当时民间流传的歌谣片段如下：

> 遍地野草长不高，秋苗不变日晒干。
> 眼看八月中秋满，谷黍不成决不堪。
> 受尽辛苦锄犁拌，枉费种籽并工钱。
> ……
> 十一月间冷冬天，衣食俱缺好凄惨。
> 冻死匪人还犹可，饿死善民有万千。
> 也是庶民该遭难，一冬无雪地旱干。
> 三十两银麦一石，小米一石三十三。

---

[1] 中国文学艺术界联合会、中国民间文艺家协会编《中国民间文学大系·歌谣·四川卷·汉族分卷》，中国文联出版社，2019，第498页。

[2] 张贵喜、张伟编著《山陕古逸民歌俗调录》，三晋出版社，2013，第385页。

麦麸一斤钱八十，白面每斤五百钱。

玉米苤子稻皮面，槐籽吃得身肿圆。

……

人死不如鸡和犬，杀吃活人度饥寒。

中途卖的扁食饭，肉菜包子各样全。

谨慎小心要查验，客栈死了真可怜。

村庄死了人大半，年幼后生逃外边。

忠厚之人宁饿死，不作匪人后世传。

……

忠孝二字不能念，各自顾口弃家缘。

撇下父母不照管，兄弟之情分两边。

儿女卖了度荒年，美女只卖三百钱。

夫卖妻子活分散，哭啼不绝似油煎。[1]

这首歌谣将荒年时期百姓流离失所，社会动荡不安的景象淋漓尽致地描绘出来，记录了清光绪年间山西饿殍遍野的窘迫境地，揭露了诸多灾年时期人心涣散、道德沦丧的社会问题，表达出民众身处水深火热境遇时的悲伤与无奈。又如湘鄂西地区的红色歌谣："四更里来响四声，我们工农要革命，准备梭镖和枪炮，大家暴动杀敌人。"[2]这首歌谣描写了人民决心革命的坚决意志，表现出革命时期共产党人与民众齐心协力，共同致力于建设美好生活的决心。相较于其他文学形式，民间歌谣直白的叙述具有强大的情感冲击力，这种艺术感染力使民间歌谣能够很快得到传播。在通信技术尚不发达的古代，民间歌谣成为上层阶级了解底层社会最重要的渠道之一，古代的统治者都会专门设立乐府采风观俗，其目的就在于了解普罗大众真实的生活与感受。

③民间歌谣暗含了中国社会文化逻辑与社会关系

民间歌谣具有偏重写实和叙述的特点，成为都市下层阶级和乡村民众的社

---

[1] 张贵喜、张伟编著《山陕古逸民歌俗调录》，三晋出版社，2013，第23-25页。

[2] 黄景春：《中国当代民间文学中的民族记忆》，上海大学出版社，2020，第155页。

会生活史。例如，从"吃丈夫，穿丈夫，炉里无柴火烧丈夫，床上无被盖丈夫"的歌谣中可知在我国家庭中，妻子物质生活上需要依靠丈夫，家庭收入的主要来源靠男子。又如"十八大姐三岁郎，夜夜睡觉抱上床。睡到半夜要吃奶，劈头盖脸几巴掌，俺是你的媳妇不是你娘！"这体现了我国古代的童养媳、早婚制度。还有耳熟能详的"龙生龙，凤生凤，老鼠生的会打洞"，映射出家庭教育对下一代的重要影响。这些民间歌谣的内容与人民的生活息息相关，其形式灵活易变，能够很快被社会接纳与创新，成为民众生活的缩影，是了解民间社会最直接、最全面的教科书。

2. 情真意切：民间歌谣的情感表达与审美价值

民间歌谣真实淳朴，具有较强的审美价值。在民间歌谣中，劳动人民表达出内心的真实情感，没有矫揉造作的成分。

①民间歌谣具备真实的内容

民间歌谣的创作基于现实生活中的实践，是民众生活的一部分。因此，民间歌谣的内容一般具有真实性和普遍性，听众很容易感同身受。例如：

> 从小出地香糯米，娘中意，爸讨好。
> 娘爸待我如珠宝，呒了娘爸像根草。
> 呒依呒靠咋儿好，想做长年有温饱。
> 我做长年多少苦，身上衣裳补上补。
> 冬天被筋拉破手，一家大小倒落像狗窦。
> 被絮两斤几，拉得头，呒得尾，睏睏下冷起。
> 落雪破冻出脚肚，脚底开裂多少苦。
> 清明一到田土，水车犁靶弗离手。
> 起早睏醒夹空肚，晏来上垟肚里像擂鼓。
> 走路两脚抖摇铃，蚂蜞叮起血淋淋。
> 六月日头热如火，割来稻谷呒到头。
> 大户人家似虎狼，算盘一笃落账簿。

> 屋里兄弟姊妹多，柴米油盐洋洋呒。
> 三餐热饭呒到肚，我做长年老实苦。
> 别人求我三春雨，我求别人六月霜，
> 三春雨水都调匀，我比黄连苦几分。[1]

这首歌谣描述的是父母离世后，受尽委屈苦楚的孩子只能自寻出路，给人做长工，对自己人生遭遇的哀叹，其内容都是歌谣主人公的亲身遭遇。这种经历在旧社会不是个例，父母早逝，寄人篱下的悲苦很容易与有着类似经历的人产生共鸣。又如："刺玫花，顺墙爬，搭起梯子看婆家。公公年十九，婆婆年十八。大姑才学走，女婿还在爬。哎哟哟，妈呀妈，你咋把我嫁给他！"[2] 该歌谣讲述了一个即将婚嫁成为童养媳的姑娘偷偷打探婆家情况，却发现自己未来的丈夫年纪尚小，表达了对家长制包办婚姻的批判与控诉。还有民众自行改编创作的打油歌："清明时节天光光，路上行人脚酸酸；借问米店何处有？一筒白米四万银！"[3] 该歌谣反映了旱灾时白米奇缺，通货膨胀严重的社会现实，以诙谐幽默的方式展现了当时社会的混乱之象。

②民间歌谣做到了"言为心声"

民间歌谣是民众感受与经验的自然流露，饱含了普通民众的深情以及单纯朴实的民风。歌谣内容无论是抒情或抨击、讽刺或歌颂，都可以从民众生活中脱口而出、信手拈来，没有丝毫虚伪修饰与无病呻吟。民间歌谣率真直爽表达喜怒哀乐，如：

> 南边飞来一群雁，
> 也有成双，也有孤单。
> 成双雁飞来飞去倒好看，

---

[1] 温岭市文化广电新闻出版局编著《温岭民间歌谣》，西泠印社出版社，2018，第47-48页。

[2] 中国文学艺术界联合会、中国民间文艺家协会编《中国民间文学大系·歌谣·四川卷·汉族分卷》，中国文联出版社，2019，第470页。

[3] 林朝虹、林伦伦编著《全本潮汕方言歌谣评注》，花城出版社，2012，第65页。

孤单雁哀哀连声实可怜。

只看成双莫看孤单，

看孤单想起了奴家心头怨。[1]

这首歌谣唱的是女子的相思之情，既有独自看雁的落寞，也有对心上人的想念，还有想念却无法相见的幽怨，真实再现了由雁而起的相思之情。又如：

轿内望哥泪汪汪，莫怪妹妹变心肠。

只恨爹妈爱富贵，你我二世做鸳鸯。[2]

这首歌的主人公仍旧是女子，唱述了一个被父母逼迫不得不另嫁他人的新娘，在出嫁的轿子上心里对心上人的依依不舍。简短的歌词既控诉了封建婚姻制度对女性爱情的压迫，又表达了女子对父母屈于金钱的愤恨，还表达了对情郎的愧疚与不舍之情。尤其是最后一句"你我二世做鸳鸯"的许愿，充分表现了女性对旧制度的抗争，尽管无法改变另嫁他人的事实，但仍要大胆示爱，勇敢地表达出自己对爱情的追求与向往。

③民间歌谣成为社会情感连接的交汇点

民间歌谣的审美功能还在于它能够满足广大劳动人民的情感表达和交流的需求，并引起听众的共鸣。民间歌谣的这一特点，尤其表现在用于协调集体动作的劳动歌与求爱、求偶的情歌对唱中。例如《拉船歌》：

嗨呀嗬嗬，嗨呀嗬嗬！

一担挑来一船拉，为了生活为了家。

大家一起向前爬，挣钱回去养爹妈。

嗨呀嗬嗬，嗨呀嗬嗬！

[1] 张贵喜、张伟编著《山陕古逸民歌俗调录》，三晋出版社，2013，第 164 页。

[2] 中国文学艺术界联合会、中国民间文艺家协会编《中国民间文学大系·歌谣·四川卷·汉族分卷》，中国文联出版社，2019，第 705 页。

不怕烈日晒，不怕风雨打。

拉一船齐用力，挣钱养娃娃。[1]

这首歌谣是典型的劳动号子，其歌词表达了拉船生活的艰辛，同时也表现出劳动人民的乐观主义精神。劳动是辛苦的，但劳动能够带来收入，能够使家人过上更好的生活。在拉船时，劳动人民用歌谣来排遣劳作之苦，也用歌谣来表达对美好生活的向往。于是，集体唱诵拉船号子，往往能形成一种奋发图强、走向新生的积极氛围，使人们勠力同心、干劲倍增。

民间歌谣源自普通大众的生活与实践，其内容朴实率真、自然流畅，表达了人民群众的喜怒哀乐，其情感的爆发力与感染力总是能够激发听众的情绪。民间歌谣因情感表达的特点，成为民间艺术的典范，具有极高的艺术价值与审美价值。

3. 寓教于乐：民间歌谣的生活智慧与教育意义

民间歌谣中蕴含了民间的生活哲学与经验智慧，是人们最早接触到的文学形式之一。从孩提时期的摇篮曲到幼年时的游戏歌、教育歌，再到成人后的情歌、仪式歌，民间歌谣在广大民众生命全过程中扮演了非常重要的角色。歌谣告诉人们春耕秋收的生产经验，传递有关自然界的知识与经验；歌谣蕴藏着传统的生活经验与人生道理，是人类数千年文明的总结；歌谣讴歌了爱情的美好，也告诫人们经营爱情与婚姻的要义；歌谣传递着中华文明尊老爱幼、艰苦朴素的优秀品质，见证了中华民族的生生不息……在歌谣的传唱中，民众习得有关社会与自然的知识，了解礼俗风情，感悟人生的道理与生活的本质。民间歌谣是民众创造的知识宝库，是中华民族取之不尽、用之不竭的智慧之源。

① 民间歌谣具有哲理韵味与实用价值

民间歌谣记录了民众生活中的金玉良言，是历经了岁月的沉淀，被民众总结、筛选和验证的经验教训。在歌谣的随口念唱中，人们潜移默化地接受这些

[1] 谢军主编《黔西北民族民间歌谣鉴赏：选编》，贵州大学出版社，2015，第160页。

民间智慧，不仅提升了自我修养，还强化了社群意识。例如：

> 孝为百行首，诗书不上录。
> 富贵与贫贱，俱可追芳躅。
> 若不尽孝道，何以分人畜。
> ……
> 勿以不孝首，枉戴人间屋。
> 勿以不孝身，枉着人间服。
> 勿以不孝口，枉食天五谷。
> 天地虽广大，不容忤逆族。
> 及早悔前非，莫待天诛戮。[1]

这首《劝孝歌》目的在于宣扬中国传统的孝道，告诫人们父母养育子女的不易，指出对父母尽孝是每一个子女的责任与义务。歌词谴责了违背孝道的行为，警示人们若不遵守孝道，则会遭到社会的唾弃与道德的谴责。在日常生活中传唱这首民间歌谣，能够强化为人子女的责任感，培育"仁义礼智信"等基本品德操守。子女赡养老人，既是出于中国家庭成员间紧密的情感联系，也是出于维护社会稳定与和谐发展的需要。正是在这类宣扬孝道的民间歌谣中，中国民间逐渐形成了忠孝仁义的乡风民俗。民间歌谣表现出民众的宽和善良，传递出崇尚勤劳勇敢、朴实节俭等品行的追求。劝孝歌、兄弟谣、节俭歌、互助谣、勤耕歌、睦邻歌等对美好品德的传唱，哪怕在今天的社会，仍然具有非常重要的意义。社会践行以儒家思想为核心的礼仪文化，从中也可以看出上层文化对民间社会的影响。

②民间歌谣具有劝慰、引导和启发的作用

民间歌谣还传递了许多人生智慧，影响了人们做人做事的方式，对民众的日常生活实践具有引导和启发的现实作用。例如：

---

[1] 张贵喜、张伟编著《山陕古逸民歌俗调录》，三晋出版社，2013，第411-413页。

田禾生长天都忙，儿女成人爷娘功；

千金难买爷娘笑，爹娘高兴家兴旺。

我哩爹娘那些事，黄昏太阳放光芒；

不偷不抢不害人，身心共补没病痛。

别人议论别人的错，当他喷粪嚼蛆虫。

他有精力他便说，我只当它耳边风。[1]

这首歌谣表达了一种处世哲学，一方面，它强调了知足常乐的重要性，提到了风调雨顺、家宅安宁、父母健在、身心健康等日常生活中平凡的幸福；另一方面，又提醒人们珍惜眼前的美好，专注于自己的生活，不要太在意旁人的诋毁谩骂，更不要因为他人的闲言碎语而乱了方寸。同样富有人生哲理意味的歌谣还有"易涨易退山坑水，易反易覆小人心；黄金万两还易得，世间知音最难寻。"[2]这首歌谣意在告诫世人知音难觅。又如"家有黄金万斗粮，不如送儿进学堂。黄金有价书无价，书比黄金价更强"[3]的目的在于强调教育对孩子的成长至关重要。可以说，民间歌谣是一部民间生活行为规范的指南，它以轻松诙谐的形式和平易近人的内容，总结了民众生活中的经验教训，传承了民间社会的智慧与经验。

③民间歌谣是对语言能力与表达能力的训练

民间歌谣的谐音、语句及表达手法，丰富了民间语言的表达与应用方式。例如，绕口令歌谣能够训练人们的口语能力，谐音歌谣能够强化人们语言的运用能力，数字歌谣能够提升孩童的数理认知。例如：

天上一颗星，地下一盏灯，

酒半提，肉半斤，

---

[1] 南通市通州区非物质文化遗产保护中心编《通州民间歌谣》，苏州大学出版社，2013，第112页。

[2] 林朝虹、林伦伦编著《全本潮汕方言歌谣评注》，花城出版社，2012，第420页。

[3] 中国文学艺术界联合会、中国民间文艺家协会编《中国民间文学大系·歌谣·四川卷·汉族分卷》，中国文联出版社，2019，第492页。

谁能一口气数二十四个星？

一颗星、两颗星、三颗星……[1]

对于初学说话、数数的孩子来说，歌谣简单生动、富有想象力的内容更容易被接受。在朗朗上口的歌谣唱诵中，孩子们将枯燥的学习转化为一种娱乐。在趣味十足的唱诵中，孩子们不仅认识了计量单位的适用情形，还锻炼了数字计算、口语表达、状物描述等多种能力。再如当代广泛流传的《家族歌》：

爸爸的爸爸叫什么？爸爸的爸爸叫爷爷；

爸爸的妈妈叫什么？爸爸的妈妈叫奶奶；

爸爸的哥哥叫什么？爸爸的哥哥叫伯伯；

爸爸的弟弟叫什么？爸爸的弟弟叫叔叔；

爸爸的姐妹叫什么？爸爸的姐妹叫姑姑。

这是一首内容简单、节奏轻快的儿童歌谣，便于儿童记忆与传唱。在学习唱诵歌谣的过程中，儿童也掌握了家族成员的社会关系及其称谓，能够更好地认识社会、融入社会。

因此，民间歌谣在每个人的成长过程中都起着重要的社会化、人格化作用，使民众在愉快的氛围中，了解有关生产、生活、社会等方面的知识，形塑中华民族的精神面貌。在民间歌谣的传唱中，个人的情感、集体的经验与社会的规范融为一体，真正做到了寓教于乐。

4. 创作之源：民间歌谣的艺术表现与文学意义

民间歌谣善于用赋比兴的艺术手法，灵活生动地描述日常生活中的场景。

①民间歌谣的艺术表现

"起兴"这种表现手法。

---

[1] 中国文学艺术界联合会、中国民间文艺家协会编《中国民间文学大系·歌谣·四川卷·汉族分卷》，中国文联出版社，2019，第843页。

"起兴"指的是民间歌谣开头一般先言他物，再述及所咏之事。起兴的事物大都信手拈来，以目之所及的草木、鸟兽、山川、日月等为多。起兴的目的是引起听者的注意，尽管所起内容可能与后文无关，但往往奠定了整首歌谣的韵脚。《关雎》《桃夭》等许多《诗经》中的歌谣都运用了起兴的表达方式，这种艺术表现手法也一直存在于千百年间创作、传承的民间歌谣中。例如：

> 月娘月眈眈，共君去搭船；
> 船头二只鸳鸯鸟，头又乌，尾又红，劝君勿笑人；
> 人无千日好，花无百日红。[1]

这首歌谣所表达的主旨集中于最后一句"人无千日好，花无百日红"，是新婚妻子劝诫丈夫要对未来生活可能遇到的困难有所准备。但前两句歌词中没有直接引入话题，而是以月亮、鸳鸯鸟为起势，引出歌谣寓意，使歌谣更加形象生动，更具韵味与感染力。

"比"这种表现手法。

民间歌谣常用的表现手法"比"，一般分为"比喻"和"比拟"两种形式。以比喻来说，民间歌谣中的明喻、暗喻和借喻交替使用，使歌谣内容显得生动活泼。尽管喻体随场景而变化，但其寓意却始终流露着民众想要表达的真情实感。例如："妹相思，妹有真心弟也知，蜘蛛结网三江口，水推不断是真丝。"这首歌谣的后两句用借喻的手法，用江水推不断的蛛丝比喻男女间坚毅的爱情。又如："威宁草海长又长，四面八方亮堂堂。郎是青山高万丈，妹是海水绿汪汪。"[2]前两句是借喻，后两句是明喻，用黔西北典型的自然风光来比喻海枯石烂、至死不渝的爱情。

最后，民间歌谣还运用谐音、双关、反语、颠倒、顶针、对比等多种表现手法，制造诙谐生动、形象生动的表达效果。例如：

---

[1] 林朝虹、林伦伦编著《全本潮汕方言歌谣评注》，花城出版社，2012，第30页。
[2] 谢军主编《黔西北民族民间歌谣鉴赏：选编》，贵州大学出版社，2015，第95页。

　　　　出工一条龙，

　　　　收工一窝蜂，

　　　　锄把喂奶奶，

　　　　集体磨洋工。[1]

　　这首歌谣运用了对比、比喻等多种表现手法。这里的"锄把喂奶奶"指的是将锄把靠在胸前休息，暗指干活偷懒的人。此外，还将出工的情形和收工的情形进行对比，讽刺了集体劳作时期人们干活不认真、偷懒耍滑的行为。又如，运用顶针手法创作的民间趣味歌谣：

　　　　月亮走，我也走，我跟月亮打烧酒。

　　　　烧酒辣，卖黄蜡，黄蜡苦，卖豆腐，豆腐薄，卖菱角，

　　　　菱角尖，尖上天，天又高，好磨刀，刀又快，好切菜，

　　　　菜油清，好点灯，灯又亮，好算账，一算算到大天亮。

　　　　桌下一个大和尚，拿起棒棒撵一趟。[2]

　　这首歌谣以三字句为主，前一句提到的事物，成为后一句的开头。读起来节奏轻快、韵律十足。且其歌词内容贴近民间生活，颇为有趣。

　　②民间歌谣的文学意义

　　民间歌谣多样的表达方式、富有想象力的艺术手法以及真挚的情感流露，使其具有了极高的价值。这不仅使得民间歌谣呈现出异彩纷呈的样态，还在很大程度上影响了文人的艺术创作。我国古代文人创作多乐于从民间歌谣中汲取营养，唐代刘禹锡就仿照四川民间山歌"竹枝词"创作了诗歌《竹枝词二首·其一》："杨柳青青江水平，闻郎江上踏歌声。东边日出西边雨，道是无晴却有晴"。这首七言绝句在形式和艺术手法上，均参考了地方流行的歌谣，尤其是

---

[1] 中国文学艺术界联合会、中国民间文艺家协会编《中国民间文学大系·歌谣·四川卷·汉族分卷》，中国文联出版社，2019，第401页。

[2] 中国文学艺术界联合会、中国民间文艺家协会编《中国民间文学大系·歌谣·四川卷·汉族分卷》，中国文联出版社，2019，第855页。

"晴"与"情"的谐音，令诗歌别具一新。在近现代的北大歌谣收集运动中，周作人也指出收集民间歌谣对学术研究与文艺创作有所助益，胡适、刘半农、朱自清、顾颉刚、郑振铎等人都曾从事过歌谣的搜集或研究工作，他们或学习模仿民间歌谣进行创作，或汲取民间歌谣所蕴含的民族精神特质。如胡适所言："文人感觉民歌的可爱，有时因为音乐的关系不能不把民歌更改添减，使他协律；有时因为文学上的冲动，文人忍不住要模仿民歌……这些平民的歌曲层出不穷地供给了无数新花样，新形式，新体裁；引起了当代的文人的新兴趣，使他们不能不爱玩，不能不佩服，不能不模仿。"[1]

由此观之，古往今来的文人学者很多都从民间歌谣中获得灵感，有的还在民间歌谣的基础上进行创作。在这个意义上，民间歌谣具有珍贵的艺术价值，是文学创作的源泉与宝库。

5. 凝聚认同：民间歌谣的情感规范与社会意义

民间歌谣在仪式化的传唱过程中可以强化情感认同，进而规范人的社会行为。民间歌谣从来不是以文字形式生长的，而是口头创作，口耳相传，演唱有其特定的发生语境，是一种活态化的存在。民间歌谣不是静态文本，而是现实生活中存在的、动态的口头文学。民间歌谣多在节庆活动和重大祭典中演唱，演唱的过程中常有仪式、舞蹈相伴。早期歌谣的研究主要限于文本的搜集和整理，学者们试图阐释文本所蕴含的文化背景；20世纪中叶后，有学者开始注意到歌谣的生活语境；到了20世纪80年代，歌谣研究出现了由文本到生活的转型[2]，除了文本，歌谣的演唱环境、演唱者及其背后的地方文化传统开始受到关注。因为民间歌谣不仅能反映社会生活的样态，其本身与社会生活之间具有重要的关联性。

①民间歌谣形成了集体的情感认同与行为规范

民间歌谣与个体、家庭、宗族、信仰、仪式、文化观念等因素之间存在直

[1] 胡适：《白话文学史》，新月书店，1928，第32—33页。

[2] 廖元新、万建中：《学术史视角下歌谣与生活的关系》，《中原文化研究》2019年第5期。

接或间接的关系，这也使民间歌谣具有了文化建构的力量，它可以不断地形塑个体的发展与地方文化传统。在特定的生活语境中，民间歌谣在表达不同生命阶段情感联结的同时，也在塑造着人际的相处规则和话语规范。

例如，当一个家庭诞生了新的生命，这一家人通常会宴请亲友，宾客们则会备上礼物来主家庆贺，并唱诵歌谣祝福主家添丁进口。歌谣内容如下：

恭祝某亲，
门阑霭瑞，
承先启后，
予等所备薄礼，
不为恭贺，
唯愿某亲，
今日添人进口，
子孙发达，
兰桂腾芳。[1]

收到亲友祝贺后，主人家则会抱着新生儿在席上回唱一段歌谣，用以感谢宾客的祝福与礼物，例如：

多蒙各位贤亲念长，
劳动玉趾，
屈驾遥临，
于今走得山尽水穷，
急望救援，
承各位厚礼，
实不敢当。[2]

---

[1] 中国文学艺术界联合会、中国民间文艺家协会编《中国民间文学大系·歌谣·四川卷·汉族分卷》，中国文联出版社，2019，第206页。

[2] 中国文学艺术界联合会、中国民间文艺家协会编《中国民间文学大系·歌谣·四川卷·汉族分卷》，中国文联出版社，2019，第206页。

在这一唱一答的歌谣中，人们借歌谣传达了彼此的祝福与感谢，营造出一种共同的情感体验，构建了一个集体性的社交空间。不仅如此，民间歌谣演唱的先后顺序与歌词内容的恭敬礼让也强化着人生仪礼的文化规范以及主家与宾客之间的角色关系，传递了地方约定俗成的社会文化传统。

②民间歌谣塑造了个体的身份意识

民间歌谣还可以塑造个体的身份意识，明确个体的社会责任与义务。

例如，有关女儿报母恩的歌谣：

> 石部长长好烧香，我母生我是姿娘，自幼也是母饲大，桃花手牒还母烧。
> 石部长长好点灯，我母生我是女身，自幼也是母饲大，桃花手牒还母恩。[1]

这首歌谣表达了女儿对母亲养育之恩的感谢，其中既提到了女性对生育子女的责任，也明确了子女对感恩母亲养育的道德义务。作为一首在女性群体和私人生活领域演唱的歌谣，其传递的规训与教育意义具有维护社会公共道德的重要功能。同样，民间歌谣《儿子之道》也具有重要的身份教化作用：

> 为人子，尽其道，侍奉父母要存孝。
> 或富贵，或贫贱，总要亲心常喜欢。
> 四季衣，要可休，若要旧了换新里。
> 三顿饭，要可口，若要不美便重做。
> 清晨起，奉茶水，便器倾了还刷洗。
> 到晚来，铺床铺，冬温夏凉要看顾。[2]

这首歌谣详细地阐述了作为儿子应该如何孝敬老人，其唱诵既体现了父母对儿子的教育与引导，也延续着中华文明传统的孝道文化。这类民间歌谣不仅

---

[1] 林朝虹、林伦伦编著《全本潮汕方言歌谣评注》，花城出版社，2012，第179页。

[2] 张贵喜、张伟编著《山陕古逸民歌俗调录》，三晋出版社，2013，第441页。

厘清了作为子女应尽的义务，还与整个社会的文化逻辑与伦理观念紧密相连，具有非常重要的行为规范与道德规训的作用。

③民间歌谣推动了集体情感与文化传统的再形成

民间歌谣的发生语境集人声、艺术、情感于一体，民间歌谣的表达与情感的传递在建构个体情感体验与角色身份认知的同时，也在推动集体情感与文化传统的再形成。例如：

> 一杯酒来先敬天，
> 两家结亲心喜欢。
> 二杯酒来再敬地，
> 两家结亲真和气。
> 先敬天来后敬地，
> 两家结亲多仁义。[1]

在婚礼拜天地时，通常会唱诵以上歌谣。这时的参与者除了新婚的男女，还有男女双方的家人及亲友。这首民间歌谣在渲染"合两姓之好"的喜庆之情时，也强化了结亲双方之间的社会关系，还在具体实践中延续了传统礼仪文化。在歌谣及其生发语境中，认同这套仪式及其文化逻辑的共同体也在强化其情感纽带与认同意识。每一位参与者都在歌谣的演唱与实践语境中感受、了解与践行集体情感与地方文化。在这个意义上，民间歌谣促成了民间社会的情感规范的生成、凝聚与升华。

民间歌谣与社会之间的关系是复杂且深刻的。民间歌谣展现了人民大众朴实的生活实践与丰富的情感世界，它是民间文化的精髓与宝库，也是我国文学创作的源头活水。作为一种文学门类，民间歌谣具有语言优美、韵律和谐、形式生动、情感真挚的艺术特点，充分展现了社会底层人民的审美情趣与道德观念。民间歌谣承载了一个民族的精神内核，强化了社会的纲常伦理，蓄积了传

---

[1] 张贵喜、张伟编著《山陕古逸民歌俗调录》，三晋出版社，2013，第 194 页。

统经验中的智慧。在个体创作与集体传承的互构关系中，民间歌谣在私人生活与公共道德之间架起了一座桥梁。在不同的社会情境中，民间歌谣始终发挥着凝聚社会情感与强化集体认同的重要作用。在今天，民间歌谣依旧生机勃勃，在新时代的感召下，不断焕发中华优秀传统文化的光彩，成为国家与民族持久发展的重要精神力量。

本章小结

民间歌谣是民众情感和时代的"晴雨表"，具有极强的生命力与感染力。民间歌谣作为民众集体创造、传承和享用的文化，除了满足精神情感上的需要，还具有重要的实际作用。我国的民间歌谣从原始的劳动号子，逐渐发展为内容丰富、形式多样的文学门类，是广大民众传情达意的重要渠道，彰显着我国民众的创造力与想象力。民间歌谣的内容和形式随着时代不断变化，在不同的社会情境中，民间歌谣始终发挥着凝聚社会情感与强化集体认同的重要作用。

知识拓展

我国民间歌谣的起源

有关歌谣的起源有多种说法，除了为人熟知的劳动起源说和宗教起源说，还有模仿说、异性吸引说、天性说、诅咒说等。不难发现，这些对歌谣起源的解释，大都围绕人类心理上、精神上和生活上的需要展开。人类有喜、怒、哀、乐不同的情绪，这些心理的情感需要得到抒发和表达，正如《毛诗大序》中所说："在心为志，发言为诗。情动于中而形于言，言之不足故嗟叹之，嗟叹之不足故咏歌之，咏歌之不足，不知手之舞之足之蹈之也。"[1]民间歌谣简明轻快、富有韵律的形式，使其成为人们情感宣泄的重要载体，通过唱诵朗朗上口的歌词，人们能表达喜悦或悲伤，获得求精神上的欢愉与安慰。

除了满足人类精神情感上的需要，民间歌谣还有满足生活需要的实际作用。"男女有所怨恨，相从而歌。饥者歌其食，劳者歌其事。"[2]人类是群居的

---

[1] 朱光潜：《诗论》，生活·读书·新知三联书店，2012，第7页。

[2] 方孝岳：《春秋三传学》，商务印书馆，1940，第86-87页。

社会性动物，在日常的劳作中，需要一种消遣娱乐来调剂工作的辛劳，安抚身体上的疲惫。民间歌谣往往成为鼓舞士气的"口号"，激发人们通过劳动改造生活的斗志。如劳动号子一般是具有节奏感与力量感的吆喝，以此协调劳作的节奏，激起人们的干劲。同样，人类社会两性间的交往也会借助民间歌谣，尤其在求爱、求偶的过程中，民众借歌谣来表达自己的爱慕之情或相思之苦，以动情的歌谣来感化心仪对象，通过情歌的传唱来吸引异性，求得婚配与繁衍。此外，还有许多宗教性质的仪式也需要歌谣，如《礼记·郊特牲》中记载的上古歌谣《蜡辞》："土反其宅，水归其壑，昆虫毋作，草木归其泽。"这首歌谣用于祈求风调雨顺，使农业生产不被虫害、旱涝等所影响。除了以上所列举出的劳动歌、情歌和仪式歌，还有许多因人类生活需要而产生的民间歌谣，如礼俗歌、节令歌、摇篮曲等多种不同的形式。

钟敬文在《民俗学概论》中曾这样描述民间歌谣的起源："民间歌谣应起源于物质生产与人自身繁衍的人类求生存的实践活动。而作品的产生，则还需作者源于客观生活的、主观内在的、叙事抒情的要求，和音调节奏感等中间环节起作用。其生产的条件，具有先天的生物学性和社会活动属性的双重性质。"[1]基于生活与情感表达的需要，民间歌谣在人类社会发展的初期就产生了，其产生的年代甚至可追溯至人类语言形成的早期。在漫长的历史进程中，民歌通过口耳相传，成为代际之间表达情感的重要方式。同时，民间歌谣的内容与形式也在随着时代的发展而不断变化，从早期简单的劳动号子，逐渐演变为形式完备、功能多样的韵文。民间歌谣起源于人类社会早期的生活、生产，其内容与形式随时代的发展而不断变化。正如朱自清所言："歌谣起于文字之先，全靠口耳相传，心心相印，一代一代地保存着。它并无定形，可以自由地改变，适应。它是有生命的；它在成长与发展，正和别的有机体一样。"[2]

---

[1] 钟敬文编《民俗学概论》，上海文艺出版社，2009，第270-271页。

[2] 朱自清：《中国歌谣》，北京联合出版公司，2015，第8页。

思辨性问题

1. 朱自清提出："歌谣起于文字之先，全靠口耳相传，心心相印，一代一代地保存着。它并无定形，可以自由地改变，适应。它是有生命的，它在成长与发展，正和别的有机体一样。"请谈谈你对这段话的理解。

2. 分析"红色歌谣"的叙事与艺术特点。

3. 民间歌谣与社会之间的关系是怎样的？

4. 简述民间歌谣的当代价值。

第八章
民间戏剧与人类的生命执着精神

知识要点

1. 民间戏剧是娱神与娱人兼备，与民众的日常生活融为一体的艺术形式。

2. 民间小戏、民间故事剧、变革中的木偶戏等民间戏剧，民众借助戏剧的仪式结构、表演环节诸要素，表达的多是对自身命运的关注，表现出对人的生命存在与延续的希望和愿景。

3. 民间戏剧的当代价值与社会意义。

概述及界定

有学者指出，"在所有的艺术门类里，戏剧是离人最近的艺术"[1]。在戏剧表演中，人们能够体会到人存在的基本结构关系。戏剧情境的设置充分体现了戏剧的生命意义，它们把触摸不到的内在生命意义直观化为种种形象的舞台意象和戏剧情境。戏剧情境是对现实的种种生活关系和存在形式的高度提炼和概括，观众很大程度上就是依靠这些戏剧意象和戏剧情境唤起自己的情绪体验。戏剧不仅仅是单纯的表演艺术形式，更是一种心灵和精神世界的直接体现。戏剧表演是符号化了的生命意识，表演者能够"在表演中向自己揭示自己"，观众能够通过表演感知人的存在方式。戏剧表演能折射出人们基本的深层欲望

---

[1] 董健、马俊山：《戏剧艺术十五讲》，北京大学出版社，2004，第 399 页。

结构，产生于人类早期的戏剧类文化形式，凝聚着人类太多的本能性需求和种种深层的欲望。戏剧的主要文化功能和核心因子始终深深地根植于民族文化之中。尽管作为文化艺术形式的戏剧会随着时代变迁而兴衰，而戏剧文化所蕴含的主要文化功能依然会改头换面地出现在本民族的各种文化艺术生活中。[1]

戏剧文化源远流长。波兰著名戏剧家格洛托夫斯基曾说："当戏剧还是宗教的一部分时，它就已经成为戏剧了；戏剧结合神话使它渎神的，甚至是超越宗教的东西，从而解放了教徒和部落的精神活力。观众在神话的真实中就这样取得了他个人真实的重新觉悟，而且通过恐惧和一种神圣感，观众得到了感情的净化。"[2]民间戏剧孕育于原始宗教，并在各种祭祀仪式与地方表演文化的碰撞融合中逐渐形成。中国的原始戏剧和世界各民族的原始戏剧一样，出现于文字发明以前，带有全氏族或全部落性质，没有什么专门的道具与艺人。就内容来说，它反映的是民众集体的思想、感情、生活、愿望；就艺术形式来说，是由民众所用的表现手法、语言、想象所组成的；就创作工具来说，是人民大众的口口相传。这样的戏剧，是十足的人民大众的戏剧，反映了他们的利益与需要，是彻头彻尾的具有群众性的戏剧艺术创作。在文字出现以前，劳动人民就时常创作着这种原始戏剧，进行自我教育、自我娱乐，不但使自己得到生活上的安慰，艺术上的享受，也鼓舞了自己与自然界的敌人、敌对的人类集团进行了斗争。这就是原始戏剧的重要作用。

现行关于民间戏剧的种种说法，具有两个层面的含义：作为形态意义上的民间戏剧和作为精神意义上的民间戏剧。民间戏剧的本义是专指民间形态戏剧，而精神层面上的民间戏剧则是强调"民间"的意义，指具有"民间"意义的戏剧。从戏剧的学科分类上讲，民间戏剧指文化艺术形态而非精神层面上的民间戏剧。结合历史发展来看，中国的民间戏剧，从文化功能层面上讲，主要包括民间祭祀性戏剧与民间娱乐性戏剧；从文化系统层面上讲，则可区分为城市文化系统中的民间戏剧和乡野文化系统中的民间戏剧。

---

[1] 袁联波：《论高校非专业戏剧的立体化教育实践模式》，《中国成人教育》2008 年第 17 期。

[2] 耶日·格洛托夫斯基：《迈向质朴戏剧》，中国戏剧出版社，1984，第 6—7 页。

一、民间小戏——以秀山花灯为例

民间歌舞与戏曲艺术同宗同根，在同一文化母体下相互吸收、交融、共同发展演进，在艺术"血缘"上存在着密不可分的关联性。从歌舞逐步向戏剧演变是民间戏剧发展过程的特征。但是民间文化体系下形成的特有的"短戏长舞"，使民间舞蹈与民间小戏常常交融于一体。

"在任何一种古代神秘仪式中都能发现舞蹈"，舞蹈逐步"变成了神圣戏剧的再现，变成了神圣历史的充满生命力的重演，崇拜者在舞蹈中就可以扮演一个真实角色"[1]。舞蹈和宗教仪式都是戏剧的"远祖"。戏剧和舞蹈不同程度地从宗教仪式逐步进行演变，沿着不同的轨道进行着自身的艺术建设，形成了各自不同的艺术特性和艺术规范性，二者之间的距离似乎越来越远。尽管如此，民间舞蹈与民间小戏依然存在着很大程度上的同一性，一个重要表现即为民间文化体系下的形体表演。

1. 民间小戏的表演特征

中国戏曲中蕴藏着深厚的民间文化思想体系，即便文人戏曲也同样如此。戏曲中"无声不歌、无动不舞"的特点既是中国写意艺术精神在戏剧中的体现，也是民间文化精神在戏剧中的反映。在民间文化体系孕育中诞生的民间小戏，其重要特征便是表演中载歌载舞。

比如，秀山花灯就是在吸收民间音乐、民间说唱、民间歌舞和民俗文化基础上逐渐发展形成的。尽管在漫长的发展过程中，秀山花灯逐步形成了歌舞形态的花灯和戏曲形态的花灯戏，但是由花灯、花灯说唱、花灯歌舞到花灯小戏，是一个艺术本体变化过程。彼此之间，既有联系，又有区别；既可融合，又可独立[2]。花灯歌舞和花灯小戏常常交融于一体——舞即戏、戏即舞。很多民

---

[1] 哈夫洛克·埃利斯：《生命的舞蹈》，中国社会科学出版社，1994，第36—37页。

[2] 胡度：《花灯艺术面面观》，载王定天主编《中国花灯论文选》，吉林文史出版社、吉林音像出版社，2006，第28页。

间小戏同时本身就是歌舞，常常被称为歌舞小戏。秀山花灯"二人转"典型地体现了这一特征。

秀山花灯的演出时间是阴历正月初二至十五元宵节晚。经过长期的发展演变，在继承土家族祭祀歌舞"跳团团"（俗称"门斗转"）表演形式的基础上，秀山花灯逐步形成了一旦一丑的"单花灯"（即花灯"二人转"）、双旦双丑的双花灯、多旦多丑的花灯群舞等表演形式。其中，花灯"二人转"是秀山花灯的主要表演形式。秀山花灯表演一般将方桌作为"舞台"。旦角叫"么妹子"或"花妹子"，多为男扮女装，扎假辫，系花裙，头带红花，脚着绣花鞋，右手执花折扇。丑角叫"花子"或"赖花子"，身着皮背心，腰系飘带，头扎英雄结，右手执大蒲扇。女角年轻漂亮，男角矮小滑稽（常用戏曲中的矮子功表演），男角围着女角"走圆场"。表演中么妹子舞花扇走碎步，赖花子拿蒲扇走矮桩。

秀山花灯音乐曲牌丰富多彩，歌词以五言、七言居多，衬词轻快活泼，音乐包括曲调和打击乐两部分，曲调有"正调""杂调"之分。其中杂调具有较浓的生活意味和健康质朴的民间气息，这些曲调大多是反映人民群众的劳动和爱情，风格活泼诙谐，调式、唱腔都很优美，乃秀山花灯音乐的精华。

秀山花灯舞蹈"语汇"十分丰富，主要有身法、步法、扇法、眼法等。旦角表演端庄高贵、乖巧秀丽，丑角表演则刚健朴实、诙谐风趣。强烈的对比和反差（旦角和丑角的对比、丑角的表演和扎"英雄结"的服饰装扮的反差对比等）使花灯表演具有强烈的喜剧效果。花灯表演的眼法很传神，演员好像在用眼睛说话一样，一切情感尽在其中。秀山花灯表演以歌舞为主，时而节奏明快，活泼欢快；时而节奏舒缓，富于变化。各种动植物舞蹈千姿百态，天上飞的、地下走的、水里游的，以及花草树木等，无一不可入舞。[1]现已收集整理的舞蹈"语汇"达300多个，如"扫地莲花""蛤蟆戏水""雪花盖顶""蜻蜓点水"等，"矮子步""梭子步""悠悠步""过堂步"等步法，"夹扇""羞扇""齐眉扇"等扇法，以及亮相姿态和表演动作等各数十个。这些舞蹈动作根植于当地民族

---

[1] 喻再华：《秀山花灯美学初探》，载王定天主编《中国花灯论文选》，吉林文史出版社、吉林音像出版社，2006，第371页。

民间生活之中，生动形象，呈现出自然生命的原生态和本源性的许多特征。

秀山花灯舞蹈节奏鲜明，具有强烈的舞蹈形态美、律动美，展现了优美的舞蹈身段。演员通过身法、步法、扇法、眼法体现出的舞蹈"语汇"，表达思想感情。这些秀山花灯既是舞蹈表演，也具有明显的程式化色彩，表演动作同曲牌、唱腔及近似于戏曲中的锣鼓钹相映成趣。从民间文化体系下的形体表演的角度来看，民间舞蹈与民间小戏在表演形态上具有同一性。

2. 民间小戏的"短戏长舞"特点

民间小戏往往具有"短戏长舞"的特点，这是由民间的文化艺术水平及审美情趣等决定的。民间小戏的创作主体往往是一些民间艺人。他们没有接受过正规的文化艺术教育，常常根据民间故事和唱本酝酿整理出戏剧人物和情节，没有文学剧本，演员表演常常是即兴式的，也不注重人物塑造。尽管民间小戏中存在一定的故事性，但往往只是事件的简单交代，并不具有明显的脉络，即没有明显的起承转合，戏剧性贫弱。

一般而言，戏曲的范畴比歌舞大，戏曲的综合性更强，歌舞只是戏曲的一部分。人们在鉴定民间歌舞还是民间戏剧时往往依据其故事性的有无或繁简，但事实上戏曲可以叙述故事，歌舞同样具有叙事功能。民间文化体系下的形体表演和简略的故事性表达，使秀山花灯形成了"短戏长舞""舞戏一体"的形态格局。

秀山花灯演出依附于当地民俗仪式活动之中，有一套固定程序：设灯堂、启灯（请灯）、跳灯、辞灯。跳灯前，花灯班在"灯头"家设灯堂，安放花灯神位，启灯请神。在秀山花灯系统中，设灯堂是带有浓厚传统仪式的表演活动。仪式结束后，花灯班即可外出跳花灯。秀山花灯的歌舞跳灯本就是依附于民俗文化的一种仪式活动。有专家指出，秀山花灯扇子舞的舞步，呈"踏罡步斗"之状，这是民间巫舞的典型特征。这里，跳灯已不再是单纯的艺术形式，已具有一种展现精神世界的人类学意义上的功能。花灯歌舞的真正价值和意义在于跳灯本身，跳灯成为民众对生命的一种感知形式。

秀山花灯形体表演的动作姿态主要不在规范的技巧性而多为自然的模拟

性，这是秀山花灯贯穿的舞蹈骨架，也是其重要的舞蹈特征。[1]秀山花灯表演的程式化、仪式化和模拟性，使其形成了舞即戏、戏即舞的"舞戏一体"的艺术形态，戏剧意味已然明显。

具体地讲，民间歌舞小戏中的"艺""趣""境"等特点是秀山花灯形成"舞戏一体"艺术形态的重要因素。

① "艺"

作为集歌、舞、戏为一体的歌舞小戏同其他戏曲形式一样，十分强调艺术性。除身法、步法、扇法等常规表演技艺外，花灯艺人常常还身怀绝技。在院坝中用三张以上方桌重叠成高台，演员到高台上进行表演。技艺在秀山花灯等歌舞小戏中居于重要地位。秀山花灯等歌舞小戏很少经过士大夫文人的染指改造，这些技艺源于村民的生产生活之中，在艺术精神和思想感情上同他们息息相通。

② "趣"

演出时，么妹子身系裙襟，头扎红花，穿绣花鞋，手执折扇和彩巾。赖花子身穿皮背心，腰系飘带，头扎英雄结，手握蒲扇。旦角舞蹈端庄高贵、乖巧伶俐；丑角舞蹈朴实诙谐、粗狂风趣。秀山花灯表现了人民群众的日常生活、爱情婚姻等，生活气息浓郁，具有活泼轻松、风趣诙谐等特点，内容虽然单调粗浅，但为老百姓所喜闻乐见，是当地民间审美趣味的集中体现。在民间俚俗文化和艺术精神的滋养下，秀山花灯等歌舞小戏以其特有的乡野纯朴的审美情趣获得了自身的文化生存空间。

③ "境"

秀山花灯表演，常常是全村居民都参与，台上跳灯的演员激情洋溢，台下观众是畅快热烈，场面酣畅淋漓，甚至难分清演员与观众。

秀山花灯在简单的情境营造中，以直觉作用的方式震撼着观众，形成了感

---

[1] 张安平：《秀山花灯的艺术梳理及传承论证》，载王定天主编《中国花灯论文选》，吉林文史出版社、吉林音像出版社，2006，第 392 页。

染力强烈的艺术"情境"。没有传统意义上的戏剧技巧,其效果与魅力的获得主要得益于狂欢化艺术情境的营构与渲染。

"艺""趣""境"既是民间舞蹈的根本特点,也是民间小戏戏剧意味的具体表现。然而随着行当的增加和表演故事特性的增强,民间歌舞的戏剧性会逐渐表现明显,民间歌舞和民间小戏的差异性也会逐步显现,有的甚至发展为地方性的大剧种。直接由民间歌舞演变为小型戏曲,多为"两小戏",这种小戏所必需的内容多是对歌、盘问、打柴、推磨、借茶、问路等,仍是民间歌舞所表现的内容。如果发展成为"三小戏",便可出现戏剧性的冲突,成为"演故事"的形式。[1] 在秀山梅江、溶溪等地,花灯歌舞在大量吸收当地阳戏和辰河戏等民间小戏艺术营养的基础上,已发展为"单边戏",出现了生、旦、丑三个行当,形成了有一定故事情节和一定矛盾冲突性的小戏。秀山花灯小戏有《牧童放牛》《木匠省亲》《徐氏教子》等20多个剧目。它们大都反映人民的生活、爱情和疾苦,语言生动通俗,表演活泼风趣,乡土气息浓郁,演出时无布景,装扮简易,情节简单。尽管具有了"演故事"的形式,但是这些小戏只是具备了戏的雏形,歌舞性依然是主要的。

在广大的民间存在着种种"泛"戏剧文化形态——表演形态上的"泛"与文化形态上的"泛",它们具有明显的强调形体表演的倾向,以致常常使民间小戏和那些原始古朴的、或多或少具有某种叙事性的民间歌舞表演界限模糊,人们也习惯于将这些表演文化形态看作歌舞小戏。

二、民间故事剧——以传统藏戏为例

一些叙事性作品的故事背后往往隐含着某种"行为"结构。这种"行为"结构既是对作品情节的高度提炼,也是人物行为具有某种象征意味的结构,同时也与作品主题内涵紧密地联系在一起。民间故事剧中往往蕴含着种种象征性"行为"结构。传统藏戏明显地受到了佛教的影响,很多戏剧情节直接来源于佛教故事,且很多为佛教高僧亲自改编,不少藏戏是应弘扬宗教的需要而产生。

[1] 倪钟之:《戏曲的发展与民间小戏:兼论说唱艺术对民间小戏的影响》,载王定天主编《中国花灯论文选》,吉林文史出版社、吉林音像出版社,2006,第37页。

一些藏戏故事背后隐藏着某种深层的"行为"结构，这些"行为"结构蕴含着浓厚的象征意味，对我们理解传统藏戏具有十分重要的意义。通过梳理，可以发现，传统藏戏中具有象征意味的"行为"结构主要有"放逐与回归""分离与重逢""牺牲与拯救""死亡与复活"等。

1. "放逐与回归"是传统藏戏中反复出现的"行为"结构

"放逐"一词具有丰富的历史气息和文化内涵，中外历史上很多先贤都曾有过"放逐"的遭遇。狭义地讲，"放逐"主要是指针对那些在政治斗争中失败者的一种处罚手段，宽泛地说是指被动或主动地脱离原有的生活轨迹，在一定空间距离之外过着另一种生活。当"放逐"不仅仅被理解为一种政治斗争或处罚手段时，"放逐"的意义便瞬间丰富起来。"放逐"中体现的漂泊感、孤独感，被放逐人对社会、生命和人自身的思考和体悟，对时间、空间的感悟，对命运的理解与抗争等，乃至"放逐"本身，都从各个方面丰富着"放逐"的内涵，这样"放逐"也便被赋予了某种哲学的意味。与"放逐"相联系的是"回归"，无论这种"回归"是现实意义上的还是精神层面上的，似乎有了"回归"，这一行为结构才能获得真正意义上的完满。

《智美更登》中，王子智美更登出生时就能念"唵嘛呢叭咪吽"六字真言，他善良仁慈，布施天下，希望能让穷苦、残疾、贫病交迫的穷人脱离了困苦的境遇，获得温饱的生活。后因他将王国至宝"管多蚌觉"布施给敌国而获罪，在裸体游街之后被放逐哈香荒山十二年。在布施至宝的时候，智美更登也曾经犹豫过，最后还是决定把宝物布施出去，并嘱咐道："这宝物非比寻常，乃是海中老龙王献给无量光菩萨，菩萨转赐给我父王的。有了这宝物可以使风调雨顺，可以降伏敌国军马，可以使举国上下平安；现在拼着性命受父王惩处，我把它布施给你。"也就是说，智美更登在布施至宝之前已经预料到自己可能会遭受严厉的惩罚，但依然还是将宝物给了敌国。面对被放逐的惩罚，智美更登欣然接受，还祈祷众人再不要受他所受过的痛苦。大臣、百姓和部落酋长赠送他的礼物，他立即又布施给穷人。《顿月顿珠》中，继母通过装病要求国王放逐继子顿珠，国王最后将顿珠放逐到边荒地区去。《卓娃桑姆》中，卓娃桑姆发现妖妃的阴谋后，联想到空行女曾经预言她要遭受妖精折磨，告别儿女后飞升而去。《诺桑王子》中，巫师和后妃实施连环计，设计让诺桑外出打仗，后又以为国王治病为由，企图捉拿云卓拉姆剖腹取心。云卓拉姆依靠珠链的力量腾空而去。《朗萨雯蚌》中，朗萨在对山官家彻底失望之后，也毅然投寺为尼。几部戏剧为放逐者设置了一个不得不离去的情境，被放逐者自不必说，云卓拉姆、卓娃桑姆等自己放逐自己的人也有不得不离去的原因。同时他们对世俗的权与利并不看重，智美更登能将所有财物，甚至将身上的器官布施出去；顿珠也从未显示出对未来的王位有所企图；卓娃桑姆、云卓拉姆、朗萨姑娘并未主动表示愿意嫁给国王、王子或大富人家，卓娃桑姆和朗萨甚至对于婚事根本不情愿，云卓拉姆是被猎人捉住之后才嫁给诺桑王子。他们离去之时，不舍的只是各种感情，云卓拉姆不舍丈夫的情意，卓娃桑姆不舍自己的儿女。

他们并不看重世俗利益，从这个意义上讲放逐者并未遭受多大的精神创伤。受宗教思想影响较大，这些戏剧重在弘扬宗教的一些观念，因而并未对放逐者的精神和心理展开剖析，也没有挖掘放逐主题的哲学内涵。这些放逐者大多为修行者，体验苦难本为修行的一个重要方面，所以戏剧中重点展示的是放逐路途中的各种甘苦体验。路途本身似乎成了放逐的目的，这一点在智美更登和顿珠身上体现得极为充分。在这些传统藏戏中，放逐的过程实际上也就是一个修行的过程。因此，传统藏戏这一行为结构中往往包括三大部分内容：放逐、回归、放逐过程中的修行（及弘扬宗教）。

放逐者的回归不是简单意义上的回家，而是被赋予了某种象征意义。他们回归的时候，或者修行有成，或者已经具备了复仇的能力。当放逐者回归之时，常常也是邪恶者遭受惩罚的时候。《智美更登》中，当智美更登抵达国门的时候，全国的臣民百姓，到九十里以外迎接他。国王也在五十六里的地方拈香迎接他。城里大街小巷，鼓乐喧天，举国上下，欢腾鼓舞。后来国王将王位也禅让给了智美更登。《苏吉尼玛》《卓娃桑姆》及《朗萨雯蚌》中则表现出另一种意义上的回归，《苏吉尼玛》中，经过多次被陷害，获救后的苏吉尼玛进行自我放逐，四处讲经说法，成为远近闻名的女尼。国王及以前陷害她的仇敌均主动前往听她讲道，几人相遇后，当年的因果得以澄清，在国王的再三恳求下，苏吉尼玛也重回王宫做王后。《卓娃桑姆》中，在母亲进行自我放逐之后，姐弟两人为逃避仇敌毒害而进行自我放逐，后来王子做了另一国家的国王，妖妃主动上门挑衅，王子得以顺利地复仇，实现了另一意义上的回归。《朗萨雯蚌》中，因不满朗萨出家，山官家带人围攻寺庙，寺庙高僧以法力征服了山官家，后来查钦巴父子也都出家修行了，并修得正果。《诺桑王子》中，被放逐的云卓拉姆，在诺桑的帮助下一同回归。那五百嫔妃和巫师哈日那波都受到了应有的惩罚。而老国王也将王位传给了诺桑，云卓拉姆做了王后。

显然，这些传统藏戏中，放逐者的回归实现了宗教和政治，神圣与世俗的双重胜利。这是由藏族特定的历史文化决定的，在创作者看来，似乎只有在宗教、政治两方面获胜才应该算是真正的胜利。《苏吉尼玛》中，当国王提出要迎娶苏吉尼玛的时候，隐士对国王提出只要国王"捐弃旧日所崇奉的外道，一心皈依佛法"即可。隐士为佛法寻求更大的发展空间，希望获得政治力量的支持。这或许就是藏戏创作者们的本意。也许正是这一原因，传统藏戏的男主人公往往都是国王、王子，或至少也是出自门第高贵的大富人家。《卓娃桑姆》《苏吉尼玛》和《朗萨雯蚌》中，女主人公都是修行的仙女在不情愿的情形下嫁了国王或高贵人家，最终影响并引导他们走上修行之路，某种程度上实现了宗教同政治的"联姻"。

2. "分离与重逢"则主要体现的是人物之间的感情

《诺桑王子》中，诺桑领军外出打仗，临走时，夫妻间难舍难分；后来因遭受奸人陷害，云卓拉姆不得不选择离开；再后来诺桑历经千辛万苦寻找到云卓拉姆，夫妻两人得以重逢。"分离与重逢"行为结构充分展现了诺桑夫妻二人的深情厚谊，该剧也因此成为著名的爱情神话剧。《顿珠顿月》刻画了顿珠、顿月兄弟二人之间的真挚感情，弟弟不顾一切地要跟随哥哥一同放逐，后来甚至因此而付出了生命。伤心万分的顿珠掩埋弟弟之后独自前行。顿月后来复活了，兄弟两人经历了重重困难，在"死别"之后得以重逢，场面感人至深。《卓娃桑姆》中，姐弟两人在母亲卓瓦桑姆离去之后相依为命。面对迫害时，姐姐愿意代替弟弟去死，二人后来分开，姐姐沦为乞丐，最后历经重重困难，姐弟二人得以重逢。《智美更登》中，智美更登在将所有财物布施完了之后，不得已将自己三个孩子送给了三个婆罗门。采集野果后回来的王妃，发现孩子不在了，哭得天昏地暗。被放逐的十二年中，王妃十分想念三个孩子，在大河边祝祷，流水把母亲的祝祷传到孩子们耳中。回归途中婆罗门将三位小王子送来，一家人得以团聚。《白玛文巴》中，白玛文巴在龙宫中住了三天，而人间已是三年。白玛文巴回来后见到了因思念他而愁苦成疾的母亲，母子重逢十分感人。在佛教意味较浓的传统藏戏中，"分离与重逢"行为结构展示了人物之间感情和人性流露的一面，使人物形象显得更为完整丰富，这一点对于藏戏而言尤为重要。

3. "牺牲与拯救"也是传统藏戏中常见的一种行为结构

《卓娃桑姆》中，国王欲强娶婆罗门的女儿卓娃桑姆，卓娃桑姆极不情愿做那"罪恶深重的暴君"的妃子，甚至想到"不如干脆死了"，后恐父母为此遭难才不得不同意。同剧中，当猎人要将王子扔下山的时候，公主哀求让她代替弟弟去死，并对天祷告。《朗萨雯蚌》中，某天朗萨在庙会上点灯拜佛、观舞看戏，山官家发现后提出强娶要求，因不忍让年迈的父母为难而勉强同意。婚后善良的朗萨引起了小姑的嫉妒，小姑百般刁难她，为家庭和睦她只能忍受。后来或因诬陷或因误会，朗萨两次遭受毒打，以致被活活打死。复活后的朗萨本已决心了断尘缘，皈依佛门，但禁不住年幼儿子的再三苦求而再次回家。剧中朗萨为父母，为家庭，一再牺牲自己的幸福，乃至生命。后来在回家探望父母时，感悟到"韶华之易逝，人生之短促"，朗萨最终决定出家修行，实现了自我拯救。《顿月顿珠》中，为了不让更多属龙的人被扔进湖中祭祀龙神，顿珠主动跳入湖中，选择牺牲自己以拯救他人。《智美更登》中，智美更登剜出自己的双目，让眼瞎的婆罗门教徒恢复了视力。《苏吉尼玛》中，通灵的鹦鹉让国王杀死自己，以证明苏吉尼玛的无辜。传统藏戏中人物牺牲与拯救的对象可能是自己的亲人，有可能是旁人；牺牲的可能是幸福，也可能是生命。在牺牲与拯救中，人物的人性美得到了凸显。

4."死亡与复活"也是传统藏戏中具有象征意味的"行为"结构

佛教主张"生死轮回"的生死观,并不认为人自身能够"死而复活",只是认为神佛和菩萨等大能在普度众生的过程中,可以通过神通手段让人复活。《顿月顿珠》中,顿月死亡时,四方的山岳都震动了一下,天上落下一阵像雨水一样的花朵,半空中还隐隐约约地响起一种音乐。这里的山岳震动、仙乐响起、神迹显现实际上在为顿月后来的复活作铺垫和暗示。后来顿珠背上弟弟的尸骨,找到一处遍地长着檀香树、河里淌着牛奶的高山,将顿月的尸骨安放在一棵像伞一样的大檀香树底下,又围上许多檀香木。因口干而死的顿月,在顿珠走后的一天夜里,天降大雨,"雨水从檀香树上滴下来,滴到顿月的脸上,淌到他的嘴角,慢慢地润到他的喉咙里。就像干旱年头的庄稼遇到了雨露一般,顿月王子慢慢地苏醒过来"。《朗萨雯蚌》中,朗萨因遭受诬陷被活活打死之后,一缕精魂,悠悠荡荡,来到了阴间。阎王查对生死簿子,发现朗萨一生白石子儿多,黑石子儿只有一两颗,平生没做恶事。于是对她说:"你是一位善人,不能在此逗留,赶快还阳去吧!"这样朗萨得以死而复活。《白玛文巴》中,神勇威武的白玛文巴在被国王用火活活烧死之后,火焰中出现一朵巨大的荷花,白玛文巴从荷花花蕊中复活,获得新生。在"传奇性"色彩浓郁的传统藏戏中,有着神通广大的神灵以及各种法器等外部助力,创作者在剧情设置时完全可以不让这些主要人物死去。"死而复活"的行为结构一方面增强了戏剧的"传奇性"和神秘性色彩;另一方面,也呼应了戏剧中"因果报应"的佛教主题观念。

宗教教义的规范要求,使人物性格呈现出明显的内敛性特征。面对各种苦难和灾祸,他们能够坦然接受,几乎喜怒不形于色。这无疑是绝佳的修行者,但是对于戏剧表现而言,这无疑是十分糟糕的。戏剧需要通过人物的言行举止、各种情绪反应来多方面展示人物性格特征。佛法教义对所有信奉者的规范要求是一致的,人物强化自身理性的意志力,而克制自己感性的种种欲念和情绪,不可避免地使剧中人物打上了类型化的标签。

5. "善与恶"和"神圣与世俗"结构

事实上，在传统藏戏中，对应"善与恶"结构设置的是"神圣与世俗"结构。"善与恶"结构中善良对邪恶的最终胜利只是戏剧主题的一个方面，大多传统藏戏的另一重要主题便是神圣（亦即宗教）对世俗的引导。主要人物的放逐一方面是对邪恶是暂时避让，另一方面更是主要人物修行的需要。只有通过放逐，以及经受放逐过程中的大量苦难的磨砺，才能达到磨炼正面人物的需要；正面人物也只有在放逐过程中才能做出更多的奉献和牺牲，才能将佛法传播得更广；也才能在不断的修行中获得更高的成就，在最后的回归中取得最终的胜利。从编剧角度看，"放逐"暂时回避善恶之争是十分必要的，因为这个时候正面人物忍让退却或者力量弱小，注定会失败；同时也为修行与神圣对世俗的引导这一主题留存了表现空间。

"放逐与回归""分离与重逢""牺牲与拯救""死亡与复活"等行为结构中真正的结构中心是"放逐与回归"，同时它们又紧紧围绕着"善与恶"和"神圣与世俗"结构来展开，当然其中主要又是"善与恶"结构。"分离与重逢""死亡与复活""牺牲与拯救"等行为结构主要发生在放逐过程中。如前文所讲，佛教并不认为人死后肉体还能够复活。传统藏戏中出现的几次"复活"，都是神佛大能通过超现实手段实现的。戏剧里让人物死而复活的情节，主要是为了宣扬"善有善报"的主题，顿月、朗萨和白玛文巴都是善良的，也是虔诚的佛教信奉者，甚至是菩萨转世；同时也是佛教"完满"观念的体现，在"善恶有报"观念作用下，善良最终必然会获得幸福，而且往往是各方面的幸福，而邪恶者或改邪归正或遭受严厉的惩罚。也正是这一观念的影响下，正面人物分离之后必然会有重逢的机会。

被卷入世俗之前，这些人物在戏剧开始时往往物理意义上精神层面上置身于世外，例如年轻女性大多因为婚姻被"拉"入世俗之中，被卷入世俗利益的争斗之中。对于大乘佛教而言，修行者须有济世度众之心，不能只顾自己修行而弃置身于苦海的芸芸众生于不顾。为济世度众，则需置身俗世，与众生共历苦难。云卓拉姆本是乾达婆天宫的仙女，在下界到仙湖中沐浴时被猎人用捆仙索抓住，并被送给了诺桑王子，从而卷入王宫的争斗之中。菩萨转世的顿珠，是一位国王长子，年幼的他本无意和弟弟顿月争夺王位继承权，却成为继母的假想敌，被放逐荒地。卓瓦桑姆、朗萨、白玛文巴、苏吉尼玛等亦如此。事实上，他们只有进入世俗世界之后，才能凭借善良的品行、美好的品格赢得人们的尊重，从而引发邪恶者的嫉妒。在放逐过程中重点突出的也是人物的苦难修行和各种善举。放逐过程中人物体现出的大乘佛教克己利人、舍己为他的牺牲精神以及对佛法的弘扬，实际上也是神圣（宗教）对世俗的引导过程，他们不但自己全身心投入修行之中，而且也影响和带动了其他人。剧终回归时，邪恶者遭受惩罚，善良者获得胜利，而且这种胜利是神圣（宗教）和世俗双重的"胜利"：佛法兴盛，人人安居乐业，家家幸福美满。

"善与恶"和"神圣与世俗"结构决定了传统藏戏故事的基本走向和情节的基本结构：有放逐就必然有回归，有死亡就会有复活，有分离也必然会有重逢。换言之，故事的发展、情节的结构，包括前述几种行为结构，不是由丰富复杂的人物性格推动形成的，而是由观念决定的，这种观念在戏剧创作出来之前早已存在，甚至戏剧本身便是因这些观念的需要才得以产生。同时也排除了人物可能出现的各种主观的个性化选择以及可能会发生的各种偶然性事件，丰富立体的多维世界被规范成为一个类型化的扁平世界。

事实上，佛教对人本身的关注，使其教义同文学艺术之间存在着很多契合点。譬如苦难、生命、孤独等既是佛教思考的核心问题，也与文学思考的问题高度契合。传统藏戏中的"放逐与回归"结构事实上是一个极具思想价值的话题。被放逐者在"放逐"过程中的生命体验，对时间和空间的感悟，对人的精神和心理的冲击，是放逐途中的孤独感等，这些都极富思考和探索价值。"分离与重逢""死亡与复活""牺牲与拯救"等行为结构也都是富有哲学意味的话题。但是因为"主题先行"，观念的限制，人物只能按照预先的故事设置不断地向前滑行，奔向早已设定好的结局。决定人物行为方式的是人物的意志，是早已被内化为自身本能的信仰，而非人之为人的丰富而复杂的人性。正面人物的各种欲念以及性格上的某些缺陷，因修行的需要以及塑造"完满"人格的需要而几乎被全盘剔除，呈现出来的都是符合宗教教义的理想型人格。

值得注意的是，传统藏戏主要人物的人格往往从戏剧开始时即趋于完满，没有本质性的转变。换言之，戏剧没有描写人物因受到外界的某种影响或刺激而选择信奉佛教的变化过程，这些人物大多本身就是佛教的信奉者，甚至是菩萨转世。戏剧没有呈现人物性格的"质变"，而是展示人物修行过程中不断遭遇的各种苦难、磨炼和奉献；或者描写人物从在家修行转变为出家修行，如朗萨等。这样的人物设置不利于对人物性格的刻画，使人物性格不可避免地缺乏个性化，而走向类型化。

通过分析可以得知，因为受"善与恶"和"神圣与世俗"结构的制约和影响，"放逐与回归""分离与重逢""死亡与复活""牺牲与拯救"等行为结构更多的是从故事层面展开描写的，而没有能够从精神、心理和哲学等层面进行更为深刻的剖析，这无疑是一种巨大的遗憾。但是这样讲，并不意味着传统藏戏没有进行人性等方面的描写。事实上，这些行为结构，尤其是"分离与重逢""牺牲与拯救"，都充分地展示了人性美好的一面。"分离与重逢"更多地展示了亲人之间的真挚情感，"牺牲与拯救"则展现了人物对亲人及其他民众的伟大的奉献和牺牲的精神。这些对人性以及人物感性情绪的描写，使人物变得更为真实可感，可亲可近，一方面，拉近了宗教同民众之间的距离，赋予了宗教一种有感情和人性化的意味，拆除了树立在宗教和普通民众之间的障碍；另一方面，也丰富了戏剧的艺术性。

三、变革中的木偶戏

作为农业文明产物且深深地根植于民间，深受百姓喜爱的木偶戏，无疑存在着同现实文化语境不合拍的因素，但同时又存在着契合于现实文化语境并能够加以创造性转化的"现代性"因素。然而要发掘其"现代性"因素，让作为传统民间艺术形式的木偶戏在现代社会中重新焕发生机，则需要充分发掘并运用其契合于当下文化语境的艺术独特性。只有深刻地认识木偶戏的艺术特性，才能做到扬长避短，从而创造出符合当下百姓审美情趣的作品。这里以成都木偶戏为例，从民间艺术的当代发展，谈谈木偶戏的变革问题。

1. 打开了观众广阔的艺术想象空间

就艺术本性而言，较之一般戏剧，木偶戏似乎更能带给观众在巨大的艺术张力和在戏剧（文化）情境压力作用下释放自己的艺术想象力。木偶戏的一切艺术特点均源于以木偶表演人的行为。戏剧表演中演员具有双重自我，一般戏剧表演中，第一自我和第二自我是同一的，均为演员自身，演员既是灵魂操控者，又是表演的工具[1]；而在木偶戏表演中第一自我和第二自我是分离的，第一自我是演员自身，而木偶则是第二自我，这是木偶戏重要的艺术特点。在此基础上，木偶戏表演形成了多重艺术张力，也正是这些艺术张力使其焕发出独特的艺术魅力。木偶的造型是固定不变的，木偶面部不可能随着剧情的变化而改变表情，而人物丰富多样的面部表情又是戏剧人物刻画，尤其是复杂心理活动表现的重要手段。尽管木偶雕刻师能够在固定的造型中捕捉到丰富意蕴，十分注重将人物的性格特征凝聚于人物面部，尤其是人物眼睛之中，但客观上却只能对角色的表情进行固定的呈现。所以一般认为造型的固定是木偶戏的局限性，事实上这与其说这是木偶戏的局限性，不如说是其艺术特性。

表面上看，木偶的面部造型是固定不变的，但是随着剧情的展开，表演的逐步深入，在戏剧（文化）情境的作用下，木偶的脸部表情也会随之而"活"起来的。这里所说的戏剧（文化）情境不仅仅指作品中角色之间的戏剧构成关系，乃至人物的台词、唱腔、形体表演，音响音乐、舞美道具等所形成的戏剧关系，还包括观演之间所共同享有的文化传统、文化资源等。也许所表演的角色或故事大家都耳熟能详（可称之为"背景文本"），那么木偶戏的表演所给予观众的则是表演文本了，观众还会在欣赏中不自觉地将这两个文本相互参照地进行比较性阅读。

可能是考虑到木偶造型固定等局限性，一些木偶戏工作者想尽办法让表演更生动，以弥补或抹去因这种局限性所带来的差距，企图消解那些客观上存在的、永远也不可能完全填平的艺术张力。事实上在木偶戏表演中，木偶的行为没有必要刻意地模仿真人，木偶同人之间或强或弱的"形似"只是一个表演的

---

[1] 19世纪法国演员哥格兰认为演员第一自我是扮演者，是灵魂；第二自我是工具，是声音和肉体。

起点。譬如四川大木偶，有着 1.6 米的个头，造型美观气派形体方面几乎与真人相似，但是这只是形似上的真。正因为其形体与真人十分接近，也对其表演提出了更高的要求。事实上木偶"形似"上的欠缺，恰恰能够形成戏剧鉴赏中的审美空白，观众在欣赏过程中会不自觉地结合生活和审美的经验积累予以补充和丰富。木偶戏表演是一个赋予木偶人的"生命"的过程，这一过程离不开表演者的情感体验及其高超的操纵技艺，更离不开观众的补充与丰富。木偶造型固定等客观上的局限恰恰是木偶戏戏剧性的生长点，会使观众获得更多的艺术体验。"死"的木偶与"活"的人之间，凝固的表情与发展的剧情之间形成了巨大的艺术张力。巴赫金认为："单一的声音，什么也结束不了，什么也解决不了。两个声音才是生命的最低条件，生存的最低条件。"[1] 这种矛盾性的艺术张力之间的碰撞与对峙，为观众留下了大片"审美空白"，并使其意蕴生生不息的生成性。不过，这种对艺术张力的整合不是由创作者完成再传达给观众的，而是需要观众自己去完成的。正是这种矛盾性的艺术张力成就了其极为开阔的艺术想象空间，同时也获得了更大的艺术假定性，可以恣意地发挥想象。

随着社会的发展与人们欣赏习惯和审美趣味的变化，现代木偶戏应该充分地运用其多重艺术张力，尽量调动观众的艺术想象力，让观众在戏剧欣赏中实现艺术的再创造。譬如在《森林小子》表演中，导演大胆地将木偶舞台的挡片全部拆除，创造性地运用了一种人偶同台的木偶表演形式，即演员自始至终都出现在舞台上，表演时木偶的操纵有时平举在胸前，有时高举过头，时而又将木偶的脚站在舞台地板上，大大加强了表现力和趣味性。全剧几乎有三分之一的场面是由真人演员表演的。台上的真人与木偶表演相得益彰，丝毫没有生拼硬凑的感觉。[2] 该剧明显受到了布莱希特戏剧观念的影响，大量运用暴露后台、人偶同台、"物件剧场"等手法，让观众在"审美干扰"中获得了更多艺术再创造的可能性，这无疑也是对传统木偶戏表演与欣赏习惯的一次成功的挑战。

---

[1] 巴赫金：《陀思妥耶夫斯基诗学问题》，生活·读书·新知三联书店，1988，第 344 页。

[2] 薛家馀：《"物件剧场"与木偶艺术：谈〈森林小子〉的导演艺术》，《中国戏剧》1997 年第 2 期。

2. 注重技术与艺术的融合

由于表演中双重自我的分离状态，木偶戏演员表演需要经由木偶间接地进入角色，同时木偶戏表演需要依靠相互之间协作与配合，从而达到表演的协调一致，有时同一演员还需同时操纵多个角色，完成不同的表演动作。木偶戏演员往往需要数年，甚至数十年才能练就一身娴熟过硬的本领。"演员要把自己对角色体验所孕育的感情、意志与情绪，注入到木偶的体态动作中去，使之传神"，"演员要同木偶感情交融，绝非轻而易举，既要取决于演员对角色体验的深度，更要取决于演员操纵技艺的水平，演员的手如同木偶的神经，无生命的木偶一经演员巧手的点化，就变成了生动的艺术形象。"[1] 所以这就对木偶戏表演的技术提出了相当高的要求，但是木偶戏表演却不仅仅是一门技术，它们更重要的是艺术，技术仅仅是艺术表演的基础。近些年来，电子媒介的迅猛发展造成了木偶戏进一步的"技术膨胀"，遗憾的是却在一定程度上忽略了其艺术性。另外，一些木偶表演，为追求观赏性，单纯地进行人偶同台技术表演，毫无戏味可言。木偶戏绝不仅仅是木偶的技术演绎，其更重要的是一种"戏"。任何文艺作品都需注重其文学性与艺术性，一台好的木偶戏必须要有优秀的剧本做支撑，需要有丰富的文学性、思想性为内核。自20世纪50年代始，四川木偶戏涌现出了一批优秀的新剧目，这为其进一步发展提供了坚实的基础。

3. 加强自身艺术体系的建构

历史上，木偶戏曾对中国戏曲的表演形式产生过重要影响，而随着清代以来地方剧种的快速发展与成熟，木偶戏的发展却相对滞后了，于是木偶戏又反过来向戏曲"学习模仿"，各地的木偶戏基本都受到了当地地方戏曲的影响。譬如成都的传统木偶戏从剧目选择、角色分行、声腔演唱、面部造型和服饰扮相、表演程式等无不对川剧艺术借鉴模仿。"在四川木偶戏中，木偶不仅可以宽衣解带、吹拉弹唱、舞刀弄剑、点烛吸烟、抛水袖、甩水发、耍蜡烛、下腰、衔花、

---

[1] 马明泉、杨烽：《木偶戏艺术规律初探》，《文艺研究》1981年第2期。

变脸、吐火，而且面部表情极为生动，喜、怒、哀、乐可细分为几十种。"[1]
让木偶做宽衣解带、吹拉弹唱、变脸、吐火等"人味"浓厚的细腻动作，在同
其机械呆板的形体对比中能产生一种陌生化的艺术效果，极富情趣美，这些也
是成都木偶戏丰富观赏性和情趣美的重要原因。向当地地方戏剧吸收艺术营养
是无可厚非的，但是刻意地模仿，只会使木偶戏沦为木偶化了的地方戏剧。木
偶戏应当牢牢把握自身艺术本体，在此基础上有选择性地对其他艺术形式进行
吸收借鉴，而非完全照搬。

鉴于此，在现实文化语境下，地方木偶戏要想获得进一步发展的空间，则
需要充分认识到"死"的木偶与"活"的人之间，凝固的表情与发展的剧情之
间的艺术张力，更深入地开掘观众的艺术想象空间；需要重视剧本建设，而避
免单纯的"技术膨胀"；需要牢牢把握自身艺术本体，而不仅仅是刻意地模仿
本地地方戏剧。

此外，在木偶戏表演中还存在着过分追求精致化的倾向，而忽略了它们与
生俱来的野趣美。木偶戏产生于民间，相当长时期也生存于民间，可以说木偶
戏的生命，从剧目到表演很多方面的美学特征都是同民间息息相关的。新中国
成立前，木偶戏大都在庙会、街头等地进行流动演出。新中国成立后，木偶戏
逐步走进了剧场，形成舞台剧。被舞台剧化后，木偶戏的民间生命特质反而逐
渐被忽略了。强调民间对于木偶戏的重要性并不是要否定木偶舞台剧，恰恰相
反，演出的舞台化，是木偶戏由民间小戏向更高级艺术形态发展所必需的环节，
二者之间不可偏废。民间表演可赋予木偶戏鲜活的生命特质，剧场表演可使木
偶戏接受一些现代文化艺术的洗礼，二者互为补充，相互影响，相互渗透，或
许能更充分地激活木偶戏的生命活力。

四、民间戏剧的当代价值

威尔逊·奈特认为："戏剧不只是提供娱乐，可以把它们看作一种仪典，
演员和观众都同时加入到那郑重庄严的精神境界中去，体验和领悟其神圣的启

---

[1] 四川民间戏剧现状与保护发展课题组：《生机勃发的四川木偶戏：四川民间戏剧现状调查报告之一》，
《四川戏剧》2004 年第 6 期。

示内涵。"[1]民间戏剧是一种文化的存在方式，人们可以通过形象性的、象征性的民间戏剧表演形式来表现他们对生命的认知。尽管其原始的宗教性特征随着社会文化的变迁而逐渐退化，民俗性特征逐步增强，演出很多都并非单纯为了祭祀，而更多地表现为一种民俗文化的需要，但是民间戏剧却沉淀在世世代代人们深层意识和社会心理机制中，具有博大精深而又斑驳复杂的文化含量。在文化人类学视野中，面对一种文化现象，应当分析文化行为的结构与功能及其在文化系统中的价值意义。如前所说，即使民间娱乐性戏剧亦保存有某种祭祀的文化功能，民间戏剧在塑造民众文化精神和文化心理结构方面也发挥着重要的作用。

下面主要以秀山花灯与康巴藏戏为范例，探讨民间戏剧的社会文化意义。

1.秀山花灯的文化功能

秀山花灯的形成与发展离不开其民间文化母体。秀山花灯既塑造文化"民间"，它们身上也深深地铭刻着民间母体的文化印痕。

①宗教祭祀

秀山花灯源于秀山土著民族的祭祀歌舞。人们在祭祀活动时，围成团歌舞，所以秀山花灯在历史上被称为"跳团团"。秀山花灯的演出，有一套固定的程序——设灯堂、启灯（请灯）、跳灯、辞灯。花灯班在出灯前，在"灯头"家的堂屋设灯堂，安放花灯神位，启灯请神。灯堂设好后，即开始举行祭灯仪式。祭灯仪式程序为：由"灯头"点燃香烛、烧纸钱酬祭花灯神，祈求灯神保佑平安吉祥。

请灯仪式结束后，花灯班即可外出跳花灯了。执掌着象征花神（"金花小姐""银花三娘"）的两盏花灯，花灯班的演出活动在走村串寨中展开。在演出过程中，如果花灯班遇到祠庙，还需要参神祭灯。当正月十五晚上花灯表演结束后，花灯班即在河边坝子上举行辞灯仪式，演唱《送灯调》，祭拜神灵，

---

[1] 威尔逊·奈特：《莎士比亚与宗教仪式》，载《莎士比亚评论汇编（下）》，中国社会科学出版社，1981，第411—426页。

焚烧花灯和神位,将跳灯人的衣服从火上抛过,祈求跳灯人一年平安吉祥。

"宗教的确是个体灵魂与超验者之间的一种关系,但它毕竟是发生在个体的心性之中的。"[1]那些教诲类的歌舞歌词,在人们的演唱中,表明了人们对这些祖辈流传下来的对生活的理解,齐歌共舞的表演形式似乎也在宣告着人们意欲在生产生活实践中运用这些观念的决心,凸显了人们对于这些抽象观念的主观能动性。换言之,表演活动赋予了观念性歌词内容以新的生命,被遮蔽的"人"的生命活力在具体的表演活动中一定程度上得到了释放。

从程序仪式中可以看出,秀山花灯具有明显的驱邪纳吉的宗教仪式色彩。在民众眼里,秀山花灯早已成为祛邪去灾、求吉纳祥的文化活动。现存秀山花灯虽无明显的原始崇拜现象,并已具有较强的艺术性,但依然能看出同原始观念形成的民族心理有关。

②文化娱乐

因为民间狂欢精神的文化诉求、生活与表演的合一、仪式表演因素和娱乐狂欢因素融合等特征,所以花灯成为秀山人民民间仪式表演与娱乐狂欢理所当然的载体。或许可以说,花灯是秀山民间文化精神的集中体现者和承载者。

秀山花灯具有浓郁的乡土气息。跳灯时,么妹子载歌载舞,表演天真而泼辣。赖花子则腰系红绸带,手执大蒲扇,绕着么妹子转,表演滑稽诙谐。表演时台上台下互相交流,融为一体。这些花灯小戏大多节奏鲜明、活泼轻松、风趣诙谐,乡土气息浓郁。跳花灯已成为秀山人民生活的一部分,这里几乎家家都跳花灯,人人都会跳花灯。各村寨有花灯班子或灯会组织,甚至有世代相传跳花灯的花灯世家。独特的文化情境赋予表演一种特殊的感染力,身处其间的表演者也会获得某种特有的感动。即便是观念意味强烈的歌舞歌词,在具体的表演活动中也被赋予了某种特殊的感染力。

作为一种典型的民间文化形式,秀山花灯具有自由狂欢等特点,与娱乐有着本质上的亲缘关系。秀山花灯(主要是丑角表演)的插科打诨式元素和滑稽

---

[1] 刘小枫:《编者导言:西美尔论现代人与宗教》,载西美尔著《现代人与宗教》,曹卫东等译,中国人民大学出版社,2003,第28页。

逗笑是他们幽默天性和民间的力与美的自然呈现。尽管这种由乡民自行组织的戏剧表演并没有多少审美成分，但是却具有远甚于戏剧审美功能的民间狂欢仪式功能。彼得·布鲁克认为，神圣的戏剧有一种能量，粗俗的戏剧则有其他各种能量，轻松、愉快与欢乐哺育着它。秀山花灯处于艺术和生活的边界上，这里没有演员和观众之分，观众与表演者之间并没有明确的边界，他们处于同样的文化情境之中。

③生命认知

作为纳吉驱邪的生命表达形式，秀山花灯包含着人类原始的对生命的崇尚和困惑。从秀山花灯中，我们可以看到一种独特的文化模式，一种历史、社会、宗教、民俗交叉融合的文化观念。从这个意义讲，秀山花灯绝不仅仅是艺术形式而更是一种心灵的刻画，秀山花灯真正的价值和意义在于跳灯已是当地人生命中的一部分。

秀山花灯体现了秀山人民崇尚自然的生命认知，其中蕴涵了苗族、土家族、汉族杂居之地的"天人合一"的生命体验，具有强烈的生命意识和泛神观念。他们热爱生活，富于生命的活力与激情，体现了秀山人民粗犷强悍和自立自强的文化品格以及人们对美好生活向往的生命感知。人类学家马林诺夫斯基认为："巫术与宗教都是起自感情紧张的情况之下，也就在这种情况下而有功能——那就是生命转机。"秀山花灯是人们宣泄情感和净化心灵的一种原始古朴的生命方式，内蕴着强烈的生命驱动力。

④社会调节

土家、苗、汉等各族人民的文化交流和融合，使秀山逐渐形成了独特的风俗习惯和文化艺术。汪曾祺对风俗有独特的理解："风俗，不论是自然形成的，还是包含一定的人为成分（如自上而下地推行），都反映了一个民族对生活的挚爱。对'活着'所感到的欢悦，他们把生活中的诗情用一定的外部形式固定下来，并且相互交流，融为一体。风俗中保留着一个民族的常绿的童心，并对这种童心加以圣化。风俗使一个民族永不衰老。风俗是民族感情的重要的组成部分。"[1]在秀山花灯表演中的仪式不仅是人神之间的对话，更是一种人与人之间的相互交流沟通。这种传统跳灯活动往往就是一场文化娱乐盛会，整个场面气氛热烈，充满了生命活力。同时跳灯还可以加强村寨与村寨之间以及各成员间的相互交流与沟通，营造了欢乐祥和的人际氛围。

英国著名戏剧家彼得·布鲁克认为，"最强有力的戏剧是扎根于原始模型、神话和反复出现的基本情况之中的；它不可避免地、牢牢地生长于社会传统之中"。秀山花灯的"形象"是由代代相传的无数历史记忆和文化形象所构成的，凝聚着民族的种种深层的集体意识。

作为多元文化产物的秀山花灯，形式构成斑驳复杂，但是在这种驳杂的文化现象背后，实际存在一个有机而清晰的价值观念体系，即对生命的热爱和对生命力的极力张扬。秀山花灯艺术内涵广博，曲调种类繁多，内涵极为丰富——赞美自然，歌唱历史，颂扬生命等彰显着鲜明的民族性格，具有较高的文化价值，是秀山人民的文化和心灵的需要。

2. 藏戏人物的文化"典范"意义

庞大的神灵体系也培育了康巴藏族丰富的"崇拜"文化土壤。他们崇拜佛地天神，崇拜山神、湖神等自然神灵，此外还有祖先崇拜、英雄崇拜、动物崇拜等。丰富的"崇拜"文化使康巴民众形成了某种崇拜英雄的心理倾向，也容易受到英雄的影响。卡莱尔在《英雄与英雄崇拜》中曾说："在任何时代他们都不能从活着的人们的心中完全清除掉对伟人的某种特殊的崇敬，真正的尊敬、忠诚和崇拜，不管这崇拜多么模糊不清和违反常情。只要人存在，英雄崇拜就永远存在。"[2]这里，卡莱尔将英雄定位为伟人，认为英雄崇拜可能是"模糊不清和违反常情"的，但"只要人存在，英雄崇拜就永远存在"，指出了英雄崇拜中存在着非理性因素的特征。但是真正的英雄和伟人并不多见，而一个民族的"崇拜"文化土壤，民众的崇拜文化心理的投射对象绝不仅限于并不多

---

[1] 汪曾祺：《谈谈风俗画》，《钟山》1984 年第 3 期。

[2] 卡莱尔：《英雄与英雄崇拜》，何欣译，辽宁教育出版社，1998，第 23 页。

见的伟人和真正的英雄，而可能会将这种崇拜心理投射于具有某种英雄特质的"典范"身上。这种典范也不一定处处超绝，可能只是其中某些方面，甚至主要仅在某一方面，明显强于常人，获得了某种"典范"意义的人。显然，这里的"典范"包含英雄，却不仅限于英雄，他们并不一定是历史上的真实人物，而可能是大家熟知的文化艺术作品中的典型形象，从而在本民族民众中获得"典范"的意义。他们成为民众学习的榜样，也成为民众生活中重要的精神支柱之一。

在康巴民间拥有巨大影响力的英雄人物无疑首推格萨尔，同时传统藏戏中其他的主要人物大多也具有明显的英雄或"典范"意义。他们对于康巴民众无疑具有一定的示范性意义，对民众的精神和心理世界会产生较大的影响。毋庸置疑，佛教思想理论对信奉者的思想会产生很大影响，而藏戏、说唱等民间艺术中的"典范"人物，以其鲜活的人物形象、饱满的人物性格、富于传奇色彩的故事情节，在不断地重复性表演中，会对民众思想产生较大的影响。在康巴民众心目中，诺桑、智美更登、顿珠、顿月、苏吉尼玛、朗萨等藏戏人物，即使没有具有伟大英雄特质的格萨尔影响巨大，但无疑都具有人格特质的"典范"意义。他们是根据民间故事，或根据佛经故事，或在现实原型的基础上，经过艺术加工而形成的艺术形象。他们性格各不相同，但都以某种光辉的人格力量影响着一代又一代的藏族民众。如果对他们的性格质素加以梳理和分析，会发现他们身上有着英勇无畏、坚韧不屈、克己利他、重情重义等光辉的人格魅力，而这些恰恰也正是康巴民众在历史演变中沉淀下来的人格特质。这些人物形象在藏族地区早已深入人心，有着巨大的影响。

譬如，八大藏戏传统剧目《诺桑王子》于2013年10月完成改编并进行排练。编剧普尔琼认为，对该剧目的改编是一个艰辛而充满挑战的过程。普尔琼说，传统的《诺桑王子》剧目中主人公的形象早已在广大群众心目中定格了，因此，改编后的剧目中的主人公形象若与民众心中原有的形象不符，就很难得到认可。而另一部著名藏戏《智美更登》，因为故事原型中利他主义思想和大无畏的自我牺牲精神对西藏广大下层僧俗民众来说是个极大的安慰。所以这个故事一传入西藏，便引起了强烈的共鸣，不仅为藏族文人所称道，竞相改写和传抄，而且被搬上了藏戏舞台，传遍了藏乡雪域，被更多的下层民众所熟悉和接受。所以，它对藏民族的影响是深远的，一般的佛经故事是不能跟它同日而语的。[1]

①英勇无畏

《诺桑王子》中的王子诺桑在寻找妻子的艰辛过程中也充分地展示了"英勇无畏"的人格特质。作为人间世俗王国的王子，诺桑在寻妻过程中，能够克服无数的艰难，从人间直接闯入天界，并敢于直面各路神灵，最终成功地将自己的妻子仙女云卓拉姆从天界带回人间。如前文所讲，藏戏《诺桑王子》及诺桑形象，在藏族民众中有着巨大的影响，诺桑王子形象在民众心目中也早已定格。诺桑王子"英勇无畏"的人格特质无疑也会在潜移默化中影响民众，发挥其"典范"的示范性意义。

②坚韧不屈

"坚韧不屈"人格特质应当说是康巴民间艺术"典范"人物几乎都具备的。奥托·兰克《英雄诞生的神话》中认为，英雄的主要生活模式是，英雄以王位继承人的身份诞生，有着与众不同的成长经历，通过降伏妖魔、征服环境，最后以杀死妖魔并将其属民团结在一起而告终。[2]因为中西方文化土壤的差异，中西方的英雄会呈现出各自不同的特征，但是英雄的素质和特征也使人物与情节表现出某些相似的特点。《诺桑王子》中的诺桑的人格特质，除前文所讲的"英勇无畏"外，也鲜明地体现了一种"坚韧不屈"的人格特质。从神鸟乌鸦处得到信息，知道妻子可能出事之后，诺桑心急如焚地往回赶；为了找寻被逼离去的妻子云卓拉姆，王子诺桑甚至不惜同父亲翻脸，带着云卓拉姆留给他的半串项链和指环，在云卓拉姆曾经洗浴过的镜湖水中沐浴后，怀着无限勇气和精神踏上了千难万险的寻找之路。他闯过了蚊子谷、猛恶林、毒蛇山等无数险地，终于到达了乾达婆的天宫。经过云卓拉姆父亲马头明王重重考验之后，才顺利地带上妻子重返人间。这里，诺桑没有降伏妖魔，但是为了找到妻子，却

---

[1] 才让太：《〈智美更登〉初探》，《西藏研究》1988 年第 3 期。

[2] 郁丹：《英雄、神话和隐喻：格萨尔王作为藏族民间认同和佛教原型》，《西北民族研究》2009 年第 2 期。

历经了无数艰难险阻，闯过了重重险地，并最终实现了自己的目标。《诺桑王子》在藏区有着极高的传播程度，在藏族民众中有着很大的影响。《诺桑王子》以爱情神话剧著称，以王子诺桑和仙女云卓拉姆之间坚贞爱情而闻名于世。但是爱情只是剧中人物追寻的具体目标，该剧中真正打动人的应当是人物那种不达目标誓不休、坚韧不屈且永不言退的精神，而这种精神对于人类而言永远是那么的珍贵。

③克己利他

"克己利他"具有浓厚的佛教色彩，是一种人格特质，对康巴民众，尤其是那些佛教信奉者发挥着"典范"性的作用。《智美更登》中，智美更登自小便显示出与众不同的特性，刚出生便能念"唵嘛呢叭咪吽"六字真言。他心地仁慈善良，一天他向父亲提出，他要帮助世间芸芸众生解脱苦难，让他父王将历年积蓄的珍宝给他散放布施，以便让天下穷困的人们能得到起码的衣食。智美更登发下宏愿，"只要有人需要，一切东西皆愿施舍予人！"敌国设计从智美更登手中骗取了镇国之宝"管多蚌觉"，智美更登也因此而被放逐哈香荒山十二年。一路上他将自己的及别人送给他的钱财宝物都逐一布施出去，最后甚至将自己的三个孩子、王妃都送出去了。为了让一个瞎眼的婆罗门教徒重见光明，亲手挖下了自己的双眼。一个克己利他、仁慈无双的光辉形象被成功地塑造出来。《智美更登》取自佛经故事，是根据释迦牟尼为其弟子讲的一个故事改写而成。事实上，"克己利他"也是康巴民间艺术的"典范"人物身上几乎都具备的人格特质。如格萨尔将战利品分发给百姓，顿珠不忍继续牺牲其他属龙的孩子而毅然主动投入湖中等。然而正如有研究者所认为的那样，佛家将布施等作为众生摆脱现实苦难的重要途径，从这样的途径所能达到的弥陀净土也仅仅是个慷慨的允诺和虚幻的满足，最终只能是个乌托邦。但佛家的布施观又是起因于对贫富差别的不平与芸芸众生的同情和怜悯。这种崇高的自我牺牲精神，又是值得称道的。在特定的历史环境下尤其难能可贵，因而也不乏有进步意义。其实，也就是这种悲天悯人的慈善思想和大无畏的自我牺牲精神才赢得了广大平民百姓虔诚的信仰和无数善男信女发自肺腑的祈祷。像智美更登一样苦修积德就可解脱成佛，似是进入极乐境界的暗示，使上千年来处于被压迫的广大奴隶和下层平民似乎从无边的苦海中看到了彼岸的祥光。因而智美更登也以救世主的形象传遍了藏乡雪域，成为藏族人民家喻户晓的人物。[1]事实上，这种悲天悯人的慈善思想和大无畏的自我牺牲精神在赢得广大平民百姓虔诚的信仰和无数善男信女发自肺腑祈祷的同时，也在潜移默化地影响着佛教文化浓厚的藏族地区的民众。智美更登的克己利他是一种修行，对于普通民众而言或许"标准"过高，但是对于佛教信奉者而言，其"典范"性作用是不容置疑的。

④重情重义

佛教并不排斥人性，"重情重义"也是康巴民间艺术"典范"人物几乎都具备的人格特质。如果说"克己利他"具有浓厚的佛教色彩的话，那么"重情重义"则纯粹是一种世俗的极富人情意味的人格品质。《顿月顿珠》中，顿珠、顿月兄弟两人是观世音菩萨和文殊菩萨的化身。两人感情极好，继母通过装病逼走了顿珠，而弟弟顿月并没有如母亲之愿留下来继承王位，而是坚定地陪同哥哥走上流放之路。在艰难的放逐途中，兄弟两人相依为命。顿月临死时说道："哥哥，怕是我不能陪你走了，你可要保重身体啊！"复活后的顿月到处找哥哥，顿珠也数次找寻弟弟。后来顿珠听村民说："山里头有一个奇怪的动物，长着人样的身体，遍体白毛，成天跟猴子在一起生活。"顿珠猜想可能是弟弟，当即再次前往找寻。终于再次相逢后。顿月扑入顿珠怀中，兄弟二人紧紧拥抱在一起失声痛哭，场面感人至深。《卓瓦桑姆》中，为躲避妖妃迫害，卓瓦桑姆飞身离去，国王也因被设计喝下毒酒而发疯。公主和王子姐弟二人几次险些丧命，姐弟两人相依为命，姐姐愿意代替弟弟去死。险死还生后的姐弟二人却天各一方。后来弟弟当上了国王，姐姐却沦为乞丐。后来经历了生离死别的姐弟两人终于相逢，场面十分感人。《诺桑王子》中诺桑为了妻子踏遍千山万水，甚至勇闯天宫。这些传统藏戏通过深入人心的，极富"典范"意义的故事和人物形象，讲述着世间亲情与爱情的可贵，为此不辞千难万险，甚至不惜牺牲自己。这些故事和人物形象在康巴藏族地区发挥着不容忽视的"典范"性效应。

---

[1] 才让太：《〈智美更登〉初探》，《西藏研究》1988 年第 3 期。

凝结着民族文化心理结构却正在逐渐消失的民间戏剧，不仅具有文化人类学的意义，需作为非物质文化遗产予以抢救和保护；而且也因其所蕴藏的"活性"的民族文化基因，更应当被加以创造性地运用——不仅在其社会文化意义上，而且包括其艺术表现力方面。

戏剧发展史表明，当戏剧发展出现危机时，往往能从民间寻找到新的活力。由于民间狂欢精神的文化诉求，以及仪式表演因素和娱乐狂欢因素融会整合等特征，戏剧便成为民间文化精神的集中体现者和承载者。同时，在戏剧建构视野的烛照下，民间焕发出新的生命活力，那些富于生命力的民间性因素以其鲜活的生命滋养着戏剧。著名戏剧家彼得·布鲁克，根据梅耶荷德、布莱希特、瓦赫坦戈夫和阿尔托等人的戏剧实践经验得出结论："复兴戏剧的每一个企图都要求助于民间戏剧的源流。"当下中国戏剧正处于某种危机之中，从民间寻找到新的活力，或许是当下中国戏剧走出困境，走向"新生"的一条有效路径。当下中国戏剧当吸收借鉴民间生命力强的文化精神和艺术精神，通过民间固有的生命活力激活作家已经贫乏的艺术想象力，以此拯救当下困境中的中国戏剧。

知识拓展

关于戏剧的民间精神

"民间"形象是由代代相传的无数历史记忆和文化形象所构成的，凝聚着一个民族的种种深层的集体意识。在民间生长的戏剧、文艺等既塑造着"民间"，同时它们身上也深深地铭刻着民间母体的文化印痕。所谓戏剧的民间精神，即指作为一种艺术形式的戏剧本身所体现出来的某种民间文化艺术精神和意味。具体地讲，戏剧的民间精神主要表现在以下方面：

①独立自由的精神品质和文化立场

民间文化崇尚的是生命的力与美，精神的追求与渴望。在整个历史长河中，

"民间"始终保持着自然独立的生命原态，具有其相对独立、相对稳定的自由性的一面。这种独立和自由的精神品质和文化立场，历来为文艺创作者所向往，即通常所谓的民间立场。

②世俗的文化品格

作为一种独特的戏剧形态，民间戏剧长期留滞于民间，没有高层文人的染指，所以往往表现出世俗质朴的特征。不管是市镇民间戏剧还是乡野民间戏剧，其共同特点都是世俗的文化品格。与宫廷、官府的演出不同，民间戏剧演出本质上是一种世俗文化，其突出表征之一就是它的娱乐性。尽管官方戏剧演出有时也会附带某种娱乐性，但过重的思想负荷，甚至形式的束缚，使这种娱乐的意味耗散较大，而民间戏剧演出则是一种大众性娱乐，活泼自由，轻松随意。

③狂欢的文化精神

与官方严肃文化相对立的民间诙谐文化，在乡野原生态戏剧的民间狂欢仪式中得到集中的体现。乡野民间戏剧中丑角插科打诨式的表演，常常与粗俗的骂人语言、滑稽的形体动作穿插在一起，这些既是乡野式的娱乐和狂欢的表现，也是乡野生活原态的形象展示。粗俗的语言、滑稽的动作是中国乡民生活状态的自然流露，是他们幽默天性与原始本性的自然展现。乡野民间戏剧的仪式表演与娱乐狂欢，使生活与表演融为一体，这种由非职业性乡民自行组织的戏剧表演并不含有太多审美成分，其间蕴涵的民间狂欢仪式功能已远甚于其审美功能。

④广场的戏剧情怀，乐舞的美学风貌

布鲁克说："神圣的戏剧有一种能量，粗俗的戏剧则有其他各种能量，轻松愉快与欢乐固然哺育着它，但产生反叛和对抗的同一能量也在哺育着它。"[1]民间戏剧属民间的自发行为，其表现形式、情感经验和审美标准都源于群众自身的生活经验。这里没有演员和观众之分，没有舞台剧场，人人生活于其中。

---

[1] 彼得·布鲁克：《空的空间》，中国戏剧出版社，1988，第 36 页。

观众与表演者之间并没有明确的界线，没有观众与演员之间的限制，表演者与观众处于同样的情景之中。

⑤开放兼容的文化胸怀

作为开放兼容文化观念产物的民间戏剧，一旦走向封闭就会失去其生命活力。在民间戏剧中，民众可以自由发挥自己的创造力和想象力，可以在充分吸收借鉴多种文化资源的基础上加以熔铸创造，民间戏剧的开放结构从根本上保证了其自由灵活的形式特点。由于民间简陋的演出条件，民间戏剧开放兼容的文化胸怀还体现在演出场所和演出手段的自由灵活上。

因为民间狂欢精神的文化诉求，以及仪式表演因素和娱乐狂欢因素融合等特征，所以民间戏剧成为民间文化精神的集中体现者和承载者。前述戏剧的民间文化精神事实上很大程度上也是民间文化精神的特征。

思辨性问题

1. "在所有的艺术门类里，戏剧是离人最近的艺术。"这一句话，你是怎么理解的？

2. 谈谈你自己家乡的民间戏剧在当地民众中的接受情况，并分析原因。

3. 传统藏戏中具有象征意味的"行为"结构有哪些？

4. 简述民间戏剧的当代价值与社会意义。

参考文献

一、地方文献

1.《格萨尔王传·降伏妖魔之部》，1980，王沂暖译，兰州：甘肃人民出版社。

2.《勒俄特依》，1986，冯元蔚译，成都：四川民族出版社。

3.《苗族史诗：苗汉英对照》，2011，吴一文、今旦汉译，马克·本德尔、吴一方、葛融英译，贵阳：贵州民族出版社。

4. 白歌乐翻译、整理，1979，《成吉思汗的两匹骏马》，呼和浩特：内蒙古人民出版社。

5. 陈清漳、赛西芒·牧林整理，1979，《嘎达梅林》，上海：上海文艺出版社。

6. 楚雄州文联编，2011，《彝族史诗选》，昆明：云南人民出版社。

7. 刀承华、蔡荣男，2005，《傣族文化史》，昆明：云南民族出版社。

8. 栋金采录整理译注，2014，《美神歌·仰阿莎》，贵阳：贵州民族出版社。

9. 广西民间文学研究会搜集，莎红整理，1981，《密洛陀（瑶族创世古歌）》，南宁：广西人民出版社。

10. 广西壮族自治区少数民族古籍整理出版规划领导小组办公室整理，2016，《布洛陀经诗》，北京：中国国际广播出版社。

11. 贵州社会科学院文学研究所、黔南布依族苗族自治州文研室合编，1982，《布依族民间故事》，贵阳：贵州人民出版社。

12. 贵州省民间文学组整理，田兵编，1979，《苗族古歌》，贵阳：贵州人民出版社。

13.贵州省民间文学组整理,田兵编选,1979,《苗族古歌》,贵州人民出版社。

14.郭大烈、杨世光主编,1991,《东巴文化论》,昆明:云南人民出版社。

15.何少林、白云编著,2012,《中国傣族》,银川:宁夏人民出版社。

16.贺继宏主编,2003,《柯尔克孜民间文学精品选》,北京:中国文联出版社。

17.黄铁、杨智勇、刘绮、公刘整理,1980,《阿诗玛》,北京:中国青年出版社。

18.降边嘉措、吴伟,1997,《格萨尔王全传》,北京:作家出版社。

19.李之典主编,2010,《相会调》,昆明:云南民族出版社。

20.梁理森编,1985,《李广田研究专集》,昆明:云南人民出版社。

21.林朝虹、林伦伦编著,《全本潮汕方言歌谣评注》,广州:花城出版社。

22.罗辑整理,1958,《锦鸡》,长沙:湖南人民出版社。

23.蒙冠雄、蒙海清、蒙松毅搜集翻译整理,1998,《密洛陀》,南宁:广西民族出版社。

24.南通市通州区非物质文化遗产保护中心编,2013,《通州民间歌谣》,苏州:苏州大学出版社。

25.钱乃荣选编,2018,《上海民谣》,上海:上海书店出版社。

26.沙蠡主编,2016,《中国民间故事丛书·云南丽江古城玉龙卷》,北京:知识产权出版社。

27.宋祖立、吕庆庚、夏昭明等搜集整理,1957,《崇阳双合莲》,武汉:湖北人民出版社。

28.陶立璠、李耀宗编,1985,《中国少数民族神话传说选》,成都:四川民族出版社。

29.王定天主编,2006,《中国花灯论文选》,长春:吉林文史出版社。

30.温岭市文化广电新闻出版局编著,2018,《温岭民间歌谣》,杭州:西泠印社出版社。

31.谢军主编,2015,《黔西北民族民间歌谣鉴赏:选编》,贵阳:贵州大学出版社。

32.新郑市民间文学集成编委会编,1990,《轩辕故里的传说》,郑州:

中原人民出版社。

33. 雪犁、柯杨编，1980，《花儿选集》，兰州：甘肃人民出版社。

34. 岩峰、王松、刀保尧，2014，《傣族文学史》，昆明：云南民族出版社。

35. 杨秀编著，2017，《民间文学》，贵阳：贵州人民出版社。

36. 姚宝瑄主编，2014，《中国各民族神话·布依族 仡佬族 苗族》，太原：书海出版社。

37. 云南少数民族文学丛书编辑委员会编，1981，《傣族古歌谣》，岩温扁、岩林译，昆明中国民间文艺出版社（云南）。

38. 云南省民族民间文学德宏调查队整理，2009，《娥并与桑洛》，昆明：云南人民出版社。

39. 云南省民族民间文学丽江调查队，1978，《创世纪（纳西族民间史诗）》，昆明：云南人民出版社。

40. 云南省民族民间文学丽江调查队搜集翻译整理，1978，《创世纪（纳西族民间史诗）》，昆明：云南人民出版社。

41. 张贵喜、张伟编著，2013，《山陕古逸民歌俗调录》，太原：三晋出版社。

42. 张其卓、董明整理，1984，《满族三老人故事集》，沈阳：春风文艺出版社。

43. 张声震主编，2013，《密洛陀古歌（上、中、下）》，南宁：广西民族出版社。

44. 张义编著，2019，《八达岭长城传说》，北京：北京美术摄影出版社。

45. 张治国主编，2020，《襄阳民间传说研究》，武汉：武汉大学出版社。

46. 赵德光主编，2006，《阿诗玛国际学术研讨会论文集》，昆明：云南民族出版社。

47. 赵洪顺编，1993，《德宏傣族民间故事》，德宏傣族景颇族自治州：德宏民族出版社。

48. 中国民间文艺家协会主编，2011，《亚鲁王：汉苗对照》，北京：中华书局。

49. 中国文学艺术界联合会、中国民间文艺家协会编，2019，《中国民间文学大系·歌谣·四川卷·汉族分卷》，北京：中国文联出版社。

50. 中国文学艺术界联合会、中国民间文艺家协会编，2019，《中国民间文学大系·传说·吉林卷（一）》，北京：中国文联出版社。

51. 中国文学艺术界联合会、中国民间文艺家协会编，2019，《中国民间文学大系·神话·云南卷（一）》，北京：中国文联出版社。

52. 中国文学艺术界联合会、中国民间文艺家协会编，2022，《中国民间文学大系·史诗·云南卷（一）》，北京：中国文联出版社。

53. 中国作家协会贵州分会、贵州省民族事务委员会编，1987，《苗族、布依族、侗族、水族、仡佬族民间文学概况》，贵阳：贵州人民出版社。

54. 周健明整理，1988，《巧媳妇》，长沙：湖南人民出版社。

55. 祝发清、左玉堂、尚仲豪编，1985，《傈僳族民间故事选》，上海：上海文艺出版社。

二、相关教材

1. 曹毅，1999，《土家族民间文学》，北京：中央民族大学出版社。

2. 段宝林，1985，《中国民间文学概要》，北京：北京大学出版社。

3. 段宝林主编，2013，《民间文学教程（第二版）》，高等教育出版社。

4. 黄涛编著，2013，《中国民间文学概论（第三版）》，北京：中国人民大学出版社。

5. 李惠芳，1996，《中国民间文学》，武汉：武汉大学出版社。

6. 刘守华，2014，《非物质文化遗产保护与民间文学》，武汉：华中师范大学出版社。

7. 刘守华、陈建宪主编，2002，《民间文学教程》，武汉：华中师范大学出版社。

8. 刘守华、巫瑞书主编，1997，《民间文学导论》，武汉：长江文艺出版社。

9. 祁连休、程蔷、吕微主编，2008，《中国民间文学史》，石家庄：河北教育出版社。

10. 四川民族出版社，1994，《彝族文学史》，成都：四川民族出版社。

11. 田兆元、敖其主编，2009，《民间文学概论》，上海：华东师范大学出版社。

12. 万建中，2006，《民间文学引论》，北京：北京师范大学出版社。

13. 万建中主编，2011，《新编民间文学概论》，上海：上海文艺出版社。

14. 王娟编著，2002，《民俗学概论》，北京：北京大学出版社。

15. 杨堃，2018，《民族学概论》，昆明：云南大学出版社。

16. 赵志忠，1997，《中国少数民族民间文学概论》，沈阳：辽宁民族出版社。

17. 钟敬文主编，1980，《民间文学概论》，上海：上海文艺出版社。

18. 钟敬文主编，2010，《民俗学概论（第二版）》，北京：高等教育出版社。

三、引用文献及论著

1.《中央民族学院民族研究论丛》编委会编，1987，《民族哲学论文选》，北京：中央民族学院出版社。

2.E.M.梅列金斯基，2007，《英雄史诗的起源》，王亚民、张淑明、刘玉琴译，北京：商务印书馆。

3. 阿兰·邓迪斯编，1990，《世界民俗学》，陈建宪、彭海斌译，上海：上海文艺出版社。

4. 埃米尔·涂尔干，2000，《社会分工论》，渠东译，北京：生活·读书·新知三联书店。

5. 爱德华·泰勒，1992，《原始文化》，连树声译，上海：上海文艺出版社。

6. 巴赫金，1988，《陀思妥耶夫斯基诗学问题》，北京：生活·读书·新知三联书店。

7. 班女史，1933，《歌谣与小曲》，《民众教育季刊·民间文学专号》第3卷第1号。

8. 宝音和西格，1987，《谈史诗的特征及其价值——学习马克思、恩格斯有关史诗的论述》，《民族文学研究》第1期。

9. 彼得·布鲁克，1988，《空的空间》，北京：中国戏剧出版社。

10. 才让太，1988，《〈智美更登〉初探》，《西藏研究》第3期。

11. 草轩，1952，《谈〈格萨尔〉（霍岭大战）的民族特色》，《青海湖》。

12. 岑秀文、杨昌文编，1986，《民族志资料汇编·第二集》（苗族）。

13. 朝戈金、冯文开，2012，《史诗认同功能论析》，《民俗研究》第 5 期。

14. 陈东，2016，《田野中的艺术呈现：湘西土家族传统音乐文化的多维视角研究》，长春：吉林大学出版社。

15. 陈建宪选编，1994，《人神共舞》，武汉：湖北人民出版社。

16. 陈蒲清，1983，《中国古代寓言史》，长沙：湖南教育出版社。

17. 陈汝衡，1979，《宋代说书史》，上海：上海文艺出版社。

18. 陈望衡，2007，《环境美学》，武汉：武汉大学出版社。

19. 陈望衡，2007，《中国古典美学史（上卷）》，武汉：武汉大学出版社。

20. 陈志良，1940，《沉城的故事》，《风土什志》（成都）第 3 期。

21. 陈子展，2018，《陈子展文存》（下），徐志啸编，上海：上海古籍出版社。

22. 程蔷，1989，《中国民间传说》，杭州：浙江教育出版社。

23. 崔大华，1992，《庄学研究》，北京：人民出版社。

24. 丹尼·卡瓦拉罗，2006，《文化理论关键词》，张卫东等译，南京：江苏人民出版社。

25. 丁乃通编著，1986，《中国民间故事类型索引》，郑建成等译，李广成校，北京：中国民间文艺出版社。

26. 丁宁，1987，《论审美趣味》，《学术研究》第 1 期。

27. 董健、马俊山，2004，《戏剧艺术十五讲》，北京：北京大学出版社。

28. 段宝林，2010，《神话与史诗（上篇）：中国神话博览》，北京：民族出版社。

29. 恩格斯，1993，《反杜林论》，北京：人民出版社。

30. 恩斯特·卡西尔，1992，《神话思维》，黄龙保、周振选译，柯礼文校，北京：中国社会科学出版社。

31. 方东美，2009，《生生之美》，李溪编，北京：北京大学出版社。

32. 方铭注译，2021，《诗经：古义复原版》，西安：陕西人民出版社。

33. 方孝岳，1940，《春秋三传学》，北京：商务印书馆。

34. 方勇、李波译注，2015，《荀子》，北京：中华书局。

35. 费孝通等，2009，《贵州苗族调查资料》，贵阳：贵州大学出版社。

36. 傅腾霄主编，1999，《马列文论选注》，北京：社会科学文献出版社。

37. 干宝，2019，《搜神记》，南京：江苏凤凰文艺出版社。

38. 葛恒刚编，2019，《民国歌谣集·北京大学〈歌谣〉刊载》，南京：南京师范大学出版社。

39. 郭沫若著作编辑出版委员会编，1992，《郭沫若全集（文学编 第十一卷）》，北京：人民文学出版社。

40. 哈夫洛克·埃利斯，1994，《生命的舞蹈》，北京：中国社会科学出版社。

41. 黑格尔，1981，《美学（第三卷 下册）》，朱光潜译，北京：商务印书馆。

42. 黑格尔，1999，《历史哲学》，王造时译，上海：上海书店出版社。

43. 洪长泰，2015，《到民间去：中国知识分子与民间文学，1918—1937（新译本）》，董晓萍译，中国人民大学出版社。

44. 胡适，1924，《胡适文存》，上海：上海亚东图书馆。

45. 胡适，1928，《白话文学史》，上海：新月书店。

46. 黄建军译注，2015，《列子译注：精编本》，北京：商务印书。

47. 黄景春，2020，《中国当代民间文学中民族记忆》，上海：上海大学出版社。

48. 君岛久子，1990，《长篇叙事诗〈阿诗玛〉的形成》，《云南社会科学》第 2 期。

49. 卡莱尔，1998，《英雄与英雄崇拜》，何欣译，沈阳：辽宁教育出版社。

50. 克尔吉兹托夫·高里考斯基，2001，《民族与神话》，《世界民族》第 4 期。

51. 劳里·航柯，2001，《史诗与认同表达》，《民族文学研究》第 2 期。

52. 李春龙主编，2000，《正续云南备征志精选点校》，昆明：云南民族出版社。

53. 李惠芳，1986，《民间文学的艺术美》，武汉：武汉大学出版社。

54. 李素英，1936，《中国近世歌谣研究》，燕京大学研究院国文学系硕士毕业论文。

55. 李文海主编，2014，《民国时期社会调查丛编（二编）·少数民族卷》，福州：福建教育出版社。

56. 梁启超，1929，《古歌谣与乐府》，《清华周刊》第 32 卷第 1 期。

57. 廖元新、万建中，2019，《学术史视角下歌谣与生活的关系》，《中原文化研究》第 5 期。

58. 林焕平编，1980，《高尔基论文学》，南宁：广西人民出版社。

59. 林继富，2012，《民间叙事与非物质文化遗产》，北京：中国社会出版社。

60. 林兰编，1928，《呆女婿的故事》，北京：北新书局。

61. 刘安，1921，《淮南子》（卷六）《览冥训》，桐城吴先生群书点勘子部之九。

62. 刘世锦编，1988，《马克思主义论民间文艺》，桂林：漓江出版社。

63. 刘守华，2009，《民间故事的艺术世界——刘守华自选集》，武汉：华中师范大学出版社。

64. 刘守华、张晓舒、祝久红，2019，《中国民间故事》，重庆：重庆出版社。

65. 刘锡成，2012，《〈亚鲁王〉——活在口头上的英雄史诗》，《民间文化论坛》第 2 期。

66. 柳田国南，1985，《传说论》，连湘译，北京：中国民间文艺出版社。

67. 鲁迅，1982，《鲁迅全集（第九卷）》，北京：人民文学出版社。

68. 鲁迅，2005，《鲁迅全集》，北京：人民文学出版。

69. 路易斯·亨利·摩尔根，2009，《古代社会（全两册）》，杨东莼、马雍、马巨译，北京：商务印书馆。

70. 马昌仪编，1994，《中国神话学文论选萃》，北京：中国广播电视出版社。

71. 马昌仪编，2020，《中国神话故事》，上海：上海三联书店。

72. 马克思、恩格斯，1995，《马克思恩格斯选集（第二卷）》，北京：人民出版社。

73. 马克思、恩格斯 1966，《论艺术（四）》，北京：人民文学出版社。

74. 马林诺夫斯基，1986，《巫术科学宗教与神话》，李安宅编译，上海：上海文艺出版社。

75. 马明泉、杨烽，1981，《木偶戏艺术规律初探》，《文艺研究》第 2 期。

76. 马文辉、陈理主编，2015，《民间文学类非物质文化遗产保护研究》，北京：中国社会科学出版社。

77. 孟芳，2008，《报恩故事与民族心灵——从民间故事看我国报恩观念的理性色彩》，《中州大学学报》第 2 期。

78. 孟慧英，2006，《西方民俗学史》，北京：中国社会科学出版社。

79. 尼采，1986，《悲剧的诞生——尼采美学文选》，周国平译，北京：生活·读书·新知三联书店。

80. 鸟居龙藏，2009，《苗族调查报告》，国立编译馆译，贵阳：贵州大学出版社。

81. 蒲松龄，2020，《全本新注聊斋志异：全 4 册》，北京：人民文学出版社。

82. 潜明兹，2006，《民间文化的魅力》，合肥：安徽教育出版社。

83. 卿希泰主编，1994，《中国道教（四）》，上海：知识出版社。

84. 屈育德，1982，《传奇性与民间传说》，《北京大学学报（哲学社会科学版）》第 1 期。

85. 容世诚，2003，《戏曲人类学初探——仪式、剧场与社群》，桂林：广西师范大学出版社。

86. 色道尔吉译，1983，《江格尔——蒙古族民间史诗》，北京：人民文学出版社。

87. 申波、冯国蕊，2018，《"地方化"语境中的"象脚鼓"乐器家族释义》，《民族艺术研究》第 2 期。

88. 沈德潜辑，1997，《古诗源》，孙通海校点，沈阳：辽宁教育出版社。

89. 司马迁，2004，《史记：评注本》，韩兆琦评注，长沙：岳麓书社。

90. 四川民间戏剧现状与保护发展课题组，2004，《生机勃发的四川木偶戏——四川民间戏剧现状调查报告之一》，《四川戏剧》第 6 期。

91. 孙立、师飚编著，1999，《先秦两汉文学史》，广州：中山大学出版社。

92. 孙英芳、萧放，2021，《地方传说的生活实践性探究——以晋南赵氏孤儿传说为例》，《北京社会科学》第 10 期。

93. 谭达先，2001，《中国二千年民间故事史》，兰州：甘肃人民出版社。

94. 陶阳、钟秀，1989，《中国创世神话》，上海：上海人民出版社。

95. 特里·伊格尔顿，2008，《悲剧、希望与乐观主义》《马克思主义美学研究》，第 12 期。

96. 滕兰花，2010，《历史与记忆：从明代云南武侯祠看诸葛亮南征》，《黑龙江史志》第 1 期。

97. 田兆元，1998，《神话与中国社会》，上海：上海人民出版社。

98. 万建中，2005，《民间传说的虚构与真实》，《民族艺术》第 3 期。

99. 万建中，2006，《史诗："起源"的叙事及其社会功能》，《江西社会科学》第 5 期。

100. 汪玢玲，1985，《蒲松龄与民间文学》，上海：上海文艺出版社。

101. 汪曾祺，1984，《谈谈风俗画》，《钟山》第 3 期。

102. 王丹，2021，《"同源共祖"神话记忆：中华民族共同体形成的思想文化根基》，《西南民族大学学报 (人文社会科学版)》第 7 期。

103. 王伟杰，2013，《多面性"箭垛式人物"的形成原因及其启示》，《民俗研究》第 5 期。

104. 王宪昭、郭翠潇、屈永仙，2013，《中国少数民族神话共性问题探讨》，北京：中央民族大学出版社。

105. 王运熙、王安国，1999，《乐府诗集导读》，成都：巴蜀书社。

106. 韦苏文，2003，《民间故事心理学》，北京：中国社会出版社。

107. 西美尔，2003，《现代人与宗教（第二版）》，曹卫东等译，北京：中国人民大学出版社。

108. 肖远平、杨兰、刘洋，2017，《苗族史诗〈亚鲁王〉形象与母题研究》，中国社会科学出版社。

109. 谢六逸，1928，《神话学 ABC》，上海：世界书局。

110. 熊威、刘文静，2022，《西南少数民族诸葛亮传说及景观叙事与中华文化认同研究》，《文化遗产》第 5 期。

111. 许奉恩，1996，《兰苕馆外史》，合肥：黄山书社。

112. 薛家徐，1997，《"物件剧场"与木偶艺术——谈〈森林小子〉的导演艺术》，《中国戏剧》第 2 期。

113. 杨鹍国，2000，《符号与象征——中国少数民族服饰文化》，北京：北京出版社。

114. 杨恩寰主编，2005，《美学引论》，北京：人民出版社。

115. 杨利慧，2006，《神话一定是"神圣的叙事吗"？——对神话界定的反思》，《民族文学研究》第 3 期。

116. 杨利慧，2009，《神话与神话学》，北京：北京师范大学出版社。

117. 耶日·格洛托夫斯基，1984，《迈向质朴戏剧》，北京：中国戏剧出版社。

118. 叶·莫·梅列金斯基，1990，《神话的诗学》，魏庆征译，北京：商务印书馆。

119. 应劭，1981，《风俗通义校注》，王利器校注，北京：中华书局。

120. 余红艳，2014，《走向景观叙事：传说形态余功能的当代演变研究》，《华东师范大学学报（哲学社会科学版）》第 2 期。

121. 郁丹，2009，《英雄、神话和隐喻：格萨尔王作为藏族民间认同和佛教原型》，《西北民族研究》第 2 期。

122. 袁珂，2019，《中国神话通论》，成都：四川人民出版社。

123. 袁联波，2008，《论高校非专业戏剧的立体化教育实践模式》，《中国成人教育》第 17 期。

124. 苑利主编，2002，《二十世纪中国民俗学经典·神话卷》，北京：社会科学文献出版社。

125. 张岱年，1988，《文化与哲学》，北京：教育科学出版社。

126. 张法，1989，《中国文化与悲剧意识》，北京：中国人民大学出版社。

127. 张连枞，1929，《云南儿童对于雨的歌谣》，《民俗》第 71 期。

128. 张松辉，2011，《庄子译注与解析》，北京：中华书局。

129. 赵景深，1927，《童话论集》，上海：开明书店。

130. 中国民间文艺研究会上海分会编，1984，《民间文艺集刊（第六集）》，上海：上海文艺出版社。

131. 中国民间文艺研究会浙江分会编，1986，《〈白蛇传〉论文集》，杭州：浙江古籍出版社。

132. 中国社会科学院外国文学研究所、外国文学研究资料丛刊编辑委员会编，1981，《莎士比亚评论汇编（下）》，北京：中国社会科学出版社。

133. 中野美代子，1989，《从小说看中国人的思考样式》，若竹译，北京：北京十月文艺出版社。

134. 钟敬文，1933，《民间文学与民众教育》，《民众教育季刊》第3卷第1期。

135. 钟敬文，1981，《民间文艺谈薮》，长沙：湖南人民出版。

136. 钟敬文，1985，《钟敬文民间文学论集（下）》，上海：上海文艺出版社。

137. 钟敬文，1998，《民间文艺学及其历史——钟敬文自选集》，济南：山东教育出版社。

138. 钟敬文主编，1982，《民间文艺学文丛》，北京：北京师范大学出版社。

139. 周德钧，2007，《杂议"蔡林记"》，《武汉文史资料》第3期。

140. 朱狄，1999，《艺术的起源》，北京：中国青年出版社。

141. 朱光潜，2012，《诗论》，北京：生活·读书·新知三联书店。

142. 朱文旭，2002，《彝族原始宗教与文化》，北京：中央民族大学出版社。

143. 朱一玄编，2012，《〈聊斋志异〉资料汇编》，天津：南开大学出版社。

144. 朱自清，2015，《中国歌谣》，北京：北京联合出版公司出版。

145. 祝秀丽，2005，《重释民间故事的重复律》，《民俗研究》第3期。

后 记

本书旨在铸牢中华民族多元一体的文化格局与中华民族共同体意识的理论指导下，着重体现民间文学中各民族的交流交往交融的事实，表现民间文学倚重于地域文化的特色，凸显各民族的现实生活与审美情感。

我们选择了"民间文学与文化"作为这本教材的题目，实际上是出于对民间文学的文化内涵与功能价值的巨大兴趣。与其他的民间文学教材相比较而言，本书坚持回到民间文学作品本身，注重民间文学作品的细部研究，争取做到细致的文本解析，也要兼顾论及民间文学各门类的当代价值与意义。这样的编写计划，可以让读者探视民间文学文本内部的叙事结构与文化内涵，让读者深知民间文学在当代社会具有的价值与发挥的功能。不仅如此，还可以使民间文学蕴含的文化传统在一定程度上实现创造性转化与创新性发展，为当前的社会治理提供一定的经验性知识，就此来说，本教材将是有一些自身的特点的。

同高校教师、博士生以及地方文化精英一道编纂了这本教材，它是集体力量的成果。在此，我们有责任列出参与编写的人员的姓名（无先后顺序），他们是：袁联波（成都大学）、肖国荣（云南师范大学）、熊娟（云南师范大学）、李玉辉（曲阜师范大学）、赵滢（昆明医科大学）、罗文祥（贵州黔南经济学院）、张弛（贵州轻工职业技术学院）、张凤霞（北京师范大学博士生）、熊诗维（中国人民大学博士生），还有丽江纳西族文化研究者和贡布先生。

本教材是教育部首批新文科研究与改革实践项目（2021050072）、西南大学规划教材建设项目（2023）、课程思政的育人体系构建——《民间文学》继续教育课程建设项目（SWU2108001）、西南大学教育教学改革项目（2022JY024）的研究及结项成果。在这里，对本教材能够得到上述项目经费的大力支持，我们表示深深的谢意！

虽说编写过程中已经参阅了较多的民间文学教材与研究著述，也吸收了一部分最新成果的观点，可是限于编者的能力和水平，难免会有一些遗漏，或是文本分析不够深入的情况，万望读者批评，我们将虚心接受，待日后修订之时予以改正。

临末，向重庆大学出版社郑重致谢！